AtV

THEODOR FONTANE wurde am 30. Dezember 1819 im märkischen Neuruppin geboren. Nach Lehre und Staatsexamen Approbation als »Apotheker erster Klasse«. 1849 gab Fontane den Beruf auf und etablierte sich als Journalist und freier Schriftsteller. 1850 Heirat mit Emilie Rouanet-Kummer. Mitglied des literarischen Vereins »Tunnel über der Spree«. 1855–1858 London-Aufenthalt, u. a. als »Presseagent« des preußischen Gesandten. Zwischen 1862 und 1882 erschienen die »Wanderungen durch die Mark Brandenburg«. Neben seiner umfangreichen Tätigkeit als Lyriker, Kriegsberichterstatter und Reiseschriftsteller war Fontane zwei Jahrzehnte Theaterkritiker der »Vossischen Zeitung«. In seinem 60. Lebensjahr trat er als Romancier an die Öffentlichkeit. Dem ersten Roman »Vor dem Sturm« (1878) folgten in kurzen Abständen seine berühmt gewordenen Romane und Erzählungen sowie die beiden Erinnerungsbücher »Meine Kinderjahre« und »Von Zwanzig bis Dreißig«. Fontane starb am 20. September 1898 in Berlin.

Nach den »Berliner Frauenromanen« und den »Kriminal- und anderen Fällen« (Aufbau Taschenbuch Verlag 1995/96) legen die Familienromane erneut Zeugnis von Fontanes faszinierender Modernität ab.

Stürmisch ist der Winter 1812/13 für Dorf und Schloß Hohen-Vietz im Oderbruch. Von Woche zu Woche erwartet man den Aufruf des Königs zur militärischen Erhebung gegen Napoleon. Berndt von Vitzewitz aber will nicht abwarten und beginnt mit dem Aufbau einer Landsturmtruppe. Seine Kinder hingegen, Lewin und Renate, fühlen sich von den patriotischen Aktivitäten des Vaters geängstigt. Noch wollen sie den Aufbruch hinausschieben, vor allem den Aufbruch aus familiärer Geborgenheit in neue Bindungen der Liebe und Freundschaft. Ihre Abenteuer bestreiten sie auf dem Terrain von Kunst und Empfindung, Leidenschaft und emotionaler Hingabe. Das Weihnachtsfest und der Silvestertag führen die Familienmitglieder, Freunde und Bekannte zusammen. Erinnerungen steigen auf, Realität mischt sich mit Traumbildern, widerstrebende Wünsche und Interessen durchdringen einander. Was das nächste Jahr, die Zukunft bringt, ist noch verborgen.

Theodor Fontane

Vor dem Sturm

Roman
aus dem Winter 1812 auf 13

Erster und Zweiter Band

Aufbau Taschenbuch Verlag

Grundlage für Text und Anhang:
Theodor Fontane, Romane und Erzählungen in acht Bänden.
4. Auflage, Aufbau-Verlag, Berlin 1993, Band 1
Bearbeiter: Gotthard Erler

Fontane, Vor dem Sturm 1–2
ISBN 3-7466-5281-2

2. Auflage 1998
Aufbau Taschenbuch Verlag GmbH, Berlin
© Aufbau-Verlag Berlin und Weimar 1969
Umschlaggestaltung Torsten Lemme
Satz LVD GmbH, Berlin
Druck und Binden Clausen & Bosse, Leck
Printed in Germany

Erster Band
Hohen-Vietz

Erstes Kapitel
Heiligabend

Es war Weihnachten 1812, Heiliger Abend. Einzelne Schneeflocken fielen und legten sich auf die weiße Decke, die schon seit Tagen in den Straßen der Hauptstadt lag. Die Laternen, die an lang ausgespannten Ketten hingen, gaben nur spärliches Licht; in den Häusern aber wurde es von Minute zu Minute heller, und der »Heilige Christ«, der hier und dort schon einzuziehen begann, warf seinen Glanz auch in das draußen liegende Dunkel.

So war es auch in der Klosterstraße. Die »Singuhr« der Parochialkirche setzte eben ein, um die ersten Takte ihres Liedes zu spielen, als ein Schlitten aus dem Gasthof »Zum grünen Baum« herausfuhr und gleich darauf schräg gegenüber vor einem zweistöckigen Hause hielt, dessen hohes Dach noch eine Mansardenwohnung trug. Der Kutscher des Schlittens, in einem abgetragenen, aber mit drei Kragen ausstaffierten Mantel, beugte sich vor und sah nach den obersten Fenstern hinauf; als er jedoch wahrnahm, daß alles ruhig blieb, stieg er von seinem Sitz, strängte die Pferde ab und schritt auf das Haus zu, um durch die halb offenstehende Tür in dem dunklen Flur desselben zu verschwinden. Wer ihm dahin gefolgt wäre, hätte notwendig das stufenweise Stapfen und Stoßen hören müssen, mit dem er sich, vorsichtig und ungeschickt, die drei Treppen hinauffühlte.

Der Schlitten, eine einfache Schleife, auf der ein mit einem sogenannten »Plan« überspannter Korbwagen befestigt war, stand all die Zeit über ruhig auf dem Fahrdamm, hart an der Öffnung einer hier aufgeschütteten Schneemauer. Der Korbwagen selbst, mutmaßlich um mehr Wärme und Bequemlichkeit zu geben, war nach hinten zu, bis an die Plandecke hinauf, mit Stroh gefüllt; vorn lag ein Häckselsack, gerade breit genug, um zwei Personen Platz zu gönnen. Alles so primitiv wie möglich. Auch die Pferde waren unscheinbar genug, kleine Ponies, die gerade jetzt in ihrem winterlich rauhen Haar ungeputzt und dadurch ziemlich vernachlässigt aussahen. Aber wie immer auch, die russischen Sielen, dazu das Schellengeläut, das auf rot eingefaßten, breiten Ledergurten über den Rücken der Pferde hing, ließen keinen Zweifel darüber, daß das Fuhrwerk aus einem guten Hause sei.

So waren fünf Minuten vergangen oder mehr, als es auf dem Flur hell wurde. Eine Alte in einer weißen Nachthaube, das Licht mit der Hand schützend, streckte den Kopf neugierig in die Straße hinaus; dann kam der Kutscher mit Mantelsack und Pappkarton; hinter diesem, den Schluß bildend, ein hochaufgeschossener junger Mann von leichter, vornehmer Haltung. Er trug eine Jagdmütze, kurzen Rock und war in seiner ganzen Oberhälfte unwinterlich gekleidet. Nur seine Füße steckten in hohen Filzstiefeln. »Frohe Feiertage, Frau Hulen«, damit reichte er der Alten die Hand, stieg auf die Deichsel und nahm Platz neben dem Kutscher. »Nun vorwärts, Krist; Mitternacht sind wir in *Hohen-Vietz*. Das ist recht, daß Papa die Ponies geschickt hat.«

Die Pferde zogen an und versuchten es, ihrer Natur nach, in einen leichten Trab zu fallen; aber erst als sie die Königsstraße mit ihrem Weihnachtsgedränge und Waldteufelgebrumm im Rücken hatten, ging es in immer rascherem Tempo die Landsberger Straße entlang und endlich unter immer munterer werdendem Schellengeläut zum Frankfurter Tore hinaus.

Draußen umfing sie Nacht und Stille; der Himmel klärte sich, und die ersten Sterne traten hervor. Ein leiser, aber scharfer Ostwind fuhr über das Schneefeld, und der Held unserer Geschichte, *Lewin von Vitzewitz*, der seinem väterlichen Gute *Hohen-Vietz* zufuhr, um die Weihnachtsfeiertage daselbst zu verbringen, wandte sich jetzt, mit einem Anflug von märkischem Dialekt, an den neben ihm sitzenden Gefährten. »Nun, Krist, wie wär es? Wir müssen wohl einheizen.« Dabei legte er Daumen und Zeigefinger ans Kinn und paffte mit den Lippen. Dies »wir« war nur eine Vertraulichkeitswendung: Lewin selbst rauchte nicht. Krist aber, der von dem Augenblick an, wo sie die Stadt im Rücken hatten, diese Aufforderung erwartet haben mochte, legte ohne weiteres die Leinen in die Hand seines jungen Herrn und fuhr in die Manteltasche, erst um eine kurze Pfeife mit bleiernem Abguß, dann um ein neues Paket Tabak daraus hervorzuholen. Er nahm beides zwischen die Knie, öffnete das mit braunem Lack gesiegelte Paket, stopfte und begann dann mit derselben langsamen Sorglichkeit nach Stahl und Schwamm zu suchen. Endlich brannte es; er tat, indem er wieder die Leine nahm, die ersten Züge, und während jetzt kleine Funken aus dem Drahtdeckel hervorsprühten, ging es auf Friedrichsfelde zu, dessen Lichter ihnen über das weiße Feld her entgegenschienen.

Das Dorf lag bald hinter ihnen. Lewin, der sich's inzwischen bequem gemacht und durch festeren Aufbau einiger Strohbündel eine Rückenlehne hergerichtet hatte, schien jetzt in der Stimmung, eine Unterhaltung aufzunehmen. Ehe des Kutschers Pfeife brannte, wär es ohnehin nicht rätlich gewesen.

»Nichts Neues, Krist?« begann Lewin, indem er sich fester in die Strohpolster drückte. »Was macht Willem, mein Päth?«

»Dank schön, junger Herr, hę is ja nu wedder bi Weg.«

»Was war ihm denn?«

»He hett sich verfiert. Un noch dato an sinen Gebortsdag. Et is nu en Wochner drei; ja, up 'n Dag hüt, drei Wochen. Oll Doktor Leist von Lebus hett em aber wedder torecht bracht.«

»Er hat sich verfiert?«

»Ja, junger Herr, so glöwen wi all. Et wihr wol so um de

fiefte Stunn, as mine Fru seggen däd: ›Willem, geih, un hol uns en paar Äppels, awers von de Renetten up 'n Stroh, dicht bi de Bohnenstakens.‹ Un uns Lütt-Willem ging ooch, un ick hürt em noch flüten un singen un dat Klapsen von sine Pantinen ümmer den Floor lang. Awer dunn hürt ick nix mihr, un as he nu an de olle wackelsche Döör käm un in den groten Saal rinn wull, wo uns Äppels liggen und wo de Lüt seggen, dat de oll Matthias spöken deiht, da möt em wat passiert sinn. He käm nich un käm nich; un as ick nu nahjung un sehn wull, wo he bliwen däd, da läg he, glieks achter de Schwell, as dod up de Fliesen.«

»Das arme Kind! Und Eure Frau ...«

»De käm ooch, un wi drögen em nu torügg in unse Stuv un rewen em in. Mine Fru hätt ümmer en beten Miren-Spiritus to Huus. As he nu wedder to sich käm, biwwerte em de janze lütte Liew, un he seggte man ümmer: ›Ick hebb em sehn.‹«

Lewin hatte sich zurechtgerückt. »Es geht also wieder besser«, warf er hin, und wie um loszukommen von allerhand Bildern und Gedanken, die des Kutschers Erzählung in ihm angeregt hatte, fuhr er hin und her in Erkundigungen, worauf Krist mit soviel Ausführlichkeit antwortete, wie ihm die Raschheit der Fragen gestattete. Dem Schulzen Kniehase war einer von seinen Braunen gefallen; bei Hoppenmarieken hatte der Schornstein gebrannt; bei Witwe Gräbschen hatte Nachtwächter Pachaly einen mittelgroßen Sarg, mit einem Myrtenkranz darauf, vor der Haustür stehen sehn, »un wihl et man en *mittelscher* Sarg west wihr, so hedden se all an de Jüngscht, an Hanne Gräbschen, 'dacht. De is man kleen und piept all lang.«

Die Sterne traten immer zahlreicher hervor. Lewin lupfte die Kappe, um sich die Stirn von der frischen Winterluft anwehen zu lassen, und sah staunend und andächtig in den funkelnden Himmel hinauf. Es war ihm, als fielen alle dunklen Geschicke, das Erbteil seines Hauses, von ihm ab und als zöge es lichter und heller von oben her in seine Seele. Er atmete auf. Zwei, drei Schlitten flogen vorüber, grüßten und sangen, sichtlich Gäste, die im Nebendorf die Bescherung nicht versäumen wollten; dann, ehe fünf Minuten um waren, glitt das Gefährt unserer zwei Freunde unter den Giebelvorbau des Bohlsdorfer Kruges.

Bohlsdorf war drittel Weg. Niemand kam. An den Fenstern zeigte sich kein Licht; die Krügersleute mußten in den Hinterstuben sein und das Vorfahren des Schlittens, trotz seines Schellengeläutes, überhört haben. Krist nahm wenig Notiz davon. Er stieg ab, holte eine der Stehkrippen heran, die beschneit an dem Hofzaun entlang standen, und schüttete den Pferden ihren Hafer ein.

Auch Lewin war abgestiegen. Er stampfte ein paarmal in den Schnee, wie um das Blut wieder in Umlauf zu bringen, und trat dann in die Gaststube, um sich zu wärmen und einen Imbiß zu nehmen. Drinnen war alles leer und dunkel; hinter dem Schenktisch aber, wo drei Stufen zu einem höher gelegenen Alkoven führten, blitzte der Christbaum von Lichtern und goldenen Ketten. In diesem Weihnachtsbilde, das der enge Türrahmen einfaßte, stand die Krügersfrau in Mieder und rotem Friesrock und hatte einen Blondkopf auf dem Arm, der nach den Lichtern des Baumes langte. Der Krüger selbst stand neben ihr und sah auf das Glück, das ihm das Leben und dieser Tag beschert hatten.

Lewin war ergriffen von dem Bilde, das fast wie eine Erscheinung auf ihn wirkte. Leiser, als er eingetreten war, zog er sich wieder zurück und trat auf die Dorfstraße. Gegenüber dem Kruge, von einer Feldsteinmauer einfaßt, lag die Bohlsdorfer Kirche, ein alter Zisterzienserbau aus den Tagen der ersten Kolonisation. Es klang deutlich von drüben her, als würde die Orgel gespielt, und Lewin, während er noch aufhorchte, bemerkte zugleich, daß eines der kleinen, in halber Wandhöhe hinlaufenden Rundbogenfenster matt erleuchtet war. Neugierig, ob er sich täuschte oder nicht, stieg er über die niedrige Steinmauer fort und schritt, zwischen den Gräbern hin, auf die Längswand der Kirche zu. Ziemlich inmitten dieser Wand bemerkte er eine

Pforte, die nur eingeklinkt, aber nicht geschlossen war. Er öffnete leise und trat ein. Es war, wie er vermutet hatte. Ein alter Mann, mit Samtkäppsel und spärlichem weißen Haar, saß vor der Orgel, während ein Lichtstümpfchen neben ihm eine kümmerliche Beleuchtung gab. In sein Orgelspiel vertieft, bemerkte er nicht, daß jemand eingetreten war, und feierlich, aber gedämpften Tones klangen die Weihnachtsmelodien nach wie vor durch die Kirche hin.

Übte sich der Alte für den kommenden Tag, oder feierte er hier sein Christfest allein für sich mit Psalmen und Choral? Lewin hatte sich die Frage kaum gestellt, als er, der Orgel gegenüber, einen zweiten Lichtschimmer wahrnahm; auf der untersten Stufe des Altars stand eine kleine Hauslaterne. Als er näher trat, sah er, daß Frauenhände hier eben noch beschäftigt gewesen sein mußten. Ein Handfeger lag da, daneben eine kurze Stehleiter, die beiden Seitenhölzer oben mit Tüchern umwunden. Das Licht der Laterne fiel auf zwei Grabsteine, die vor dem Altar in die Fliesen eingelegt waren; der eine zur Linken enthielt nur Namen und Datum, der andere zur Rechten aber zeigte Bild und Spruch. Zwei Lindenbäume neigten ihre Wipfel einander zu, und darunter standen Verse, zehn oder zwölf Zeilen. Nur die Zeilen der zweiten Strophe waren noch deutlich erkennbar und lauteten:

> Sie sieht nun tausend Lichter;
> Der Engel Angesichter
> Ihr treu zu Diensten stehn;
> Sie schwingt die Siegesfahne
> Auf güldnem Himmelsplane
> Und kann auf Sternen gehn.

Lewin las zwei-, dreimal, bis er die Strophe auswendig wußte; die letzte Zeile namentlich hatte einen tiefen Eindruck auf ihn gemacht, von dem er sich keine Rechenschaft geben konnte. Dann sah er sich noch einmal in der seltsam erleuchteten Kirche um, deren Pfeiler und Chorstühle ihn schattenhaft umstanden, und kehrte, die Türe leise wieder anlehnend, erst auf den Kirchhof, dann, mit raschem Sprung über die Mauer, auf die Dorfstraße zurück.

Der Krug hatte indessen ein verändertes Ansehen gewonnen. In der Gaststube war Licht; Krist stand am Schenktisch im eifrigen Gespräch mit dem Krüger, während die Frau, aus der Küche kommend, ein Glas Kirschpunsch auf den Tisch stellte. Sie plauderten noch eine Weile auch über den alten Küster drüben, der, seitdem er Witmann geworden, seinen Heiligen Abend mit Orgelspiel zu feiern pflege; dann, unter Händeschütteln und Wünschen für ein frohes Fest, wurde Abschied genommen, und an den stillen Dorfhütten vorbei ging es weiter in die Nacht hinein.

Lewin sprach von den Krügersleuten; Krist war ihres Lobes voll. Weniger wollt er vom Bohlsdorfer Amtmann wissen, am wenigsten vom Petershagener Müller, an dessen abgebrannter Bockmühle sie eben vorüberfuhren. Aus allem ging hervor, daß Krist, der allwöchentlich dieses Weges kam, den Klatsch der Bierbänke zwischen Berlin und Hohen-Vietz in treuem Gedächtnis trug. Er wußte alles und schwieg erst, als Lewin immer stiller zu werden begann. Nur kurze Ansprachen an die Ponies belebten noch den Weg. Die regelmäßige Wiederkehr dieser Anrufe, das monotone Schellengeläut, das alsbald wie von weit her zu klingen schien, legte sich mehr und mehr mit einschläfernder Gewalt um die Sinne unseres Helden. Allerhand Gestalten zogen an seinem halb geschlossenen Auge vorüber; aber eine dieser Gestalten, die glänzendste, nahm er mit in seinen Traum. Er saß vor ihr auf einem niedrigen Tabouret; sie lachte ihn an und schlug ihn leise mit dem Fächer, als er nach ihrer Hand haschte, um sie zu küssen. Hundert Lichter, die sich in schmalen Spiegeln spiegelten, brannten um sie her, und vor ihnen lag ein großer Teppich, auf dem Göttin Venus in ihrem Taubengespann durch die Lüfte zog. Dann war es plötzlich, als löschten alle diese Lichter aus; nur zwei Stümpfchen brannten noch; es war wie eine schattendurchhuschte Kirche, und an der Stelle, wo der Teppich gelegen hatte, lag ein Grabstein, auf dem die Worte standen:

> Sie schwingt die Siegesfahne
> Auf güldnem Himmelsplane
> Und kann auf Sternen gehn.

Süß und schmerzlich, wie kurz vorher bei wachen Sinnen ihn diese Worte berührt hatten, berührten sie ihn jetzt im Traum. Er wachte auf.

»Noch eine halbe Meile, junger Herr«, sagte Krist.
»Dann sind wir in Dolgelin?«
»Nein, in Hohen-Vietz.«
»Da hab ich fest geschlafen.«
»Dritthalb Stunn.«

Das erste, was Lewin wahrnahm, war die Sorglichkeit, mit der sich der alte Kutscher mittlerweile um ihn bemüht hatte. Der Futtersack war ihm unter die Füße geschoben, die beiden Pferdedecken lagen ausgebreitet über seinen Knien.

Nicht lange, und der Hohen-Vietzer Kirchturm wurde sichtbar. An oberster Stelle eines Höhenzuges, der nach Osten hin die Landschaft schloß, stand die graue Masse, schattenhaft im funkelnden Nachthimmel.

Dem Sohne des Hauses schlug das Herz immer höher, sooft er dieses Wahrzeichens seiner Heimat ansichtig wurde. Aber er hatte heute nicht lange Zeit, sich der Eigentümlichkeit des Bildes zu freuen. Die beschneiten Parkbäume traten zwischen ihn und die Kirche, und einige Minuten später schlugen die Hunde an, und zwischen zwei Torpfeilern hindurch beschrieb der Schlitten eine Kurve und hielt vor der portalartigen Glastüre, zu der zwei breite Sandsteinstufen hinaufführten.

Lewin, der sich schon vorher erhoben hatte, sprang hinaus und schritt auf die Stufen zu. »Guten Abend, junger Herr«, empfing ihn ein alter Diener in Gamaschen und Frackrock, an dem nur die großen blanken Knöpfe verrieten, daß es eine Livree sein sollte.

»Guten Abend, Jeetze; wie geht es?«

Aber über diesen Gruß kam Lewin nicht hinaus, denn im selben Augenblick richtete sich ein prächtiger Neufundländer vor ihm auf und überfiel ihn, die Vorderpfoten auf seine Schultern legend, mit den allerstürmischsten Liebkosungen.

»Hektor, laß gut sein, du bringst mich um.« Damit trat unser Held in die Halle seines väterlichen Hauses. Ein paar Scheite, die im Kamin verglühten, warfen ihr Licht auf die alten Bilder an der Wand gegenüber. Lewin sah sich um, nicht ohne einen Anflug freudigen Stolzes, auf der Scholle seiner Väter zu stehen.

Dann leuchtete ihm der alte Diener die schwere doppelarmige Treppe hinauf, während Hektor folgte.

Zweites Kapitel
Hohen-Vietz

In der Halle schwelen noch einige Brände; schütten wir Tannäpfel auf und plaudern wir, ein paar Sessel an den Kamin rückend, von Hohen-Vietz.

Hohen-Vietz war ursprünglich ein altes, aus den Tagen der letzten Askanier stammendes Schloß mit Wall und Graben und freiem Blick ostwärts auf die Oder. Es lag auf demselben Höhenzuge wie die Kirche, deren schattenhaftes Bild uns am Schluß des vorigen Kapitels entgegentrat, und beherrschte den breiten Strom wie nicht minder die am linken Flußufer von Frankfurt nach Küstrin führende Straße. Es galt für sehr fest, und jahrhundertelang hatten sie einen Reim im Lebusischen, der lautete:

> De sitt so fest up sinen Sitz
> As de Vitzewitz' up Hohen-Vietz.

Die Pommern lagen zweimal davor; die Hussiten berannten es, als sie sengend und brennend in Lebus und

Barnim vordrangen, aber die Heilige Jungfrau im Kirchenbanner schützte das Schloß, und als der damalige Vitzewitz, über dessen Vornamen die Urkunden verschiedene Angaben bringen, ein griechisches Feuer in das Lager der Hussiten warf, zogen sie ab, nachdem sie alle umhergelegenen Dörfer verwüstet hatten. Die Kunst des griechischen Feuers aber hatte der Schloßherr von Rhodus mit heimgebracht, wo er unter den Rittern an zwei Feldzügen gegen die Türken teilgenommen hatte.

Das war 1432. Ruhigere Zeiten kamen. Der hohe Ruf von Hohen-Vietz lebte fort, ohne daß er Gelegenheit gehabt hätte, sich neu zu bewähren. Erst der Dreißigjährige Krieg brachte neue und schwerere Prüfungen.

Am 29. März 1631, fast genau zweihundert Jahre nach der Hussitenüberschwemmung, erschienen von Frankfurt aus sechs Compagnien Kaiserlicher vor Hohen-Vietz, das am Tage vorher, den Protesten des Schloßherrn Rochus von Vitzewitz zum Trotz, von den von Stettin und Garz her heranziehenden Schweden besetzt worden war. Oberst Maradas, der die Kaiserlichen führte, forderte die Übergabe des Schlosses. Als diese verweigert wurde, legten die Kaiserlichen, die aus je zwei Compagnien der Regimenter Butler, Lichtenstein und Maradas zusammengesetzt waren, die Leitern an, stürmten das Schloß, brannten es bis auf die nackten Mauern aus und ließen die schwedische Besatzung über die Klinge springen.

Einen Augenblick stand Rochus von Vitzewitz in Gefahr, das Schicksal der Besatzung zu teilen; seine beiden halberwachsenen Söhne aber, sie mochten siebzehn und sechzehn Jahre zählen, warfen sich dazwischen und retteten ihn durch ihre Geistesgegenwart. Oberst Maradas, an den jungen Leuten Gefallen findend, bot ihnen an, im kaiserlichen Heere Dienst zu nehmen, ein Anerbieten, das von seiten des jüngeren Matthias, ohne langes Säumen, auch ohne Widerspruch des Vaters angenommen wurde. Es waren nicht Zeiten, um über erfahrene Unbill, wie sie der Lauf des Krieges für Freund und Feind gleichmäßig mit sich brachte, lange zu grübeln. Matthias trat als Cornet in das Regiment Lichtenstein ein, Anselm aber, der ältere, erklärte, bei dem Vater ausharren und demselben bei Wiederaufbau des Schlosses zur Seite stehen zu wollen.

Dieser Wiederaufbau jedoch verzögerte sich. Als er endlich nach dem Abzug der feindlichen, nunmehr Süddeutschland zum Schauplatz ihrer Kämpfe wählenden Heere beginnen sollte, hatten sich unter den fortwährenden Opfern des Krieges die Verhältnisse derart verschlechtert, daß es an den nötigen Mitteln zu einem Schloßbau gebrach. Rochus entschied sich also, von der Hohen-Vietzer-Höhe, von der aus die Seinen dreihundert Jahre und länger ins Land geblickt hatten, herabzusteigen und zu Füßen derselben, am Nordrande des sich hier hinziehenden alten Wendendorfes, ein einfaches Herrenhaus herzurichten. Dies war 1634.

Anselm ging ihm dabei in allen Stücken zur Hand, und schon Sonntag Exaudi, elf Monte nach Beginn des Baues, konnte die neue Heimstätte der Vitzewitze bezogen werden.

Es war ein Fachwerkhaus, lang, niedrig, mit hohem Dach. In dem Balken aber, der über der Türe hinlief, war ein Spruch eingeschnitten:

> Dies ist der Vitzewitzen Haus,
> Aus dem alten zog es aus;
> Gottes Segen komm herein,
> Wird es wohl geschützet sein.

Und fast schien es, als ob der Spruch sich erfüllen und inmitten aller Kriegstrübsal, die über dem Lande lag, an dieser neugegründeten Stätte ein neues Glück erblühen solle. Von Matthias, der aus dem Regiment Lichtenstein in das Regiment Tiefenbach übergetreten, bei Nördlingen verwundet und ein halbes Jahr später, erst zwanzig Jahre alt, zum kaiserlichen Hauptmann aufgestiegen war, trafen Nachrichten ein, die des alten Rochus Herz, trotzdem es den Schweden zuneigte, mit Stolz und Freude erfüllten. Anselm, ohne darum nachgesucht zu haben, sah sich an den Hof gezogen und trat in dieselbe Leibtrabantengarde, in der schon seit hundert Jahren alle Vitzewitze ihrem Herrn, dem Kurfürsten, gedient hatten; was aber vor allem zu Dank und Hoffnung stimmte, das waren zwei gesegnete Fruchtjahre, die der Himmel der Hohen-Vietzer Feldmark schenkte, wahre Prachternten, aus deren Erträgen nunmehr die Mittel zur Aufführung eines stattlichen, rechtwinklig an das eigentliche Wohnhaus sich anlehnenden Anbaues entnommen werden konnten. Dieser Anbau, eine einzige mit Emporen, Wappen und Hirschgeweihen geschmückte Halle, richtete das Gemüt des alten Rochus, der eine hohe Vorstellung von den Repräsentationspflichten seines Hauses hatte, wieder auf und gemahnte ihn an alte gastliche Zeiten. Als er das erste Mal den Nachbaradel in diesem »Bankettsaal«, wie er die Halle gern nennen hörte, bewirtete, hielt er eine Ansprache an die Versammelten, die der Überzeugung Ausdruck gab, daß das Haus Vitzewitz auch wieder »bergan« ziehen und nicht immer »geduckt unterm Winde« stehen werde. All Ding, so etwa schloß er, habe seine Zeit, auch Krieg und Kriegesnot, und der Tag werde kommen, wo seine lieben Freunde und Nachbaren wieder auf der *Höhe* bei ihm zu Gaste sein und frei ostwärts mit ihm blicken würden.

Alles stimmte ein. Aber wenn jemals unprophetische Worte gesprochen wurden, so waren es diese. Der Krieg kam wieder, mit ihm Hunger und Pest, und zerstörte entweder den Wohlstand der Dörfer oder diese selbst. Ganze Gemarkungen wandelten sich in eine Wüste, und die Hälfte der Hohen-Vietzer Hofestellen stand leer, weil ihre Insassen verflogen oder verstorben waren. Inmitten dieses Elendes, ehe noch der Schimmer besserer Zeiten heraufdämmerte, schloß Rochus die müden Augen, und sie trugen ihn bergan in die Gruft unterm Altar und stellten den kupfernen Sarg, mit Beschlägen und Wappentafeln und mit aufgelötetem silbernen Kruzifix, in die lange Reihe der ihm vorangegangenen Ahnen. Nichts fehlte; denn der Zeiten Not hatte dem Vater die Ehren des Begräbnisses nicht kürzen sollen. So wollte es der älteste Sohn; der jüngere, mit seinem Regiment an der fränkischen Saale stehend, hatte der Bestattung nicht beiwohnen können.

Anselm war nun Herr auf Hohen-Vietz.

Es war nicht frohen Herzens, daß er das erste Korn in den nur schlecht gepflügten Boden warf; aber siehe da, die Saat ging auf, ohne daß Freund oder Feind – denn zwischen beiden war längst kein Unterschied mehr – die jungen Halme zerstampft hätte; der Krieg, so schien es, hatte sich ausgebrannt wie ein Feuer, das keine Nahrung mehr findet, und ehe das Jahrzehnt schloß, ging die Mär von Mund zu Mund, die Mär, daß Friede sei.

Und es *war* Friede. Was niemand mehr mit Augen zu sehen gehofft hatte, es war da. Und als abermals zwei Jahre ins Land gezogen waren, ohne daß Schwede oder Kaiserlicher im Lebusischen gelagert und geplündert hätte, und jeder, selbst der Ungläubigste, seiner Zweifel sich entschlagen mußte, da traf ein Brief im Hohen-Vietzer Herrenhause ein, der führte die Aufschrift: »Dem wohledlen, gestrengen und festen Anselm von Vitzewitz, erbsessen auf Hohen-Vietz im Lande Lebus.« Der Brief selbst aber lautete: »Mein insonders vielgeliebter Bruder! Von heut ab in zween Wochen, so Gott seinen Segen zu meinem Plane gibt, bin ich bei Dir in Hohen-Vietz. Ich erwarte nur noch die Permission aus Wien, die mir Kaiserliche Majestät nicht refüsieren wird. Vielleicht, daß uns tempora futura wieder zusammenführen, wie uns die Tage der Kindheit und adolescentia zusammen sahen. Wir Lutherischen – trotzdem sie zu Münster und Osnabrügge den Religionsfrieden mit vollen Backen proklamieret haben – sind wenig gelitten im kaiserlichen Heere, und kein Tag vergeht ohne Andeutung, daß man uns nicht mehr braucht. Ich höre, daß Unser gnädigster Herr Kurfürst, dem ich nie säumig gewesen, als meinen Lehns- und Landesherren zu konsiderieren, eine brandenburgische Armee wirbt, derowegen er aus schwedischem und kaiserlichem Heer Offiziers und Generals im beträchtlichen herübernimmt. Es sollte mir eine rechte Freude sein, so die Reihe auch an mich käme; denn daß ich es sage, es zieht mich wieder heimb in mein liebes Land Lebus. Unsere Vettern und Nachbarn, die Burgsdorffs, die post mortem Schwarzenbergii das A und das O bei Hofe sind, werden doch etwas tun wollen für eine alte Kriegsgurgel, die den Dienst kennt wie den Catechismum Lutheri. Interim bene vale. Der ich bin Dein Bruder Matthias von Vitzewitz, kaiserlicher Oberst.«

Und Matthias kam wirklich und hielt die angegebene Zeit. Ein Fest sollte seine Anwesenheit feiern. In dem großen Anbau waren drei Tische gedeckt; zwei standen unten und liefen, der Länge des Saales nach, nebeneinander her, der dritte Tisch aber stand quer auf einer mit Wappen und Bannern geschmückten Empore, zu der drei Stufen hinanführten. Die ganze Freundschaft aus Barnim und Lebus war geladen; die Brüder saßen einander gegenüber; neben ihnen, an der Quertafel: Adam und Beteke Pfuel von Jahnsfelde, Peter Ihlow von Ringenwalde, Balthasar Wulffen von Tempelberg, Hans und Nikolaus Barfus von Hohen- und Nieder-Predikow, dazu Tamme Strantz, Achim von Kracht, zwei Schapelows, zwei Beerfeldes und fünfe von Burgsdorff. Sie waren alle, schon um Glaubens willen, mehr schwedisch als kaiserlich, besonders Peter Ihlow, der – ein Neffe Feldmarschall Ihlows – einen Groll gegen den Wiener Hof hatte, ihn anklagend, seinen Oheim in Schloß Eger meuchlings gemordet zu haben. Er wiederholte auch heute seine Anklage, wobei es dahingestellt bleiben mag, ob er die Gegenwart des Gastes momentan vergaß oder sie vergessen wollte.

Matthias von Vitzewitz, als er seinen Kriegsherrn, den Kaiser, in so herausfordernder Weise schmähen hörte, erhob sich und rief:

»Peter Ihlow, hütet Eure Zunge. Ich bin kaiserlicher Offizier.«

»Du bist es«, rief jetzt Anselm, aus dem der Wein, aber

noch mehr das protestantische Herz sprach, über den Tisch hinüber; »du bist es; aber besser wäre es, du wärest es nie gewesen.«

»Besser oder nicht, ich *bin* es. Des Kaisers Ehre ist meine Ehre.«

»Ein Glück, daß du die Ehre satt hast. Die Fremden sind wenig gelitten im kaiserlichen Heere.«

Matthias, der sich bis dahin mühsam bezwungen hatte, verlor alle Herrschaft über sich, als er sich, durch Vorhaltung seiner eigenen Briefworte, in so wenig großmütiger Weise besiegt und gefangen sah. Die Augen traten ihm aus der Stirn, und sein Kinn auf den Knauf des Degens stützend, schrie er: »Wer das sagt, der lügt.«

»Wer es leugnet, der lügt.«

In diesem Augenblicke zogen beide. Die Zunächstsitzenden sprangen auf, aber ehe noch ein Dazwischenspringen möglich war, hatte des jüngeren Bruders Degen die Brust des älteren durchdrungen. Anselm war tödlich getroffen.

Matthias, außer sich über das Geschehene, wollte sich dem Kurfürsten stellen; nur widerwillig gab er den Vorstellungen derer nach, die auf Flucht drangen. In seine Garnisonstadt Böhmisch-Grätz zurückgekehrt, machte er nach Wien hin Meldung von dem Vorgefallenen; dabei hatte es sein Bewenden. Ihm zu zeigen, wie wenig die Kriegskanzelei den Vorfall beanstande, der ja in Verteidigung kaiserlicher Ehre seine erste Veranlassung hatte, ließ man ihn zum General aufsteigen und gab ihm ein Kommando in Ungarn. Aber diese Gnadenbezeugungen, dankbar, wie er sie entgegennahm, gaben ihm doch die Ruhe nicht wieder, nach der er dürstete, und von Peterwardein aus, wo er im Feldlager lag, schrieb er an den Kurfürsten und rief seine Gnade an, »um dessentwillen, der aller Menschen Heil und Gnade sei«.

Der Kurfürst schwankte; als aber durch die eidlichen Aussagen von Peter Ihlow, Beteke Pfuel und Ehrenreich von Burgsdorff erwiesen war, daß beide Brüder zu gleicher Zeit gezogen hätten, kam es zu einem Generalpardon, »gleichweis als ob die Geschichte nie geschehen wäre«, und Matthias kehrte nach Hohen-Vietz zurück, das er seit dem Tage, an dem Maradas das Schloß gestürmt hatte, nur einmal, in jener unheilvollen Festesstunde, wiedergesehen hatte.

Er kam und brachte, wie die Hohen-Vietzer noch lange erzählten, »eine Tonne Goldes mit sich«; denn Dotationen und Landerwerbungen, wie sie damals herkömmlich waren, hatten ihn reich gemacht. Der Kurfürst empfing ihn in ausgezeichneter Weise und setzte ihn, unter Innehaltung herkömmlicher Formen, in den Vollbesitz des verfallenen Gutes ein. Unmittelbar darauf schritt der Neubelehnte zur Aufführung eines schloßartigen, mit breiter Treppe und hohen Stuckzimmern reich ausgestatteten Renaissanceneubaues, der, mit dem ärmlichen Fachwerkhaus parallel laufend, einen hufeisenförmigen Gebäudekomplex herstellte, in dem die »Bankettballe«, der mehrgenannte Saalanbau des alten Rochus, die verbindende Linie war. Diesen Saalanbau selbst aber, eingedenk dessen, was hier geschah, schuf Matthias von Vitzewitz in eine Kapelle um. Über dem Altar stiftete er ein Bild, dessen Inhalt der Erzählung vom verlorenen Sohn entnommen war; daneben hing er die Klinge auf, mit der er den Bruder erstochen hatte. Er betrat die Kapelle nie anders als in der Dämmerstunde, er liebte nicht, daß man es wußte oder gar davon sprach, aber wer auf dem anstoßenden Fliesenflur des alten Fachwerkhauses zu tun hatte oder müßig lauschte, der hörte seine lauten Gebete.

Seine Buße währte sein Leben lang, und sein Leben kam zu hohen Jahren. Noch spät hatte er sich vermählt. Im Herbste desselben Jahres, das seinen Herrn den Kurfürsten hinscheiden sah, schied auch er aus dieser Zeitlichkeit, und die Hohen-Vietzer, an ihrer Spitze der achtzehnjährige Sohn des Hauses, trugen ihn bis zur alten Hügelkirche hinauf und setzten ihn in die Gruft neben den Kupfersarg des Vaters derart, daß Anselm zur Rechten, Matthias aber zur Linken stand.

Er war in der Zuversicht gestorben, daß Gott seine Buße angenommen habe; auch die, die nach ihm kamen, waren dieses Glaubens voll. Aber dieser Glaube, wie festen Lebensgrund er ihnen gab, konnte ihnen doch den Frohsinn des Lebens nicht wiedergeben. Sie blickten ernst um sich her. Und dieser Zug begann sich fortzuerben. Der Familiencharakter, der in alten Zeiten ein joviales Aufbrausen gewesen war, wich einem Grübeln und Brüten, und ihr Hang zu Festen und Gelagen schlug in einen Hang zur Selbstpein und Askese um. Auch sahen sie sich durch manchen Vorgang, durch Spuk und Wirklichkeit, in diesem Hange genährt und gefestigt. In dem zur Kapelle umgeschaffenen Saalanbau, der, verstaubend und verfallend, längst wieder den Kapellencharakter abgestreift hatte und zu einem Vorratsraum für die kleinen Leute des Hauses geworden war, ging der alte Matthias um wie zu Lebzeiten und kniete vor dem Altar, den er gestiftet. Niemand im Hause zweifelte daran. Aber wenn auch ein einzelner den Spuk verneint und, sei es aus Glauben oder Unglauben, die Erscheinung als ein abergläubisch Gebilde verworfen hätte, so hätten doch andere Zeichen zu ihm gesprochen. Seit anderthalbhundert Jahren stand das Geschlecht auf zwei Augen; es sah darin einen Finger Gottes; zwei Brüder sollten nicht wieder in Waffen gegeneinander stehen.

Die Dorfbewohner, wie kaum versichert zu werden braucht, hegten dies alles wie einen Schatz, und in den Spinnstuben wurde nichts eifriger verhandelt als die Frage, ob der alte Matthias gesehen worden sei oder nicht. Es war eine Art Ehrensache, ihn gesehen zu haben. Man scherzte über ihn und fürchtete sich. Die Bauern selbst waren nicht anders wie ihre Mägde. Auf dem Höhenzuge, dicht neben der Kirche, stand eine alte Buche, die teilte sich halbmannshoch über der Wurzel und wuchs in zwei Stämmen nach rechts und links. Das paßte den Hohen-Vietzern, und die Sage ging, daß beide Brüder, als sie noch Kinder waren, diesen Baum gemeinschaftlich gepflanzt hätten. Als aber Anselm von der Hand des jüngern gefallen sei, da habe sich der Stamm geteilt. Und noch andere wußten, daß Matthias, wenn er unten in der Kapelle gebetet, die große Nußbaumallee bis zur Kirche hinaufsteige und den Buchenstamm da, wo er sich teilt, zu umfassen und zusammenzupressen suche. Aber umsonst. Er sitze dann zu Füßen des Baumes und klage laut.

Aber wenn sich das nach dem Spukhaften und Schauerlichen drängende romantische Bedürfnis in diesen trüben Bildern mit Vorliebe aussprach, so drängte doch auch ein anderer Zug in den Herzen der Hohen-Vietzer ebenso entschieden auf endliche Versöhnung hin, und einen Reimspruch kannte jung und alt, der dieser Hoffnung auf Versöhnung Ausdruck gab. Auch im Herrenhause kannten sie ihn sehr wohl, und der Reimspruch lautete:

> Und eine Prinzessin kommt ins Haus,
> Da löscht ein Feuer den Blutfleck aus,
> Der auseinander getane Stamm
> Wird wieder eins, wächst wieder zusamm',
> Und wieder von seinem alten Sitz
> Blickt in den Morgen Haus Vitzewitz.

Drittes Kapitel
Weihnachtsmorgen

An Lewins Seele waren inzwischen unruhige Träume vorübergegangen. Die Fahrt im Ostwind hatte ihn fiebrig gemacht, und erst gegen Morgen verfiel er in einen festen Schlaf. Eine Stunde später begann es bereits im Hause lebendig zu werden; auf dem langen Korridor, an dessen Nordostecke Lewins Zimmer gelegen war, hallten Schritte auf und ab, schwere Holzkörbe wurden vor die Feuerstellen gesetzt und große Scheite von außen her in den Ofen geschoben. Bald darauf öffnete sich die Tür, und der alte Diener, der am Abend zuvor seinen jungen Herrn empfangen hatte, trat ein, einen Blaker in der Hand. Hektor blieb liegen, reckte sich auf dem Rehfell und wedelte nur, als ob er rapportieren wolle: Alles in Ordnung. Jeetze setzte das Licht, dessen Flamme er bis dahin mit seiner Rechten sorglich gehütet hatte, hinter einen Schirm und begann alles, was an Garderobestücken umherlag, über seinen linken Arm zu packen. Er selbst war noch im Morgenkostüm; zu den Samthosen und Gamaschen, ohne die er nicht wohl zu denken war, trug er einen Arbeitsrock von doppeltem Zwillich. Als er alles beisammen hatte, trat er, leise wie er gekommen war, seinen Rückzug an, dabei nach Art alter Leute unverständliche Worte vor sich her murmelnd. An dem zustimmenden Nicken seines Kopfes aber ließ sich erkennen, daß er zufrieden und guter Laune war.

Die Tür blieb halb offen, und das erwachende Leben des Hauses drang in immer mahnenderen, aber auch in immer anheimelnderen Klängen in das wieder still gewordene Zimmer. Die großen Scheite Fichtenholz sprangen mit lautem Krach auseinander, von Zeit zu Zeit zischte das Wasser, das aus den naß gewordenen Stücken in kleinen Rinnen ins Feuer lief, und von der Korridornische her hörte man den sichern und regelrechten Strich, mit dem Jeetzes Bürste der Hacheln und Härchen, die nicht loslassen wollten, Herr zu werden suchte.

Alles das war hörbar genug, nur Lewin hörte es nicht. Endlich beschloß Hektor, der Ungeduld Jeetzes und seiner eigenen ein Ende zu machen, richtete sich auf, legte beide Vorderpfoten aufs Deckbett und fuhr mit seiner Zunge über die Stirn des Schlafenden hin, ohne weitere Sorge, ob seine Liebkosungen willkommen seien oder nicht. Lewin wachte auf; die erste Verwirrung wich einem heiteren Lachen. »Kusch dich, Hektor«, damit sprang er aus dem Bett. Der Morgenschlaf hatte ihn frisch gemacht; in wenig Minuten war er angekleidet, ein Vorteil halb soldatischer Erziehung. Er durchschritt ein paarmal das Zimmer, betrachtete lächelnd einen mit vier Nadeln an die Tischdecke festgesteckten Bogen Papier, auf dem in großen Buchstaben stand: »Willkommen in Hohen-Vietz«, ließ seine Augen über ein paar Silhouettenbilder gleiten, die er von Jugend auf kannte und doch immer wieder mit derselben Freudigkeit begrüßte, und trat dann an eines der zugefrorenen Eckfenster. Sein Hauch taute die Eisblumen fort, ein Fleckchen, nicht größer wie eine Glaslinse, wurde frei, und sein erster Blick fiel jetzt auf die eben aufgehende Weihnachtssonne, deren roter Ball hinter dem Turmknopf der Hohen-Vietzer Kirche stand. Zwischen ihm und dieser Kirche erhoben sich die Bäume des hügelansteigenden Parkes, phantastisch bereift, auf einzelnen ein paar Raben, die in die Sonne sahen und mit Gekreisch den Tag begrüßten.

Lewin freute sich noch des Bildes, als es an die Türe klopfte.

»Nur herein!«

Eine schlanke Mädchengestalt trat ein, und mit herzlichem Kuß schlossen sich die Geschwister in die Arme. Daß es Geschwister waren, zeigte der erste Blick: gleiche Figur und Haltung, dieselben ovalen Köpfe, vor allem dieselben Augen, aus denen Phantasie, Klugheit und Treue sprachen.

»Wie freue ich mich, dich wieder hier zu haben. Du bleibst doch über das Fest? Und wie gut du aussiehst, Lewin! Sie sagen, wir ähnelten uns; es wird mich noch eitel machen.«

Die Schwester, die bis dahin wie musternd vor dem Bruder gestanden hatte, legte jetzt ihren Arm in den seinen und fuhr dann, während beide auf der breiten Strohmatte des Zimmers auf und ab promenierten, in ihrem Geplauder fort.

»Du glaubst nicht, Lewin, wie öde Tage wir jetzt haben. Seit einer Woche flog uns nichts wie Schneeflocken ins Haus.«

»Aber du hast doch den Papa ...«

»Ja und nein. Ich hab ihn und hab ihn nicht; jedenfalls ist er nicht mehr, wie er war. Seine kleinen Aufmerksamkeiten bleiben aus; er hat kein Ohr mehr für mich, und wenn er es hat, so zwingt er sich und lächelt. Und an dem allen sind die Zeitungen schuld, die ich freilich auch nicht missen möchte. Kaum daß Hoppenmarieken in den Flur tritt und das Postpaket aus ihrem Kattuntuch wickelt, so ist es mit seiner Ruhe hin. Er geht an mir vorbei, ohne mich zu sehen. Briefe werden geschrieben; die Pferde kommen kaum noch aus dem Geschirr; zu Wagen und zu Schlitten geht es hierhin und dorthin. Oft sind wir tagelang allein. Ein Glück, daß ich Tante Schorlemmer habe, ich ängstigte mich sonst zu Tode.«

»Tante Schorlemmer! So findet alles seine Zeit.«

»Oh, sie braucht nicht erst ihre Zeit zu finden, sie hat immer ihre Zeit, das weiß niemand besser als du und ich. Aber freilich, eines ist meiner guten Schorlemmer nicht gegeben, einen öden Tag minder öde zu machen. Möchtest du, eingeschneit, einen Winter lang mit ihr und ihren Sprüchen am Spinnrad sitzen?«

»Nicht um die Welt. Aber wo bleibt der Pastor? Und wo bleibt Marie? Ist denn alles zerstoben und verflogen?«

»Nein, nein, sie sind da, und sie kommen auch und sind die alten noch; lieb und gut wie immer. Aber unsere Hohen-Vietzer Tage sind so lang, und am längsten, wenn im Kalender die kürzesten stehen. Marie kommt übrigens heute abend; sie hat eben anfragen lassen.«

»Und wie geht es unserm Liebling?«

»In den drei Monaten, daß du nicht hier warst, ist sie voll herangewachsen. Sie ist wie ein Märchen. Wenn morgen eine goldene Kutsche bei Kniehases vorgefahren käme, um sie aus dem Schulzenhause mit zwei schleppentragenden Pagen abzuholen, ich würde mich nicht wundern. Und doch ängstigt sie mich. Aber je mehr ich mich um sie sorge, desto mehr liebe ich sie.«

So weit waren die Geschwister in ihren Plaudereien gekommen, als Jeetze – nunmehr in voller Livree – in der Türe erschien, um seinen jungen Herrschaften anzukündigen, daß es Zeit sei.

»Wo ist Papa?«

»Er baut auf. Krist und ich haben zutragen müssen.«

»Und Tante Schorlemmer?«

»Ist im Flur. Die Singekinder sind eben gekommen.«

Lewin und Renate nickten einander zu und traten dann heiteren Gesichts und leichten Ganges, ein jeder stolz auf den andern, in den Korridor hinaus. In demselben Augenblick, wo sie an dem Treppenkopf angelangt waren, klang es weihnachtlich von hellen Kinderstimmen zu ihnen herauf. Und doch war es kein eigentliches Weihnachtslied. Es war das alte »Nun danket alle Gott«, das den märkischen Kehlen am geläufigsten ist und am freiesten aus ihrer Seele kommt. »Wie schön«, sagte Lewin und horchte, bis die erste Strophe zu Ende war.

Als die Geschwister im Niedersteigen den untersten Treppenabsatz erreicht hatten, hielten sie abermals und überblickten nun das Bild zu ihren Füßen. Die gewölbte Flurhalle, groß und geräumig, trotz der Eichenschränke, die umherstanden, war mit Menschen, jungen und alten, gefüllt; einige Mütterchen hockten auf der Treppe, deren unterste Stufen bis weit in den Flur hinein vorsprangen. Links, nach der Park- und Gartentür zu, standen die Kinder, einige sonntäglich geputzt, die anderen notdürftig gekleidet, hinter ihnen die Armen des Dorfes, auch Sieche und Krüppel; nach rechts hin aber hatte alles, was zum Hause gehörte, seine Aufstellung genommen: der Jäger, der Inspektor, der Meier, Krist und Jeetze, dazu die Mägde, der Mehrzahl nach jung und hübsch, und alle gekleidet in die malerische Tracht dieser Gegenden, den roten Friesrock, das schwarzseidene Kopftuch und den geblümten Manchester-Spenzer. In Front dieser bunten Mädchengruppe gewahrte man eine ältliche Dame über fünfzig, grau gekleidet mit weißem Tuch und kleiner Tüllhaube, die Hände gefaltet, den Kopf vorgebeugt, wie um dem Gesange der Kinder mit mehr Andacht folgen zu können. Es war Tante Schorlemmer. Nur als die Geschwister auf dem Treppenabsatz erschienen, unterbrach sie ihre Haltung und erwiderte Lewins Gruß mit einem freundlichen Nicken.

Nun war auch der zweite Vers gesungen, und die Weihnachtsbescherung an die Armen und Kinder des Dorfes, wie sie in diesem Hause seit alten Zeiten Sitte war, nahm ihren Anfang. Niemand drängte vor; jeder wußte, daß ihm das Seine werden würde. Die Kranken erhielten eine Suppe, die Krüppel ein Almosen, alle einen Festkuchen, an die Kinder aber traten die Mägde heran und schütteten ihnen Äpfel und Nüsse in die mitgebrachten Säcke und Taschen.

Das Gabenspenden war kaum zu Ende, als die große, vom Flur aus in die Halle führende Flügeltüre von innen her sich öffnete und ein heller Lichtschein in den bis dahin nur halb erleuchteten Flur drang. Damit war das Zeichen gegeben, daß nun dem Hause selber beschert werden solle. Der alte Vitzewitz trat zwischen Türe und Weihnachtsbaum, und Lewins ansichtig werdend, der am Arm der Schwester dem Festzug voraufschritt, rief er ihm zu: »Willkommen, Lewin, in Hohen-Vietz.« Vater und Sohn begrüßten sich herzlich; dann setzten die Geschwister ihren Umgang um die Tafel fort, während draußen im Flur die Kinder wieder anstimmten:

>»Lob, Ehr und Preis sei Gott,
> Dem Vater und dem Sohne,
> Und auch dem Heil'gen Geist
> Im hohen Himmelsthrone.«

Der Zug löste sich nun auf, und jeder trat an seinen Platz und seine Geschenke. Alles gefiel und erfreute, die Shawls, die Westen, die seidenen Tücher. Da lagerte kein Unmut, keine Enttäuschung auf den Stirnen; jeder wußte, daß schwere Zeiten waren und daß der viel heimgesuchte Herr von Hohen-Vietz sich mancher Entbehrung unterziehen mußte, um die gute Sitte des Hauses auch in bösen Tagen aufrechtzuerhalten.

Zu beiden Seiten des Kamins, über dessen breiter Marmorkonsole das überlebensgroße Bild des alten Matthias aufragte, waren auf kleinen Tischen die Gaben ausgebreitet, die der Vater für Lewin und Renaten gewählt hatte. Lieblingswünsche hatten ihre Erfüllung gefunden, sonst waren sie nicht reichlich. An Lewins Platz lag eine gezogene Doppelbüchse, Suhler Arbeit, sauber, leicht, fest, eine Freude für den Kenner.

»Das ist für dich, Lewin. Wir leben in wunderbaren Tagen. Und nun komm und laß uns plaudern.«

Beide traten in das nebenangelegene Zimmer, während in der Halle die Weihnachtslichter niederbrannten.

Viertes Kapitel

Berndt von Vitzewitz

Der Vater Lewins war Berndt von Vitzewitz, ein hoher Fünfziger. Mit dreizehn Jahren bei den zu Landsberg garnisonierenden Knobelsdorff-Dragonern eingetreten, hatte er, nach beinahe dreißigjährigem Dienst, das Kommando des berühmten Regiments eben übernommen, als ihn, im Frühjahr 1795, der Abschluß des Basler Friedens veranlaßte, seinen Abschied zu fordern. Voller Abscheu gegen die Pariser Schreckensmänner sah er in dem »Paktieren mit den Regiciden« ebenso eine Gefahr wie eine Erniedrigung Preußens. Er zog sich verstimmt nach Hohen-Vietz zurück. Vielleicht war es ein Ausdruck seiner Verstimmung, daß er es, wenigstens im geselligen Verkehr, vorzog, seinen militärischen Rang ignoriert und sich lediglich als Herr von Vitzewitz angesprochen zu sehen. Das Gut selbst war ihm schon sieben Jahre früher zugefallen, unmittelbar fast nach seiner Vermählung mit Madeleine von Dumoulin, ältesten Tochter des Generallieutenants von Dumoulin, der bei Zorndorf, als jüngster Offizier in der Schwadron des Rittmeisters von Wakenitz, Wunder der Tapferkeit verrichtet und nach zweimaligem Durchbrechen der russischen Carrés den Pour le mérite auf dem Schlachtfelde empfangen hatte.

Viertes Kapitel

Madeleine von Dumoulin, groß, schlank, blond, eine typische deutsche Schönheit, wie so oft die Töchter des altfranzösischen Adels, war der Abgott ihres Gemahls. Und doch sah sie zu ihm hinauf; ohne Prätensionen, fast ohne Laune, beugte sie sich vor der Überlegenheit seines Charakters. Die Geburt eines Sohnes, noch in der Garnisonstadt des Regiments, schuf ein gesteigertes Glück, das aus beider Augen noch lebhafter sprach, als ihnen, bald nach ihrer Übernahme von Hohen-Vietz, auch eine Tochter geboren wurde. Es war im Mai 1795, ein Frühlingsregen sprühte, und das Zeichen des Bundes zwischen Gott und den Menschen, ein Regenbogen, stand verheißungsvoll über dem alten Hause. Aber die Verheißung, wenn sie dem Kinde gelten mochte, galt nicht dem Vater. Ein Allerschmerzlichstes blieb auch ihm, wie so vielen seiner Ahnen, unerspart. Es traf ihn anders, aber nicht minder schwer.

Der Tag von Jena hatte über das Schicksal Preußens entschieden; elf Tage später hielten bereits angemeldete französische Offiziere vor dem Herrenhause in Hohen-Vietz, zu deren Bewillkommnung, um nicht Anstoß zu geben, auch die kaum von einem hitzigen Fieber wiederhergestellte, noch die Blässe der Krankheit zeigende Dame vom Hause erschienen war. In der Halle war gedeckt. Frau von Vitzewitz blieb und schien ihren Zweck, ein leidliches Einvernehmen zwischen Wirt und Gästen herzustellen, erreichen zu sollen, als sich, während schon der Nachtisch aufgetragen wurde, ein ihr gegenüber sitzender Kapitän, von der spanischen Grenze, olivenfarbig, mit dünnem Spitzbart, erhob und in unziemlichster Huldigung Worte lallte, die der schönen Frau das Blut in die Wangen trieben. Berndt von Vitzewitz fuhr auf den Elenden ein, andere Offiziere, dazwischenspringend, trennten die miteinander Ringenden, und Partei ergreifend für den beleidigten Gemahl, steckten sie draußen im Park den Platz ab, wo der Handel auf der Stelle ausgemacht werden sollte. Berndt, ein Meister auf den Degen, verwundete seinen Gegner schwer am Kopf, und die Franzosen, in der ihnen eigenen ritterlichen Gesinnung, beglückwünschten ihn, ohne die geringste Verstimmung zu zeigen, zu seinem Triumph. Aber es war ein kurzer Sieg, zum mindesten ein teuer erkaufter. Die heftigen, von solchen Vorgängen unzertrennlichen Erregungen warfen die schöne Frau aufs Krankenbett zurück, am dritten Tag war sie aufgegeben, am neunten trugen sie sie die alte Nußbaumallee hinauf, bis an die Hohen-Vietzer Kirche, und senkten sie unter Innehaltung aller von ihr gegebenen Bestimmungen ein. Nicht in die Gruft, sondern in »Gottes märkische Erde«, wie sie so oft gebeten hatte. Die Glocken klangen den ganzen Tag ins Land, und als der Frühling kam, lag ein Stein auf der Grabesstelle, ohne Namen, ohne Datum, nur tief eingegraben: »Hier ruht mein Glück.«

Berndts Charakter hatte sich unter diesen Schlägen aus dem Ernsten völlig ins Finstere gewandelt. Die Lage des zerbröckelten, nahezu aus der Reihe der Staaten gestrichenen Vaterlandes war nicht dazu angetan, ihn aufzurichten. Sein eigner Besitz entwertet, die Ernten geraubt, das Gehöft von Räuberhänden halb niedergebrannt – so verfiel er auf Jahr und Tag in brütenden Trübsinn und lebte erst wieder auf, als Sorge und Mißgeschick, die beinahe unausgesetzt auf ihn eindrangen, einen großen Haß in ihm gezeitigt hatten. Er wurde rührig, regsam, er hatte Ziele, er lebte wieder.

Der Haß, dem er dieses dankte, richtete sich gegen alles, was von jenseit des Rheines kam, aber doch war ein Unterschied in dem, was er gegen den Machthaber und gegen die französische Nation empfand. Für diese letztere, deren Mut, Begeisterung und Opferfähigkeit er so oft gepriesen, so oft vorbildlich hingestellt hatte, hatte er, wie fast alle Märker, im tiefsten Herzen eine nicht zu ertötende Vorliebe, und aller Haß, den er, dieser Liebe zum Trotz, stark und ehrlich zur Schau trug, war viel mehr Absicht und Kalkül als unmittelbare Empfindung, emporgewachsen aus der unablässigen, mit Geflissentlichkeit gehegten Betrachtung, daß – um ihn selber sprechen zu lassen –

»das undankbarste aller Völker einen guten König geschlachtet habe, um sich vor den Triumphwagen eines freiheitsmörderischen Tyrannen zu spannen«. Ganz anders sein Haß gegen den Bonaparte selbst. Ungemacht und ungekünstelt sprang er wie ein heißer Quell aus seinem Herzen. Schon der Name widerte ihn an. Er war kein Franzos, er war Italiener, Korse, aufgewachsen an jener einzigen Stelle in Europa, wo noch die Blutrache Sitte und Gesetz; und selbst die Größe, die er ihm zugestehen mußte, war ihm staunens-, aber nicht bewundernswert, weil sie alles himmlischen Lichtes entbehrte. Er sah in ihm einen Dämon, nichts weiter; eine Geißel, einen Würger, einen aus Westen kommenden Dschingis-Khan. Als Mitte November bekannt wurde, daß der Kaiser Küstrin passieren werde, um bis an die Weichsel zu gehen, führte Berndt seine beiden halberwachsenen Kinder, Renate zählte elf, Lewin eben sechzehn Jahre, nach der alten Oderfestung und nahm Stand an dem Müncheberger Tore, um ihnen den zu zeigen, »den Gott gezeichnet habe«. Und als dieser nun unter dem gewölbten Portal hin in die stille Stadt einritt und das gelbe Wachsgesicht wie ein unheimlicher Lichtpunkt zwischen dem Bug des Pferdes und dem tief in die Stirn gerückten Hute sichtbar wurde, da schob er die Kinder in die vorderste Reihe und rief ihnen vernehmlich zu: »Seht scharf hin, das ist der *Böseste* auf Erden.«

Aber wer zu hassen versteht, so es nur der rechte Haß ist, der weiß auch zu lieben, und die leidenschaftliche Zuneigung, die Berndt so viele Jahre lang gegen die zu früh Heimgegangene als sein höchstes irdisches Glück im Herzen getragen hatte, er übertrug sie jetzt auf die Kinder, die als die Ebenbilder der Mutter heranwuchsen. Schlank aufgeschossen, blond und durchsichtig, wichen sie in jedem Zuge von der äußeren Erscheinung des Vaters ab, zu dessen gedrungener Gestalt sich dunkelster Teint und ein schwarzes, kurzgeschnittenes, mit nur wenig Grau erst untermischtes Haar gesellte. Und wie verschieden die Erscheinung, so verschieden auch waren die Charaktere. Leichtbeweglich und leichtgläubig, immer geneigt, zu bewundern und zu verzeihen, hatten die Kinder das heitere Licht der Seele, wo der Vater das düstere Feuer hatte. Demütig und trostreich, angelegt, um zu beglücken und glücklich zu sein, leuchtete ihren Wegen die alles verklärende Phantasie. Der Vater freute sich dessen. Er träumte von einer Wandlung, die mit ihnen über das Haus kommen werde.

Berndt von Vitzewitz, wie alle, die ihr Herz an etwas setzen, machte wenig davon; er hatte das Schamgefühl der Liebe. Aber ebensowenig gefiel er sich darin, eine rauhe Außenseite herauszukehren. Weil er Autorität hatte, durfte er darauf verzichten, sie jeden Augenblick geltend zu machen. Er liebte es, im Gespräch den Unterschied der Jahre zu überspringen, und bespöttelte jene Väter und Mütter, die, aus der Not eine Tugend machend, ihre Gefühls- und Gedankenwelt in zwei Rubriken, in eine für die »Intimen« und in eine andere für die Kinder bestimmte Hälfte, zu teilen pflegen. Er war offen, entgegenkommend gegen Lewin, reich an Aufmerksamkeiten gegen Renate. Nur in den letzten Wochen, wie die Schwester dem Bruder bereits geklagt hatte, war eine Änderung eingetreten; er mied jede Begegnung, sprach wenig und saß halbe Nächte lang, wenn ihn nicht Besuche in die Umgegend führten, an seinem Schreibtisch oder durchschritt im Selbstgespräch das einfensterige Cabinet, das sein Arbeitszimmer bildete.

Dies Arbeitszimmer war ebenso tief wie schmal, so daß die gelben, von Tabak- und Lampenrauch längst grau gewordenen Wände, bei dem wenigen Licht, das einfiel, noch dunkler erschienen, als sie waren. Von Luxus keine Spur. Nur für Bequemlichkeit war gesorgt, für jenes Alles-zur-Hand-Haben geistig beschäftigter Männer, denen nichts unerträglicher ist, als erst holen, suchen oder gar warten zu müssen. Die beiden Türen des Cabinets, von denen die eine nach der Halle, die andere nach dem Damenzimmer führte, lagen dem Fenster zu, wodurch zwei breite Wandflächen zur Aufstellung eines Schreibtisches und eines Ledersofas, beide von beträchtlicher Länge, gewonnen waren. Ein dazwischen stehender gartenstuhlartiger Holzschemel würde die Kommunikation vollständig geschlossen haben, wenn nicht die Tischplatte eine entsprechende Einbuchtung gehabt hätte. Über dem Schreibtisch hing ein schönes Frauenporträt, Brustbild, nachgedunkelt, über dem Sofa ein schmaler, länglicher Spiegel, dessen völlig verblaktes Glas über seine Nutzlosigkeit an dieser Stelle keinen Zweifel ließ. Ein Schlüsselbrett, dazu zwei, drei Hirschgeweihe mit allerhand Mützen und Hüten daran, vollendeten die Einrichtung. In den Ecken standen Stöcke umher, eine Entenflinte und ein Kavalleriedegen, während an den Paneelen der Fensternische mehrere Spezialkarten von Rußland, mit Oblaten und Nägelchen, je nachdem es sich am bequemsten gemacht hatte, befestigt waren. Zahllose rote Punkte und Linien zeigten deutlich, daß mit dem Zeitungsblatt in der Hand zwischen Smolensk und Moskau bereits viel hin und her gereist worden war.

Dies war das Zimmer, in das, wie am Schlusse des vorigen Kapitels erzählt, Vater und Sohn eintraten. Beide nahmen auf dem Sofa Platz, gegenüber dem Frauenporträt, das jetzt auf sie niedersah. Berndt, der in seinem gewöhnlichen Hauskostüm war: weite Beinkleider von schottischem Stoff, dunkler Samtrock, dazu ein rotseidenes Tuch leicht um den Hals geschlungen, streckte den rechten Fuß auf ein hohes, tabouretartiges Doppelkissen. Lewin, aus Respekt und Gewöhnung, saß gerade aufrecht neben ihm.

»Nun, was gibt es, Lewin, was bringst du?«

»Vielleicht eine Neuigkeit. Morgen werden unsere Blätter das Bulletin bringen, das die Vernichtung des Heeres zugesteht. Ladalinskis hatten den französischen Text; Kathinka las uns die Hauptstellen vor. Es hat mich erschüttert.«

»Auch mich, aber noch mehr hat es mich erhoben.«

»So kennst du schon den Inhalt? und ich komme wieder zu spät.«

»Tante Amelie empfing den Zeitungsausschnitt schon gestern; du kennst ihre alten Beziehungen. Graf Drosselstein, der gestern bei ihr war, erbot sich, mir persönlich die Nachricht zu bringen. Wir haben wohl eine Stunde geplaudert. Und glaube mir, das Bulletin sagt nicht die Hälfte. Wir haben Briefe aus Minsk und Bialystock; sie sind total vernichtet.«

»Welch ein Gericht!«

»Ja, Lewin, du sprichst das Wort. Die große Hand, die beim Gastmahl des Belsazar war, hat wieder ihre Zeichen geschrieben und diesmal keine Rätselzeichen. Jeder kann sie lesen: ›Gezählt, gewogen und hinweggetan.‹ Ein Gottesgericht hat ihn verworfen. Und doch fürchte ich, Lewin, wir haben Neunmalweise am Ruder, die dem zornigen Gott in den Arm fallen wollen. Sie dürfen es nicht. Wagen sie es, so sind sie verloren, sie und wir. – Wie ist die Stimmung?«

»Gut. Es ist mir, als wäre eine Wandlung über die Gemüter gekommen. Das ganze Fühlen ist ein höheres; wo noch Niedrigkeit der Gesinnung ist, da wagt sie sich nicht hervor. Was fehlt, ist eins: ein leitender Wille, ein entschlußkräftiges Wort.«

»Das Wort *muß* gesprochen werden, so oder so. Wenn die Menschen stumm sind, so schreien es die Steine. Gott will es, daß wir seine Zeichen verstehen. Lewin, wir alle sind hier entschlossen. Wir alle stehen hier des Wortes gewärtig; wird es *nicht* gesprochen, so folgen wir dem lauten Wort, das in uns klingt. Es begräbt sich leicht im Schnee. Nur kein feiges Mitleid. Jetzt oder nie. Nicht viele werden den Njemen überschreiten, *über die Oder darf keiner.*«

Lewin schwieg eine Weile; er mied es, dem Blick des Vaters zu begegnen. Dann sprach er halb vor sich hin: »Wir sind die Verbündeten des Kaisers. Wir wollen das Bündnis lösen, Gott gebe es, aber –«

»So mißbilligst du, was wir vorhaben?«

»Ich kann nicht anders. Das, was du vorhast und was Tausende der Besten wollen, es ist gegen meine Natur. Ich habe kein Herz für das, was sie jetzt mit Stolz und Bewunderung die spanische Kriegsführung nennen. Alles, was von hintenher sein Opfer faßt, ist mir verhaßt. Ich bin für offenen Kampf, bei hellem Sonnenschein und schmetternden Trompeten. Wie oft habe ich in Entzücken geweint, wenn ich auf der Fußbank neben Mama saß und sie von ihrem Vater erzählte, wie er, kaum achtzehnjährig, in die russischen Vierecke einbrach und wie dann Rittmeister von Wakenitz vor der Schwadron ihn küßte und ihm zurief: ›Junker von Dumoulin, lassen Sie uns die Degen tauschen.‹ Ja, ich will Krieg führen, aber deutsch, nicht spanisch, auch nicht slawisch. Du weißt, Papa, ich bin meiner Mutter Sohn.«

»Das bist du, und ein Glück, daß du es bist. Über deiner Mutter Kindheit haben helle Sterne gestanden, und ich bitte Gott, daß der Segen ihres Hauses über dir und über Renaten sei.«

Lewin sah wieder vor sich hin. Berndt von Vitzewitz aber fuhr fort: »Ich weiß, was eine Natur zu bedeuten hat; alles An- und Eingeborene, das nicht gegen die Gebote Gottes streitet, ist mir heilig; gehe deinen Weg, Lewin, ich zwinge dich in nichts. Aber ich, in stillen Nächten habe ich mir's geschworen, ich will den meinen gehen!«

Eine kurze Pause folgte, während welcher Berndt in dem schmalen Zimmer auf und nieder schritt. Dann, ohne des Schweigens zu achten, in dem Lewin verharrte, sprach er weiter: »Ihr in den Städten, und du bist ein Stadtkind geworden, Lewin, ihr wißt es nicht, ihr habt es nicht recht erlebt. Unter den Augen der Machthaber nahm die Unterdrückung Maß und das Ungesetzliche gesetzliche Formen an. Sie rühmen sich dessen sogar und glauben es beinahe selbst, daß sie unsere Ketten gebrochen haben. Aber wir auf dem Lande, wir wissen es besser, und ich sage dir, Lewin, die rote Hand, die Feuer an die Scheunen legte, die die Goldringe von den Fingern unserer Toten zog, sie ist unvergessen hierherum, und eine rötere Hand wird ihr die Antwort geben.«

Lewin wollte dem Vater antworten; aber dieser, die Heftigkeit seiner Rede plötzlich umstimmend, fuhr mit ersichtlicher Bewegung fort: »Du warst noch ein Knabe, als der böse Feind ins Land kam; der Glanz seiner Taten ging vor ihm her. Was er damals im Übermut seines Glückes unsere Königin zu fragen sich erdreistete: ›Wie mochten Sie's nur wagen, den Kampf gegen mich aufzunehmen?‹, diese Frage ist seitdem von tausend Schwachen und Elenden im Lande selber nachgesprochen worden, als ob sie das A und das O aller Weisheit wäre. Und in dieser Vorstellung unserer Ohnmacht bist du herangewachsen, du und Renate. Ihr habt nichts gesehen als unsere Kleinheit, und ihr habt nichts gehört als die Größe unseres Siegers. Aber, Lewin, es war einst anders, und wir Alten, die wir noch das Auge des großen Königs gesehen haben, wir schmekken bitter den Kelch der Niedrigkeit, der jetzt täglich an unseren Lippen ist.«

»Und ich bin es sicher«, fiel jetzt Lewin ein, »er wird von uns genommen werden. Wir werden einen frohen, einen heiligen Krieg haben. Aber zunächst sind wir unseres Feindes Freund, wir haben mit und neben ihm in Waffen gestanden; er rechnet auf uns, er schleppt sich unserer Türe zu, hoffnungsvoll wie der Schwelle seines eigenen Hauses; das Licht, das er schimmern sieht, bedeutet ihm Rettung, Leben, und an der Schwelle eben dieses Hauses faßt ihn unsere Hand und würgt den Wehrlosen.«

In diesem Augenblick begannen die Glocken zu klingen, die von dem alten Hohen-Vietzer Turm her zur Kirche riefen. Sie klangen laut und voll in dem klaren Wetter. Berndt horchte auf; dann mit der Hand nach Osten deutend, von wo die Klänge herüberhallten, fuhr er seinerseits fort: »Ich weiß, daß geschrieben steht, ›die Rache ist mein‹, und in menschlicher Gebrechlichkeit, das weiß der, der in die Herzen sieht, bin ich allezeit seinem Wort gefolgt. Ich fürchte nicht, daß ich lästere, wenn ich ausspreche: Es gibt auch eine heilige Rache. So war es, als Simson die Tempelpfosten faßte und sich und seine Feinde unter

Trümmern begrub. Vielleicht, daß auch unsere Rache nichts anderes wird als ein gemeinschaftliches Grab. Sei's drum; ich habe abgeschlossen; ich setze mein Leben daran, und, Gott sei Dank, ich *darf* es. Diese Hand, wenn ich sie aufhebe, so erhebe ich sie nicht, um persönliche Unbill zu rächen, nein, ich erhebe sie gegen den bösen Feind aller Menschheit, und weil ich ihn selber nicht treffen kann, so zerbreche ich seine Waffe, wo ich sie finde. Der große Schuldige reißt viel Unschuldige mit in sein Verhängnis; wir können nicht sichten und sondern. Das Netz ist ausgespannt, und je mehr sich darin verfangen, desto besser. Wir sprechen weiter davon, Lewin. Jetzt ist Kirchzeit. Laß uns Gottes Wort nicht versäumen. Wir bedürfen seiner.«

So trennten sie sich, als die Glocken zum zweiten Mal ihr Geläut begannen.

Fünftes Kapitel
In der Kirche

Das Summen der Glocken war noch in der Luft, als Berndt von Vitzewitz, Renaten am Arm, aus einem in den Schnee gefegten Fußsteig in die große Nußbaumallee einbog, die, leise ansteigend, von der Einfahrt des Herrenhauses her in gerader Linie zur Hügelkirche hinaufführte. Dem voraufschreitenden Paare folgten Lewin und Tante Schorlemmer. Alle waren winterlich gekleidet; die Hände der Damen steckten in schneeweißen Grönlandsmuffen; nur Lewin, alles Pelzwerk verschmähend, trug einen hellgrauen Mantel mit weitem Überfallkragen.

Die mehrgenannte Hügelkirche, der sie zuschritten, war ein alter Feldsteinbau aus der ersten christlichen Zeit, aus den Kolonisationstagen der Zisterzienser her; dafür sprachen die sauber behauenen Steine, die Chornische und vor allem die kleinen hochgelegenen Rundbogenfenster, die dieser Kirche, wie allen vorgotischen Gotteshäusern der Mark, den Charakter einer Burg gaben. Wenig hatten die Jahrhunderte daran geändert. Einige Fenster waren verbreitert, ein paar Seiteneingänge für den Geistlichen und die Gutsherrschaft hergerichtet worden; sonst, mit Ausnahme des Turmes und eines neuen Gruftanbaues der nördlichen Langwand, stand alles, wie es zu den Mönchszeiten gestanden hatte.

War nun aber das Äußere der Kirche so gut wie unverändert geblieben, so hatte das Innere derselben alle Wandlungen eines halben Jahrtausends durchgemacht. Von den Tagen an, wo die Askanier hier ihre regelmäßig wiederkehrenden Fehden mit den Pommerherzögen ausfochten, bis auf die Tage herab, wo der große König an eben dieser Stelle, bei Zorndorf und Kunersdorf, seine blutigsten Schlachten schlug, war an der Hohen-Vietzer Kirche kein Jahrhundert vorübergegangen, das ihr nicht in ihrer inneren Erscheinung Abbruch oder Vorschub geleistet, ihr nicht das eine oder andere gegeben oder genommen hätte.

Ein Gleiches, was hier eingeschaltet werden mag, gilt von der Mehrzahl aller alten märkischen Dorfkirchen, die dadurch ihren Reiz und ihre Eigentümlichkeit empfangen. Besonders im Gegensatz zu den weltlichen oder Profanbauten unseres Landes. Überblickt man diese, so nimmt man alsbald wahr, daß die eine Gruppe zwar die Jahre, aber keine Geschichte, die andere Gruppe zwar die Geschichte, aber keine Jahre hat. Burg Soltwedel ist uralt, aber schweigt. Schloß Sanssouci spricht, aber ist jung wie ein Parvenü. Nur unsere Dorfkirchen stellen sich uns vielfach als die Träger unserer *ganzen* Geschichte dar, und die Berührung der Jahrhunderte untereinander zur Erscheinung bringend, besitzen und äußern sie den Zauber historischer Kontinuität.

Die Hohen-Vietzer Kirche hatte drei Eingänge, der erste für die Gemeinde von Westen her. Der Turm, durch den dieser Eingang ging, war aus Feldstein roh zusammengemörtelt; es fehlte die Sauberkeit, die den älteren Bau auszeichnete. Von der Decke herab hing ein Seil, an dem die

Betglocke geläutet wurde. Rechts an der Wand hin stand ein Grabscheit, eine Totenbahre; auf ihr lagen Leinentücher, um die Särge hinabzulassen. An der Wand gegenüber waren wurmstichige Holzpuppen, Überreste eines Schnitzaltars aus der katholischen Zeit her, zusammengefegt; daneben aufgeschichtetes Knubbenholz, wahrscheinlich um die Sakristei zu heizen. Das eigentliche Schaustück dieser Vorhalle war aber die »Türkenglocke«, berühmt wegen ihres Tones und ihrer Größe, die, nachdem sie lange oben im Turm gehangen und die Oder hinauf und hinab geklungen hatte, jetzt gesprungen aus ihrer Höhe herabgelassen war. Sie war – so wenigstens ging die Sage – aus Geschützen gegossen, die Isaschar von Vitzewitz (des alten Matthias Sohn) aus dem Türkenkriege mit heimgebracht hatte. Inschriften bedeckten den Rand; eine lautete:

> Ruf ich, öffne deinen Sinn,
> Gott zu dienen ist Gewinn.

Der schwere Eisenklöppel stand in einer Ecke daneben. Aus dem Turm trat man in den Mittelgang der Kirche; dicht an der Schwelle lag ein granitner Taufstein, ohne Fuß oder Träger, mitten durchgebrochen, noch aus der Zeit der Zisterzienser her. Weiter links, in der Ecke, wo Turm und Kirchenschiff zusammenstießen, war eine Nische in die nördliche Längswand gehauen; an einem Eisenstab hing eine Maria (das Christkind war ihrem Arm entfallen), und ihr zu Häupten stand einfach die Jahreszahl 1431. Das war das Hussitenjahr. Kein Zweifel, daß die Vitzewitze diesen Votivaltar nach Abzug des Feindes gestiftet hatten. Rechts und links vom Mittelgange, bis über die Hälfte der Kirche, liefen die Kirchenstühle hin, alle sauber und verschlossen; nur die Tür des vordersten stand halb offen und hing in den Angeln. Dieser hieß der »Majorsstuhl« seit den Tagen, die der Kunersdorfer Schlacht unmittelbar gefolgt waren. Bis hierher, durch Flucht und Graus, hatten Grenadiere vom Regiment Itzenplitz ihren verwundeten Major getragen, auf diese Bank hatten sie ihn niedergelegt, hier hatte er sich aufgerichtet und die Binden abgerissen. »Kinder, ich will sterben.« Die Bank hatte einen Blutfleck seitdem, und jeder mied die Stelle.

Einen Hauptschmuck der Hohen-Vietzer Kirche bildeten ihre Grabsteine. Einst hatten sie vom Altar an bis mitten in das Kirchenschiff hinein gelegen; seitdem aber das alte Gewölbe zugeschüttet und die neue Gruft, deren wir schon erwähnten, angebaut worden war, standen sie aufrecht an der Nordwand der Kirche hin. Es waren meist einfache Steine, je nach der Sitte der Zeit mit langen oder kurzen Inschriften versehen, die von Malplaquet und Mollwitz erzählten oder auch von stilleren Tagen, in Hohen-Vietz begonnen und beendet.

An zwei dieser Steine knüpfte die Sage an. Neben der Mariennische stand einer, größer als die andern und dicht beschrieben. Wer die Inschrift las, der wußte, daß Katharina von Gollmitz, eine Freundin des Hauses, einst unter diesem Steine gelegen hatte. Grete von Vitzewitz, der Verstorbenen in besonderer Liebe zugetan, hatte ihr, als sie während eines Besuches in Hohen-Vietz erkrankte und starb, einen Ehrenplatz in der Kirche angewiesen; aber die Freundin im Grabe hatte kein Gefühl für diese Auszeichnung und sehnte sich nach Haus. Immer wenn Grete Vitzewitz über den Grabstein hinschritt, hörte sie eine Stimme: »Grete, mach auf!« Da machten sie endlich auf und brachten den Sarg nach Jargelin, wo Katharina von Gollmitz ihre Heimat hatte. Nun wurde es still. Den Grabstein aber mauerten sie in die Wand.

Ein anderer Stein, dessen Inschrift längst weggetreten war, lag noch dicht vor dem Altar. Er war der einzige, den man an alter Stelle belassen hatte, vielleicht weil er zerbrochen war. Er weigerte sich hartnäckig, mit den neben ihm liegenden Fliesen gleiche Linie zu halten, und bildete nach und nach eine Mulde. Wie oft auch seine zwei Hälften aufgenommen und Sand und Gerölle in die Vertiefung hineingestampft wurden, der Stein sank immer wieder. Das Volk sagte: »Da liegt der alte Matthias; der geht immer tiefer.«

Fünftes Kapitel

Dies war nun freilich ein Irrtum, der alte Matthias lag an anderer Stelle, wohl aber gehörte ihm das große Grabmonument an, das, nach der künstlerischen Seite hin, den Hauptschmuck der Hohen-Vietzer Kirche bildete. Es war ein Marmordenkmal, überladen, rokokohaft, dabei jedoch von großer Meisterschaft der Arbeit. Dem Gegenstande nach zeigte es eine gewisse Verwandtschaft mit dem Altarbilde des Saalanbaues. Matthias von Vitzewitz und seine Gemahlin kniend, dabei voll Andacht zu einer Kreuzigung Christi emporblickend. Alles Basrelief, nur die Knienden fast in losgelöster Figur. Darunter ihre Namen und die Daten ihres Lebens und Sterbens. Ein niederländischer Meister hatte das Werk gefertigt und es persönlich zu Schiff bis in die Oder hinauf gebracht.

Als die Bewohner des Herrenhauses die Kirche betraten, begann eben der Gesang der Gemeinde. Eine schmale Treppe, an einem der kleinen Seiteneingänge ausmündend, führte zu dem herrschaftlichen Stuhle hinauf. Dieser, ein auf Pfeilern ruhender, sehr einfacher Holzbau, war ursprünglich durch hohe Schiebefenster geschlossen gewesen, längst aber waren diese beseitigt, und nur noch zwei schmale Bretter, die von der Brüstung bis zur vollen Höhe der Decke aufstiegen, teilten den Raum in drei große Rahmen ab. Vorn an der Wandung war das Vitzewitzsche Wappen angebracht, ein Andreaskreuz, weiß auf rotem Grunde.

In Front dieses herrschaftlichen Stuhles, hart an der Brüstung hin, nahmen die Eintretenden geräuschlos Platz: erst Berndt von Vitzewitz, links neben ihm Renate, dann Tante Schorlemmer. Lewin stellte seinen Stuhl in die zweite Reihe. So vernachlässigt alles war, so war es doch nicht ohne einen gewissen Reiz. Gleich zur Rechten Altar und Kanzel; in Front des Altars das Taufbecken, eine silberne, mit allegorischen Figuren und unentzifferbaren Inschriften reich ausgeschmückte Schüssel, die nur mit großer Mühe vor den Händen des Feindes gerettet worden war. An der Wand gegenüber das vorerwähnte Marmordenkmal des alten Matthias und seiner Gemahlin. Das Beste aber, was dieser unscheinbaren Stelle eigen war, war doch das große, fast einen Halbkreis bildende Fenster, das einen Blick auf den Kirchhof und weiter hügelabwärts auf einzelne zerstreute, wie Vorposten ausgestellte Hütten und Häuser des Dorfes gestattete. Neben diesem Fenster, hart an der Kirchwand, stand ein Eibenbaum, der von der Seite her die längsten seiner Zweige vorschob und regelmäßig an die Scheiben klopfte, wenn Pastor Seidentopf seine dreigeteilte Predigt den Hohen-Vietzern ans Herz legte. Lewin setzte sich immer so, daß er einen Blick auf das Fenster frei hatte. Er stand wohl fest auf dem Catechismo Lutheri, wie alle Vitzewitze, seitdem die gereinigte Lehre ins Land gekommen war, aber da war doch ein anderes in ihm, das ihn von Zeit zu Zeit trieb, mehr auf den Eibenbaum draußen als auf die Stimme von der Kanzel her zu achten, wäre diese Stimme auch mächtiger gewesen als die seines alten Lehrers und Freundes, dem die sonntägliche Erbauung oblag.

Die Sonne schien hell, und ein einfallendes Streiflicht erleuchtete in plötzlichem Glanz die halbe Nordwand, vor allem das große Grabdenkmal dem herrschaftlichen Chorstuhl gegenüber. Die lebensgroßen Figuren waren wie von rosigem Leben angehaucht. Lewin hatte die Schönheit dieses Bildwerkes nie so voll empfunden; er las die langen Inschriften, wie er sich gestand, zum ersten Mal.

Der Gesang schwieg; schon während des letzten Verses war Prediger Seidentopf auf die Kanzel getreten, ein Sechziger, mit spärlichem weißen Haar, von würdiger Haltung und mild im Ausdruck seiner Züge. Lewin hing an der wohltuenden Erscheinung, senkte dann den Blick und folgte in andächtiger Betrachtung dem stillen Gebet. Die Gemeinde tat ein Gleiches, neigte sich und schaute voll herzlichem Verlangen zu ihrem Geistlichen auf, als dieser sein Gebet beendet und sein Haupt wiederum erhoben hatte. Denn die Gemüter waren damals offen für Trost und Zuspruch von der Kanzel her und rechneten nicht nach, ob die Worte lutherisch oder kalvinistisch klangen, so sie nur aus einem *preußischen* Herzen kamen. Das wußte Seidentopf, der in gewöhnlichen Zeiten manche Widersacher unter den strenggläubigen Konventiklern seines Dorfes zu bekämpfen hatte, und ein heller Glanz, wie ihn ihm die innere Freude gab, umleuchtete seine Stirn, als er nach Lesung des Evangeliums die Textesworte zu erklären begann. Er sprach von dem Engel des Herrn, der den Hirten erschien, um ihnen die Geburt eines neuen Heiles zu verkünden. Solche Engel, so fuhr er fort, sende Gott zu allen Zeiten, vor allem dann, wenn die Nacht der Trübsal auf den Völkern läge. Und eine Nacht der Trübsal sei auch über dem Vaterlande; aber ehe wir es dächten, würde inmitten unseres Bangens der Engel erscheinen und uns zurufen: »Fürchtet euch nicht, siehe, ich verkündige euch große Freude.« Denn das Gericht des Herrn habe unsere Feinde getroffen, und wie damals die Wasser zusammenschlugen und »bedeckten Wagen und Reiter und alle Macht des Pharao, daß nicht einer aus ihnen übrigblieb«, so sei es wiederum geschehen.

An dieser Stelle, auf das Weihnachtsevangelium kurz zurückgreifend, hätte Pastor Seidentopf schließen sollen; aber unter der Wucht der Vorstellung, daß eine richtige Predigt auch eine richtige Länge haben müsse, begann er jetzt, den Vergleich zwischen dem alten und dem neuen Pharao bis in die kleinsten Züge hinein durchzuführen. Und dieser Aufgabe war er nicht gewachsen. Dazu gebrach es ihm an Schwung der Phantasie, an Kraft des Ausdrucks und Charakters. Schemenhaft zogen die Ägypterscharen vorüber. Die Aufmerksamkeit der Gemeinde wich einem toten Horchen, und Lewin, der bis dahin kein Wort verloren hatte, sah von der Kanzel fort und begann seine Aufmerksamkeit dem Fenster zuzuwenden, vor dem jetzt ein Rotkehlchen auf der beschneiten Eibe saß und in leichtem Schaukeln den Zweig des Baumes bewegte.

Nur Berndt folgte in Frische und Freudigkeit der Rede seines Pastors. Seine eigene Energie half nach; wo die

Konturen nicht ausreichten, zog er seine scharfen Linien in die unsicher schwankenden hinein. Was als Schatten kam, wurde zu Leben und Gestalt. Er sah die Ägypter. Bataillone mit goldenen Adlern, Reitergeschwader, über deren weiße Mäntel die schwarzen Roßschweife fielen, so stiegen sie in endlos langem Zuge vor ihm auf, und über all ihrer Herrlichkeit schlossen sich die Wellen des Meeres. Nur über *einem* schlossen sie sich *nicht*; er gewann das Ufer, ein nördliches Eisgestade, und siehe da, über glitzernde Felder hin flog jetzt ein Schlitten, und zwei dunkle, tiefliegende Augen starrten in den aufstäubenden Schnee. Pastor Seidentopf hatte keinen besseren Zuhörer als den Patron seiner Kirche, der – und nicht heute bloß – die freundlich schöne Kunst des Ergänzens zu üben verstand. Aus der Skizze schuf er ein Bild und glaubte doch dies Bild von außen her, aus der Hand seines Freundes, empfangen zu haben.

Nun war der Sand durch die Uhr gelaufen, die Predigt selbst geschlossen. Da trat der Pastor noch einmal an den Rand der Kanzel, und mit eindringlicher Stimme, der sofort alle Herzen wieder zufielen, hob er an: »Mit Christi Geburt, die wir heute feiern, beginnt das christliche neue Jahr. Ein neues Jahr; was wird es uns bringen? Es wissen zu wollen wäre Torheit; aber zu hoffen ist unserem Herzen erlaubt. Gott hat ein Zeichen gegeben; mögen wir es zum Rechten deuten, wenn wir es deuten: er will uns wieder aufrichten, unsere Buße ist angenommen, unsere Gebete sind erhört. Die Geißel, die nach seinem Willen sechs lange Jahre über uns war, er hat sie zerbrochen; er hat sich unserer Knechtschaft erbarmt, und die Weihnachtssonne, die uns umscheint, sie will uns verkündigen, daß wieder hellere Tage unserer harren. Ob sie kommen werden mit Palmen oder ob sie kommen werden mit Schwerterklang, wer sagt es? Wohl mischt sich ein Bangen in unsere Hoffnung, daß der Sieg nicht einziehen wird ohne letzte Opfer an Gut und Blut. Und so laßt uns denn beten, meine Freunde, und die Gnade des Herrn noch einmal anrufen, daß er uns die rechte Kraft leihen möge in der Stunde der Entscheidung. Das Wort des Judas Makkabäus sei unser Wort: ›Das sei ferne, daß wir fliehen sollten. Ist unsere Zeit kommen, so wollen wir ritterlich sterben um unserer Brüder willen und unsere Ehre nicht lassen zuschanden werden.‹ Gott will *kein* Weltenvolk, Gott will keinen Babelturm, der in den Himmel ragt, und wir stehen ein für seine ewigen Ordnungen, wenn wir einstehen *für uns selbst*. Unser Herd, unser Land sind Heiligtümer nach dem Willen Gottes. Und seine Treue wird uns nicht lassen, wenn *wir* getreu sind bis in den Tod. Handeln wir, wenn die Stunde da ist, aber bis dahin harren wir in Geduld.«

Er neigte sich jetzt, um in Stille des Vaterunser zu sprechen; die Orgel fiel mit feierlichen Klängen ein; die Gemeinde, sichtlich erbaut durch die Schlußworte, verließ langsam die Kirche. Auf den verschiedenen Schlängelwegen, die von der Kirche ins Dorf herniederführten, schritten die Bauern und Halbbauern ihren halbverschneiten Höfen zu. Die Frauen und Mädchen folgten. Wer von der Dorfstraße aus diesem Herabsteigen zusah, dem erschloß sich ein anmutiges Bild: der Schnee, die wendischen Trachten und die funkelnde Sonne darüber.

Die Gutsherrschaft nahm wieder ihren Weg durch die Nußbaumallee. Als sie, einbiegend, an die Hoftür kamen, stand Krist an der untersten Steinstufe und zog seinen Hut. Die silberne Borte daran war längst schwarz, die Kokarde verbogen. Berndt, als er seines Kutschers ansichtig wurde, trat an ihn heran und sagte kurz:

»Fünf Uhr vorfahren! Den kleinen Wagen.«

»Die Braunen, gnädiger Herr?«

»Nein, die Ponies.«

»Zu Befehl!« Mit diesen Worten traten unsere Freunde ins Haus zurück.

Sechstes Kapitel

Am Kamin

Punkt fünf Uhr war Krist vorgefahren; Berndt liebte nicht zu warten. Von den Kindern hatte er kurzen Abschied genommen, um seiner Schwester auf Schloß Guse, oder der »Tante Amelie«, wie sie im Hohen-Vietzer Hause hieß, einen nachbarlichen Besuch zu machen. Daß er noch am selben Abend zurückkehren werde, war nicht anzunehmen; er hatte vielmehr angedeutet, daß aus der kurzen Ausfahrt eine Reise nach der Hauptstadt werden könne. Die Unruhe seiner Empfindung trieb ihn hinaus. Den Weihnachtsaufbau, wie seit Jahren, hatte er sich auch heute nicht nehmen lassen wollen, aber kaum frei, im Gefühl erfüllter Pflicht, schlugen seine Gedanken die alte Richtung ein. Es drängte ihn nach Aktion oder doch nach Einblick in die Welthändel; ein Bedürfnis, das ihm die Enge seines Hauses nicht befriedigen konnte. In der Unterhaltung, das hatte Lewin bei Tische empfunden, tat er sich Zwang an, und das Gefühl davon nahm auch dem Gespräch der Kinder jede freie Bewegung. Eine gewisse Befangenheit griff Platz. So kam es, daß man die Abwesenheit des Vaters, bei aufrichtigster Liebe zu ihm, fast wie eine Befreiung empfand; Herz und Zunge konnten ihren Weg gehen, wie sie wollten. Unsere Hohen-Vietzer Geschwister empfanden übrigens, wie kaum erst versichert zu werden braucht, nicht kleiner oder selbstsüchtiger als andere im Lande; sie wollten nur nicht *gezwungen* sein, über den »Bösesten der Menschen« immer wieder und wieder zu sprechen, als wäre nichts Sprechenswertes in der Welt als dieser eine.

Sie hatten sich samt Tante Schorlemmer im Wohnzimmer eingefunden und saßen jetzt, es mochte die siebente Stunde sein, um den hohen altmodischen Kamin. Mit ihnen war Marie, die Freundin Renatens, des reichen Kniehase dunkeläugige Tochter, deren Besuch für diesen Abend angekündigt war. Jede der drei Damen war nach ihrer Weise beschäftigt. Renate, dem Kamin zunächst sitzend, hielt einen Palmenfächer in der Rechten, mit dem sie die Flamme bald anzufachen, bald sich gegen dieselbe zu schützen suchte; Tante Schorlemmer strickte mit vier großen Holznadeln an einem Shawl, der wie ein Vlies neben ihrem Lehnstuhl niederfiel; Marie blätterte neugierig in einer grönländischen Reisebeschreibung, die ihr Tante Schorlemmer zum Heiligen Christ beschert und mit einem Widmungsverse aus Zinzendorf ausgestattet hatte. Zwischen Marie und Lewin, aber keineswegs als eine Scheidewand, stand der Weihnachtsbaum, den Jeetze von der Halle her hereingetragen hatte. Das Plündern, das Sache Lewins war, nahm eben seinen Anfang. Jede goldene Nuß, die er pflückte, warf er in hohem Bogen über die Spitze des Baumes fort, an dessen entgegengesetzter Seite Marie mit glücklicher Handbewegung danach haschte. Im Werfen und Fangen jedes gleich geschickt.

Lewin freute sich dieses Spieles; zudem war er von alters her nie besserer Laune, als wenn er sich den Süßigkeiten des Weihnachtsbaumes gegenübersah. Das Naschen war sonst nicht seine Sache, aber die Pfennigreiter, die Nonnen, die Fische machten ihn kritiklos und ließen ihn einmal über das andere versichern, »daß in dem plattgedrücktesten Pfefferkuchenbild immer noch ein Tropfen vom himmlischen Manna sei«.

Die gute Laune Lewins steigerte sich bald bis zu Neckerei, unter der niemand mehr zu leiden hatte als Tante Schorlemmer. »Du sollst den Feiertag heiligen«, rief er ihr zu und wies dabei auf die vier hölzernen Stricknadeln, die, wie sich von selbst versteht, nach dieser scherzhaften Reprimande nur um so eifriger zu klappern begannen. Endlich wurde es ihr zuviel. Sie verfärbte sich und resolvierte kurz: »Meine Grönländer können nicht warten.«

Da wir nun im langen Verlauf unserer Erzählung nirgends einen Punkt entdecken können, der Raum böte für eine biographische Skizze unter dem Titel »Tante Schorlemmer«, so halten wir hier den Augenblick für gekommen, uns unserer Pflicht gegen diese treffliche Dame zu entledigen. Denn Tante Schorlemmer ist keine Nebenfigur in diesem Buche, und da wir ihr, nach flüchtiger Bekanntschaft in Flur und Kirche, an dieser Stelle bereits zum dritten Male begegnen, so hat der Leser ein gutes Recht, Aufschluß darüber zu verlangen, wer Tante Schorlemmer denn eigentlich ist.

Tante Schorlemmer war eine Herrnhuterin. Eines Tages, das lag nun dreißig Jahre zurück, war ihr, der damaligen Schwester Brigitte, Mitteilung gemacht worden, daß Bruder Jonathan Schorlemmer, zur Zeit in Grönland, eine eheliche Gefährtin wünsche, bereit, ihm in seinem schweren Werke zur Seite zu stehen. Sie hatte diesem Rufe gehorsamt, ihre Wäsche gezeichnet und war mit dem nächsten dänischen Schiff von Hamburg aus gen Norden gefahren. An einem Tage, der keine Nacht hatte, war sie in Grönland gelandet, Bruder Schorlemmer hatte sie empfangen und ihren Bund persönlich eingesegnet. Die Ehe blieb kinderlos, dessen sich jedoch beide in christlicher Ergebung getrösteten. So vergingen ihnen zehn glückliche Jahre. Zu Beginn des elften starb Jonathan Schorlemmer an einem Lungenkatarrh und wurde in einem mit Seehundsfell beschlagenen Sarge begraben. Seine Witwe aber, nachdem sie die Bevölkerung mit allem, was sie hatte, beschenkt und jedem einzelnen versichert hatte, ihn nie vergessen zu wollen, kehrte mit dem Grönlandschiff zunächst nach Kopenhagen und von dort aus in die deutsche Heimat zurück.

In die deutsche Heimat, aber nicht nach Herrnhut. Auf der weiten Rückreise Berlin berührend, wo ihr einige Anverwandte lebten, beschloß sie, im Kreise derselben zu verbleiben, und bezog in jenem Stadtteile, der fünfzig Jahre früher den einwandernden Böhmischen Brüdern und Herrnhutern als Wohnplatz angewiesen worden war, ein bescheidenes Quartier. In diesen kleinen Häusern der Wilhelmsstraße würde sie ihr stilles und treues Leben sehr wahrscheinlich beschlossen haben, wenn ihr nicht eines Tages ein Blatt ins Haus geflogen wäre, auf dem sie das Folgende las: »Eine ältere Frau, am liebsten Witwe, wird zur Führung eines Haushaltes auf dem Lande gesucht. Eine Tochter von zwölf Jahren soll ihrer besonderen Obhut anvertraut werden. Bedingungen: Verträglichkeit und Christlichkeit. Anfragen sind zu richten an: B. v. V., poste restante Küstrin.« Tante Schorlemmer schrieb; alles Geschäftliche erledigte sich schnell. Um Weihnachten 1806 traf sie in Hohen-Vietz ein, in dessen Herrenhause gerade damals ein trübes Christfest gefeiert wurde. Man trat sich gegenseitig vertrauungsvoll entgegen, und nach wenig Wochen schon begann der Einfluß unserer Freundin sich geltend zu machen. Nicht das Glück, aber Ruhe und Friede waren in ihrem Geleit. Renate hing ihr an, Lewin verehrte ihre Fürsorge, Berndt von Vitzewitz hatte einen tiefen Respekt vor ihrem Herrnhutertume.

Und darin unterschied er sich freilich von seinen Kindern. Diese beugten sich wohl vor der Aufrichtigkeit, aber nicht vor der Tiefe von Tante Schorlemmers christlichem Gefühl. Ihre Leidenschaftslosigkeit, die dem Vater so wohl tat, erschien den Geschwistern einfach als Schwäche. Nach Ansicht beider gebrauchte sie ihr Christentum wie eine Hausapotheke; und darin lag etwas Wahres. Für alle mehr gewöhnlichen Fälle hatte sie das Sal sedativum einer frommen Alltagsbetrachtung, wie »Rechte Treu kennt keine Scheu« oder »So dunkel ist keine Nacht, daß Gottes Auge nicht drüber wacht«; für ernstere Fälle jedoch griff sie nach dem starken und nervenerfrischenden Sal volatile irgendeines Kraftspruches: »Was will Satan und seine List, wenn mein Herr Jesus mit mir ist.« Das unterscheidende Merkmal zwischen den schwachen und starken Mitteln bestand im wesentlichen darin, daß in den letzteren jedesmal der Böse herausgefordert und ihm die Nutzlosigkeit seiner Anstrengungen entgegengehalten wurde. Alle diese Sprüche aber, ob schwach oder stark, wurden ebensosehr im festen Glauben an ihre innewohnende Kraft wie mit der äußersten Seelenruhe vorgetragen. Und da steckte die Schuld oder doch das, was den Geschwistern als Schuld erschien.

Diese Seelenruhe, die sich neben dem Maß geforderter Teilnahme oft wie Teilnahmlosigkeit ausnahm, reizte die jungen Gemüter und stellte ihre Geduld auf manche harte Probe. Berndt verstand dies stille Christentum besser und hatte an sich selbst erfahren, daß der Trost aus dem Worte Gottes mehr war als der Wortetrost der Menschen.

So war Tante Schorlemmer. – Das Scherzen über ihre vorgeblich freie Stellung zum dritten Gebot hatte sie einen Augenblick ernstlich verdrossen, Lewin aber, ohne dessen zu achten, fuhr in seinen Neckereien fort: »Unsere Freundin scheint übrigens keine Ahnung zu haben, welch hoher Besuch inzwischen vor dem Herrnhuter Gemeindehaus gehalten hat.«

»Wer?« riefen die beiden Mädchen.

»Niemand Geringeres als Napoleon selbst. In der Nacht vom elften zum zwölften. Und die Herrnhuter haben wieder versäumt, sich heroisch in die Weltgeschichte einzuführen. Sie haben den Kaiser angegafft, soweit es bei Nacht und Schneetreiben möglich war, und haben ihn weiterfahren lassen. Das macht, weil der herrnhutische Mut im Auslande lebt, in China, in Grönland, in Hohen-Vietz. Überall ist er, nur nicht daheim. Tante Schorlemmer, dessen bin ich gewiß, hätte ihn verhaften und als Weltfriedensbrecher vor Gericht stellen lassen.«

Die Angeredete drohte mit einer ihrer großen Nadeln zu Lewin hinüber, dem es übrigens nahe bevorstand, sich aus dem Angriff in die Verteidigung gedrängt zu sehen. Der »Empereur« war nicht umsonst zitiert worden; einmal in das Gespräch hineingezogen, gleichviel ob im Ernst oder Scherz, begann er seine Macht zu üben, und Lewin, wenigstens momentan des neckischen Tones vergessend, begann ein Bild jener fluchtartigen Reise zu geben, die den zum ersten Mal von seinem Glück verlassenen Kaiser in vierzehntägiger Fahrt von Smolensk bis in seine Hauptstadt zurückgeführt hatte. Er gab Altes und Neues, bei einzelnen Punkten länger verweilend, als vielleicht nötig gewesen wäre.

Tante Schorlemmer und Marie waren der Erzählung aufmerksam gefolgt; Renate aber warf hin: »Vorzüglich, und wie belehrend! Ein wahrer Generalbericht über russisch-deutsche Poststationen. Oh, ihr großstädtischen Herren, wie seid ihr doch so schlechte Erzähler, und je schlechter, je klüger ihr seid. Immer Vortrag, nie Geplauder!«

»Sei's drum, Renate; ich will nicht widersprechen. Aber wenn wir schlechte Erzähler sind, so seid ihr Frauen noch schlechtere Hörer. Ihr habt keine Geduld, und die Wahrnehmung davon verwirrt uns, läßt uns den Faden verlieren und führt uns, links und rechts tappend, in die Breite. Ihr wollt Guckkastenbilder: Brand von Moskau, Rostoptschin, Kreml, Übergang über die Beresina, alles in drei Minuten. Die Erzählung, die euch und euer Interesse tragen soll, soll bequem wie eine gepolsterte Staatsbarke, aber doch auch handlich wie eine Nußschale sein. Ich weiß wohl, wo die Wurzel des Übels steckt: der Zusammenhang ist euch gleichgiltig; ihr seid Springer.«

Renate lachte. »Ja, das sind wir; aber wenn wir zuviel springen, so springt ihr zuwenig. Eure Gründlichkeit ist beleidigend. Immer glaubt ihr, daß wir in der Weltgeschichte weit zurück seien, und wir wissen doch auch, daß der Kaiser in Paris angekommen ist. Oh, ich könnte Bulletins von Hohen-Vietz aus datieren. Aber lassen wir unsere Fehde, Lewin. Was ist es mit den roten Scheiben im Schloßhof von Berlin? In der Zeitung war eine Andeutung; Kathinka schrieb ausführlicher davon.«

»Was schrieb sie?«

»Wie du nur bist. Nun kümmert dich wieder, was Kathinka schrieb. Daß ich so töricht war, den Namen zu nennen.«

Lewin suchte seine flüchtige Verlegenheit zu verbergen. »Du irrst, ich schweife nicht ab; mich hat das Phänomen lebhaft beschäftigt. Es kam dreimal; am dritten Tage habe ich es gesehen.«

»Und was war es?«

»An allen drei Tagen, etwa eine halbe Stunde nach Sonnenuntergang, erglühten plötzlich die oberen Fenster des alten Schloßhofes. Die Wachen meldeten es. Da die Sonne längst unter war, so dachte man an Feuer. Aber es fand sich nichts. Auf dem neuen Schloßhof blieben die Fenster dunkel. Die Leute sagen, es bedeute Krieg.«

»Ein leichtes Prophezeien«, bemerkte Tante Schorlemmer ruhig. »Wir hatten Krieg in diesem Jahre und werden ihn mit in das neue hinübernehmen.«

»Ich glaube«, fuhr Lewin fort, »der ganze Vorgang wäre schnell vergessen worden, wenn nicht eines unserer Blätter, das euch nicht zu Händen kommt, am zweitfolgenden Tage schon eine Geschichte gebracht hätte, die bei allem Dunklen ersichtlich darauf berechnet war, der Erscheinung im Schloß eine tiefere Bedeutung zu geben, so etwas wie Zeichen und Wunder.«

»O erzähle!«

»Ja. Aber du darfst nicht ungeduldig werden.«

»Bist du empfindlich?«

»Wohlan denn. Es ist eine Geschichte aus dem Schwedischen. Die Überschrift, die das Blatt ihr gab, war: ›Karl XI. und die Erscheinung im Reichssaale zu Stockholm‹. Ich bürge nicht dafür, daß ich alles genauso wiedergebe, wie's in dem Blatte stand, aber in den Hauptstücken bin ich meiner Sache gewiß. Was man gern hat, behält man. ›Gedächtnis ist Liebe‹, sagte Tubal noch gestern, und selbst Kathinka stimmte bei.«

Bei dem Namen Tubal kam das Erröten an Renate. Lewin aber, als ob er es nicht bemerkt habe, fuhr fort: »Karl XI. war krank. Er lag schlaflos zu später Stunde in seinem Zimmer und sah nach der anderen Seite des Schloßhofes hinüber, auf die Fenster des Reichssaales. Bei ihm war niemand als der Reichsdrost Bjelke. Da schien es dem König, daß die Fenster des Reichssaales zu glühen anfingen, und darauf hindeutend, fragte er den Reichsdrosten: ›Was ist das für ein Schein?‹ Der Reichsdrost antwortete: ›Es ist der Schein des Mondes, der gegen die Fenster glitzert.‹ In demselben Augenblick trat der Reichsrat Oxenstierna herein, um sich nach dem Befinden des Königs zu erkundigen, und der König, wieder auf die glühenden Scheiben deutend, fragte den Reichsrat: ›Was ist das für ein Schein? Ich glaube, das ist Feuer.‹ Auch der Reichsrat antwortete: ›Nein, gottlob, das ist es nicht; es ist der Schein des Mondes, der gegen die Fenster glitzert.‹ Die Unruhe des Königs wuchs aber, und er sagte zuletzt: ›Gute Herren, da geht es nicht richtig zu; ich will hingehen und erfahren, was es sein kann.‹ Sie gingen darauf einen Korridor entlang, der an den Zimmern Gustav Erichsons vorüberführte, bis daß sie vor der großen Türe des Reichssaales standen. Der König forderte den Reichsdrosten auf, die Tür zu öffnen, und als dieser bat, in dieser Nacht die Tür geschlossen zu lassen, nahm der König selbst den Schlüssel und öffnete. Als er den Fuß auf die Schwelle setzte, trat er hastig zurück und sagte: ›Gute Herren, wollt ihr mir folgen, so werden wir sehen, wie es sich hier verhält; vielleicht daß der gnädige Gott uns etwas offenbaren will.‹ Sie antworteten: ›Ja.‹«

Hier wurde Lewin unterbrochen. Jeetze trat ein, um eine Schale mit Obst auf den Tisch zu stellen. Erdbeeräpfel und Gravensteiner, die in Hohen-Vietz vorzüglich gediehen. Tante Schorlemmer benutzte die Unterbrechung, um einige wirtschaftliche Ordres zu geben, Renate aber bemerkte: »Ich vermisse die Beziehungen, aber freilich, je geheimnisvoller, desto anregender für die Phantasie.«

Lewin nickte zustimmend. »Dieser Eindruck wird sich bei dir steigern.« Dann fuhr er fort: »Als König Karl und die beiden Räte eingetreten waren, wurden sie eines langen Tisches gewahr, an dem eine Anzahl ehrwürdiger Männer saßen, in ihrer Mitte ein junger Fürst; als solchen bezeichnete ihn der Thron, der, mit Wappenschildern und roten Teppichen behangen, unmittelbar in seinem Rücken aufgerichtet war. Es war ersichtlich, man saß zu Gericht. Am unteren Ende des Tisches stand ein Richtblock, und um den Block her, in weitem Halbkreis, standen Angeklagte, reich gekleidet, aber nicht in der Tracht, die damals in Schweden getragen wurde. Die zu Gericht sitzenden Männer zeigten auf die Bücher, die sie in Händen hielten; sie wollten dem jungen Fürsten nicht zu Willen sein, der aber schüttelte hochmütig den Kopf und wies an das untere Ende des Tisches, wo jetzt Haupt um Haupt fiel, bis das Blut längs dem Fußboden fortzuströmen begann. König Karl und seine Begleiter wandten sich voll Entsetzen von dieser Szene ab; als sie wieder hinblickten, war der Thron zusammengebrochen. Der König aber, indem er des Reichsdrosten Bjelke Hand ergriff, rief laut und bittend: ›Welche ist des Herren Stimme, die ich hören soll? Gott, wann soll das alles geschehen?‹

Und als er Gott zum dritten Male angerufen hatte, klang ihm die Antwort: ›Nicht soll dies geschehen in deiner Zeit, wohl aber in der Zeit des sechsten Herrschers nach dir. Es wird ein Blutbad sein, wie nie dergleichen im schwedischen Lande gewesen. Dann aber wird ein großer König kommen und mit ihm Frieden und eine neue Zeit.‹ Und als dies gesprochen war, schwand die Erscheinung. König Karl hielt sich mühsam. Dann, über denselben Korridor, kehrte er in sein Schlafgemach zurück. Die beiden Räte folgten.«

Lewin schwieg. Im Wohnzimmer war es still geworden; der Fächer ruhte, selbst die Stricknadeln ruhten; jeder blickte vor sich hin. Nach einer Pause fragte Renate: »Wer war der sechste Herrscher in Schweden?«

»Gustav IV.; sein Thron ist zusammengebrochen.«

»So hältst du das Ganze für echt und ehrlich, für eine wirkliche Vision?«

»Ich sage nicht ja und nicht nein. Das Schriftstück, das über diesen Hergang berichtet, liegt im Stockholmer Archiv. Es ist von des Königs Hand in selbiger Nacht geschrieben; seine beiden Begleiter haben es mit unterzeichnet. Die Handschriften sind beglaubigt. Ich habe weder das Recht noch den Mut, solchen Erscheinungen die Möglichkeit abzusprechen. Laß mich sagen, Renate, *wir* haben nicht das Recht.«

Lewin betonte das »wir«. Dann aber wandte er sich, einen scherzhaften Ton wieder aufnehmend, an Tante Schorlemmer und Marie und drang in sie, ihren Glauben oder Unglauben solchen Erscheinungen gegenüber auszusprechen.

Marie stand auf. Jeder sah erst jetzt, welchen tiefen Eindruck die Erzählung auf sie gemacht. Sie drückte die Tannenzweige, die sie mittlerweile, ohne zu wissen warum, zerpflückt hatte, zu einem Knäuel zusammen und warf alles in die halb niedergebrannte Glut. Der rasch aufflackernden Flamme folgte eine Rauchwolke, in der sie nun einen Augenblick lang, selbst wie eine Erscheinung stand, nur die Umrisse sichtbar und die roten Bänder, die ihr über Haar und Nacken fielen. Es bedurfte ihrerseits keines weiteren Bekenntnisses; sie selber war die Antwort auf die Frage Lewins.

Tante Schorlemmer aber, die Stricknadeln wieder aufnehmend, schüttelte unmutig den Kopf und zitierte dann, als ob sie ein Gespenster beschwörendes Vaterunser vor sich hin bete, mit rascher und deutlicher Stimme:

>»Unter Gottes Schirmen
> Bin ich vor den Stürmen
> Alles Bösen frei.
> Laß den Satan wittern,
> Laß den Feind erbittern,
> Mir steht Jesus bei.«

Siebentes Kapitel

Im Kruge

Dorf Hohen-Vietz (es hatte auch »ausgebaute Lose«) beschränkte sich in seinem Innenteil auf eine einzige langgestreckte Straße, die, dem Fuße des Hügels folgend, nach Norden hin mit dem Vitzewitzeschen Rittergute, nach Süden hin mit einem großen Mühlengehöft abschloß.

Das Rittergut, soweit seine Baulichkeiten in Betracht kommen, bestand aus zwei hufeisenförmigen Hälften, von denen die eine sich aus den drei Flügeln des Herrenhauses, die andere aus Ställen und Scheunen des gutsherrlichen Gehöftes zusammensetzte. Die offenen Seiten beider Hufeisen waren einander zugekehrt, zwischen beiden lief ein zugleich als Auffahrt dienender Steindamm, der in seiner Verlängerung hügelansteigend in die mehrgenannte Nußbaumallee überging.

Freundlicher noch als das Rittergut lag die Mühle, die eine Öl- und Schneidemühle war. Ein Wasser, das mit starkem Gefälle am Dorf vorüberfloß, trieb beide Werke. Jetzt war der Bach gefroren. Schnee und Eis aber, die in phantastischen Formen an den großen Triebrädern hingen, steigerten, wenn nicht den idyllischen, so doch den malerischen Reiz des weitschichtigen, aus Häusern, Schuppen und Lagerräumen bunt zusammengewürfelten Gehöftes.

Rittergut und Mühle die Flügelpunkte; dazwischen die Straße, die ihre dreißig Häuser oder mehr ziemlich unregelmäßig auf beide Seiten verteilt hatte. Die linke Seite, die östliche, war die bevorzugte. Hier lagen die Pfarre, die Schule, der Schulzenhof, während die rechte Seite, die fast ausschließlich von Büdnern und Tagelöhnern bewohnt wurde, nur ein einziges stattliches Gebäude aufwies: den *Krug*.

In diesen treten wir jetzt ein. Er hatte nicht das Ansehen wie sonst wohl Dorfkrüge, dazu fehlte ihm der auf Holzsäulen ruhende, jedem vorfahrenden Wagen als Wetterdach dienende Giebelbau, vielmehr sprang eine doppelarmige, aus Backsteinen aufgemauerte Treppe vor, die fast ein Drittel der unteren Hausfront ausfüllte. Auch das Geländer war von Stein. Dieser äußeren Erscheinung, die mehr Städtisches als Dörfisches hatte, paßte sich auch die innere Einrichtung an. Von den zwei Gastzimmern, die durch den fliesenbedeckten Flur getrennt waren, zeigte das eine mit seinen blankgescheuerten Tischen und hochlehnigen Schemelstühlen, in die ein Herz geschnitten war, allerdings noch den Krugcharakter, das andere aber mit Mullgardinen und eingerahmten Kupferstichen, darunter Schill und der Erzherzog Karl, glich fast in allem einer Bürgerressourcenstube und hatte sogar einen Lesetisch, auf dem, neben dem »Lebuser Amtsblatt«, der »Beobachter an der Spree« und die »Berlinischen Nachrichten von Staats- und gelehrten Sachen« ausgebreitet lagen. Alles verriet Behagen und Wohlhabenheit und durfte es auch, denn über beides verfügten die Hohen-Vietzer Bauern, die hier ihr Solo spielten, in ausgiebigster Weise. Ihre Hörigkeit, wenn sie je vorhanden gewesen war, hatte in diesen Gegenden, wo dem herrenlosen Bruch- und Sumpflande immer neue Strecken fruchtbaren Ackers abgewonnen wurden, seit lange glücklicheren Verhältnissen Platz gemacht, und Berndt von Vitzewitz, weil er selbst frei fühlte, freute sich nicht nur dieser wachsenden Selbständigkeit, sondern kam ihr überall entgegen. Ein Ereignis aus seinen jüngeren Jahren her hatte dazu beigetragen. Kurz vor dem zweiundneunziger Feldzug, als er – noch von seiner Garnison aus – einen Besuch in der Salzwedler Gegend machte, hatte ein Schloß-Tylsener Knesebeck, ein ehemaliger Regimentskamerad, ihn vom Schloß aus ins Dorf geführt und dabei die Worte zu ihm gesprochen: »Seht, Vitzewitz, hier werdet Ihr etwas kennenlernen, was Ihr Euer Lebtag noch nicht gesehen habt: *freie Bauern.*« Und diese Worte, dazu die Bauern selbst, hatten eines tiefen Eindrucks auf ihn nicht verfehlt. Das lag nun zwanzig Jahre zurück, war aber unvergessen geblieben und den Hohen-Vietzern mehr als einmal zugute gekommen.

Auch heute, am Weihnachtstage 1812, hatten sich einige bäuerliche Honoratioren, alles Männer von Mitte Fünfzig und darüber, in der Gaststube versammelt. Es waren ihrer vier: Ganzbauer Kümmeritz, Anderthalbbauer Kallies, Ganzbauer Reetzke und Ganzbauer Krull, lauter echte Hohen-Vietzer, die, seit unvordenklichen Zeiten an dieser Stelle sässig, mit den Vitzewitzen das alte Höhendorf bewohnt und verlassen, dazu auch gemeinschaftlich mit ihnen die guten und schlechten Zeiten durchgemacht hatten. Alle waren festtäglich gekleidet, trugen lange, dunkelfarbige Röcke und saßen, mit Ausnahme eines von ihnen, grade aufrecht in den breiten, gartenstuhlartigen Holzsesseln, die zu acht oder zehn um einen großen, rotbraun gestrichenen Rundtisch herum standen.

Als fünfter hatte sich ihnen der Wirt selber, der Krüger *Scharwenka*, zugesellt, der durch Erbschaft von Frauensseite her ein Doppelbauer und überhaupt der reichste Mann im Dorfe war, nichtsdestoweniger aber, trotz seiner sechshundert Morgen Bruchacker unterm Pflug, nicht für voll und ebenbürtig angesehen wurde. Das hatte zwei gute Bauerngründe. Der eine lief darauf hinaus, daß erst sein Großvater, bei Urbarmachung des Oderbruchs, mit andern böhmischen Kolonisten ins Dorf gekommen war; der andere wog schwerer und gipfelte darin, daß er, allem Abmahnen zum Trotz, von dem wenig angesehenen Geschäft des »Krügerns« nicht lassen wollte. Scharwenka, sooft dieser heikle Punkt zur Sprache kam, pflegte sich auf seinen Großvater selig zu berufen, der ihm von Kindesbeinen an beigebracht habe: Dukaten seien nie despektierlich. Der eigentliche Grund aber, warum er den Bierschank und das »Knechte Bedienen« nicht aufgeben wollte, lag keineswegs bei den Dukaten. Es war dem reichen Doppelbauer viel weniger um den hübschen Krugverdienst als um die tagtägliche Berührung mit immer neuen Menschen zu tun; das Plaudern, vor allem das Horchen, das Bescheidwissen in anderer Leute Taschen, *das* war es, was ihn bei der Gastwirtschaft festhielt. Er setzte seinen Stolz darin, die Nachricht von einer bäuerlichen, durch die Verhältnisse notwendig gewordenen Mesalliance vierundzwanzig Stunden früher zu haben als jeder andere. Subhastationen konnte er voraus berechnen wie die Kalendermacher das Wetter; seine eigentliche Spezialität aber waren die der Feuerlegung verdächtigen Windmüller. Die Liste, die er darüber führte, umfaßte so ziemlich das ganze Gewerk.

So Krüger Scharwenka.

Seinen Platz hatte er gerade der Türe gegenüber genommen, um jeden Eintretenden sehen und begrüßen zu können. Unmittelbar neben ihm saßen Reetzke und Krull, die schon seit einer Stunde rauchten und schwiegen, ganz im Gegensatz zu Kümmeritz und Kallies, die beide von den Gesprächigen waren. Auch von ihnen ein Wort.

Ganzbauer *Kümmeritz*, trotz seiner Fünfzig, hatte durchaus die Haltung und das Ansehen eines alten Soldaten. Und beides kam ihm zu. Er war erst Grenadier, dann Gefreiter im Regiment Möllendorf gewesen, hatte die Rheinkampagne mitgemacht und zweimal die Weißenburger Linien mit erstiegen. War dann bei Kaiserslautern verwundet worden und hatte den Abschied genommen. Er vertrat in diesem Kreise, neben dem Schulzen Kniehase, der heute zufällig ausgeblieben war, die Traditionen der preußischen Armee, kontrollierte den Kaiser Napoleon, malte seine Schlachten auf den Tisch und hielt die Ansicht aufrecht, daß Jena, »wo wir den Sieg ja schon in Händen hatten«, nur durch einen Schabernack verlorengegangen sei.

Das volle Gegenteil von Kümmeritz war Anderthalbbauer *Kallies*, ein schmalschultriger, langaufgeschossener Mann. Geistig regsam, aber schwach und widerstandslos von Charakter, mußte er es sich gefallen lassen, geneckt und gehänselt zu werden, wozu schon, alles andere unerwogen, sein Beiname herauszufordern schien. Er war nämlich, als er kaum laufen konnte, in eine große Rahmbutte oder Sahnenschüssel gefallen und hieß seitdem in sehr bezeichnender Weise »Sahnepott«. Denn es war ihm sein lebelang etwas Milchernes geblieben.

Alle fünf dampften jetzt aus langen holländischen Pfeifen, neben jedem lag ein Zündspan. Kallies hatte das Wort. Aus allem ging hervor, daß eben ein anderer Gast, ein Reisender, ein Kaufmann, wie es schien, das Zimmer verlassen haben mußte.

»Immer, wenn ich ihn so stehen sehe«, sagte Kallies mit

Wichtigkeit, »fällt mir sein Vater, der alte Tiegel-Schultze, ein; der stand auch immer so da, mit beiden Händen in den Hosentaschen, und war auch so ein schnackscher Kerl und sah aus, als hätte er den Gottseibeiuns beim Dreikart betrogen. Scharwenka, du mußt ja den alten Tiegel-Schultze auch noch gekannt haben.«

Scharwenka nickte; Kümmeritz aber, der eben eine neugestopfte Pfeife anrauchte, sprach in kurzen Pausen vor sich hin: »Tiegel-Schultze? Soll mich das Wetter, wenn ich den Namen all mein Lebtag gehört habe. Und bin doch auch ein Hohen-Vietzer Kind.«

»Das war, als du bei den Soldaten warst, Kümmeritz. So um die achtziger Jahre. Nachher war Tiegel-Schultze tot, wenn er überhaupt gestorben ist.«

Kümmeritz, der wenigstens einen Teil seines wendischen Aberglaubens bei den Soldaten gelassen hatte, schmunzelte vor sich hin und sagte dann: »Sahnepott, keine Dummheiten. Immer räsonabel. Wer tot ist, ist tot. Spuken kann er; aber sterben muß er. Warum hieß er Tiegel-Schultze?«

»Er hieß Schultze. Aber alle Welt nannt ihn Tiegel-Schultze. Ich bin oft bei ihm gewesen, wenn ich ihm den Rübsen brachte. Immer bar Geld. Die Schwedter sagten: ›Der hat gut bezahlen.‹ Er stand dann hinterm Tisch, immer die Hände in den Hosen, und sah einen so verflixt an, daß man ganz irre wurde. Aber nie kein Handel. Scharwenka, das mußt du ja wissen.«

Scharwenka nickte wieder. Sahnepott fuhr fort: »Die Comptoirstube sah aus wie ein Gefängnis, hoch, weiß und Eisenstangen am Fenster. Nichts war drin als drei Wandbretter, und auf den Brettern standen viele hundert Tiegel, große und kleine, irdene und tönerne, darum hieß er Tiegel-Schultze. Ein paar sahen schwarz aus und waren aus Kohle geschnitten.«

»War er denn ein Schmelzer, ein Goldmacher?«

»Das war er, und für den Schwedter Markgrafen hat er manchen blanken Klumpen ausgeschmolzen. Als aber der Markgraf dachte, er könnte es nun selber und hätte

Schultzen alles abgesehen, da wollt er ihn beiseite schaffen, lud ihn aufs Schloß, suchte Streit mit ihm und feuerte die beiden Läufe seines Suhler Doppelgewehrs auf ihn ab, die mit zwei goldenen Zwickeln geladen waren. Es waren solche, wie die pohlschen Edelleute an ihren Röcken tragen. Tiegel-Schultze aber lachte, fing die beiden Zwickel mit seiner Linken auf, denn er war eine Linkepoot, zeigte sie dem Markgrafen und sagte: ›Die trag ich nun zum Andenken an meinen gnädigen Herrn.‹«

Es war ersichtlich, daß Kallies, der jetzt volles Fahrwasser unterm Kiel hatte, den Zeitpunkt für gekommen hielt, sich über das Geschlecht der Tiegel-Schultzen, über Raps, Goldmachen und die Undankbarkeit des Schwedter Markgrafen des weiteren verbreiten zu dürfen. Aber ehe es geschehen konnte, trat ein neuer Gast ein, der nun der Unterhaltung eine andere Wendung gab.

Der Neueintretende war der Müller *Miekley*, dem die Öl- und Schneidemühle am Südende des Dorfes zugehörte. Er war unter Mittelstatur, trug einen hellgrauen Rock und hatte in seinem Gesicht jenen eigentümlichen Ausdruck, den man bei fast allen Landleuten findet, die innerhalb der religiösen Kontroverse stehen, Sektierer sind oder es werden wollen. Wo geistige Arbeit von Jugend auf ihre Züge in das Antlitz schreibt, da ist der Sektiererzug nur ein Zug unter anderen Zügen, einer unter vielen, in deren Gesamtheit er wie verlorengehen oder doch übersehen werden kann; bei Landleuten aber tritt er ganz unverkennbar hervor, und um so mehr, je weniger er die Herrschaft zu teilen hat. Dieser Sektiererzug, in dem sich Sinnlichkeit und Entsagung, Hochmut und Demut mischen, lag auch in Müller Miekley ausgesprochen, der im übrigen ein gewissenhafter Mann war, auf Hausehre hielt und sich der besonderen Protektion Tante Schorlemmers zu erfreuen hatte. Es konnte dies geschehen, ohne nach irgendeiner Seite hin Anstoß zu geben, da Miekley nicht eigentlich aus der Landeskirche ausgetreten war, vielmehr regelmäßig die Predigten Seidentopfs hörte und nur alle Vierteljahr einmal aus dem »tieferen Quell« des Kandidaten Uhlenhorst schöpfte, wenn dieser, das Bruch und die Neumark bereisend, in Hohen-Sathen alle Konventikler von diesseits und jenseits der Oder um sich versammelte. Das war denn freilich ein Fest- und Ehrentag. Alles ruhte, das beste Gespann kam aus dem Stall, und wenn die Wege grundlos gewesen wären, unser altlutherischer Müller hätte sich's zur ewigen Sünde gerechnet, das Manna versäumt zu haben.

Miekley setzte sich links neben Kümmeritz. Dieser, wohl wissend, daß jetzt ein geistlicher Diskurs unvermeidlich geworden sei, kam ihm zuvor und fragte: »Nun, Miekley, wie hat Euch heute die Predigt gefallen?«

»Gut, Kümmeritz, von Herzen gut, trotzdem er nichts davon gesagt hat, daß uns an diesem Tage zu Bethlehem im judäischen Lande das Heil geboren wurde. Noch weniger hat er von dem ›eingeborenen Sohne Gottes‹ gesprochen. Uhlenhorst würde den Kopf geschüttelt haben. Aber er hat gesprochen wie ein braver Mann. Ich kenn ihn wohl, er hat ein preußisches Herz.«

»Und ein christliches dazu«, riefen die anderen alle wie aus einem Munde.

»Er zetert nicht«, nahm Kallies das Wort, »er verdammt nicht; er ist kein Pharisäer. Er hat die Demut, Miekley, und das ist die Hauptsache.«

»Sahnepott hat recht«, bekräftigte Kümmeritz. »Da ist kein zweiter hier herum, der sich mit unserm Seidentopf messen könnte. Er hat nur einen Fehler, er ist zu gut und zu leichtgläubig und sieht alles, wie er es wünscht. Über der Ägypter Heer, so sagte er, seien die großen Wasser zusammengeschlagen. Aber König Pharao sitzt wieder in seiner Hauptstadt und spinnt die alten Fäden. Noch sind wir im Bündnis mit ihm, und der Himmel mag wissen, ob wir gnädig von ihm loskommen. Geb uns Gott einen ehrlichen Krieg.«

»Den wirst du haben, Kümmeritz«, warf hier Miekley ein, der sich trotz seines Luthertums einen starken Glauben an Spuk- und Gespenstergeschichten bewahrt hatte, »den wirst du haben und wir alle mit dir. Die Alt-Landsberger Mäher haben wieder gemäht, und jeder von euch weiß, was das bedeutet. Sie haben sieben Tage gemäht, ehe der Alte Fritz in den Krieg zog, und die Stoppeln waren damals so rot, als ob es Blut geregnet hätte. In diesem November haben sie wieder gemäht auf kahlem Felde.«

»Und von Sonnenuntergang her«, rief Scharwenka dazwischen, »das will sagen, daß der Feind von Westen kommt. Wir werden die Franzosen wieder im Lande haben, neues, frisches Volk, mit all seinen alten Kniffen und Pfiffen, und wer eine Tochter im Hause hat, der mag sich vorsehen. Sie haben eine freche Art, und die Weiber laufen ihnen nach.«

»Das sollen sie nicht«, versicherte Miekley, »und wo sie's tun, da falle die Schande auf uns. Wo böse Lust über Nacht in die Halme schießt, da lag von Anfang an eine schlechte Saat in den Herzen; wo aber Zucht ist und Sitte und Gebet, da hat der Böse keine Macht, auch wenn er sich in einen schlechten Franzosen verkleidet.«

Alle nickten zustimmend. »Aber«, fuhr Müller Miekley fort, »sie sind doch ein Greuel, nicht weil sie leichtfertig sind, nein, weil sie ein unheiliges Volk sind. Sie haben sich vermessen, den ewigen Gott des Himmels und der Erde von Thron und Herrschaft abzusetzen, und beinahe schlimmer noch, sie haben sich vermessen, ihn wieder einzusetzen. Nun haben sie wieder einen Gott, aber er ist auch danach; es ist kein rechter Christengott, es ist bloß ein französischer Gott, ein ab- und eingesetzter. Sie kennen nur den Götzendienst ihres Kaisers, aber keinen Gottesdienst, und sooft ich all die Jahre über einen Franzosen in unseren Kirchen gesehen habe, so war es nur, um Unheil anzurichten.«

»Sie haben die Fransen von der Altardecke getrennt; sie haben die goldenen Stickereien ausgeschnitten; sie haben die Leuchter eingeschmolzen«, riefen mehrere dazwischen.

»Oh, sie haben Schlimmeres getan, nicht hier, aber in unserer Nachbarschaft. Den Görlsdorfer Pastor, der das Kirchengut versteckt hatte, haben sie bis unter die Achselhöhlen eingegraben und sind erst in sich gegangen, als er sie bat, ihn totzuschlagen, anstatt ihn zu martern. In Hohen-Finow haben sie den Abendmahlswein getrunken und schlechte Lieder gesungen; dann haben sie den Altartisch aus der Kirche auf den Kirchhof getragen, haben ihre Teufelsknöchel in den Abendmahlskelch getan und haben gewürfelt. In die Gruft sind sie hinabgestiegen und haben der jungverstorbenen Frau die seidenen Kleider abgerissen.«

»Das haben sie getan«, fiel jetzt Sahnepott mit Wichtigkeit ein, der wie alle schwachen Naturen eine Neigung zum Übertrumpfen hatte, »aber in Haselberg haben sie es büßen müssen, wenigstens einer. Die Haselberger Gruft ist, was sie eine Mumiengruft nennen, es soll ihrer mehrere auf dem Hohen-Barnim geben. Die Franzosen nun, als sie die Särge aufbrachen, da sahen sie, daß die Toten unverwest waren. Das gab ein Lachen. Da trugen sie den einen Sarg aus der Gruft in die Kirche, nahmen den Toten heraus, und da seine Arme beweglich waren, beschlossen sie, ihn zu kreuzigen. Sie stellten ihn an die Altarwand und schlugen zwei Nägel durch seine Hände. Die eine Hand aber löste sich wieder ab und gab im Niederfallen dem einen der Missetäter einen Backenstreich. Das entsetzte ihn, daß er tot zu Boden stürzte.«

»Den hat Gott gerichtet«, rief Miekley. »Und solch Schlag wird sie alle treffen, und müßten die Toten auferstehen.«

»Ehe aber Gott seine Wunder tut«, so schloß Kümmeritz das Gespräch, »sollen wir uns seiner Wunder würdig machen. Nicht wahr, Miekley? Wir sollen die Hände nicht in den Schoß legen. Die Alt-Landsberger Mäher haben gemäht; wenn der König ruft, wer von uns noch Kraft hat zu mähen, der mähe mit. Ich bin's entschlossen. Das Letzte für Preußen und den König.«

Die Bauern standen auf und gingen nach entgegengesetzten Richtungen die Dorfgasse entlang. Nach Norden hin glühte ein roter Schein am Himmel auf.

»Ist das Feuer?« fragte Krull.

»Nein«, sagte Miekley, »es ist ein Nordlicht, der Himmel gibt seine Zeichen.«

Achtes Kapitel
Hoppenmarieken

Hoppenmarieken wohnte auf dem »Forstacker«, an dessen Rande sich, seit hundert Jahren und länger, eine aus bloßen Lehmkaten bestehende Straße gebildet hatte. Diese Straße, von den Hohen-Vietzern immer als etwas Fremdes angesehen, stand rechtwinklig zu dem eigentlichen Dorf, nahm hundert Schritt hinter dem Mühlengehöft ihren Anfang und stieg hügelan, in Parallellinie mit der mehrerwähnten, die Auffahrt zum Herrenhause fortsetzenden Nußbaumallee. Es war das Armenviertel von Hohen-Vietz, zugleich die Unterkunftsstätte für alle Verkommenen und Ausgestoßenen, eine Art stabil gewordenes Zigeunerlager, das Abgang und Zugang erfuhr, ohne daß sich die Dorfobrigkeit im einzelnen darum gekümmert hätte. Der »Forstacker war immer so«. So ließ man es gehen und griff nur ein, wenn grober Unfug eine Bestrafung durchaus erforderte.

Wie der moralische Stand des Forstackers, so war auch seine Erscheinung. Die Hütten seiner Bewohner unterschieden sich von den in Front und Rücken derselben stehenden Kofen in nichts als in dem Herdrauch, der aus ihren Dächern aufwirbelte. Der Schnee, der jetzt alles überdeckte, stellte vollends eine Gleichheit her.

In der letzten, schon auf halber Höhe des Hügels gelegenen Lehmkate wohnte, womit wir unser Kapitel begannen, Hoppenmarieken. Die Kofen fehlten; statt dessen faßte ein Heckenzaun das Häuschen ein, welches letztere nach vornhin eine Tür und ein Fenster, sonst aber nirgends einen Eingang oder eine Lichtöffnung hatte. Ein Würfel mit bloß zwei Augen. Das Innere bestand aus wenig Räumen. Der Flur, der nach hinten zu zugleich die Kochgelegenheit hatte, war ebenso schmal wie tief, dazu völlig dunkel; in Sommerszeit aber erhielt er Licht durch die offenstehende Tür, während im Winter das auf dem Herd brennende Feuer aushelfen mußte. Neben dem Flur lag die Stube; hinter dieser der Alkoven.

So war Hoppenmariekens Haus. Wer aber war Hoppenmarieken?

Hoppenmarieken war eine Zwergin. Wo sie eigentlich herstammte, wußte niemand mit Bestimmtheit zu sagen. Die älteren Hohen-Vietzer erzählten, daß sie vor etwa dreißig Jahren ins Dorf gekommen und als eine halbe Landstreicherin, wie manche andere vor ihr und nach ihr, mit wenig günstigen Augen angesehen worden sei. Der damals lebende Gutsherr aber, Berndt von Vitzewitz' Vater, habe Mitleid mit ihr gehabt und die entgegenstehenden Bedenken mit der halb scherzhaften Bemerkung niedergeschlagen: »Dafür haben wir den Forstacker.« Schon damals, so hieß es, habe sie so ausgesehen wie jetzt, ebenso alt, ebenso häßlich, habe dieselben hohen Wasserstiefel, dasselbe Kopftuch getragen und sei, damals wie heute, schon auf weithin kennbar gewesen durch den roten Friesrock, die Kiepe auf ihrem Rücken und den mannshohen, krummstabartigen Stock in ihrer Hand.

Hoppenmarieken, soviel stand fest, hatte sich seitdem auf dem Forstacker eingebürgert und war in der ganzen Südhälfte des Oderbruchs die allergekannteste Person. Dafür sorgte neben ihrer Erscheinung auch ihr Geschäft. Sie hatte deren mehrere. Zunächst war sie Botenläuferin. Dreimal die Woche, wie immer auch Weg und Wetter sein mochte, brach sie, je nach dem Postengange, früh morgens oder spät abends auf, empfing Briefe, Zeitungen, Pakete und kehrte zwölf Stunden später, sei es von Frankfurt oder von Küstrin, nach Hohen-Vietz zurück. Und dieser Botendienst, wie er sie überall bekannt gemacht hatte, machte sie schließlich, trotz allem, was dann und wann gegen sie laut wurde, auch wohlgelitten. Jedes freute sich, Hoppenmarieken über den Hof kommen und durch eine eigentümliche Bewegung ihres Stockes, die etwas Tambourmajorhaftes hatte, angedeutet zu sehen: »Ich bringe Neuigkeiten.« Alle Landposten sind wohlgelitten.

Achtes Kapitel

Diese Botendienste bildeten aber nur die Basis ihrer Existenz; wichtiger für sie oder doch wenigstens einträglicher war das Kommissionsgeschäft, das sie nebenbei betrieb. Der Eierhandel aller Dörfer anderthalb Meilen um Hohen-Vietz herum lag eigentlich in ihrer Hand, wobei sie sich doppelter Provisionen zu versichern wußte. Dies ermöglichte sich dadurch, daß das ganze Geschäft auf Tausch beruhte. Eine Bauerfrau in Zechin oder Wuschewier, die sich ein neues Kopftuch wünschte, setzte sich, wenn Hoppenmarieken des Weges kam, mit dieser in Verbindung, packte ihr einen bereitgehaltenen Hahn samt ein paar Stiegen Eier in die Kiepe und überließ es nun ebenso ihrem Genius wie ihrer Diskretion, das Kopftuch zu beschaffen. Es kam vor, daß in diesem oder jenem Artikel Hoppenmarieken den ganzen Markt bestimmte. Man sah in diesen Vorteilen, die ihr zufielen, einen ehrlichen Verdienst und hatte recht darin. Aber nicht all ihr Verdienst war so ehrlicher Natur. Auf dem Forstacker wohnten Leute, die, selbst übel beleumdet, ihr böse Dinge nachsagten. Aber auch im Dorfe selbst wußte man davon zu erzählen. Die liederlichen Dirnen schlichen sich abends in ihr Haus; sie wahrsagte, sie legte Karten. Sonntags war sie immer in der Kirche und sang mit ihrer rauhen Stimme die Gesangbuchlieder mit, von denen sie die bekanntesten auswendig wußte; aber niemand glaubte, daß sie eine ehrliche Christin sei. Man hielt sie für einen Mischling von Zwerg und Hexe. Selbst im Herrenhause, wo man ihr als einer Dorfkuriosität, zum Teil aber auch um ihrer Brauchbarkeit willen manches nachsah, dachte man im ganzen genommen wenig günstiger über sie. Nur Lewin stand ihr mit einer gewissen poetischen Zuneigung zur Seite. Er liebte scherzhaft über sie zu phantasieren. Ihr Alter sei unbestimmbar, sie sei ein geheimnisvolles Überbleibsel der alten wendischen Welt, ein Bodenprodukt dieser Gegenden, wie die Krüppelkiefern, deren einige noch auf dem Höhenrücken ständen. Bei anderen Gelegenheiten wieder, wenn ihm vorgehalten wurde, daß die Wenden sehr wahrscheinlich schöne Leute gewesen seien, begnügte er sich, sie als ein Götzenbild auszugeben, das, als der letzte Czernebogtempel fiel, plötzlich lebendig geworden sei und nun die früher beherrschten Gebiete durchschreite. Er fügte auch wohl hinzu: Hoppenmarieken werde nie sterben, denn sie lebe nicht. Sie sei nur ein Spuk. Darin versah er es nun aber ganz und gar; sie lebte nicht nur, sie lebte auch gern und gut und dabei ganz mit jener sinnlichen Lust, wie sie den Zwergen immer und den Geizigen in der Regel eigen ist. Und sie war beides, zwergig und geizig.

Die Bauern hatten sich nach ihrem Diskurs im Scharwenkaschen Kruge kaum getrennt, als Hoppenmarieken in dem schweren Schritt ihrer Wasserstiefel die Dorfgasse heraufkam. Sie ging rasch wie immer, nüsterte und sprach unverständliche Worte vor sich hin. Ihr langer Hakenstock bewegte sich dabei taktmäßig auf und ab, und ihr roter Friesrock leuchtete.

Als sie das Mühlengehöft passiert hatte, schwenkte sie links und schritt nun die verschneite Lehmkaten- und Kofenstraße hinauf auf ihr Häuschen zu. Die Tür desselben war nur eingeklinkt, und mit Recht, denn alles, was sich drinnen befand, stand im Schutze seiner eigenen Unheimlichkeit. Völliges Dunkel empfing sie; sie tappte, sich mit dem Stocke fühlend, bis in die Mitte des Flurs, stellte hier Stock und Kiepe beiseite und fuhr dann mit ihrer Hand, die eine Hornhaut hatte, in der Herdasche umher, bis ein paar glühende Kohlen zum Vorschein kamen. Sie blies nun, nahm einen Schwefelfaden und zündete mit Hilfe desselben eine Blechlampe an, ohne übrigens von dem bescheidenen Lichte, das dieselbe gab, zunächst Gebrauch zu machen. Sie kroch vielmehr in ein großes, unmittelbar neben dem Herd befindliches Ofenloch hinein, rührte auch hier mit einem langen, halb verkohlten Scheit in der tief nach hinten liegenden Glut, warf Reisig, Tannenäpfel und ein paar Stücke steinharten Torfes auf und trat nun erst in die Stube.

Achtes Kapitel

Diese war geräumig. Hoppenmarieken leuchtete darin umher, sah in alle Winkel, tat einen Blick in den nach hinten zu gelegenen Alkoven und drückte zuletzt, beständig vor sich hin sprechend, ihre Zufriedenheit mit dem Sachbefunde aus. Die Lampe gab gerade Licht genug, um alles in der Stube Befindliche erkennen zu können. Neben dem Fenster, dicht an die Ecke geschoben, stand ein Wandschapp mit Tassen und Tellern; der eichene Tisch war blank gescheuert; an der Alkoventür hing ein großer, mitten durchgeborstener Rundspiegel, von dem es zweifelhaft bleiben mochte, ob er um Eitelkeits oder Geschäfts willen an dieser Stelle hing. Denn er sah aus, als ob er beim Wahrsagen und Kartenschlagen notwendig eine Rolle spielen müsse. Im übrigen war eine gewisse weihnachtsfestliche Herrichtung, für die Hoppenmarieken selber am Tage vorher gesorgt zu haben schien, unverkennbar. Das Himmelbett hatte frische Vorhänge, die Dielen waren mit Tannenzweigen bestreut, und an dem Deckenhaken hing ein Ebereschenzweig, dessen Beeren, trotz vorgeschrittener Winterzeit, noch ihre schöne rote Farbe zeigten. Alles dies hätte fast einen gemütlichen Eindruck machen müssen, wenn nicht dreierlei gewesen wäre: erstens Hoppenmarieken in Person, dann ihre Vogelkäfige und drittens und letztens der Alkoven. Hoppenmarieken selbst kennen wir; aber von den beiden anderen noch ein Wort.

An allen vier Wänden hin, dicht unter der Decke, lief eine Reihe von Vogelgebauern. Wohl zwanzig an der Zahl. Nur wo Bett und Ofen standen, war die Reihe unterbrochen. Was eigentlich in den Bauern drinsteckte, war nicht klar zu erkennen gewesen, als Hoppenmarieken mit der Lampe daran hingeleuchtet hatte. Nur allerhand dunkle Vogelaugen hatten groß und schläfrig in das Licht gestarrt. Es mußte sich einem aufdrängen, das seien wohl die Augen, die bei Abwesenheit der Herrin hier Wache hielten.

Dieser seltsame Fries von Vogelbauern, in denen bloß schweigsames Volk zu Hause zu sein schien, war unheimlich genug, aber unheimlicher war der Alkoven. Schon der Rundspiegel, der an der Türe hing, bedeutete nichts Gutes. Drinnen war alles leer. Nur Kräuterbüschel zogen sich hier in ähnlicher Weise um die Wände herum wie nebenan die Vogelkäfige. Es waren gute und schlechte Kräuter: Melisse, Schafgarbe, Wohlverleih, aber auch Allermannsharnisch, Sumpfporst und Klosterwacholder. Dazwischen Bündel von Roggenhalmen, deren gesunde Körner längst ausgefallen waren, während das giftige blaue Mutterkorn noch an den Ähren haftete; der Geruch im ganzen war betäubend. Was einem schärferen Beobachter vielleicht mehr als alles andere aufgefallen wäre, war, daß sämtliches Kräuterwerk, statt an einfachen Nägeln, an dicken Holzpflöcken hing, deren mehrere Zoll betragender Durchmesser in gar keinem Verhältnis zu der winzigen, von ihnen zu tragenden Last stand.

Hoppenmarieken, die es sich mittlerweile bequem gemacht und die hohen Wasserstiefel mit ein Paar aus Filztuch genähten Schuhen vertauscht hatte, holte jetzt die Kiepe vom Flur herein und schien, ihrem ganzen Hantieren nach, gewillt, einen Schmaus für sich selber vorzubereiten. Sie wühlte behaglich in ihrer Kiepe, bis sie die Gegenstände, die sie suchte, gefunden hatte. Was zuerst aus der Tiefe heraufstieg, war eine blaue Spitztüte, dann kamen zwei Eier, die sie prüfend gegen das Licht hielt, zuletzt ein altes bedrucktes Sacktuch, in das aber etwas Wichtigeres eingeschlagen war. Wenigstens hielt sie das Paket mit beiden Händen ans Ohr und schüttelte. Der Ton, den es gab, beruhigte sie. Sie legte nun alles auf den Tisch, eines neben das andere, und holte vom Schapp her einen alten Fayencetopf mit abgebrochenem Henkel, dazu einen Quirl und einen Blechlöffel. Jetzt war alles beisammen. Sie tat aus der blauen Tüte einen Löffel Zucker in den Topf, schlug die beiden Eier hinein, wickelte aus dem Sacktuch eine Rumflasche heraus, liebäugelte mit ihr, goß ein und quirlte. Nur etwas fehlte noch: das siedende Wasser. Aber auch dafür war gesorgt. Sie trat in den Flur, kroch abermals in das Ofenloch und kam mit einem rußigen Teekessel zurück, dessen Inhalt zischend und sprudelnd in dem großen Fayencetopf verschwand.

Hiermit waren die Vorbereitungen als geschlossen anzusehen. Das eigentliche Fest konnte beginnen. Sie machte den Tisch wieder klar, baute sich einen großen, braunen Napfkuchen auf und sah, während sie den Kopf in beide Arme stützte, mit sinnlicher Zufriedenheit auf das hergerichtete Mahl. Auch jetzt noch war sie beflissen, nichts zu übereilen. War es nun, daß sie in der Hinausschiebung des Genusses eine Steigerung sah, oder hatte sie so ihre eigenen Hoppenmariekeschen Vorstellungen davon, wie nun einmal ein erster Weihnachtstag gefeiert werden müsse, gleichviel, sie begnügte sich vorläufig damit, den aufsteigenden Dampf von der Seite her einzusaugen, und zog dabei den Tischkasten weit auf, in dem, durch eine Scheidewand getrennt, links das Gesangbuch, rechts die Karten lagen. Sie nahm das Gesangbuch, schlug das Christlied auf: »Vom Himmel hoch, da komm ich her«, las in rezitativischer Weise, die sie selber für Gesang halten mochte, die drei ersten, dann die letzte Strophe, klappte wieder zu und tat einen ersten tüchtigen Zug. Gleich darauf ging sie zu einem allerenergischsten Angriff auf den Napfkuchen über, der nun innerhalb zehn Minuten von der Tischfläche verschwunden war. Sie strich die Krümel in ihre linke Handfläche zusammen und schüttete alles sorgfältig in den Mund.

Jetzt, wo der Fayencetopf keinen Nebenbuhler mehr hatte, war sie erst in der Lage, ihm zu zeigen, was er ihr war. Sie legte streichelnd und patschelnd ihre Hände um ihn herum, untersuchte mit den Knöcheln alle Stellen, die einen kleinen Sprung hatten, bog sich über ihn und nippte, schlürfte und tat dann wieder volle Züge. Nachdem sie so den ganzen Kursus des Behagens durchschmarutzt hatte, zog sie den Schubkasten zum zweiten Male auf, nahm jetzt aber, statt des Gesangbuches, das Kartenspiel heraus. Es waren deutsche Karten: Schippen, Herzen, Eichel; sie lagen in Form einer Mulde fest aufeinander, was jedoch für Hoppenmariekens Hände keine Schwierigkeiten bot. Als sie wohl eine halbe Stunde lang aufgelegt, gemischt und wieder aufgelegt hatte, ohne daß die Karten kommen wollten, wie sie sollten, stieg ihr das Blut zu Kopf.

Der Schippenbube wich ihr nicht von der Seite. Das mißfiel ihr; sie wußte ganz genau, wer der Schippenbube war. Was? Da lag er wieder neben ihr. Sie stand unruhig auf, nahm die Lampe, leuchtete hinter den Ofen, sah zwei-, dreimal in den Alkoven hinein und setzte sich dann wieder. Aber die Beklemmung wollte nicht weichen. Sie schnürte deshalb das großgeblumte Kattunmieder auf, das sie trug, nestelte, zerrte, zupfte und fühlte nach einem Täschchen, das sie an einem Lederstreifen auf der Brust trug. Es war da. Sie nahm es ab, zählte seinen Inhalt und fand alles, wie es sein mußte.

Dies gab ihr ihre Ruhe wieder. Sie wollte es noch einmal versuchen und begann abermals die Karten zu legen. Diesmal traf es; der Schippenbube lag weitab. Ein häßliches Lachen zog über ihr Gesicht; dann tat sie den letzten Zug, schob einen großen Holzriegel vor die Türe und löschte das Licht.

Als eine Stunde später der Mond ins Fenster schien, schien er auch auf das verwitterte Antlitz der Zwergin, das jetzt, wo sich das schwarze Kopftuch verschoben und die weißen Haarsträhnen bloßgelegt hatte, noch häßlicher war als zuvor. Der Mond zog vorüber; das Bild gefiel ihm nicht. Hoppenmarieken selbst aber träumte, daß Schippenbube sie am Halse gepackt habe und an dem Lederriemen zerre, um ihr die Tasche abzureißen. Sie rang mit ihm; der Angstschweiß trat ihr auf die Stirn; dabei aber rief sie: »Wart, ich sag's; Diebe, Diebe!«

Durch das öde Haus hin klangen diese Rufe. Die Vögel stiegen langsam von ihren Sprossen und starrten durch ihre Gitter auf das Bett, von wo die Rufe kamen.

Neuntes Kapitel
Schulze Kniehase

Dem Kruge gegenüber lag der Schulzenhof. Er bestand aus einem Ziegeldachhaus, an das sich nach rückwärts zwei lange, schmale Stallgebäude anlehnten, die durch eine Scheune miteinander verbunden waren. Ein hinter dieser Scheune gelegenes, mit Obstbäumen und Himbeersträuchern besetztes Ackerstück streckte wieder zwei schmale Blumenstreifen bis dicht an die Dorfstraße vor, so daß in Sommerszeit, wenn man vom Kirchhügel aus auf das Schulzengehöft herniedersah, alles einem großen Garten glich, der Haus und Hof wie zwischen zwei ausgebreiteten Armen hielt. Selbst Miekleys Mühle war dann nicht freundlicher. Bis unter das Dach blühten die Malven, die Bienen summten um den Stock, die Trauben hingen am Spalier, während sich von dem alten, rechts an der Hoftür wachestehenden Birnbaum von Zeit zu Zeit die schweren Früchte lösten und mit Geklatsch auf die Schwellsteine niederfielen. Von den Insassen des Hauses achtete niemand dieses Tones; nur ein Mädchen, das auf der vorgebauten Steintreppe des Hauses unter einem Gerank von Flieder und Geißblatt saß, sah einen Augenblick horchend auf, ehe es fortfuhr, das Garn zu wickeln oder die Naht zu säumen.

So war es im Spätsommer. Aber auch im Winter bot der Schulzenhof ein freundliches Bild, auch heute am zweiten Weihnachtsfeiertage. Auf dem Hofe war der Schnee zusammengeschippt, so daß er eine Mauer bildete; die Stalltüren standen auf, aus denen die warme Luft wie ein Nebel ins Freie zog. An der Schwelle saßen Sperlinge und pickten einzelne Körner auf. Sonst alles still; auch der Hofhund feierte. In einer der Ecken zwischen Stall und Scheune stand seine Hütte; etwas von seinem Lagerstroh hatte er vor die Öffnung geschoben, und auf diesem Kissen lag nun sein spitzer Wolfskopf und sah behaglich in den Morgen hinein.

Und still und festtäglich wie draußen auf dem Hofe, so war auch das Haus. Schon seine Treppe war mit Sand bestreut; in den Ecken der Vordiele standen junge Kiefern und füllten die Luft mit ihrem Harzgeruch; an einem Haken in der Mitte des Flurs aber hing ein Mistelbusch. Die Wohnstuben waren schon geheizt und die Kamintüren geschlossen; nur zur Rechten, wo das große Besuchszimmer lag, knisterte noch ein Feuer und warf seinen Schein. Eine Katze strich ihre Flanken an den warmen Ecken, schnurrend mit gekrümmtem Rücken, zum Zeichen ihres besonderen Behagens.

In dem vordersten Wohnzimmer, um einen schweren Eichentisch herum, befanden sich drei Personen. Dem Fenster zunächst, und diesem den Rücken zukehrend, saß ein breitschultriger Mann, ein Fünfziger. Sein Gesicht drückte Kraft, Festigkeit und Wohlwollen aus. Spärliches blondes Haar legte sich an seine Scheitel, er war sonntäglich gekleidet und trug einen langen, schwarzbraunen Rock. Die Frau zu seiner Linken, trotz ihrer Vierzig, war noch hübsch, von dunklem Teint und wendisch gekleidet. Ein breiter Kragen fiel über ihr Mieder von schwarzem Tuch, und der kurze Friesrock war in hundert Falten gelegt. Unter der engen Tüllmütze versteckte sich nur halb das glänzend schwarze Haar. Aller Schmuck war silbern. Um den Hals schlang sich eine starke, vorn auf der Brust durch einen Schieber zusammengehaltene Kette; die Ohrgehänge glichen großen, silbernen Tropfen.

Dies war das Schulze Kniehasesche Paar. Dem Alten gegenüber, im vollen Fensterlicht, saß die Tochter des Hauses, Maria, ebenso aufrecht wie Tages zuvor am Kamin des Herrenhauses. Sie trug dasselbe Taftkleid, dasselbe rote Band im Haar; und mit derselben Aufmerksamkeit, mit der sie gestern den Erzählungen Lewins gefolgt war, folgte sie heute der Vorlesung ihres Vaters, der zuerst das Weihnachtsevangelium, dann das achte Kapitel aus dem Propheten Daniel las. Der alte Kniehase hatte dies Kapitel mit gutem Vorbedachte gewählt. Mariens Hände lagen

Neuntes Kapitel

still in ihrem Schoß. Und als die Stelle kam: »Und nach diesem wird aufkommen ein frecher und tückischer König, der wird mächtig sein, doch nicht durch seine Kraft, und nur durch seine List wird ihm der Betrug geraten, und er wird sich auflehnen wider den Fürsten aller Fürsten; *aber er wird ohne Hand zerbrochen werden*« – da wurden ihre Augen größer, wie sie es bei der Erzählung von dem Feuerschein im Schlosse zu Stockholm geworden waren, denn erregbaren Sinnes, nahm jegliches, wovon sie hörte, lebendige Gestalt an. Sonst blieb alles in gleichem Schlag. Das Rotkehlchen, mit leisem Gezirp, hüpfte aus dem Ring auf die Sprossen und wieder von den Sprossen in den Ring; in gleichmäßigem Takt ging der Pendel der Gehäuseuhr. Und so ging auch des Schulzen Kniehase Herz.

Kniehase war ein »Pfälzer«. Wie kam er in dieses Wendendorf? Und wie war er der Schulze dieses Dorfes geworden?

Um dieselbe Zeit, als die Scharwenkas mit anderen tschechischen Familien von Böhmen her übersiedelten, wanderten die Kniehases mit rheinischen Familien ein. Das war um 1750, als Friedrich der Große zur Trockenlegung der Sumpfstrecken des Oderbruches und zu ihrer Kolonisierung schritt. Die tschechischen Familien, weil ihrer nur wenig waren, fanden in den altwendischen Dörfern ein Unterkommen, und so kamen die Scharwenkas nach Hohen-Vietz. Die rheinischen Kolonistenfamilien aber, die, ohne Rücksicht darauf, ob sie aus dem Cleveschen oder Siegenschen, aus Nassau oder der Pfalz stammten, sämtlich »Pfälzer« genannt wurden (etwa wie in Irland alle Herübergekommenen »Sachsen« heißen), gründeten eigene Dörfer, unter denen Neu-Barnim das größte war. In diesem Dorfe wurde unser Kniehase geboren, und zwar am Tage des Hubertusburger Friedens. Der Vater schloß daraus, daß der Sohn ein Prediger werden müsse, und ließ ihn nach den bescheidenen Mitteln, die sich darboten, etwas Tüchtiges lernen. Aber der junge Kniehase war weitab davon, ein Mann des Friedens werden zu wollen; nur das Soldatische hatte Reiz für ihn, und mit zwanzig Jahren schon, nachdem er den Widerstand des Vaters unschwer besiegt, trat er in die Grenadiercompagnie des Regiments Möllendorf ein, das damals zu Berlin in Garnison stand. Der Dienst, trotz aller Strenge, gefiel ihm wohl, und schon 1792, bei Ausbruch der Rheinkampagne, war er unter den Fahnenunteroffizieren des Regiments. Bei Valmy erhielt er ein Ehrenzeichen, bei Kaiserslautern ein zweites. Das kam so. Die Compagnie von Thadden sah sich gezwungen, eine Hügelstellung zu räumen, auf der sie sich seit Beginn des Kampfes behauptet hatte; feindliche Artillerie fuhr auf und beherrschte jetzt das abgeschrägte, wohl 1500 Schritt breite Terrain, auf dem die zurückgehende Compagnie, zum Teil in bloße Trupps aufgelöst, ihren Rückzug bewerkstelligte. In Mittelhöhe des Abhanges lag ein durch einen Schenkelschuß verwundeter Gefreiter und beschwor seine Kameraden, ihn nicht liegen zu lassen. Einige hielten inne; aber das Kartätschenfeuer brach wieder den guten Willen; auch den Tapfersten versagte der Mut. Da sprang Unteroffizier Kniehase vor, lief eine Strecke zurück, lud den Verwundeten auf die Schulter und trug ihn aus dem Feuer. Stabskapitän von Thadden, als die Compagnie sich wieder sammelte, trat an Kniehase heran und schüttelte ihm die Hand; die Grenadiere aber brachen in Jubel aus und nahmen eine halbe Stunde später die verlorengegangene Höhenstellung wieder.

Dieser Tag führte unseren Kniehase, wenn nicht gleich, so doch im regelrechten Lauf der Ereignisse, nach dem alten Wendendorfe, dessen Obrigkeit er jetzt bildete. Denn der Gefreite, den er so mutig aus dem feindlichen Feuer getragen hatte, war niemand anderes als unser Freund aus dem Hohen-Vietzer Kruge her: Peter Kümmeritz. Invalide geworden, erhielt er seinen Abschied; zwei Jahre später aber kam der Frieden, und die ganze Rheinarmee kehrte in ihre Garnisonen zurück. Mit ihr das Regiment Möllendorf.

Es war nach der Ernte, Anno 95; die Sommerfäden flogen schon durch die Luft, als an einem jener klaren Tage, wie sie der September bringt, an Miekleys Mühle vorbei, ein breitschultriger Mann in seines Königs Rock in die Hohen-Vietzer Dorfstraße einbog. Auf seiner Brust blitzten ein paar Medaillen, und wer sich auf Litzen und Rabatten verstand, der sah, daß es ein Chargierter vom Regiment Möllendorf war. Es war aber kein anderer als unser Unteroffizier Kniehase. Als er, gefolgt von der halben Dorfjugend, die scheubeflissen auf seine Fragen Antwort gab, in das Gehöft seines ehemaligen Gefreiten eintreten wollte, trat ihm an der Schwelle des Hauses nicht Peter Kümmeritz in Person, wohl aber Trude Kümmeritz, seine Schwester, entgegen. Nach allem, was folgte, muß angenommen werden, daß diese Stellvertretung den Wünschen unseres Kniehase nicht zuwiderlief, denn ehe er nach Wochenfrist den gastlichen Kümmeritzschen Hof verließ, um zu seinem Regiment zu retournieren, hatte er nicht nur mit Peter die Kriegskameradschaft erneuert, sondern auch mit Trude sich zu ehelicher Kameradschaft versprochen. Er ging überhaupt nur in seine Garnison zurück, um aus dem Urlaub einen Abschied zu machen, demnächst aber einen Neu-Barnimschen Hof zu kaufen und seine Trude aus dem Wendendorf in das Pfälzerdorf hinüberzuziehen. Es kam aber umgekehrt. Eine Hohen-Vietzer Stelle wurde unerwartet frei, die Truhen der Häuser Kümmeritz und Kniehase steuerten zusammen, und als im Sommer 96 der Raps blühte und sein Duft auf allen Feldern lag, da stieg ein Hochzeitszug den Kirchenhügel hinan, die Glocken läuteten, und die Musikanten bliesen, bis das Brautpaar über die Schwelle war. Kniehase trug seine Uniform, Trude die reiche wendische Tracht, und alt und jung waren einig, daß Hohen-Vietz ein solches Brautpaar seit Menschengedenken nicht gesehen habe. Seit Menschengedenken kein stattlicheres, aber auch kein glücklicheres Paar. Vor allen Dingen kein besseres. Neid und üble Nachrede schwiegen, und wenn anfangs dieser und jener klagte, »daß nun ein Pfälzer ins Dorf gekommen sei«, so verstummte diese

Klage doch bald, als sie den Pfälzer kennenlernten. Wo es einen Rat galt, da war er da, und wo es eine Tat galt, da war er zweimal da. Er verstand sich aufs Schreiben und Eingabenmachen, aufs Rechnen und Registrieren, und als Anno 1800 der alte Schulze Wendelin Pyterke starb, der seit dem Siebenjährigen Krieg volle vierundvierzig Jahre im Amte und nach der Kunersdorfer Schlacht, als die Russen kamen, die Rettung des Dorfes gewesen war, da wählten sie den Kniehase zu ihrem Schulzen, ohne sich ums Herkommen zu kümmern, das nur zwei oder drei unter ihnen gewahrt wissen wollten. Berndt von Vitzewitz aber sagte: »Meine Bauern waren immer gescheit, doch für *so* gescheit hab ich sie all mein Lebtag nicht gehalten.«

Kniehase hatte keinen Feind; selbst die Forstackersleute sprachen gut von ihm. Im Herrenhause hieß es: »Er ist ein tüchtiger Mann«, in der Mühle hieß es: »Er ist ein frommer Mann«, Peter Kümmeritz aber mit immer wachsendem Respekt sah zu seinem Schwager auf, als ob er den Tag von Kaiserslautern durch eigenes Eingreifen entschieden habe. Er schloß dann wohl ab: »Ich schulde ihm mein Leben, und meine Schwester schuldet ihm ihr Glück.«

Die Kniehases waren ein glückliches Paar; aber kein Glück ist vollkommen: sie blieben kinderlos. Da traf es sich, daß auch eine Tochter ins Haus kam, kein eigenes Kind und doch geliebt wie ein solches.

Es war um Weihnachten 1804, zwei Jahre früher, als die Frau von Vitzewitz starb, da kam ein »starker Mann« ins Dorf, einer von jenen fahrenden Künstlern, die zunächst in rotem Trikot mit fünf großen Kugeln spielen und hinterher ein Taubenpaar aus einem Schubfach auffliegen lassen, in das sie vorher eine Uhr oder ein Taschentuch gelegt haben. Der starke Mann schien bessere Tage gesehen zu haben; seine ganze Haltung deutete darauf hin, daß er nicht immer in einem Planwagen von Dorf zu Dorf gefahren war. Er hielt jetzt vor dem Scharwenkaschen Kruge, führte das magere Pferd in den Stall, und am

Abend war Vorstellung. Ein kleines Mädchen, das zehn Jahre sein mochte, wechselte mit ihm ab, sang Lieder und deklamierte; zuletzt erschien sie in einem kurzen Gazekleid, das mit Sternchen von Goldpapier besetzt war, und führte den Shawltanz auf. Die Hohen-Vietzer Bauern, ganz besonders die alten, waren wie benommen und streichelten das Kind mit ihren großen Händen. Es sollte ihnen bald Gelegenheit werden, ihr gutes Herz noch weiter zu zeigen.

Der »starke Mann« war längst kein starker Mann mehr; er war siech und krank. Er legte sich, und es ging rasch bergab. Pastor Seidentopf saß an seinem Bett und sprach ihm Trost zu; der Sterbende aber, der wohl wußte, wie es mit ihm stand, schüttelte den Kopf, zog den Pastor näher an sich heran und sagte fest: »Ich bin froh, daß es zu Ende geht.« Dann wies er mit einer leisen Seitwärtsbewegung des Kopfes auf die Kleine, die am Fenster saß, preßte beide Hände aufs Herz und setzte mit halberstickter Stimme hinzu: »Wenn nur das Kind nicht wäre.« Dabei brach er, alle Kraft über sich verlierend, in ein krampfhaftes Schluchzen aus. Die Kleine, als sie das Weinen hörte, kam herzugesprungen und küßte in leidenschaftlicher Liebe die Hand des Sterbenden. Dieser streichelte ihr das Haar, sah sie an und lächelte. Es war, als ob er in eine lichte Zukunft geblickt hätte. So starb er. Auf dem Tische neben ihm stand die kleine Zauberkommode, aus der immer die Tauben aufflogen. Pastor Seidentopf war tief erschüttert.

An die Hohen-Vietzer aber traten jetzt zwei Fragen heran, von denen es schwer zu sagen, welche die Gemüter mehr beschäftigte. Die *erste* Frage war: »Was machen wir mit dem Toten?«

Die alten Wendenbauern waren gutmütig, aber sie dachten doch ernst in solchen Sachen. Den starken Mann bloß einzuscharren erschien ihnen als untunliche Härte, ihn aber auf ihrem christlichen Kirchhofe zu begraben, als noch untunlichere Entweihung. War er überhaupt ein Christ? Die Mehrzahl zweifelte. Da fand Pastor Seidentopf unter dem Kopfkissen des Toten eine Tasche mit allerhand Papieren, auch Tauf- und Trauschein. Die Briefe gaben weiteren Aufschluß. Es zeigte sich, daß er Schauspieler gewesen war, daß er eine Tochter aus gutem Hause wider den Willen der Eltern geheiratet hatte und daß die Frau schließlich hingestorben war in Gram und Elend, aber ohne Vorwurf und ohne Reue. Die letzten Briefe, viel durchlesene, waren aus einem schlesischen Klosterspitale datiert. Ein gescheitertes Leben sprach aus allen, aber kein unglückliches, denn was sie zusammengeführt, hatte Not und Tod überdauert.

Pastor Seidentopf, als er die Briefe gelesen, trat wieder unter seine Bauern, die unten im Krug seiner harrten, und am dritten Tage hatte der starke Mann ein christliches Begräbnis, als ob er ein Kümmeritz oder ein Miekley gewesen wäre. Die Schulkinder sangen ihn hügelan, trotzdem ein großes Schneetreiben war, Frau von Vitzewitz, gütig wie immer, stand mit am Grabe und warf dem Toten die erste Handvoll Erde nach, Berndt von Vitzewitz aber ließ ihm ein Kreuz errichten, darauf folgender, vom alten Küster Jeserich Kubalke gedichteter Spruch zu lesen war:

> Ein Stärkrer zwang den starken Mann,
> Nimm ihn Gott in Gnaden an.

So erledigte sich die erste Frage. – Die zweite Frage war: »Was machen wir mit dem *Kinde*?« Pastor Seidentopf erwog die Frage hin und her; hundert Pläne gingen ihm durch den Kopf, aber keiner wollte passen. Die Bauern waren scheu und schwierig. Da trat Schulze Kniehase dazwischen, und das weinende Kind vom Krug aus in sein Haus hinüberführend, sagte er: »Mutter, die schickt uns Gott.«

Und am anderen Tage, weil es dicht vor dem Christfest war, begann er ihr einen Baum zu putzen und nannte sie seine Weihnachtspuppe und sein Zauberkind.

Die Bauern sahen anfangs ängstlich zu; »sie wird ihm wegfliegen«, meinten die einen, »und das wäre noch das beste«, versicherten die anderen. Aber sie flog *nicht* fort, und Pastor Seidentopf sagte: »Sie wird ihm Segen bringen, wie die Schwalben am Sims.«

ZEHNTES KAPITEL

Marie

»Sie wird dem Hause Segen bringen, wie die Schwalben am Sims«, so hatte Prediger Seidentopf gesprochen, und seine Worte sollten in Erfüllung gehen. Das Kopfschütteln der Bauern nahm bald ein Ende. Es geschah das, was unter ähnlichen Verhältnissen immer geschieht: dunkle Geburt, seltsame Lebenswege, wie sie den Argwohn wecken, wecken auch das Mitgefühl, und ein schöner Trieb kommt über die Menschen, ein unverschuldetes Schicksal auszugleichen. Der Zauber des Geheimnisvollen unterstützt die wachgewordene Teilnahme.

Das erfuhr auch Marie. Ehe noch der erste Winter um war, war sie der Liebling des Dorfes; keiner spöttelte mehr über das Gazekleid mit den Goldpapiersternchen, in dem sie zuerst vor ihnen aufgetreten war. Vielmehr erschien ihnen jetzt dieser bloße Hauch einer Kleidung als ihr natürliches Kostüm, und wenn Schulze Kniehase, der das Kind von Anfang an über die Maßen liebte, drüben im Kruge saß und halb ernsthaft, halb scherzhaft versicherte, »sie sei ein Feenkind«, so widerredete niemand, weil er nur aussprach, was alle längst schon an sich selbst erfahren hatten. Daß sie fortfliegen würde, daran glaubte freilich niemand mehr, mit alleiniger Ausnahme der Mädchen in den Spinnstuben, die voll Spuk- und Gespensterbedürfnis immer Neues und Wunderbares von ihr zu erzählen wußten. Und nicht alles war Erfindung. So hatte sie wirklich eine unbezwingbare Vorliebe für den Schnee. Wenn die Flocken still vom Himmel fielen oder tanzten und stöberten, als würden Betten ausgeschüttet, dann entfernte sie sich aus dem Vorderhause, kletterte die lange Schrägleiter hinauf, die bis auf den First des Scheunendaches führte, und stand dort oben schneeumwirbelt. Die Mädchen versicherten auch, sie hätten sie singen hören. Es bedarf keiner Ausführung, welche phantastisch weitgehenden Schlüsse daraus gezogen wurden.

So war es im Winter. Als der Sommer kam, der eine freiere Bewegung gönnte, gewann sie vollends alle Herzen. Sie besuchte nicht nur die einzelnen Bauerhöfe, sondern auch die ausgebauten Lose, die weiter ins Bruch hinein lagen, spielte mit den Kindern und erzählte Geschichten. Das Fremde und Geheimnisvolle, das sie von Anfang an gehabt hatte, blieb ihr, aber niemand wunderte sich mehr darüber. Auch die Dorfmädchen nicht. Einmal verirrte sie sich; im Kniehaseschen Hause war große Aufregung; alles lief und suchte bis an die Oder hin. Endlich fand man sie, keine tausend Schritt vom Dorfe. Sie lag schlafend im Korn, ein paar Mohnblumen in der Hand; ein kleiner Vogel saß ihr zu Füßen. Niemand kannte den Vogel, als er aufflog und aller Augen ihn verfolgten. »Der hat sie beschützt!« sagten die Hohen-Vietzer.

In der Regel spielte sie auf dem Abhange zwischen der Kirche und dem Dorfe, am liebsten auf dem Kirchhofe selbst. Sie las die Inschriften, umarmte den Rasen von ihres Vaters Grabe, kletterte auf die hohe Feldsteinmauer und sah auf die Segel der Oderkähne nieder, die, angeglüht von der sich neigenden Sonne, unten auf dem Strome vorüberzogen. Kam dann des alten Küsters Kubalke Magd, um zu Abend zu läuten, so folgte sie dieser, zog ein paarmal mit an dem Glockenstrang und huschte dann in die schon halbdunkle Kirche hinein. Hier setzte sie sich mit halbem Körper auf das äußerste Ende der Frontbank, auf der am Tage nach der Kunersdorfer Schlacht der Major vom Regiment Itzenplitz verblutet war, blickte seitwärts scheu nach dem dunkeln Fleck, den alles Putzen nicht hatte wegschaffen können, und sah dann, um das selbstgewollte Grauen wieder von sich zu bannen, nach dem großen Vitzewitzschen Marmorbilde hinüber, das die Inschrift trug: »So du bei mir bist, wer will wider mich sein«. So blieb sie, bis der Glockenton verklang. Dann trat sie wieder auf den Kirchhof hinaus, sah der Magd nach, die den Schlängelpfad ins Dorf herniederstieg, und umkreiste bang, aber immer enger und enger die alte Buche, deren zweigeteilter Stamm, der Sage nach, an den Bruderzwist der Vitzewitze gemahnte. Fiel dann ein Blatt oder flog ein Vogel auf, so fuhr sie zusammen.

Es waren schöne Tage, dieser erste Sommer in Hohen-Vietz; aber diese schönen Tage konnten nicht dauern. Die Schulzenleute, Mann wie Frau, hatten längst ihre Sorge darüber. All dies Umherstreifen währte schon zu lange; Arbeit, Ordnung, Schule mußten an seine Stelle treten. Aber wie? Beide Kniehases waren weitab davon, ein Prinzeßchen aus ihrem Pflegekind machen zu wollen, aber ebenso bestimmt fühlten sie auch, daß die Dorfschule kein Platz für sie sei. Sie paßte nicht unter die Holzpantoffelkinder, ganz abgesehen davon, daß sie, ohne je eine Schulstunde gehabt zu haben, um ein beträchtliches besser lesen konnte als der alte Jeserich Kubalke, zumal wenn er seine Hornbrille vergessen hatte.

In dieser Not half die gute Frau von Vitzewitz. Sie hatte längst daran gedacht, das sonderbare Kind, von dessen phantastischem Wesen sie so manches gehört hatte, als Spiel- und Schulgenossin Renatens in ihr Haus zu ziehen, allerhand Erwägungen aber, die dagegen sprachen, hatten es damals nicht dazu kommen lassen. Der Kniehasesche Pflegling, so gewinnend er sein mochte, war doch immer eines Taschenspielers, im günstigsten Falle eines verarmten Schauspielers Kind, und sowenig sie persönlich einen Anstoß daran nahm, so glaubte sie dennoch in Erziehungsfragen weniger ihr eigenes, durchaus freies und vornehmes Empfinden als vielmehr allgemeine, aus Pflicht und Erfahrung hergeleitete Anschauungen zu Rate ziehen zu müssen. So zerschlug es sich denn wieder. Pastor Seidentopf hätte es freilich wohl schon damals in der Hand gehabt, einen andern Ausgang herbeizuführen; er wollte jedoch, in einer so verantwortungsvollen Angelegenheit, nicht ungefragt eingreifen und zog es vor, sich die Dinge selber machen zu lassen.

Und sie machten sich auch, und zwar in sehr eigentümlicher Weise. Am Rande des Vitzewitzschen Parks, schon in einiger Erhöhung, stand eine Florastatue und sah einen breiten Kiesweg hinunter auf die Gartenfront des Herrenhauses. Zu Füßen der Statue waren fünf dreieckige Blumenbeete angelegt, die in ihrer Gesamtheit einen einfassenden Halbkreis bildeten. An dieser Stelle hatte Marie, bei ihren täglichen Streifereien, häufig ein paar Blumen gepflückt, Balsaminen oder Reseda, und war dabei niemals einem Verbot begegnet. Im Gegenteil. Der Gärtner, des zierlichen und fremdartigen Kindes sich freuend, hatte ihr zugenickt und einmal sogar ihr ein paar Fuchsia-Knospen über das linke Ohr gehängt. Nun war es September geworden; die roten Verbenen blühten, und dazwischen, aus eingegrabenen Töpfen, wuchsen ein paar unscheinbare Blumen auf, die dem spielenden Kinde als dunkle Vergißmeinnicht erschienen. Sie pflückte sie ab. Es war aber Heliotrop, damals noch etwas Seltenes, und Frau von Vitzewitz wollte wissen, wer ihr das angetan und sie um den Anblick ihrer Lieblingsblume gebracht habe. Als Marie davon hörte, faßte sie rasch einen Entschluß. Sie setzte sich auf eine Bank, in unmittelbarer Nähe der Statue, und als Frau von Vitzewitz auf ihrem Spaziergang den breiten Kiesweg hinaufschritt, sprang sie auf, eilte der Herankommenden entgegen, küßte ihr die Hand und sagte: »Ich habe es getan.« Sie war dabei hochrot und zitterte, aber sie weinte nicht. Von diesem Augenblick an war die Freundschaft geschlossen. Frau von Vitzewitz streichelte ihr das Haar und sah sie fest und freundlich an; dann führte sie sie zu der Bank zurück, von der sie aufgestanden war, stellte Fragen und ließ sich erzählen. Alles bestätigte ihr den ersten Eindruck. So trennten sie sich. Noch am selben Nachmittage aber sagte Frau von Vitzewitz zu Seidentopf:

»Das ist ein seltenes Kind«, und ehe acht Tage um waren, war sie die Spiel- und Schulgenossin Renatens.

Sie war anfangs zurück; alles, was sie konnte, war eben Lesen und Deklamieren. Aber ihre schnelle Fassungsgabe, durch Gedächtnis und glühenden Eifer unterstützt, gestattete ihr, das Versäumte wie im Fluge nachzuholen, und ehe noch ein halbes Jahr um war, war sie in den meisten Disziplinen Renaten gleich. Und wie sie den von Frau von Vitzewitz an ihre Fähigkeiten geknüpften Erwartungen entsprach, so auch denen, die sich auf ihren Charakter bezogen. Sie war ohne Laune und Eigensinn; etwas Heftiges, das sie hatte, wich jedem freundlichen Wort. Die beiden Mädchen liebten sich wie Schwestern.

Nichts war mißglückt, über Erwarten hinaus hatten sich die Wünsche der Frau von Vitzewitz erfüllt, dennoch stellten sich immer wieder Bedenken bei ihr ein, die freilich jetzt nicht mehr das Glück Renatens, sondern umgekehrt das Glück Mariens betrafen. Es galt, nicht nur den Augenblick, sondern auch die Zukunft befragen. Wie sollte sich diese gestalten? War es recht, dem Schulzenkinde die Erziehung eines adeligen Hauses zu geben? Wurde Marie nicht in einen Widerspruch gestellt, an dem ihr Leben scheitern konnte? Sie teilte diese Bedenken ihrem Gatten mit, der, von Anfang an dieselben Skrupel hegend, sofort entschlossen war, mit Schulze Kniehase, zu dessen Verständigkeit er ein hohes Vertrauen hatte, die Sache durchzusprechen.

Berndt ging in den Schulzenhof, traf Kniehase mitten in Rechnungsabschlüssen, die das nach Küstrin hin gelieferte Stroh- und Haferquantum betrafen, rückte mit ihm in die Fensternische und stellte ihm alles vor, wie er es mit der Frau von Vitzewitz besprochen hatte.

Schulze Kniehase hörte aufmerksam zu, dann sagte er, als sein Gutsherr schwieg: er habe sich's, als von der Sache zuerst gesprochen wurde, auch überlegt, ob er dem Kinde nicht die Ruhe nehme, die doch mehr sei als alles Lernen und Wissen. All sein Überlegen aber habe doch immer wieder dahin geführt, daß es das Beste sein würde, die gnädige Frau, die es so gut meine, ruhig gewähren zu lassen. So sei es ein halbes Jahr gegangen. Es jetzt nun nach der entgegengesetzten Seite hin zu ändern, sei nur ratsam, wenn es der ausgesprochene Wille der gnädigen Frau sei. Sein eigener Wunsch und Wille sei es schon seit Monaten nicht mehr; die Bedenken, die er anfangs gehabt, seien mehr und mehr von ihm abgefallen. Er wisse auch wohl warum. Das Kind, das ihm die Hand Gottes fast auf die Schwelle seines Hauses gelegt habe, sei kein bäuerlich Kind; es sei nicht bäuerlich von Geburt und nicht bäuerlich von Erscheinung. Er säße so mitunter in der Dämmerstunde und mache sich Bilder, wie auch wohl andere Leute täten, aber wie vielerlei auch an ihm vorüberzöge, nie sähe er seine Marie mit geschürztem Rock und zwei Milcheimern, unter dem Zurufe lachender Knechte, über den Hof gehen. Er liebe das Kind, als ob es sein eigen wäre; aber er betrachte es doch als ein fremdes, das eines Tages ihm wieder abgefordert werden würde. Nicht von den Menschen, wohl aber von der Natur. Es wird so sein wie mit den Enten im Hühnerhof, die eines Tages fortschwimmen, während die Henne am Ufer steht.

Als Kniehase so gesprochen, hatte ihm Berndt von Vitzewitz die Hand gereicht, und im Herrenhause schwiegen von jenem Tage an alle Bedenken.

Auch der Tod der Frau von Vitzewitz, schmerzlich wie er von Marie empfunden wurde, änderte nichts in ihrem Verhältnis zu den Zurückgebliebenen. Tante Schorlemmer kam ins Haus, und frei von jener Liebedienerei, die sich in Bevorzugung Renatens hätte gefallen können, betrachtete sie vielmehr beide Mädchen wie Geschwister und umfaßte sie mit gleicher Herzlichkeit.

Nach der Einsegnung hörten die Unterrichtsstunden auf, aber die beiden Mädchen waren zu innig aneinander gekettet, als daß der Wegfall dieses äußerlichen Bandes das geringste an ihrer Verkehrs- und Lebensweise hätte ändern können. Der Geburts- und Standesunterschied wurde von Renate nicht geltend gemacht, von Marie nicht empfunden. Sie sah in die Welt wie in einen Traum und schritt selber traumhaft darin umher. Ohne sich Rechenschaft davon zu geben, stellten sich ihr die hohen und niederen Gesellschaftsgrade als bloße Rollen dar, die wohl dem Namen nach verschieden, ihrem Wesen nach aber gleichwertig waren. Es war im Zusammenhange damit, daß unter allen Bildern, die sich im Vitzewitzeschen Hause befanden, eine Nachbildung des »Lübecker Totentanzes«, bei allem Erschütternden, doch zugleich den erhebendsten Eindruck auf sie gemacht hatte. Die Predigt von einer letzten Gleichheit aller irdischen Dinge sprach das aus, was dunkel in ihr selber lebte. Dabei war sie ohne Anspruch und ohne Begehr. Alles Schöne zog sie an; aber es drängte sie nur, daran teilzunehmen, nicht, es zu besitzen. Es war ihr wie der Sternenhimmel; sie freute sich seines Glanzes, aber sie streckte nicht die Hände danach aus.

Diese Unbegehrlichkeit hatte sich auch an ihrem sechzehnten Geburtstage gezeigt. Bei dieser Gelegenheit erhielt sie als großes Geschenk des Tages ihr eigenes Zimmer. Beide Kniehases führten sie, mit einer gewissen Feierlichkeit, in die nördliche Giebelstube, die geradeaus den Blick auf den Park, nach rechts hin auf die Kirche hatte, und sagten: »Marie, das ist nun dein; schalte und walte hier; erfülle dir jeden kleinen Wunsch; uns soll es eine Freude sein.«

Marie, im ersten Sturm des Glückes, hatte ein Hin- und Herschieben mit Schrank und Nähtisch, mit Bücherbord und Kleidertruhe begonnen, aber dabei war es geblieben. Es kam ihr nicht in den Sinn, ihrem alten, ihr liebgewordenen Besitz etwas Neues hinzuzufügen. Was sie hatte, freute sie, was sie nicht hatte, entbehrte sie nicht.

»Sie hat Mut, und sie ist demütig«, hatte nach jener ersten Begegnung im Park Frau von Vitzewitz zu Pastor Seidentopf gesagt. Sie hätte hinzusetzen dürfen: »Vor allem ist sie wahr.« Jenes Wunder, das Gott oft in seiner Gnade tut, es hatte sich auch hier vollzogen: innerhalb einer Welt des

Scheins war ein Menschenherz erblüht, über das die Lüge nie Macht gewonnen hatte. Noch weniger das Unlautere. Tante Schorlemmer sagte: »Unsere Marie sieht nur, was ihr frommt, für das, was schädigt, ist sie blind.« Und so war es. Phantasie und Leidenschaft, weil sie sie ganz erfüllten, schützten sie auch. Weil sie stark fühlte, fühlte sie rein.

Im Hohen-Vietzer Herrenhause – es war im Winter vor Beginn unserer Erzählung – sang Renate ein Lied, dessen Refrain lautete:

> Sie ist am Wege geboren,
> Am Weg, wo die Rosen blühn ...

Sie begleitete den Text am Klavier.

»Weißt du, an wen ich denken muß, sooft ich diese Strophen singe«, fragte Renate den hinter ihrem Stuhl stehenden Lewin.

»Ja«, antwortete dieser, »du gibst keine schweren Rätsel auf.«

»Nun?«

»An Marie.«

Renate nickte und schloß das Klavier.

Elftes Kapitel
Prediger Seidentopf

In der Mitte des Dorfes, neben dem Schulzenhof, lag die Pfarre, ein über hundert Jahre altes, etwas zurückgebautes Giebelhaus, das an Stattlichkeit weit hinter den meisten Bauerhöfen zurückblieb. Es war das einzige größere Haus im Dorfe, das noch ein Strohdach hatte. Zu verschiedenen Malen war davon die Rede gewesen, dieses der Dorfgemeinde sowohl um ihres Pastors wie um ihrer selbst willen despektierlich erscheinende Strohdach durch ein Ziegeldach zu ersetzen; unser Freund Seidentopf aber, der in diesem Punkte wenigstens ein gewisses Stilgefühl hatte,

hatte beständig gegen solche Modernisierung protestiert. »Es sei gut so, wie es sei.« Und darin hatte er vollkommen recht. Es war eben ein Dorfidyll, das durch jede Änderung nur verlieren konnte. Der Giebel des Hauses stand nach vorn; dicht unter dem Strohdach hin lief eine Reihe kleiner, überaus freundlich blickender Fenster, während die Fachwerkwände bis hoch hinauf mit Brettern bekleidet und den ganzen Sommer über mit Wein, Pfeifenkraut und Spalierobst überdeckt waren. Neben der Haustüre stand ein Rosenbaum, der, bis an den First hinaufwachsend, im ganzen Oderbruche berühmt war wegen seines Alters und seiner Schönheit. Auch das winterliche Bild, das die Pfarre bot, war nicht ohne Reiz. Eine mächtige Schneehaube saß auf seinem Dache, während die niedergelegten, mit Stroh umwundenen Weinranken, dazu die Matten, die sich schützend über dem Spalierobst ausbreiteten, dem Ganzen ein sorgliches und in seiner Sorglichkeit wohnlich anheimelndes Ansehen gaben.

Dem entsprach auch das Innere. Die Haustür, wie oft in den märkischen Pfarrhäusern, hatte eine Klingel, keine von den großen, lärmenden, die den Bewohnern zurufen: »Rettet euch, es kommt wer«, sondern eine von den kleinen, stillgestimmten, die dem Eintretenden zu sagen scheinen: »Bitte schön, ich habe Sie schon gemeldet.« Der Tür gegenüber, an der entgegengesetzten Seite des langen, fast durch das ganze Haus hinlaufenden Flurs, befand sich die Küche, deren aufstehende Türe immer einen Blick auf blanke Kessel und flackerndes Herdfeuer gönnte. Die Zimmer lagen nach rechts hin. An der linken Flurwand, die zugleich die Wetterwand des Hauses war, standen allerhand Schränke, breite und schmale, alte und neue, deren Simse mit zerbrochenen Urnen garniert waren; dazwischen in den zahlreichen Ecken hatten ausgegrabene Pfähle von versteinertem Holz, Walfischrippen und halbverwitterte Grabsteine ihren Platz gefunden, während an den Querbalken des Flurs verschiedene ausgestopfte Tiere hingen, darunter ein junger Alligator mit bemerkenswertem Gebiß, der, sooft der Wind auf die Haustür stand, immer unheimlich zu schaukeln begann, als flöge er durch die Luft. Alles in allem eine Ausstaffierung, die keine Zweifel darüber lassen konnte, daß das Hohen-Vietzer Predigerhaus zugleich auch das Haus eines leidenschaftlichen Sammlers sei.

Machte schon der Flur diesen Eindruck, so steigerte sich derselbe beim Eintritt in das nächstgelegene Zimmer, das einem Antikencabinet ungleich ähnlicher sah als einer christlichen Predigerstube. Zwar war der Bewohner desselben ersichtlich bemüht gewesen, Amt und Neigung in ein gewisses Gleichgewicht zu bringen, war aber damit gescheitert. Es sei gestattet, einen Augenblick bei diesem Punkte zu verweilen.

Die Studierstube besaß zwei nach dem Garten hinaussehende Fenster, zwischen denen unser Freund eine bis in die Mitte des Zimmers gehende Scheidewand gezogen hatte. So waren zwei große, fast cabinetartige Fensternischen gewonnen, von denen die eine dem *Prediger* Seidentopf, die andere dem *Sammler* und Altertumsforscher gleichen Namens angehörte. Innerhalb dieser Nischen war das Balanciersystem, das sich schon in ihrer äußeren Anlage zu erkennen gab, ebenfalls festgehalten, indem auf dem Arbeitstische in der Camera archaeologica »Bekmanns historische Beschreibung der Kurmark Brandenburg, Berlin 1751 bis 53«, auf dem Arbeitstisch in der Camera theologica »Dr. Martin Luthers Bibelübersetzung, Augsburg 1613«, aufgeschlagen lag. Beides Prachtbücher, wie sie nur ein Sammler hat, groß, dick, in festem Leder, mit hundert Bildern. Über eine Äußerung des Kandidaten Uhlenhorst, der auf einer Versammlung in Hohen-Sathen gesagt haben sollte: »Prediger Seidentopf greife mitunter fehl und schlage in Bekmann statt in der Bibel nach«, gehen wir wie billig an dieser Stelle hin.

Es war dies ein rechter Uhlenhorstscher Sarkasmus, wie ihn die Konventikler wohl zu haben pflegen; aber darin hatten sie recht, daß nicht nur der in der archäologischen

Elftes Kapitel

Abteilung stehende Lehnstuhl viel tiefer eingesessen, sondern daß auch der ganze, diesseits der Fensternischen verbliebene Rest des Zimmers ein heidnisches Museum, eine bloße Fortsetzung alles dessen war, was schon der Flur geboten hatte. Nur die Walfischrippe und der Alligator fehlten. Zwei mächtige, rechts und links neben der Tür stehende, über den Sims hin durch einen Mittelbau verbundene Glasschränke bildeten eine Art Arcus triumphalis, durch den man in die Studierstube eintrat; und alles, von dem Steinmesser und dem Aschenkrug an, was die märkische Erde nur je an Altertumsfunden herausgegeben hat, das fand sich hier zusammen. Daneben konnte freilich die theologische Bibliothek des Zimmers nicht bestehen, die, ihrer äußersten Verstaubung ganz zu geschweigen, auf einem schmalen, zweibrettrigen Real zwischen Wandvorsprung und Ofen ihre Unterkunft gefunden hatte.

Unser Seidentopf war ein archäologischer Enthusiast trotz einem und ausgerüstet mit all den Schwächen, die von diesem Enthusiasmus so unzertrennlich sind wie die Eifersucht von der Liebe. Er phantasierte, er ließ sich hinters Licht führen; aber in einem unterschied er sich von der großen Armee seiner Genossen: er sammelte nicht, um zu sammeln, sondern um einer Idee willen. Er war Tendenzsammler.

Innerhalb der Kirche, wie Uhlenhorst sagte, ein Halber, ein Lauwarmer, hatte er, sobald es sich um Urnen und Totentöpfe handelte, die Dogmenstrenge eines Großinquisitors. Er duldete keine Kompromisse, und als erstes und letztes Resultat aller seiner Forschungen stand für ihn unwandelbar fest, daß die Mark Brandenburg nicht nur von Uranfang an ein deutsches Land gewesen, sondern auch durch alle Jahrhunderte hin *geblieben* sei. Die wendische Invasion habe nur den Charakter einer Sturzwelle gehabt, durch die oberflächlich das eine oder andere geändert, dieser oder jener Name slawisiert worden sei. Aber nichts weiter. In der Bevölkerung, wie durch die Sagen von Fricke und Wotan bewiesen werde, habe deutsche Sitte und Sage fortgelebt, am wenigsten seien die Wenden, wie so oft behauptet werde, in die Tiefen der Erde eingedrungen. Ihre sogenannten »Wendenkirchhöfe«, ihre Totentöpfe niedrigeren Grades, wolle er ihnen zugestehen, alles andere aber, was sich, mit instinktiver Vermeidung des Oberflächlichen, eingebohrt und eingegraben habe, alles, was zugleich Kultur und Kultus ausdrücke, sei so gewiß germanisch, wie Teut selber ein Deutscher gewesen sei. Um diese Sätze drehte sich für ihn jede Debatte von Bedeutung. Er war sich bewußt, in seinem archäologischen Museum durchaus unanfechtbare Belege für sein System in Händen zu haben, unterschied aber doch zwischen einem kleinen und einem großen Beweis. Der kleine war ihm persönlich der liebere, weil er der feinere war; er kannte jedoch die Welt genugsam, um dem blöden Sinn der Masse gegenüber je nach einem andern als nach dem großen Beweis zu greifen. Die Stücke, die diesen bildeten, befanden sich sämtlich in den zwei großen Glasschränken des Arcus triumphalis, waren jedoch selbst wieder in unwiderlegliche und ganz unwiderlegliche geteilt, von denen nur die letzteren die Inschrift führten: »Ultima ratio Semnonum«. Es waren zehn oder zwölf Sachen, alle numeriert, zugleich mit Zetteln beklebt, die Zitate aus Tacitus enthielten. Gleich Nr. 1 war ein Hauptstück, ein bronzenes Wildschweinsbild, auf dessen Zettel die Worte standen: Insigne superstitionis formas aprorum gestant, »ihren Götzenbildern gaben sie (die alten Germanen) die Gestalt wilder Schweine«. Die anderen Nummern wiesen Spangen, Ringe, Brustnadeln, Schwerter auf, woran sich als die Sanspareils und eigentlichen Prachtbeweisstücke der Sammlung drei Münzen aus der Kaiserzeit schlossen, mit den Bildnissen von Nero, Titus und Trajan. Die Trajansmünze trug um das lorbeergekrönte Haupt die Umschrift: »Imp. Caes. Trajano Optimo«, auf dem danebenliegenden Zettel aber hieß es: »Gefunden zu Reitwein, Land Lebus, in einem Totentopf.« Das »in einem Totentopf« war dick unterstrichen. Und vom Standpunkte unseres Freundes aus mit vollkommenem Recht. Denn es führte den Beweis, oder sollte ihn wenigstens führen, daß nicht alle Totentöpfe wendisch, vielmehr die »Totentöpfe höherer Ordnung« ebenfalls deutsch-semnonischen Ursprungs seien.

Auflehnung gegen so beredte Zeugen erschien unserem Seidentopf unmöglich, und dennoch hatte er sie zu befahren, wobei es sich so glücklich oder so unglücklich traf, daß sein heftigster Angreifer und sein ältester Freund ein und dieselbe Person waren. Es sprach für beide, daß ihre Freundschaft unter diesen Kämpfen nicht nur nicht litt, sondern immer wurzelfester wurde; allerdings weniger ein Verdienst unseres Pastors als seines gutgelaunten Antagonisten, der, weltmännisch über der Sache stehend, nicht gewillt war, die Semnonen- und Lutizenfrage unter Drangebung vieljähriger herzlicher Beziehungen durchzufechten. In Wahrheit interessierte ihn die »Urne« erst dann, wenn sie anfing, die moderne Gestalt einer Bowle anzunehmen.

Dieser alte Freund und Gegner war der Justizrat Turgany aus Frankfurt a. O., der, ein Feind aller Prozeßverhandlungen bei trockenem Munde, speziell in dem Prozeß »Lutizii contra Semnones« manche liebe Flasche ausgestochen hatte, gelegentlich im Pfarrhause zu Hohen-Vietz, am liebsten aber im eigenen Hause, nach dem Grundsatze, daß er über seinen eigenen Weinkeller am unterrichtetsten sei. Schon die Studentenzeit hatte beide Freunde, Mitte der siebziger Jahre, in Göttingen zusammengeführt, wo sie unter der »deutschen Eiche« Schwüre getauscht und, Klopstocksche Bardengesänge rezitierend, sich dem Vaterlande Hermanns und Thusneldas auf ewig geweiht hatten. Seidentopf war seinem Schwure treu geblieben. Wie damals in den Tagen jugendlicher Begeisterung erschien ihm auch heute noch der Rest der Welt als bloßer Rohstoff für die Durchführung germanisch-sittlicher Mission; Turgany aber hatte seine bei Punsch und Klopstock geleisteten Schwüre längst vergessen, schob alles auf den ersteren und gefiel sich darin, wenigstens scheinbar, den Apostel des Panslawismus zu machen. Die Möglichkeit europäischer Regeneration lag ihm zwischen Don und Dnjepr und noch weiter ostwärts. »Immer«, so hatte er bei seiner letzten Anwesenheit in Hohen-Vietz versichert, »kam die Verjüngung von den Ufern der Wolga, und wieder stehen wir vor solchem Auffrischungsprozeß«; halb scherz-, halb ernsthaft vorgetragene Paradoxien, die von Seidentopf einfach als politische Ketzereien seines Freundes bezeichnet wurden.

Aber dieser Freund war nicht halb so schwarz, wie er sich selber malte. Er debattierte nur nach dem Prinzip von Stahl und Stein; hart gegen hart; das gab dann die Funken, die ihm wichtiger waren als die Sache selbst. Zudem wußte der panslawistische Justizrat, daß Streit und immer wieder in Frage gestellter Sieg längst ein Lebensbedürfnis Seidentopfs geworden waren, und gefiel sich deshalb in seiner Oppositionsrolle mehr noch aus Rücksicht gegen diesen als aus Rücksicht gegen sich selbst.

Zwölftes Kapitel
Besuch in der Pfarre

Und es war der Justizrat Turgany, der heute, am zweiten Weihnachtsfeiertage 1812, in der Hohen-Vietzer Pfarre erwartet wurde, auch Lewin und Renate hatten zugesagt, mit ihnen Tante Schorlemmer und Marie.

Vier Uhr war vorüber; es dunkelte schon, der Besuch konnte jeden Augenblick kommen. In den Zimmern war alles festlich vorbereitet. Wo noch ein Stäubchen lag, fuhr unser Freund mit einem Federwedel darüber hin; dann wieder zog er das Taschentuch und polierte an den Scheiben seiner geliebten Schränke. Wer auf Waffen hält, der sorgt auch, daß sie blank sind. Nur an das theologische Bücherbrett, wo der Staub zu dicht lag, vermied er es heranzutreten. Ein Zwischenfall ließ ihn einen Augenblick aufsehen von seiner Arbeit. An ihm vorbei, als wäre eine Welt versäumt, drang in ziemlich herrischer Weise eine Frau mit rotem Gesicht und weißer Haube in das Studierzimmer ein, goß auf ein vorgehaltenes Schippenblech eine Räucheressenz, wie sie damals Mode war, fuhr ein paarmal durch die Luft und schoß dann in das Nebenzimmer weiter, um ihre Bewegungen, die zwischen Stoßfechten und Weihrauchfaßschwenken eine gute Mitte hielten, in den dahintergelegenen Räumen fortzusetzen. Pastor Seidentopf lächelte, als er ihr nachsah, ein scherzhaftes Wort schien ihm eben auf die Lippe zu treten, aber ehe es laut werden konnte, klingelte die Haustür, und das Aufstampfen auf Dielen und Strohdecke, um den Schnee und die Kälte abzuschütteln, verriet deutlich, daß der Besuch gekommen sei.

Aber nicht der Frankfurter Justizrat. Es waren zunächst die Freunde aus dem Herrenhause. Lewin führte Tante Schorlemmer, Renate und Marie folgten. Man begrüßte sich herzlich. Renate, die es warm fand, nahm ihr Shawltuch ab und stand einen Augenblick mit der Broschnadel in der Hand, wie in Verlegenheit, wo sie dieselbe hintun solle. Dann öffnete sie den Glasschrank und legte die Nadel in eine der zerbrochenen Urnen. Sie war wie Kind im Hause. Alles lachte; Seidentopf stimmte mit ein.

»Sehen Sie, teuerster Prediger«, hob Renate an, »wenn das nun ein Aschenregen wäre, was jetzt in Flocken vom Himmel fällt, welche Hypothesen gäbe das bei den Seidentopfs der Zukunft, diese Gemmenbrosche in einem wendischen Totentopf!«

»Nicht wendisch, ganz und gar nicht. Aber meine schöne Renate lockt mich nicht heraus«, erwiderte Seidentopf gut gelaunt. »Ich erwarte Turgany noch und darf meine Kräfte nicht an Plänkeleien setzen, auch nicht an die verlockendsten. Aber wo nehmen wir unseren Kaffee?«

»Hier, hier, im Studier- und Rauchzimmer«, riefen die Stimmen durcheinander, mit besonderer Betonung des letzten Worts. Seidentopf lehnte ab. Renate aber bestand darauf. »Wir wollen keine Opfer.«

»Und wenn es ein solches wäre, je mehr Opfer, je mehr Glück.«

»O wie verbindlich! Ganz die gute alte Zeit. Und da bilden sich unsere Residenzler ein« (ein schelmischer Blick Renatens streifte dabei Lewin), »uns feine Sitte lehren zu wollen; hier ist ihr Lehrstuhl, hier im Pfarrhause zu Hohen-Vietz.«

Stühle wurden gestellt; man nahm Platz an einem Rundtisch, der in die Camera archaeologica gerückt worden war, und die schon erwähnte Frau erschien, um den Kaffeetisch zu servieren. Sie wurde sofort und in einer Weise von allen Anwesenden begrüßt, die über ihre Wichtigkeit innerhalb der Hohen-Vietzer Pfarre keinen Zweifel ließ. Ihrer Geburt und Haltung nach hätte sie freilich noch den Friesrock und das schwarzseidene Kopftuch tragen müssen; alle Haushälterinnen aber wachsen schließlich über sich hinaus, und die Hohen-Vietzer machte keine Ausnahme.

Sie nahm allerhand kleine Huldigungen in Anspruch und erwartete beispielsweise von seiten der Gäste ein auszeichnendes Entgegenkommen, später von seiten ihres Pastors die Aufforderung, an der festlichen Tafel teilzunehmen. Aber hiermit war ihrem Selbstgefühl Genüge getan. Sie lehnte regelmäßig ab und war befriedigt, daß die Aufforderung überhaupt stattgefunden hatte.

Sie legte jetzt die Kaffeeserviette, stellte zwei doppelarmige Leuchter, zugleich auch eine Zuckerdose mit kleinen Löwenfüßen in die Mitte des Tisches und flankierte diese stattliche Zentrumsposition mit zwei silbernen Körben, von denen der eine allerhand Krausgebackenes, der andere eine Pyramide von Kaffeekuchen enthielt; zuletzt kam die Meißner Kanne selbst, auf deren Deckel Gott Amor sich schelmisch auf seinen Bogen lehnte. Der Pastor hatte nie Anstoß daran genommen, vielleicht es nie bemerkt.

Renate machte die Wirtin, verteilte den Zucker sogleich in die Tassen (die großen Blockstücke waren noch nicht Mode) und handhabte dabei die Zuckerzange mit jener Grazie, die allein aussöhnen kann mit diesem Werkzeuge der Unbequemlichkeit. Die Unterhaltung nach den ersten kecken Plänkeleien lenkte sehr bald wieder ins Regelrechte ein und begann mit dem Wetter. Das hatte im Jahre 1812 noch eine ganz besondere Bedeutung. Man könnte sagen, vom Wetter sprechen war damals patriotisch. Schnee und Kälte waren die großen russischen Bundesgenossen.

Der Schnee, der anfangs in kleinen Federchen umhergestäubt war, wirbelte allmählich dichter an den Fenstern vorbei, und aus der Geborgenheit von Pastor Seidentopfs Studierstube – doppelt geborgen, nachdem sie auch zum Kaffeezimmer geworden war – sahen jetzt Wirt und Gäste in den Wirbeltanz hinaus.

Es entstand eine Pause. »Immer mehr Schnee«, begann Lewin, der den Platz zunächst dem Fenster hatte, »es ist doch, als ob Gott selber sie alle begraben wolle. Die Vernichtung kommt über sie; sie fällt in leisen Flocken vom Himmel. Und dazwischen höre ich eine Stimme, die uns zuruft: ›Drängt euch nicht ein, wollt nicht mehr tun, als ich selber tue; ich vollbringe es allein.‹ Ich weiß es wohl, teuerster Pastor, die Stimme, die ich höre, ist nur die Stimme meines Mitleids. Muß ich mich ihr verschließen? Ist dieses Mitleid Schwäche? Muß ich es abtun?«

»Nein, Lewin, dein Herz hat den rechten Zug wie immer. Wenn es etwas gibt, dem zu folgen uns nicht reuen darf, so ist es das Mitleid. Zudem, unsere Feinde sind unsere Verbündete. Und so lehren uns denn diese Tage treu sein, treu auch gegen den Feind, wie diese Jahre uns gelehrt haben, demütig zu sein. Harren wir. Es werden Zeiten kommen, wo uns sein wird, als lege Gott selber sein Schwert in unsere Hände. Aber dieser Tag, der vielleicht nahe ist, ist noch nicht da. Eins aber gilt heute und immerdar: Offen sei unser Tun. Das ist *deutsch*.«

Lewin wollte antworten, aber Peitschenknall und Schellengeläut, das eben die Dorfgasse heraufkam, unterbrach die Unterhaltung, und Seidentopf rief: »Da sind sie.«

Es waren drei Herren, von denen zwei, in grauen Mänteln und schwarzen Tuchmützen, den Polsterstuhl des

Schlittens innehatten, während der dritte, in Pelzrock und Filzkappe, auf der Pritsche saß. Dieser sprang zuerst von seinem Holzbock herunter, reichte dem herbeigekommenen Pfarrknecht die Leinen und war dann den beiden anderen, viel jüngeren, aber schwerfälligeren Herren behilflich, aus ihren Fußsäcken heraus und glücklich ans Land zu kommen.

Alles das verfolgten unsere Freunde, soweit die fallenden Schneeflocken es zuließen, vom Fenster aus mit jenem ungeheuchelten Interesse, das nur der kennt, der die Winterstille der Dörfer an sich selber erfahren hat.

»Wer sind nur die beiden Fremden, die Turgany sich aufgeladen hat?« fragte Lewin; »in seinem eleganten Nerzpelz paßt unser justizrätlicher Freund schlecht zum Kämmerer dieser Graumäntel.«

»Es sind Amtsbrüder von mir«, erwiderte Seidentopf, dem errötenden Lewin die kleine Verlegenheit gönnend, »ein halber und ein ganzer. Der ganze, den du kennen solltest, ist unser Nachbar, der Dolgelinsche Pastor; der halbe konrektort vorläufig noch, rückt aber nächstens in die Heilige-Geist-Pfarre ein. Konrektor Othegraven, ein besonderer Freund Turganys.«

Die neuen Gäste hatten inzwischen aus Pelz und Mänteln sich ausgewickelt, und auf dem Flur erklang die Stimme des Justizrats mit jener Deutlichkeit, die immer auf ein halbes Zuhausesein deutet. Dann öffnete sich die Tür, und alle drei traten ein. Nach vorgängiger Begrüßung rückte man dichter zusammen, schob rechtwinkelig einen zweiten Tisch heran und war sofort im Fahrwasser einer lebhaften Unterhaltung. Turgany, wie er selber mit Stolz zu versichern liebte, duldete keine Pausen.

Er hatte sich mit jenem Feldherrnblick, der ihn in solchen Dingen auszeichnete, den besten Platz gewählt und saß nicht bloß unter einem Urnenreal seines Freundes, worauf er schließlich verzichtet haben würde, sondern auch zwischen Renate und Marie, was er durch geschickte Beseitigung von Tante Schorlemmer – ihr zuflüsternd, daß sein Freund Othegraven glücklich sein würde, sich mit ihr über grönländische Mission unterhalten zu können – herbeizuführen gewußt hatte. »Othegraven habe selber Missionar werden wollen.« In den durch diese Kriegslist eroberten Platz war er ohne weiteres eingerückt und unterhielt nun die beiden Damen von den eben überstandenen Abenteuern. Er verfuhr dabei nicht mit sonderlicher Diskretion, die überhaupt nicht seine starke Seite war, und nahm nicht den geringsten Anstand, den durch seine Gesamterscheinung freilich dazu herausfordernden Dolgeliner Pastor zum komischen Helden seiner Erzählung zu machen. Ein Windstoß habe seines Reisegefährten Kopfbedeckung querfeldein geführt, und eine Art Mützentreiben sei natürlich die Folge davon gewesen. Er werde dieses Anblicks nie vergessen. Der Wind, in den hochgeklappten Doppelkragen sich setzend, habe den unter Segel genommenen Pastor, als ob er in gerader Linie vom Doktor Faust abstamme, immer weiter und weiter getragen, bis endlich das phantastische Bild in den Tiefen eines Oderbruchgrabens verschwunden sei. In diesen sei nämlich der Pastor hineingefallen. Aber die Auserwählten fielen immer nur, um ihr Glück zu finden. So auch hier. In eben diesem Graben habe die Mütze gelegen.

Der Dolgeliner Pastor war inzwischen in einer Kornpreisunterhaltung mit Lewin begriffen; Tante Schorlemmer und der Konrektor ergingen sich in Parallelen zwischen Nordpol- und Südpolmission, während Turgany eben einen improvisierten Kinderball zu schildern begann, den er am Heiligabend mitgemacht hatte. Er ließ die kleinen Mädchen in ihrer Sprache sprechen und ahmte mit einem gewissen Darstellungstalent, das er hatte, die Wichtigkeit ihrer Mienen und ihrer Haltung nach. So ging die Unterhaltung. Des Justizrats Ideal war erreicht: keine Pausen.

Turgany, um sein Bild um ein paar Striche weiter auszuführen, war ein starker Fünfziger und wußte sich etwas auf die Jugendlichkeit seiner Erscheinung. Abwehrend gegen alle Schmeichelei, duldete er doch die *eine*, die ihn *nach* dem Siebenjährigen Kriege geboren sein ließ. Es ergab dies für ihn einen Reingewinn von zehn Jahren. Er hielt sich gerade, trug eine goldene Brille und ein Toupet von flachsblonden Locken. Diese Locken hatten einst um andere Schläfen gespielt, und unser Freund, wenn ihn die Laune anwandelte, spöttelte selbst über diese blonde Fülle, die den echten Flachs seiner Jugend weit aus dem Felde schlug: er scherzte darüber, aber liebte es keineswegs, wenn andere seinem Beispiel folgten. Sein frisch erhaltenes Gesicht wäre regelmäßig zu nennen gewesen, wenn nicht sein linker Nasenflügel, der ihm abgehauen und von einem Paukdoktor schlecht angenäht worden war, eine Art Portal gebildet hätte, gerade groß genug, um einen gewöhnlichen Nasenflügel darunterzustellen. Das Kecke, das sein Wesen hatte, wuchs dadurch und paßte zu dem Zug übermütiger Laune, der um seine Mundwinkel spielte.

Die beiden Geistlichen waren von sehr anderem Gepräge und ebenso verschieden untereinander wie von ihrem Freunde, dem Justizrat. Sie hatten nichts gemeinsam als den schwarzen Rock und das weiße Halstuch. Der Konrektor gehörte einer Richtung an, wie sie damals in märkischen Landen nur selten betroffen wurde: Strenggläubigkeit bei Freudigkeit des Glaubens. Ein mehrjähriger Aufenthalt im Holsteinschen, wo er den Wandsbecker Boten und später auch Claus Harms auf seiner dithmarsischen Pfarre kennengelernt hatte, war nicht ohne Einfluß auf ihn geblieben. Er sprach wenig über Christentum und Glaubensfragen, aber auch dem Profanen gab er eine Weihe durch die Art, wie er es behandelte. Er sah alle Dinge in ihrer Beziehung zu Gott; das gab ihm Klarheit und Ruhe. Wenn er sprach, war etwas Helles um ihn her, das mit seinem sonst steifen und pedantischen Äußeren versöhnen konnte.

Der Dolgeliner Pfarrer entbehrte vieler Gaben, aber was er am gewissesten entbehrte, das war die Leuchtekraft des Glaubens. Er war für praktische Seelsorge, worunter er verstand, daß er den Bauern ihre Prozesse führte, und mußte sich's gefallen lassen, von Turgany abwechselnd als »Kollege«, Dolgeliner Orakel und Lebuser Markt- und Kurszettel bezeichnet zu werden. Er war weder Orthodoxer noch Rationalist, sondern bekannte sich einfach zu der alten Landpastorenrichtung von Whist à trois. Und nicht immer mit der nötigen Vorsicht. Einmal, so wenigstens erzählte Turgany, hatte er einer älteren unverheirateten Dame geklagt, daß er in Dolgelin keine »Partie« finden könne, was zu den ergötzlichsten Mißverständnissen Veranlassung gegeben hatte. Im übrigen war er ebenso brav wie beschränkt und wohlgelitten. Es fehlte nur der Respekt.

Solcher Art waren die neuen Ankömmlinge. Der Justizrat erhob sich eben, um vor Renate und Marie den kleinen verwachsenen Musikenthusiasten zu kopieren, der an jenem Frankfurter Kinderballabend drei Stunden lang das Violoncell gespielt hatte, als Tante Schorlemmer, einen der Doppelleuchter ergreifend, das Zeichen gab, die Studierstube von den Verpflichtungen gesellschaftlicher Repräsentation frei zu machen. Die alte Dame selbst schritt erst dem angrenzenden, dann einem zweiten dahintergelegenen Zimmer zu; alle jüngeren Elemente der Gesellschaft folgten, Othegraven und selbst Pastor Zabel nicht ausgeschlossen.

Nur Turgany und Seidentopf, die alten Freunde und Gegner, blieben in der Studierstube zurück.

Dreizehntes Kapitel
Der Wagen Odins

Die Stunde vor Tische – nach einem alten Herkommen, von dem übrigens Turgany heute nicht ungern abgegangen wäre – gehörte dem wissenschaftlichen Austausch, will sagen, der Kriegsführung. In dieser kurzen Spanne Zeit wurden jene Schlachten geschlagen, denen der Justizrat mit heiterer Entschlossenheit, der Pastor, bei allem Verlangen danach, doch zugleich mit immer erneutem Bangen entgegensah. Denn so laut er auch die Unerschütterlichkeit seines Systems proklamieren mochte, gerade hinter seinen bestimmtesten Versicherungen barg sich der quälendste Zweifel. Alle Systeme sind gefallen, sagte er zu sich selbst, und vor jeder neuen Debatte beschlich ihn die Vorstellung: wenn nun jetzt dein Bau zusammenstürzte!

Diese Vorstellung kam ihm auch heute, und das entsprechende Bangen wuchs einen Augenblick, als Turgany, der inzwischen eine kleine Kiste vom Flur hereingeholt hatte, diese mit einer gewissen Feierlichkeit auf den Tisch stellte und einfach die Worte sprach: »Dies ist nun für dich, Seidentopf. Nimm es, so unchristlich sein Inhalt ist, als eine Christbescherung von mir an. Ob du in dir und außer dir einen Platz dafür finden wirst, steht freilich dahin. Wenn es in dein System paßt, so schmiede Waffen daraus gegen mich; es soll dann mein Stolz sein, dir selbst zum Siege verholfen zu haben. Entgegengesetzten Falls aber habe den Mut eines offenen Bekenntnisses. Und nun öffne.«

Seidentopf zog den Deckel und nahm aus der Kiste einen kleinen Bronzewagen heraus, der auf drei Rädern lief und eine kurze Gabeldeichsel hatte, auf der, dicht an der Achse, sechs ebenfalls bronzene Vögel saßen, alle von einer Haltung, als ob sie eben auffliegen wollten. Das Ganze, quadratisch gemessen, wenig über handgroß, verriet ebensosehr technisches Geschick wie Sinn für Formenschönheit.

Der Pastor war geblendet; auf einen Augenblick ging alles, was kritisch oder systematisch an und in ihm war, in der naiven Freude des Sammlers unter, und die Hand des Justizrats ergreifend, sagte er: »Das ist ein Unikum; das wird die Zierde meiner Sammlung.«

Dann ließ er den Wagen über den Tisch rollen mit einem Gefühl und einem Gesichtsausdruck, als ob er um fünfzig Jahre jünger gewesen wäre.

Turgany freute sich des Glückes, das er geschaffen; aber

rasch wieder von seinem alten Widersachergeist erfaßt, riß er unseren Seidentopf durch ein kurzes »Und nun?« aus seiner Unbefangenheit.

Der Pastor, zunächst noch in jener weichen Stimmung, wie sie Freude und Dank hervorrufen, versuchte dem inquisitorischen »Und nun?« durch allerhand Zwischenfragen über Erwerb und Fundort auszuweichen. Aber vergeblich. Die letztere Frage griff schon in das kritische Gebiet hinüber, und Turgany bemerkte deshalb mit nachdrücklicher Betonung einzelner Worte: »Er ist von *jenseit* der Oder; Wegearbeiter fanden ihn zwischen Reppen und Drossen; er steckte im Mergel; Drossen ist *wendisch* und heißt: ›Stadt am Wege‹. Die Oder war immer *Grenz*fluß.«

»Das ist ohne Bedeutung«, bemerkte Seidentopf ruhig. »Du weißt, es gab eine Zeit, wo diesseits und jenseits des Flusses Deutsche wohnten; nur die Stämme waren verschieden. *Welche* Stämme hüben und drüben, darüber mag gestritten werden; ich betone nur das Germanische überhaupt.«

Turgany lächelte. »So glaubst du wirklich, daß deine Semnonen oder ihresgleichen, die nachweisbar unter Fichten und Eichen wohnten und sich in Tierfelle kleideten, der Schöpfung solcher Kunstwerke fähig gewesen wären?« Er wies dabei auf den Wagen. »Wie ich dir oft gesagt habe, sie sind hingegangen wie das Laub an ihren Bäumen, wie der Ur, der mit ihnen gemeinschaftlich die Wälder bewohnte. Es ist möglich, daß der Welt die Überraschung vorbehalten ist, hier oder dort, in Moor oder Mergel, einmal einem durch Erdsalze petrifizierten Semnonen zu begegnen; ich würde mich freuen, solchen Fund noch zu erleben, er würde jedoch nach der Seite hin, die hier in Frage kommt, nicht das geringste beweisen. Es gab Semnonen, gewiß, aber sie schufen nichts. Sie pflanzten sich fort, das war alles. Ein Schaffen im Sinne der Kunst, der Erfindung kannten sie nicht. Dieser Wagen ist Produkt höherer Kultur. Wer brachte die Kultur in diese Gegenden? so stellt sich die Frage. Du kennst meine Antwort.«

Seidentopf schwieg.

»Ich habe dir so oft gesagt«, fuhr Turgany fort, »und ich muß es wiederholen, es zählt bei mir zu den Unbegreiflichkeiten, daß ein Mann von deinem wissenschaftlichen Ernst, der sich in hundert anderen Stücken durch Vorurteilslosigkeit auszeichnet, die Kultur der slawischen Vorlande bestreiten kann. Dein System ist eine Anhäufung von Sophistereien. Von unserer alten Priegnitz an, in der wir geboren wurden, bis zu diesem Lande Lebus, in dem wir jetzt beide wohnen, tragen sowohl die Landesteile selbst wie ihre Städte und Dörfer, zum ewigen Zeichen dessen, daß sie aus wendischen Händen hervorgingen, gutslawische Namen; in erster Reihe dies alte Hohen-Vietz, dessen Bewohner, neben ihren vielen anderen Tugenden, auch die der Langmut in Stammes- und Rassefragen üben. Ich meinerseits kann ihnen darin nicht folgen. Es bleibt, wie es ist. Die Deutschen dieser Gegenden waren Wilde; sie hatten Menschenopfer, sie schlitzten ihren Feinden die Bäuche mit Feuersteinen auf. Sie aber, die gesitteten Wenden, die du verleugnest, sie hatten Tempel, trugen feine Gespinste und schmückten sich und ihre Götter mit goldenen Spangen. Was hat dein ganzes Semnonentum aufzuweisen, das heranreichte an die sagenhafte Pracht Vinetas, an die phantastische Tempelgröße Rethras und Oregungas?«

»*Sagenhafte* Pracht«, wiederholte Seidentopf, »mir könnte das Zugeständnis, das in diesem Beiwort liegt, genügen; indessen ich verzichte gern auf den Gebrauch von Waffen, die mir, verzeihe, eine Unachtsamkeit meines Gegners in die Hand gibt. Und so gedenke ich nicht an der Kultur von Rethra und Julin herumzudeuteln. Aber dieses spätere, unter den Anregungen unserer germanischen Welt über sich selbst hinauswachsende Wendentum ist ein Wendentum dieses Jahrtausends, während dieser bronzene Wagen augenscheinlich bis in die ersten Säkula unserer Zeitrechnung zurückdatiert. Ich setze ihn drittes Jahrhundert, vielleicht noch früher.«

»Gut. Und wofür hältst du ihn? Was ist er? Was bedeutet er?«

»Ich hätte es gewünscht, diesen Streit gerade heute, wo ich mich dir so tief verpflichtet fühle, vermieden zu sehen. Da sich dies nicht tun läßt, so nehme ich nicht Anstand, ihn, mit jedem erdenklichen Grade von Bestimmtheit, als ein Symbol des altgermanischen Kultus zu bezeichnen. Er versinnbildlicht nichts anderes als den Wagen Odins.«

»Du greifst etwas hoch«, setzte jetzt Turgany mit schärfer werdender Stimme ein. »Wie es in den Wald hineinschallt, so schallt es wieder heraus. Und so nehme ich denn nicht Anstand, auch *meinerseits* mit jedem erdenklichen Grade von Bestimmtheit zu behaupten, daß dies ein Odinswagen etwa mit demselben Rechte ist, wie ein in irgendeinem Mergellager aufgefundenes Wiegenpferd eine sinnbildliche Darstellung der wendischen Sonnenrosse sein würde. Du darfst den Bogen nicht überspannen. Dieser Wagen ist einfach das Kinderspielzeug eines lutizischen oder obotritischen Fürstensohnes, irgendeines jugendlichen Pribislaw oder Mistiwoi.«

Seidentopf wollte antworten, aber Turgany fuhr fort: »Ein Bild heiteren Familienlebens tut sich vor meinen Blicken auf. Holzsäulen mit reichgeschnitzten Kapitälen tragen die phantastisch gezierte Decke, und an den Tischen entlang, bei Würfel und Wein, sitzen die wendischen Schwertmänner, zuoberst der Fürst. Er trinkt auf das Wohl seines einzigen Sohnes, zu dessen Geburtstagsfeier heute die Gäste so zahlreich erschienen sind. Durch die Halle hin, nach rechts und links sich verneigend, schreitet Pribislawa, die Fürstin, und bei jeder grüßenden Bewegung blitzen die goldenen Franzen ihres weißen Gewandes. An ihrer Rechten führt sie den Knaben, dessen Locken unter seiner Otterfellmütze hervorquellen, während hinter ihm her das reiche Spielzeug rollt und rasselt, das dieser Glückstag ihm bescherte. Und dieses Spielzeug ist *hier*.« Damit hob Turgany den vorgeblichen Odinswagen auf und setzte ihn wieder auf den Tisch.

Der Pastor lächelte. Auch Turgany, dem im Anschauen seines durch ihn selbst heraufbeschworenen Bildes heiterer ums Herz geworden war, sah wieder ruhiger drein und sagte in versöhnlichem Tone:

»Seidentopf, ich habe Trumpf gegen Trumpf gesetzt. Du hast mich herausgefordert. Wenn ich, dir folgend, von jedem erdenklichen Grade von Bestimmtheit sprach, so wirst du wissen, was ich damit gemeint habe. Es fehlt uns beiden nur eine Kleinigkeit: ›der Beweis‹.«

»Ich kann ihn geben.«

»Wohlan, so gib ihn.«

»Du gibst zunächst die Bronze zu?«

Der Justizrat nickte.

»Du gibst ferner zu, daß die Bronze der germanischen Zeit mit derselben Ausschließlichkeit angehört wie das Eisen der wendischen?«

Turgany nickte wieder, aber unter Zeichen wachsender Ungeduld.

»Gut. Dies von deiner Seite zugegeben«, fuhr Seidentopf fort, »scheint mir unser Streit durch dein eigenes Entgegenkommen geschlichtet. Ich danke dir für diesen Akt der Unparteilichkeit und Selbstbeherrschung. Dieser Wagen ist bronzen; und *weil* er bronzen ist, ist er germanisch. Das ist der Punkt, auf den es ankommt. Was er *innerhalb* der germanischen Welt war, das ist erst von zweiter Bedeutung. Doch muß ich dabei bleiben, daß auch darüber nicht wohl ein Zweifel sein kann. Hier diese Vögel auf Achse und Gabeldeichsel führen den Beweis. Es sind die Raben Odins. Sie fliegen vor ihm her; wenn ich mich des Ausdrucks bedienen darf, sie ziehen das rätselvolle Gefährt.«

»Du hältst dies also für Raben?«

»Der Augenschein überhebt mich jeder weiteren Ausführung«, erwiderte der Pastor.

»Nun, so erlaube mir die Bemerkung, daß nach meiner ornithologischen Kenntnis, die wenigstens auf dem ganzen zwischen Fasan und Bekassine liegenden Gebiete der deinigen überlegen ist, diese sogenannten Raben Odins nicht mehr und nicht weniger als *alles* sein können, was je mit Flügeln schlug, vom Storch und Schwan an bis zum Kernbeißer und Kreuzschnabel. Und so ruf *ich* dir denn zu: ›Heil diesem Isis- und Osiriswagen, denn sechs Ibis sitzen auf seiner Deichsel, Heil diesem Jupiterwagen, denn sechs Adler fliegen vor ihm her.‹«

Während dieser Kontroverse hatte die Haushälterin nebenan mit Tellern und Tassen geklappert und die Beine des Ausziehtisches mit jener rücksichtslosen Lautheit eingeschraubt, die seit alter Zeit her das Vorrecht des von seiner Wichtigkeit überzeugten Küchendepartements bildet. Trotz dieses Lärmens indes waren die scharfen Töne Turganys bis in das dahintergelegene Gesellschaftszimmer gedrungen und veranlaßten hier um so rascher einen allgemeinen Aufbruch, als das immer gern gehörte »Zu Tisch« ohnehin jeden Augenblick gesprochen werden konnte. Renate und Marie, die den Zug führten, erschienen auf der Schwelle des Studierzimmers, als der Justizrat eben seine letzten spöttischen Trümpfe ausspielte.

»Willkommen!« rief Turgany. »Unsere jungen Freundinnen, die Vertreter heiterer Unbefangenheit in diesem Kreise, sollen einen Gerichtshof bilden und zwischen dir und mir entscheiden. Cour d'amour, Sängerstreit; Seidentopf und Turgany in den Schranken.«

Seidentopf war es zufrieden. Alles versammelte sich um den Tisch, und Renate, den Vorsitz nehmend, forderte die streitenden Parteien auf, ihre Sache zu führen. Turgany sprach zuerst; dann schloß Seidentopf: »Und so spitzt sich denn die Frage einfach dahin zu: ist dieser Wagen ein Gegenstand des Kultus, oder ist es ein bloßer Tand? Wurde andächtig zu ihm aufgeschaut, oder wurde mit ihm gespielt? Und nun, ihr Raben Odins, zieht eure Kreise und kündet das rechte Wort.«

Renate warf einen Blick auf die Streitenden, dann sagte sie: »Welche Blindheit, ihr Freunde, daß ihr den Wald vor Bäumen nicht seht! War je eine Frage leichter zu entscheiden? Wozu das Suchen in dunkler Ferne? Dieser Wagen, von allerdings symbolischer Bedeutung, ist nichts anderes als ein *Streitwagen*, das zwischen Drossen und Reppen aufgefundene Bild eurer eigenen urewigen Fehde.«

Alles stimmte heiter zu, und die gemeinschaftlich Verurteilten reichten sich die Hand. Renate aber, den Winken der im Hintergrunde beschäftigten Alten endlich die gebührende Aufmerksamkeit schenkend, nahm jetzt den Arm Seidentopfs und schritt dem Nebenzimmer zu, darin auf gastlich hergerichteter Tafel das Linnen glänzte und die Lichter brannten.

Vierzehntes Kapitel
»Alles, was fliegen kann, fliege hoch«

Das Nebenzimmer war das Eßzimmer, das von dem Vorrecht aller Speiseräume, kahl und schmucklos sein zu dürfen, den ausgiebigsten Gebrauch machte. Nur zweierlei unterbrach die vorherrschende Nüchternheit: über der nach dem Korridor hinausführenden Tür hing eine große, stark nachgedunkelte, von irgendeinem Niederländer aus der Rubensschule herrührende Bärenhatz, während am Spiegelpfeiler der gegenübergelegenen Schmalwand eine hohe Nußbaumetagere stand, auf deren oberstem Brett ein durchbrochener Korb mit bemaltem Alabasterobst, Birnen, Orangen und Weintrauben, paradierte. Die »Bärenhatz« hatte sich, vor mehr als fünfzig Jahren, bei Renovierung des Vitzewitzeschen Speisesaales, aus dem Herrenhause nach dem Predigerhause verirrt, in dem damals ein lebelustiger Amtsvorgänger Seidentopfs, soweit ihn nicht Fuchs- und Hasenjagd in Anspruch nahmen, der Hohen-Vietzer Seelsorge oblag.

So kahl und nüchtern das Zimmer war, einen so entgegengesetzten Eindruck machte es von dem Augenblick an, wo die Seidentopfschen Gäste dasselbe zu füllen und zu beleben begannen. Die Armleuchter, die grünen und weißen Gläser, vor allem ein die Mitte der Tafel einnehmender, in der Fülle seiner langen und braunen Zacken eine Hohen-Vietzer Pfarrspezialität bildender Baumkuchen gaben ein überaus heiteres Bild, das aus seiner wunderlich komponierten Umrahmung: kahle Wände, nachgedunkelter Rubens und Alabasterobst, eher Vorteil als Nachteil zog.

Turgany, der sich wieder des Platzes zwischen den beiden jungen Damen zu versichern gewußt hatte, flüsterte, nachdem eine Tasse Tee glücklich an ihm vorübergegangen war, der in Person aufwartenden Alten einige Worte ins Ohr, die von dieser, wie es schien, verständnisvoll aufgenommen und mit Kopfnicken erwidert wurden.

»Neue Anschläge im Werke?« fragte Renate.

»Vielleicht«, bemerkte Turgany. »Aber doch nur solche, die die Neugier meiner schönen Nachbarin nicht lange auf die Probe stellen werden. In jedem Falle Überraschungen von allgemeinerem Interesse als ›der Wagen Odins‹.«

Während dies Gespräch noch geführt wurde, erschien die Haushälterin wieder zu Häupten der Tafel, eine flache Schüssel herumreichend, deren schwarzkörniger, mit Zitronenschnitten reich garnierter Inhalt über die Art der Überraschung nicht länger einen Zweifel lassen konnte.

»Aber Turgany«, murmelte Seidentopf mit liebevollem Vorwurf.

»Keinen vorzeitigen Dank«, nahm der Justizrat das Wort. »Du ahnst nicht, Freund, die geheime Tücke, die hinter diesen schwarzen Körnern lauert. Allen Tafelparagraphen zum Trotz, die schon jede lebhafte Debatte von den Freuden des Mahles ausgeschlossen wissen wollen, trage ich den alten Turgany-Seidentopf-Streit an diesen deinen gastlichen Tisch und entnehme neue Waffen gegen dich diesem Überraschungsgericht, das ich mir, im Vertrauen auf deine Nachsicht, einzuschieben erlaubt habe. Ja, Freund, hier ist das Salz der Erde, das einzige, das noch nicht dumpf geworden. Diese schwarzen Körner, was sind sie anders als ein Vortrab aus dem Osten, als eine Avantgarde der großen slawischen Welt. Sendboten von der Wolga her;

Astrachan rückt ein in dieses alte Land Lebus. Ein tiefsinniges Symbol dieses alles! Schon folgen die Steppenreiter, die dieselbe Heimat haben; erwarten wir sie, bereiten wir unsere Herzen. Es lebe das Salz der neuen Zeit; es lebe die große Slawa, die Urmutter unserer wendischen Welt, es lebe Rußland!«

Seidentopf, viel zu liebenswürdig, um nicht für Neckereien wie diese ein bereitwilliges Verständnis zu haben, erhob sich sofort. »Ich bitte die Gläser zu füllen«, begann er, »versteht sich, die grünen. Unser Freund hat das Salz unserer Zeit, hat Rußland, hat die astrachanische Prärie leben lassen. Ich könnte hervorheben, daß optische Täuschungen, riesenmäßige Vergrößerungen zu den charakteristischen Zügen jener Steppengegenden gehören, von denen uns beispielsweise Reisende berichten, daß einfache Heidekrautbüschel das Ansehen stattlicher Bäume gewönnen; aber ich verzichte auf Bemerkungen, die unseren Streit nur schüren könnten. Ich dürste nicht nach Fehde, sondern nach Versöhnung. Gut denn, es lebe das Wolgasalz, das erfrischt, aber zugleich durchglühe uns dieser deutsche Wein, der erheitert und erhebt. Zu dem Herben geselle sich das Feuer, zu der Kraft die Begeisterung. So vermähle sich die slawische und germanische Welt. Es ist ein *alter* Wein noch, der in unseren Gläsern perlt, und die Gelände waren unser, die ihn trugen und reiften. Sie sollen es wieder sein. Möge der Most des nächsten Jahres in deutschen Keltern stehen.«

Die Gläser klangen zusammen, auch die Turganys und Seidentopfs. Beide Gegner umarmten sich, alles schüttelte sich die Hände, und das Gefühl patriotischer Erhebung wuchs, als, unter Zugrundlegung des neunundzwanzigsten Bulletins, die Tischunterhaltung in das Gebiet der Konjekturalpolitik hinüberglitt.

Erst der Schluß der Tafel machte dem Gespräch ein Ende, an dem sich auch die Damen um so lieber beteiligt hatten, als die Abwesenheit eigentlich zuverlässigen Materials es sowohl jedem reichlich eingestreuten »On dit« wie nicht minder dem Fluge der Einbildungskraft erlaubte, alles Fehlende aus eigenen Mitteln zu ersetzen. Und auf derartig schwachen Fundamenten aufgeführte Unterhaltungen pflegen meist mehr zu befriedigen als solche, die durch oft unbequeme Tatsachen in ihrem Gange bestimmt werden.

Die Gesellschaft begab sich jetzt aus dem Eßzimmer in die die Zimmerreihe abschließende Putzstube, die im wesentlichen noch die Einrichtung zeigte, die ihr die vor zehn Jahren, beinahe unmittelbar nach der Feier ihrer silbernen Hochzeit, aus der Zeitlichkeit geschiedene Frau Pastorin Seidentopf gegeben hatte. An der einen Längswand standen ein Sofa und ein Birkenmaser-Klavier, jenes hochlehnig, mit fünf harten, großblümig überzogenen Seegraskissen, dieses auf schmalen, ellenartigen Beinen, deren Dünne nur noch von der seines Tones übertroffen wurde. Dem Sofa gegenüber befand sich der »Jubiläumsschrank«, in dem alles ein Unterkommen gesucht und gefunden hatte, was bei Gelegenheit der mit seiner silbernen Hochzeit zusammenfallenden fünfundzwanzigjährigen Amtsführung unserem Seidentopf an Geschenken und Huldigungen dargebracht worden war. Außer dem Kranz und dem Ehrenpokal standen hier: zwei Blumenvasen mit Zittergras, ein Fidibusbecher, ein Album, eine Briefmappe, mit zwei großen Perlenarbeiten geschmückt, von denen die eine die Hohen-Vietzer Kirche, die andere das Landsberger Korrektionshaus darstellte, an dem unser Seidentopf einige Jahre lang amtiert hatte. Aus eben dieser Zeit her stammte auch ein kleines, aus Brotkrume geformtes Kruzifix, das, unscheinbar an sich selbst, in ebenso unscheinbarer Umrahmung hart über der Sofalehne hing. Es war die Arbeit eines in Ketten geschlossenen, auf Lebenszeit verurteilten Sträflings, der, einfach um Beschäftigung willen beginnend, unter dem Tun seiner Hände sich zum gläubigen Christen herangebildet hatte. Turgany pflegte die Bemerkung daran zu knüpfen, daß es ein neuer Beweis sei, wie sich jeder seinen Gott und seinen Glauben schaffe; Seidentopf aber, weil hier sein Innerstes mitspielte, ließ sich in seinen entgegenstehenden Anschauungen nicht beirren, war vielmehr fest überzeugt, daß auch *diesem* Schächer das Wort erklungen sei: »Noch heute wirst du mit mir im Paradiese sein«, und pries sich glücklich, dies Brotkrumenkruzifix aus den Händen eines gläubig Sterbenden empfangen zu haben. Er sah es für nichts Geringeres als einen Talisman oder, um christlicher zu sprechen, als einen segenspendenden Hort seines Hauses an.

So war das Zimmer. Tante Schorlemmer nahm Platz auf dem Sofa, die beiden jungen Damen neben ihr, während die Herren um den Tisch herum den Kreis schlossen.

»Was spielen wir?« fragte Renate. »Wir haben die Wahl zwischen Tellerdrehn, Talerwandern und Tuchzuwerfen.«

»Also doch jedenfalls ein Pfänderspiel«, fragte Pastor Zabel, dem etwas bange werden mochte.

»Gewiß«, antwortete Turgany.

»Dann bin ich«, entschied Renate, »alles in allem erwogen, für Lewins Lieblingsunterhaltung: Alles, was fliegen kann, fliege hoch! Er hält dies nämlich für das Spiel aller Spiele.«

»Da wäre ich doch neugierig«, bemerkte Turgany.

»Ich bekenne mich«, nahm Lewin jetzt das Wort, »allerdings zu dem Geschmack, den mir Renate zugeschrieben. Es ist, wie sie sagt. Alle Spiele sind gut, wenn man sie richtig ansieht, aber mein Lieblingsspiel ist doch der besten eines. Es hat zunächst eine natürliche Komik, die sich freilich dem nur auftut, der ein bescheidenes Maß von Phantasie und plastischem Sinne mitbringt. Wem die Tiere, groß und klein, die genannt werden, nur Worte, nur naturhistorische Rubrik sind, wem sozusagen erst nachträglich als Resultat seiner Kenntnis und Überlegung beifällt, daß die Leoparden *nicht* fliegen, dem bleibt der Zauber dieses Spiels verschlossen. Wer aber in demselben Augenblick, in dem der Finger zur Unzeit gehoben wurde, inmitten von Kolibris und Kanarienvögeln einen Siamelefanten wirklich fliegen sieht, dem wird dieses Spiel, um seiner grotesken Bilder willen, zu einer andauernden Quelle der Erheiterung.«

»Sehr gut, sehr gut«, sagte Turgany, sichtlich angeregt durch diese Betrachtung.

»Und doch ist diese Seite des Spiels«, fuhr Lewin fort, »nur eine nebensächliche. Viel wichtiger ist eine andere. Es diszipliniert nämlich unseren Geist und lehrt uns eine rasche und straffe Zügelführung. In körperlichen wie in geistigen Dingen herrscht dasselbe Gesetz der Trägheit. Aus Trägheit rollt die Kugel weiter. So genau auch hier. Siebenmal, in wachsender Geschwindigkeit, haben wir den Finger gehoben, er ist in eine rotierende Bewegung geraten, er fliegt beinahe selbst; da drängt sich das schwerfällig Kompakteste in die Gesellschaft uns leicht und zierlich umschwirrender Vögel ein, und siehe da, unser Finger tut das, was er nicht sollte, und fliegt weiter. Da liegt es! Diese dem Gesetz der Trägheit entstammende Bewegung, unter dem Eindruck eines rasch entstehenden Bildes, mit gleich rascher Willenskraft zu hemmen, das ist die geistige Schulung, die wir aus diesem Spiel gewinnen. Ich kann mir denken, daß wir durch Übungen wie diese unserer Charakterbildung zu Hilfe kommen.«

Der Konrektor lächelte. Er schien die pädagogische Seite des Spiels doch etwas geringer zu veranschlagen. Nur Turgany wiederholte seine Zustimmung. Das Spiel begann und nahm seinen Gang, dabei seine alte Anziehungskraft bewährend. Der alte Streit, ob Drachen fliegen können oder nicht, wurde den Mitspielenden nicht geschenkt. Als man abbrach, lag eine ganze Zahl von Pfändern in einem flachen Arbeitskorb, den Marie herbeigeholt hatte.

»Unser Freund Lewin«, nahm jetzt Turgany das Wort, »hat von dem Spiel der Spiele gesprochen, dabei seinen Gegenstand vom künstlerischen, vom pädagogischen und moralischen Standpunkte, also von *drei* Seiten her beleuchtend, wie es sich in einem Predigerhause geziemt. Ich kann der Versuchung nicht widerstehen, mich über ein verwandtes Thema in ähnlich eindringlicher Weise zu verbreiten. Wollen Sie es glauben, meine Damen, daß sich die tiefsten Geheimnisse der Natur in der Abgabe der Pfänder offenbaren.«

»Das wäre!« bemerkte der Dolgeliner Pastor, der nach dieser Seite hin kein ganz reines Gewissen haben mochte.

»Etwas dezent Indifferentes wählen«, fuhr Turgany fort, »ohne dabei der Trivialität zu verfallen, *das* ist die Kunst. Ein Batisttuch, ein Notizbuch, ein Flakon, eine Broche dürfen als wahre Musterstücke gelten. Sie sind nur selten zu übertreffen. Ich kannte freilich eine fremdländische, aus dem Süden her an unser Oderufer verschlagene Dame, die lächelnd eine große Perlennadel aus ihrem schwarzen Haare nahm und diese Nadel dann überreichte. Ich hätte die Hand küssen mögen. Das war ein Ausnahmefall nach der glänzenden Seite hin. Desto leichter ist es, hinter der goldenen Mitte des Flakons und der Broche *zurück*zubleiben. Ich entsinne mich einer im Embonpointalter stehenden Professorenfrau, die Mal auf Mal ihren Trauring als Pfand vom Finger zog. Erlassen Sie mir, Ihnen das eheliche Glück des Hauses zu schildern. In derselben Gesellschaft befand sich ein Herr, der nicht müde wurde, sein englisches Taschenmesser, zehn Klingen mit Korkzieher und Feuerstahl, in den Schoß der Damen zu deponieren, bis das Klingenmonstrum, nach Zerreißung mehrerer Seidenkleider, endlich vor dem allgemeinen Entrüstungsschrei verschwand.«

Der Justizrat hatte diesen Vortrag halten dürfen, ohne Furcht, dadurch anzustoßen. Er war nämlich der Abgabe der Pfänder mit besonderer Aufmerksamkeit gefolgt und kannte genau die Resultate. Selbst Pastor Zabel hatte nichts Schlimmeres eingeliefert als einen großen Karneoluhrschlüssel, den er nicht an der Uhr, sondern selbständig, wie eine Art Sackpistole, in einer seiner großen Taschen trug.

Man schritt nun zur Einlösung.

Lewin, der am meisten verschuldet war, hatte »Steine zu karren«, mußte »Brücke baun« und »Kette machen«, während es dem Dolgelinischen Pfarrer zufiel, als »polnischer Bettelmann« sein Glück zu versuchen.

Endlich hieß es: »Was soll der tun, dem dies Pfand gehört?«

»Schinken schneiden!«

Es war ein Knüpftuch Maries. Diese erhob sich, trat in die Mitte des Zimmers und begann: »Schneide, schneide Schinken, wen ich liebhab, werd ich winken.«

Dabei winkte sie dem Frankfurter Konrektor und bot ihm in voller Unbefangenheit ihren Mund. Othegraven, der sonst Gewalt über sich hatte, fühlte sein Blut bis in die Schläfe steigen. Er küßte ihr die Stirn; dann kehrten beide auf ihre Plätze zurück.

Außer Renaten hatte nur Turgany die flüchtige Verlegenheit Othegravens bemerkt.

Fünfzehntes Kapitel
Schmidt von Werneuchen

Das letzte einzulösende Pfand, ein Notizbuch, gehörte Renaten, die nunmehr aufgefordert wurde, ein Lied zu singen. Sie war dazu bereit, aber wie immer entstand die Frage: was? Zum Glück lagen auf dem kleinen Birkenmaser-Klavier allerhand Noten aufgeschichtet, unter denen Renate zu suchen begann. Es waren Liederkompositionen, die, soweit der Text in Betracht kam, mit einer Art von gesellschaftlicher Diplomatie *beiden* Dichterschulen entnommen waren, die damals in beinahe unmittelbarer Nähe von Hohen-Vietz ihre Geburts-, jedenfalls ihre Pflegestätte hatten. Die eine Schule, vom Lokalstandpunkt aus angesehen, war die Nieder-Barnimsche, die andere die Lebusische, jene, die derbrealistische, durch Pastor Schmidt von Werneuchen, diese, die aristokratisch-romantische, durch Ludwig Tieck und den in Ziebingen ansässigen Mäzenatenkreis der Burgsdorffs und ihrer Freunde vertreten. Zwischen beiden Schulen suchte der Hohen-Vietzer Pfarrherr, der es überhaupt mit Ausnahme der Semnonen zu keiner entschiedenen Parteinahme bringen konnte, nach Möglichkeit zu vermitteln, hatte abwechselnd Worte der Anerkennung für

Werneuchen, Worte der Bewunderung für Ziebingen und gab dieser seiner Halbheit, die, sobald es sich um kirchliche Fragen handelte, den Spott Miekleys und Uhlenhorsts herausforderte, auch auf literarischem Gebiete durch Anschaffung heute des Schmidtschen »Kalenders der Musen und Grazien«, morgen des Tieckschen »Zerbino« oder »Phantasus« Ausdruck. Übrigens stammten die Klaviernoten meist noch aus der Zeit der verstorbenen Frau her, die, selbst auf dem Barnim gebürtig, zugleich auch minder abwägend als ihr Eheherr, den Werneuchener Poeten um ein weniges bevorzugt hatte.

Renate, nachdem sie hin und her geblättert, wählte schließlich, um dem Suchen ein Ende zu machen, einige Pastor Schmidtsche Strophen, die sich an den Freund aller unglücklich Liebenden richteten, »an den Mond«. Der Überschrift war die Klammerbemerkung hinzugefügt: »Abends elf Uhr am Fenster«

> So manchen Abend traur ich hier
> In stummer Liebe Leid;
> In meiner Schwermut blickst du dann
> Mich freundlich durch die Weiden an,
> Daß mich's im Herzen freut.
>
> Wenn doch, wie du, mein Mädchen mild,
> Wie du so freundlich wär!
> O such sie, lieber Mondenschein,
> Und schau ihr ernst ins Aug hinein
> Und mach das Herz ihr schwer.

Renate, die das Lied in Text und Komposition zu kennen schien, sang es mit großer Sicherheit, aber zugleich auch mit jenem übertriebenen Aufwand von Stimme und Gefühl, wodurch der Vortragende auszudrücken wünscht, daß er über der Sache stehe.

Dies war den Zuhörern nicht entgangen, von denen die Mehrzahl dieser ironischen Behandlung des Liedes zuzustimmen schien. Nur Seidentopf trat an das Klavier und sagte: »Unser Barnimer Freund scheint vor unserem Lebusischen Fräulein keine Gnade zu finden.«

»Wie kann er auch«, nahm Renate das Wort; »wie bescheiden er sich stellen mag, er hat die Prätension, ein Poet zu sein, und er ist keiner. Es ist sinnig, sich den Dichter auf einem geflügelten Pferde zu denken, weil es die erste Aufgabe aller Poesie ist, das platt Alltägliche hinter sich zu lassen; und nun frag ich Sie, teuerster Pastor, auf welchem Pferde, geflügelt oder nicht, sind Sie imstande sich unsern Schmidt von Werneuchen vorzustellen? Ist es vielleicht

der weiße königliche Zelter,
Mit Federbüschen bunt im Winde flatternd,
Die Brust, wie Schnee, mit blauem Schleier
schmückend?«

»Nein, liebe Renate«, antwortete Seidentopf, »dieser weiße königliche Zelter ist es sicherlich *nicht*. Die Kreuzzugs-Jahrhunderte, die drüben bei den Ziebinger Freunden fast nur noch Geltung haben, sind nicht das Zeitalter unseres einfachen und, wie nicht bestritten werden soll, an Haus und Hof gebundenen Schmidt; er ist ganz Gegenwart, ganz Genre, ganz Mark. Er ist so unromantisch wie möglich, aber er ist *doch* ein Dichter.«

»Das ist er«, fiel jetzt der Dolgeliner Pastor ein, zu dessen kleinen Eitelkeiten es gehörte, seine Bekanntschaft mit dem Werneuchener Amtsbruder ins rechte Licht zu stellen. Außerdem hatte er den Wunsch, doch endlich auch seinerseits in den Gang der Unterhaltung einzugreifen, und der rechte Augenblick dafür schien ihm gekommen. »Unser viel angefochtener Freund«, fuhr er fort, »ist ein Poet trotz einem; aber ich sehe wohl, unser Fräulein Renate hat zuviel da drüben nach Frankfurt hin verkehrt und ist aus der Barnimer Schule, die so recht eigentlich eine brandenburgische Schule ist, in die neue Lebuser übergegangen, wo sie nur noch spanische Stücke lesen und mit dem Herrn Tieck einen Götzendienst treiben, als hätt es vor seiner ›mondbeglänzten Zaubernacht‹ noch gar keine

Dichtung und noch gar keinen rechten Mond gegeben. Und dieser Hochmut reizt mich, und wiewohlen Dolgelin ein alt-lebusisches Dorf ist, so steh ich doch in dieser Dichterfehde ganz auf seiten von Nieder-Barnim, und wenn sie mir sagen wollen, daß noch nie so Schönes gedichtet worden ist wie:

>Ihr kleinen goldnen Sterne,
>Ihr bleibt mir ewig ferne,

was sie jetzt auf allen Leiern spielen, so sag ich: nein, ihr Herren, euer Geschmack ist nicht mein Geschmack, und es fällt mir ganz anders auf die Sinne, wenn unser Werneuchner Freund in seiner drallen Dichterweise anhebt:

>Auf seinem Waldhorn bläst des Dorfes Hägereiter,
>Die Paare treten an, die Augen werden heiter,
>Des Amtmanns Schreiber kommt, die Bauern rufen:
>   Tusch,
>Fort mit den Tischen, itzt beginnt der Kiekebusch!

Das nenn ich Sprache. Ich sehe den Bräutigam mit der rotkalmankenen Weste und höre, wie sie mit den Hacken zusammenschlagen. Da ist echtes Gold drin, gegen das sich die ›kleinen goldnen Sterne‹ verstecken können.«

Turgany lachte herzlich. Im übrigen trat eine kleine Verlegenheitspause ein, die Seidentopf endlich – mit geflissentlicher Umgehung des ganzen Intermezzos, als welches die Dolgeliner Verteidigungsrede anzusehen war – unterbrach, indem er sich an seine schöne Widersacherin wendete: »Sie unterschätzen ihn, liebe Renate, wie so viele mit Ihnen tun. Vielleicht, daß ich meinerseits in den entgegengesetzten Fehler verfalle, weil ich die Vorzüge seines Herzens auch in seinen Dichtungen wiederfinde. Man muß ihn eben kennen.«

»Nun, so lassen Sie uns an Ihrer Kenntnis teilnehmen, erzählen Sie von ihm.«

»Das muß Turgany tun«, fuhr der Pastor fort, »er hat die Gabe eindringlicher Schilderung, er kennt ihn, er schätzt ihn auch, wenn ich mich früherer Gespräche recht entsinne.«

Turgany machte zunächst eine ablehnende Handbewegung und setzte dann erklärend hinzu: »Lieber Seidentopf, es muß eine Verwechselung vorliegen, vielleicht mit deinem Amtsbruder Pastor Zabel, den wir soeben in dankbarer Erinnerung an die rotkalmankene Weste sich enthusiasmieren sahen. An *ihn* wäre dein Appell in der Ordnung gewesen.«

Aber diese Ablehnung, wie vorauszusehen, war umsonst; alles drang in Turgany, der endlich wohl oder übel, dem allgemeinen Wunsche nachgeben mußte. Vielleicht nicht ungern. Denn er tat nichts lieber als medisieren. »Nun denn«, so hob er an, »Sie wissen alle, daß unser Werneuchener Freund ein Prediger und Dichter ist, aber was Sie vielleicht *nicht* wissen und was so recht eigentlich den Schlüssel zum Verständnis seiner Dichtungen bildet, das ist das, daß er auch Gatte und Vater ist. Die Kanzel steht ihm nahe, aber die Wiege steht ihm näher. Sein Haus ist eine Kinderstube oder, wie es hierlandes heißt: mehr Quarre als Pfarre. Versteht sich, ist er kreuzbrav. Er züchtet Bienen und Blumen und lädt seine Gäste statt in Prosa in Versen, meist in Sonetten, ein. Er ist bescheiden und selbstbewußt, nachgiebig und eigensinnig, harmlos und schlau, in summa ein Märker. Nicht zufrieden damit, für sein eigen Teil der Pastor Schmidt von Werneuchen zu sein, ist sein bester Freund auch noch der Pastor Schultze von Döbritz. Nomen et omen. Er raucht aus langer Pfeife und trägt Käppsel und Schlafrock, und wenn er den letztern ausnahmsweise nicht trägt, so macht er den Eindruck, als trüge er zwei. Unter seinen Dichtungen hat mir die kleine Gruppe, die die Überschrift aufweist: ›Lieder für Landmädchen, abends beim Melken zu singen‹, immer den größten Eindruck gemacht. In einer angefügten Notiz findet sich nämlich die Bemerkung, daß er sie gedichtet habe, um verschlafene Milchmädchen beim Melken wach zu erhalten. Ich bezweifle, daß er seinen Zweck erreicht hat.«

Seidentopf mühte sich, einen kleinen Unwillen zu zeigen. »Das führt uns nicht weiter, Turgany; du selbst wirst nicht behaupten wollen, in deiner Schilderung auch nur einigermaßen Gerechtigkeit geübt zu haben.«

»Ich weiß doch nicht«, fiel Lewin hier ein. »Wir kennen alle den lebhaften Farbenauftrag unsers justizrätlichen Freundes, aber einer gewissen drastischen Ausdrucksweise entkleidet, hat er nichts gesagt, was ich nicht von ganzem Herzen unterschreiben möchte. Diese Werneuchener Poesie hat in der Tat kein anderes Ideal als den beköppelten Familienvater, und die Abfertigung, die ihr von Weimar her zuteil wurde, war wohlverdient. Es ist wahr, manches glückt ihm. Wie hübsch klingt es:

> Was lieb sich hat mit Treuen,
> Das sucht ein einsam Örtchen gern,
> Wo's heimlich sich kann freuen,
> Von Lärm und Lauschern fern.
>
> Da hat sich's lieb im stillen,
> So inniglich, so minniglich,
> Da hat es seinen Willen,
> Sein Wesen ganz für sich.

Das ist sinnig; aber daneben liegen Abgründe. Er hat eine gefällige Gabe für den Reim und ein Auge für die Natur. Das ist alles. Seine Schilderungen mögen gelegentlich als Oasen gelten, seine Gedanken sind die Wüste. Sand und wieder Sand. Aber wie denkt nur Marie über ihn? Ich glaube mich zu entsinnen, daß sie seine Lieder mehr als einmal gelesen, auch zu Renate darüber gesprochen hat.«

Die Angeredete wurde rot bis an die Schläfe. Es konnte nicht wohl anders sein. Lewin, der von manchem Plauderabend her die Schärfe ihres Urteils kannte, übersah, daß es ein größerer Kreis war, vor dem zu sprechen er sie so plötzlich aufgefordert hatte. Sie sammelte sich aber schnell und sagte dann fest und schüchtern zugleich: »Ich gehe ganz mit Renaten; er ist kein Dichter, weil er nichts als die Wirklichkeit kennt.«

»Und seine Gabe der Schilderung?« unterbrach Seidentopf.

»Auch sie erquickt mich nicht. Sie ist das Beste an ihm, gewiß, aber les ich dann ›bis auf am Himmelsbogen die goldnen Sterne zogen‹, so fühle ich plötzlich den unendlichen Unterschied zwischen *diesen* Sternen und den Alltags-Sternen unseres Schmidt. Freilich ich zweifle, ob ich diesen Unterschied werde aussprechen können.«

»Du wirst es können; beginne nur«, riefen ihr Lewin und Renate zu.

»Ich will es versuchen. Der Dichter soll ein Spiegel aller Dinge sein. Schmidt aber spiegelt nichts; er gibt nur die Natur selber.«

»Gut, gut«, fiel Turgany ein, »ich habe mehr als eine Untersuchung gelesen, die zurückbleibt hinter diesem kritischen Debut. Der Schmidtsche Spiegel, wenn ich recht verstanden, ist gar kein Spiegel, sondern nur ein Spiegelrahmen, und die Bilder, die er gibt, sind nichts anderes als eingefaßte Stücke leibhaftiger Natur. Natur, wie wir sie vor uns haben, wenn wir, zurücktretend, auf drei Schritt Entfernung durch ein offenstehendes Fenster sehen. Sehr gut.«

Seidentopf, immer unruhiger werdend, wollte antworten; Turgany aber, als merke er nichts von der Verstimmung seines Freundes, fuhr jetzt in der ihm eigenen Weise fort: »Wir haben nun unser Verdikt abgegeben, und Inkulpat, trotz der günstigen, aber als durchaus parteiisch anzusehenden Aussagen seiner Amtsbrüder von Hohen-Vietz und Dolgelin, ist als schuldig befunden worden. Othegravens zustimmendes Kopfnicken, als die ›goldenen Sterne‹ der Bürgerschen ›Lenore‹ heraufzogen, hab ich, hoffentlich nicht mit Unrecht, im Sinne der Anti-Schmidt-Partei gedeutet. Ausständig ist nur noch eine gewichtige Stimme. Ich erhebe hiermit die bestimmte Frage: ›Wie stellt sich Herrnhut zu Werneuchen?‹«

Tante Schorlemmer schüttelte den Kopf hin und her und klapperte lebhafter denn zuvor mit ihrem Strickzeug, das sie, nach Auslösung der Pfänder, wieder zur Hand genommen hatte. Sie schien auch jetzt noch jede Antwort verweigern zu wollen.

Turgany aber, uneingeschüchtert, fuhr in Nachahmung richterlicher Würde fort: »So müssen wir denn zu den stärksten Mitteln greifen. Im Namen Zinzendorfs ...«

Die so feierlich Beschworene, eine der eben abgestrickten Nadeln erhebend, drohte bei dieser Formel scherzhaft zu dem Justizrat hinüber und sagte dann: »Renate und Marie haben recht; er ist garstig.«

»Er ist garstig«, wiederholte Turgany. »Mit Hülfe dieser verspäteten Zeugenaussage, in der ich beiläufig einen Saxonismus zu erkennen glaube, tritt unsere Verhandlung in eine neue Phase ein. Es scheint sich der ästhetischen Anklage, wenn auch nur leise, ein moralisches Element beigesellen zu sollen.«

»Das nicht«, fuhr jetzt Tante Schorlemmer mit Entschiedenheit fort, »aber er mißfällt mir ganz und gar. Er mißfällt mir, weil er sein geistlich Kleid ohne geistliche Würde trägt. Der Justizrat hat es getroffen: die Wiege steht ihm näher als die Kanzel. Selbst das heilige Weihnachtsfest ist ihm kein Fest des Kindes Gottes, es ist ihm nur ein Fest seiner eigenen Kinder. Er scheut selbst vor Anstößigkeiten nicht zurück, und ich schäme mich dann in seine Pastors-Seele hinein. Nein, nein, das ist nichts für ein herrnhutisch Herz, dem noch die Weihnachtslieder der eigenen Kindheit im Ohre klingen.«

Turgany schwieg. Renate trat an Tante Schorlemmer heran und sagte: »Gib uns das Lied, das du den ersten Weihnachten sangst, als du zu uns gekommen warst. Ich lieb es so. Bitte, ich sing auch mit.«

Tante Schorlemmer strickte eifrig weiter. Dann sagte sie: »Gut, ich will es; sind wir doch hier in einem christlichen Predigerhause.« Damit stand sie auf und setzte sich an das Klavier. Mit zitternder Stimme hob sie an, bis die schöne Altstimme Renatens wie eine Glocke einfiel. Leise begleitend klang das Klavier. So sangen sie beide:

»Holder Knabe
Mit dem Stabe,
Der die Löwen weiden kann,
Denk der kleinen
Armen deinen,
Der du Jüngling warst und Mann.

Laß sie weiden
In den Freuden
Deiner Kindheit, Jesu Christ!
Lehr sie stündlich,
Treu und kindlich
Sein, wie du gewesen bist.«

Und damit schloß der zweite Weihnachtstag im Pfarrhause zu Hohen-Vietz.

Sechzehntes Kapitel
Ein Zwiegespräch

Es mochte halb elf sein, als halblauter Peitschenknall und ein jedesmal plötzliches Erklingen des Schellengeläutes, wenn die beiden Braunen ungeduldig ihre Hälse zur Seite warfen, die Frankfurter Gäste des Pfarrhauses daran gemahnte, daß der Schlitten vorgefahren sei.

Nicht lange, so ward es auf dem Flur lebendig, und das Lachen Turganys – der, aus dem zweiten Zimmer tretend, eben an den Alligator gestoßen und das Ungetüm in eine unheimlich schwankende Bewegung gesetzt hatte – klang bis auf die Straße hinaus, wo der Pfarrknecht, auf und ab stampfend, die Fahrleine hielt und durch Hauchen und Blasen seine halbverklammten Finger vor dem völligen Starrwerden zu schützen suchte. Gleich darauf öffnete sich die Tür, sofort den dünnen Ton ihrer Klingel mit dem Schellengeläute des draußen harrenden Schlittens mischend, auf dessen niedriger Polsterbank Turgany und der Konrektor sich nunmehr rasch zurechtrückten. Ein Gruß noch nach dem Flur hin, ein Schlag mit der Leine auf den Rücken der Pferde, und fort ging es auf verschneiter Straße dem Ausgange des Dorfes zu. Der Dolgeliner Pastor, der noch Geschäftliches mit Seidentopf zu erledigen hatte, war bei seinem Amtsbruder zurückgeblieben.

Hohen-Vietz schlief schon. Alle Gehöfte lagen im Dunkel; nur bei Müller Miekley war noch Licht, und ein heller Schimmer fiel auf einen würfelförmigen, wohl seit hundert Jahren an dieser Stelle liegenden Stein, von dem aus der Fußweg nach dem Forstacker hin abzweigte.

»Der Müller hat noch Licht«, sagte Turgany, »wahrscheinlich ein Konventikel, Uhlenhorst in Person.«

In demselben Augenblick aber scheuten die Pferde und bogen prustend nach rechts hin aus, so daß es einiger Anstrengung bedurfte, die Stelle zu passieren. Als sie glücklich vorüber waren, sah sich der Justizrat neugierig um und erkannte nun erst Hoppenmarieken, die auf dem Stein gesessen und beim Ansichtigwerden des Schlittens, sehr zur Unzeit, mit ihrem Hakenstock salutiert hatte.

»Wer ist der Kobold?« fragte Othegraven.

»Hoppenmarieken«, antwortete Turgany, »ihres Zeichens Hohen-Vietzer Botenfrau, auch wohl sonst noch allerlei. Man munkelt dies und das, aber die Beweise fehlen. Sie geht oft nachts und ist am andern Morgen wieder da.«

»Ein unheimliches Wesen.«

»Das ist sie. Aber auch ein Original, und das kommt ihr zustatten. Der alte Vitzewitz sieht ihr manches durch die Finger. Ihr eigentlicher Anwalt aber ist Lewin.«

Turganys Schlitten flog rasch dahin, bei jeder Seitwärtsbewegung den Schnee fußhoch zusammenschaufelnd. Gekröpfte Weiden, abwechselnd mit hohen Pappeln, faßten von rechts und links her den Weg ein und bezeichneten die Richtung, in der sich die Fahrt, im übrigen auf gut Glück hin, vorzubewegen hatte. Dann und wann flog eine Krähe auf, stumm, verschlafen, um sich auf dem nächsten

Baumwipfel wieder niederzulassen. Darüber stand der Sternenhimmel, funkelnd in aller winterlichen Pracht. Ein träumerischer Zustand überkam die beiden Reisenden. Es war ihnen, als erstürbe das Schellengeläut ihres Schlittens, während der leise Widerhall von weit, weit her immer lauter, immer brausender zu werden schien. Die Nähe verlor ihre Macht über das Ohr; nur das Ferne, das kaum Hörbare läutete wie Glocken.

Turgany gewann es zuerst über sich, diesen lähmenden Halbtraum abzuschütteln.

»Eine herrliche Nacht!« hob er an.

»Der schöne Abschluß eines schönen Tages«, antwortete Othegraven, der nun auch, als ob das Befreiungswort gesprochen sei, aus dem Banne heraus war. »Welch eine liebenswürdige Natur, Ihr Freund Seidentopf! Welche Frische, welche Teilnahme an jedem Kleinen und Allerkleinsten, und wenn es ein Pfänderspiel wäre.«

Dem Justizrat konnte nichts lieber kommen als diese Wendung des Gesprächs. »Seidentopf«, so nahm er jetzt das Wort, »ist ein Mann wie ein Kind. Ich habe ihn nun ein Leben lang bewährt gefunden. Vierzig Jahre immer derselbe. Dieselbe Treue. Aber warum zählen Sie Pfänderspiele zum ›Allerkleinsten‹? Da haben Sie unrecht; Pfänderspiele sind eine große Sache.«

Othegraven sah, soweit seine Mantelverpackung es zuließ, den Justizrat fragend an.

Dieser legte seinen linken Pelzarm auf des Konrektors Schulter und fuhr dann mit einer Herzlichkeit, die sonst nicht zu seinen Eigenheiten gehörte, fort: »Ich hätte die Frage nicht tun sollen, oder doch nicht in dieser Form. Die Sache verbietet's und Ihre Person. So denn rundheraus, Othegraven: Sie lieben Marie.«

Othegraven schwieg einen Augenblick und sagte dann mit fester Stimme, in der auch kein leisester Ton von Verlegenheit mitklang: »Ja, von Herzen.«

So weit waren Frage und Antwort gediehen, als die Fortsetzung des Gesprächs beider Freunde durch ihre Einfahrt in das nächstgelegene Dorf unterbrochen wurde. Schon bei den ersten Häusern hörten sie Baß und Klarinette vom Kruge her, unter dessen Erkervorbau, ja bis auf den Fahrdamm hinaus, einzelne Paare trotz bitterer Kälte standen. Die Mädchen kurzärmelig. Ein verzeihlicher Leichtsinn, denn aus der Tanzstube, deren Fenster ausgehoben waren, quoll eine dicke Wolke von Qualm und Rauch. »Da drinnen sind sie beim ›Kiekebusch‹«, sagte Turgany, »schade, daß wir unsern Dolgeliner Pastor nicht mit uns haben.«

Derweilen war der Schlitten an dem Kruge vorbei; der Lärm verhallte, und das weite Schneefeld lag wieder vor ihnen. Turgany, auch bei Othegraven voraussetzend, daß er mit seinen Gedanken an alter Stelle haftengeblieben sei, fuhr, als ob überhaupt keine Unterbrechung stattgefunden hätte, ohne weiteres fort: »Und wie gut sie sprach. Jedes Wort ein Treffer.«

»Sie wird immer das Richtige treffen.«

»Ei, Konrektor, schon so tief in Bewunderung! Aber kennen Sie denn die Vorgeschichte dieses Kindes? Sie wissen doch, sie ist eine Waise.«

»Ich weiß alles«, erwiderte der Konrektor. »Ich war vor drei Wochen auf dem Schulzenhofe, und das Kniehasesche Paar hat mir ohne Rückhalt von seinem Pflegling erzählt. Ich weiß, daß sie getanzt und deklamiert hat und daß sie mit einem Tellerchen herumgegangen ist, um die Münzen einzusammeln. Ich bekenne, daß ich keinen Anstoß daran nehme. Es steigert nur meine Teilnahme.«

»Auch die meinige«, sagte Turgany. »Aber, lieber Othegraven, wir sind sehr verschiedene Leute. Ich bin ein Lebemann, nicht viel besser als ein Heide. Sie sind ein Geistlicher, vorläufig noch in der Konrektorverpuppung, aber der Schmetterling kann jeden Augenblick ausfliegen.«

Othegraven schwieg einen Augenblick. Dann nahm er das Wort: »Lassen Sie mich offen sein, lieber Freund: es drängt mich dazu, und ich finde, es spricht sich gut unter diesen Sternen. Sie nennen sich einen Heiden; ich habe meine Zweifel daran. Aber wie immer auch, Sie irren, wenn Sie das Christentum, zumal nach dieser Seite hin, als eng und befangen ansehen. Im Gegenteil, es ist frei. Und daß es diese Freiheit üben kann, ist im Zusammenhang mit dem tiefsten Punkte unseres Glaubens.«

Der Justizrat schien antworten zu wollen. Othegraven aber fuhr fort: »Wir sind alle in Sünde geboren, und was uns hält, ist nicht die eigene Kraft, sondern eine Kraft außer uns, rundheraus die Barmherzigkeit Gottes. Sie kennen unsere schöne Schildhornsage? Nun, wie mit dem Wendenfürsten Jaczko, so ist es mit uns allen: wir sinken unter in der schweren Rüstung unseres eiteln Ichs, unseres selbstischen Trotzes, wenn uns der Finger Gottes nicht nach oben zieht.«

Turgany nickte. »Sie werden mich nicht in Verdacht haben, Othegraven, für die Selbstgerechtigkeit der Menschen und für das Unkraut von Vorurteilen, das aus ihr sprießt, eine Lanze brechen zu wollen. Ich weiß seit lange, wie wenig es mit dem Stolz unserer Tugend auf sich hat, und wenn ich irgendeines Bibelwortes gedenke, so ist es das: ›der hebe den ersten Stein auf sie‹. Es würde gerade mir schlecht anstehen, die Lebensläufe meiner Mitmenschen durch ein Examen rigorosum gehen zu lassen. Und nun gar die Vergangenheit dieses liebenswürdigen Kindes! Alles, was ich mit meiner Frage sagen wollte, ist etwa das: ›Es ist ein Glück, aus einem guten Hause zu sein.‹ Und an der einfachen Wahrheit dieses Satzes ist nicht wohl zu rütteln. Kniehases Haus ist ein gutes Haus. Das Haus des ›starken Mannes‹ aber, der oben auf dem Hohen-Vietzer Kirchhof unter dem Holzkreuz liegt, ist schwerlich ein solches Haus gewesen.«

»Es fragt sich«, bemerkte Othegraven. »Ich möchte fast das Gegenteil glauben. Es war ein Haus schwerer Prüfungen, wachsender Demütigung; aber wo soviel Liebe, soviel schöner Eifer waltete, von einem jungen Leben den drohenden Makel der Geburt, jeden Verdacht des Ungesetzlichen fernzuhalten, das kann kein Haus der Unsitte gewesen sein. Ich habe die Geschichte von dem ›starken

Mann‹ nicht ohne Rührung gehört. Unglück, nicht Unsegen; Heimsuchung, nicht Fluch.«

»Sie überraschen mich«, nahm der Justizrat wieder das Wort. »Ich bin Ihnen dogmatisch nicht gewachsen; aber würden Sie, auch ohne Neigung zu Marie, zwischen Unglück und Unsegen immer so scharf unterscheiden wie in diesem Augenblick? Würden Sie nicht geneigt sein, die Heimsuchung als eine Folge der Verschuldung, als Strafe, als Verwerfung anzusehen? Irr ich darin, wenn ich annehme, daß gerade Männer Ihrer Richtung Gewicht legen auf Patriarchalität?«

»Nein, darin irren Sie nicht«, erwiderte Othegraven. »Gewiß ist ein Unterschied zwischen dem Hause des Lot und dem Hause von Sodom, und diesen Unterschied, ohne ein klarsprechendes Zeichen, mißachten zu wollen wäre Auflehnung gegen Sitte und Gebot. Aber was entscheidet, ist doch immer die Gnade Gottes. Und diese Gnade Gottes, sie geht ihre eigenen Wege. Es bindet sie keine Regel, sie ist sich selber Gesetz. Sie baut wie die Schwalben an allerlei Häusern, an guten und schlechten, und wenn sie an den schlechten Häusern baut, so sind es keine schlechten Häuser mehr. Ein neues Leben hat Einzug gehalten. Die Patriarchalität ist viel, aber die Erwähltheit ist alles.«

»Und diese finden Sie in Marie?«

»Ich brauche diese Frage gerade Ihnen, teuerster Freund, nicht erst zu beantworten, denn wir empfinden gleich, jeder von uns auf seine Weise. Und wenn die Vergangenheit dieses Kindes dunkler und verworrener wäre, als sie ist, ich würde diese Verworrenheit nicht achten. Es gibt eben Naturen, über die das Unlautere keine Gewalt hat; das macht die reine Flamme, die innen brennt. Ich habe Marie nie gesehen, ohne mit einer Art von freudiger Gewißheit die Empfindung zu haben: sie wird beglücken und wird glücklich sein.«

Turgany drückte dem Freunde die Hand. »Othegraven, ich habe immer große Stücke von Ihnen gehalten, von heute ab lasse ich Sie nicht wieder los.«

So ging die Unterhaltung; das Schlittengeläute klang über die Schneefelder hin; in den Dörfern war alles still; kein Licht als die glitzernden Sterne.

Dieselben Sterne schienen auch in ein Giebelfenster von Schulze Kniehases Haus. Marie schlief; die Bilder des letzten Abends, wie sie Leben und Dichtung geboten hatten, zogen in einem phantastischen Zuge an ihr vorüber: vorauf der Dolgeliner Pastor mit dem Schmidt von Werneuchenschen Hägereiter, der jetzt sein Waldhorn, statt es zu blasen, über der Schulter trug; dann der »Wagen Odins«, riesig vergrößert, auf dessen Achse Prediger Seidentopf stand. Den Schluß aber machte »der Knabe mit dem Stabe«, und das Weihnachtslied, das Tante Schorlemmer und Renate gesungen hatten, klang im Traume nach.

Siebzehntes Kapitel
Tubal an Lewin

Der dritte Feiertag fiel auf einen Sonntag. Es war ein klarer Morgen. Die Scheiben, nach der Parkseite hinaus, standen im goldenen Schein der eben über den Kirchhügel steigenden Sonne, überall aber, selbst wo sonst Schatten lag, leuchtete der am Abend vorher frisch gefallene Schnee.

Es mochte neun Uhr sein. In dem großen Wohnzimmer, in das wir unsere Leser schon in einem früheren Kapitel führten, saßen Lewin und Renate, aber nicht um den Kamin herum, wie am Abend des ersten Weihnachtstages, sondern in der Nähe des eine tiefe Nische bildenden Eckfensters. Sie hatten hier nicht nur das beste Licht, sondern vermochten auch mit Hilfe der mehrgenannten breiten Auffahrt auf die Dorfstraße zu blicken, deren Treiben in der Einsamkeit des ländlichen Lebens immer eine Zerstreuung und oft den einzigen Stoff der Unterhaltung bietet.

Das Frühstück schien beendet; die Tassen waren zurückgeschoben, und Lewin legte eben ein elegant gebundenes Buch aus der Hand. »Ich fürchte, Renate, wir haben ihm doch unrecht getan. Aber diese unglückliche Begeisterung des Dolgeliner Pastors! Da reißt einem die Geduld. Und doch ist viel Sinniges darin. Nun hinke ich mit meiner Ehrenerklärung nach; amende honorable retardée oder ›moutarde après le diner‹, wie Tante Amelie mit Vorliebe sagen würde.«

Renate nickte.

»Apropos die Tante«, fuhr Lewin fort, »ich habe den kleinen Schlitten bestellt, zwei Uhr; in einer Stunde sind wir drüben, ich fahre selbst. – Und Marie war noch immer nicht in Guse?« fügte er nach einer kurzen Pause hinzu.

»Nein«, erwiderte Renate.

»Du schriebst aber doch, sie habe einen guten Eindruck auf die Tante gemacht. Wenn die ›Gräfin Pudagla‹ nicht Anstand nahm, unserem Liebling in diesem Zimmer zu begegnen, so sollte ich meinen, das Eis müßte gebrochen sein.«

»Die Begegnung war unabsichtlich; Marie, die mir ein Buch unseres Seidentopf brachte, trat unerwartet ein. Im übrigen solltest du nicht immer wieder vergessen, daß die Tante alt ist und einer anderen Zeit als der unserigen angehört. Warum willst du Standesvorurteile nicht gelten lassen?«

»Die lasse ich gelten, vielleicht mehr, als recht ist. Aber was ich nicht gelten lasse, das sind die Halbheiten. Tante Amelie – die Vitzewitze mögen mir diese Bemerkung verzeihen – ist durch ihr Hineinheiraten in die Pudaglafamilie in gewissem Sinne über uns selbst hinausgewachsen, sie ist eine vornehme Dame, und wenn es ihre gräfliche Gewohnheit wäre, fächernd und ein Bologneserhündchen im Arm, über das Zweimenschensystem geheimnisvolle Unterhaltungen zu führen, so würde ich ihr respektvollst die Hand küssen und am allerwenigsten eine Widerlegung versuchen. Ich wiederhole dir, ich kann all das würdigen, wenn meine eigenen Empfindungen auch andere Wege gehen. Aber Tante Amelie gehört nicht zu diesen Gräfinnen aus der alten Schule. Sie hält sich für aufgeklärt, für freisinnig. Da vergeht kein Tag, keine Stunde, wo nicht aus Montesquieu, aus Rousseau zitiert, wo nicht freiheitlich-erhaben von der ›vaine fumée‹ gesprochen wird, ›que le vulgaire appelle gloire et grandeur, mais dont le sage connaît le néant‹, und wenn nun nach all dieser Philosophenherrlichkeit die Probe auf das Exempel gemacht werden soll, so erweist sich alles als leere, pomphafte Redewendung, als bloße Maske, hinter der sich der alte Dünkel birgt.«

Die Schwester wollte antworten, Lewin aber fuhr fort: »Nein, nein, Renate, suche davon nichts abzudingen; ich kenne sie, so sind sie samt und sonders, diese Rheinsberger Komtessen, denen die französischen Bücher und Prince Henri die Köpfe verdreht haben. Humanitätstiraden und dahinter die alte eingeborene Natur. Es ist mit ihnen, wenn du das prätentiöse Bild verzeihen willst, wie mit den Palimpsesten in unseren Bibliotheken, alte Pergamente, darauf ursprünglich heidnische Verse standen, bis die frommen Mönche ihre Sprüche darüber schrieben. Aber die Liebesseufzer an Chloe und Lalage kommen immer wieder zum Vorschein. Rundheraus: das Vorurteilsvolle lasse ich gelten; nur das Unwahre verdrießt mich.«

»Daß ich dir's nur bekenne«, nahm jetzt Renate das Wort, »ich hatte ein Gespräch mit der Tante über eben diesen Gegenstand. Sie hat sich zu dem Widerspruchsvollen, das in ihrer Haltung liegt, bekannt, und dies Bekenntnis, das sie sehr liebenswürdig gab, wird dich schließlich auch entwaffnen müssen. Ich müßte dich nicht kennen.«

Lewin lächelte. »Wo war es, hier oder in Guse drüben?«

»Hier. Es war bei Gelegenheit derselben Begegnung, von der du aus meinem Briefe weißt; nur über das Gespräch, das folgte, ging ich kurz hinweg. Wir waren zu dreien, Papa, die Tante und ich. Unsere gute Schorlemmer fehlte wie gewöhnlich; die ›beiden Tanten‹, wie du weißt, stimmen nicht gut zusammen. Marie trat ein und stutzte einen Augenblick. Sie ist zu klug, als daß sie nicht lange schon empfunden hätte, wie die Tante zu ihr steht.

Rasch faßte sie sich aber, verneigte sich, richtete des Pastors Auftrag an mich aus und entfernte sich wieder unter einer freimütigen Entschuldigung, unser Beisammensein gestört zu haben.«

»Und die Tante?«

»Sie schwieg, wiewohl ihre scharfen Augen jede Bewegung gemustert hatten. Erst als Papa fort war, sagte sie, ohne daß ich es gewagt hätte, eine Frage an sie zu richten: ›Die Kleine ist charmante, eine Beauté aus dem Märchen, welche Wimpern!‹ – ›Wir lieben sie sehr‹, wagte ich schüchtern zu bemerken, worauf die Tante nicht ohne Herzlichkeit, zugleich in ihrem allerfranzösischsten Stil, den ich dir erspare, fortfuhr: ›Ich weiß, ich weiß, und jetzt, wo ich sie gesehen habe, begreife ich, was ich bisher für eine Laune hielt. Bei Lewin hielt ich es für mehr. Kann sein, daß ich mich irre‹, setzte sie hinzu, als sie bemerkte, daß ich den Kopf schüttelte. Eine kurze Pause folgte, in der die Tabatière ein paarmal auf- und zugemacht wurde; dann sagte sie lebhaft: ›Ich habe mir's diese Minuten überlegt, ob ich euch auffordern sollte, die Kleine mit nach Guse hinüberzubringen; es fehlt uns dergleichen, und sosehr ich alte Damen hasse, so sehr liebe ich junges Volk. Aber Renate, ma chère, es geht nicht. Ich nehme wahr, daß gewisse Vorstellungen und Geschmacksrichtungen in mir stärker sind als meine Grundsätze. Es bestätigt sich: On renonce plus aisément à ses principes qu'à son goût. Wohl entsinne ich mich des Tages, wo uns Prince Henri durch ein ähnliches Geständnis überraschte. Der Prinz und der Philosoph lagen immer in Fehde. Nun sieh, dieses Kind hat einen Zauber; aber ich fühle doch, daß, wenn sie selbst im längsten Kleide käme, ich mich des Gedankens nicht erwehren könnte, jetzt verkürzt sich die Robe, und sie beginnt den Shawltanz zu tanzen. Ich will dem Kinde durch solche Gedanken nicht wehe tun, ich denke also, wir lassen's beim alten.‹«

Lewin, der aufmerksam gefolgt war, war eben im Begriff, im allerversöhnlichsten Sinne zu antworten, als das Erscheinen Hoppenmariekens, die von der Dorfstraße her in den Hof einbog, die Unterredung unterbrach. In ihrer herkömmlichen Ausrüstung: kurzen Friesrock und hohe Stiefeln, Kiepe und Hakenstock, kam sie geraden Weges auf das Herrenhaus zu, salutierte die jungen Herrschaften, die sie gleich hinter dem Eckfenster erkannte, und in der nächsten Minute lagen Briefe und Zeitungen ausgebreitet auf dem Tisch.

Die Zeitungen, so wichtig ihr Inhalt war, enthielten nichts, was Lewin nicht schon gewußt hätte; von den Briefen war einer vom Papa, der in aller Kürze anzeigte, daß er am Abend in Schloß Guse zu sein hoffe, der andere vom Vetter Ladalinski, dem Studiengenossen und Herzensfreunde Lewins. Dieser strahlte, als sein Auge auf die engbeschriebenen zwei Bogen fiel; Renate errötete leise und sagte: »Nun lies.«

Und Lewin las.

»Lieber Lewin! Vielverwöhnter, der Du bist, werden diese Zeilen, die in sich selber schon eine Huldigung bedeuten, Deiner Eitelkeit keinen unerheblichen Vorschub leisten. Aber ich habe eine rechte Plauderlust und empfinde stündlich, daß Du mir fehlst. Bist Du doch der wenigen einer, die das Talent des Zuhörens haben, doppelt selten bei denen, die selber zu sprechen verstehen.

Wir haben einen prächtigen Weihnachtsheiligabend gehabt, und um dieses Abends willen schreibe ich. Du wirst nun zunächst denken, daß der Christbaum, wie es ja auch sein sollte, uns so recht hell ins Herz hineingeschienen hätte; aber so war es nicht. In einem Hause, in dem die Kinder fehlen, wird das Christkind immer einen schweren Stand haben, so nicht etwa der Kindersinn den Erwachsenen verblieben ist. Und Kathinka, die so vieles hat (vielleicht *weil* sie so vieles hat), hat diesen Sinn nicht. Was mich angeht, so bin ich von der Segenshand, die diese Gabe leiht, wenigstens leise berührt worden. Gerade genug, um eine Sehnsucht darnach zu fühlen.

Wir waren allerengster Kreis: Papa, Kathinka, eine neue

Freundin von ihr, die Du noch nicht kennst, und ich. Als die Türen eben geöffnet wurden, kam Graf Bninski. Er hatte Aufmerksamkeiten für uns alle, zu weitgehende für mein Gefühl; aber Kathinka schien es nicht zu empfinden. Der erleuchtete Saal, der flimmernde Baum lachten mir ins Auge, aber, wie ich Dir wiederholen muß, es drang nicht weiter. Es hatte alles den Charakter einer reichen Dekoration. Selbst der Spitzenüberwurf à la Reine Hortense (Notiz für Renate), den Papa von Paris her bezogen hatte, konnte an diesem Eindruck nichts ändern. Die Unterhaltung, nach den ersten Auswechslungen gegenseitigen Dankes, war nicht frei. Der Graf kannte den Inhalt des Bulletins; wir vermieden ein Gespräch darüber, um ihn nicht zu verletzen.

Unter diesen Umständen war es fast wie Erlösung, als ein lose zusammengeschürzter Zettel an mich abgegeben wurde, der in der lapidaren Schreibweise unseres Jürgaß lautete: ›Heute, Donnerstag, den 24., *Weihnachtsbowle*. Mundts Weinkeller, Königsbrücke 3. Neun Uhr; besser spät als gar nicht. Gäste willkommen. v. J.‹ Ich reichte dem Grafen, der erst tags vorher den Wunsch geäußert hatte, unseren Klub kennenzulernen, den Zettel hin, wies auf die beiden Schlußworte und fragte ihn, ob es ihm genehm sein würde, mich zu begleiten. Er sagte zu, fast zu meiner Überraschung, da seine Stimmung wenig gesellig schien. Übrigens hatte ich später keine Ursache, seine Zusage zu bedauern.

Bald nach neun Uhr waren wir am Rendezvous, das nicht glücklicher gewählt sein konnte. In solchen Sachen kann man sich auf Jürgaß verlassen. Du entsinnst Dich, daß die Flußufer der Königsbrücke zu beiden Seiten einen hohen Quai bilden, auf dem die Giebel und Seitenflügel einzelner alter Gebäude stehen. So auch das Mundtsche Haus. Wir stiegen, von der Straße her, in den Weinkeller hinunter, tappten uns in einem dunklen Gange vorwärts und traten endlich in einen großen, aber niedrigen und holzgetäfelten Salon, der, alte Bilder in mir weckend, mich lebhaft an die Kajüten englischer Kriegsschiffe erinnerte. Einige Freunde waren schon versammelt: v. Schach, Bummcke, Dr. Saßnitz und Buchhändler Rabatzki. Jürgaß fehlte noch. Ich stellte Bninski vor; dann nahmen wir Platz. Ich hatte nun erst den vollen Eindruck von dem Anheimelnden des Lokales, eine gute Beleuchtung, ein Feuer im Ofen, ein langer, weißgedeckter Tisch, dessen Plätze so gelegt waren, daß sie den Gästen einen freien Blick auf die Spree gönnten.

An den Fenstern vorbei, die fast die ganze Höhe des Zimmers hatten und bis auf den Fußboden niedergingen, bewegte sich ein bunter Weihnachtsverkehr, eine Art Newamesse. Schlittschuhläufer mit Stocklaternen, Waldteufeljungen, kleine Mädchen mit Wachsengeln, alles zog wie eine Erscheinung, mal hell, mal dunkel, an unseren Fenstern vorüber, und von der Königsbrücke her klang das Schellengeläute der Schlitten und der gedämpfte Lärm der Stadt.

Endlich kam Jürgaß; in der Hand hielt er eine große blaue Tüte. ›Hier bring ich Weihnachten; die Hauptsache aber, die ich meinen Gästen bringe – denn ich bitte, Sie heut als solche betrachten zu dürfen –, ist selber ein Gast. Versteht sich, ein Poet.‹ Damit wies er auf einen Herrn, der mit ihm zugleich eingetreten war. Ehe ich noch Zeit hatte, Bninski und Jürgaß miteinander bekannt zu machen, fuhr dieser fort: ›Ich habe die Ehre, Ihnen hier Herrn Grell oder, mit seinem vollen Rang und Namen, den Theologie-Kandidaten Herrn Detleff Hansen-Grell vorzustellen, eine Art Hintersassen von mir, einen Hörigen derer von Jürgaß auf Gantzer. Genealogisches über die Grells, beziehungsweise über die Hansen-Grells, behalte ich mir vor.‹ Alles sah lachend, wenn auch einigermaßen überrascht, auf Jürgaß, der, ohne eine Antwort abzuwarten, in demselben Tone fortfuhr: ›Unsere „*Kastalia*" vertrocknet; es fehlt ihr frisches Blut. Man könnte die Herren Poeten unseres Kreises in Verdacht haben, sie scheuten die Rivalität neu auftretender Kräfte. Wenn *ich* nicht wäre und Bummcke und hier unser Freund Rabatzki, der, um die letzte Spalte seines „Sonntagsblatts" zu füllen, dann und wann einen jungen Lyriker einfängt, so wär es mit dem Sprudeln unseres Musenquells, trotz seines hochtönenden Namens, bald vorbei. Ist es nicht unerhört, daß ich, um die drohendste Gefahr abzuwenden, von meines Vaters Gütern einen lyrischen Sukkurs verschreiben muß?‹

Das Eintreten eines Küfers, in vorschriftsmäßiger Lederschürze, unterbrach die Rede. Er trug eine Bowle auf, und die große Weihnachtstüte begann zu kursieren, die, neben rheinischen Walnüssen, einige Pakete französischer Pfefferkuchen enthielt. Jürgaß hatte den Vorsitz. ›Ich heiße Sie willkommen‹, nahm er abermals das Wort. ›Hinsichtlich der Tüte empfehl ich weise Sparsamkeit; ihr Inhalt ist momentan unersetzlich. Aber die Bowle hat einen Zuschuß zu gewärtigen, eventuell mehrere.‹

Die Gläser klangen zur Begrüßung zusammen. Ich hatte gleich bei unserem Eintritt an einer der Schmalseiten des Tisches Platz genommen; Bninski mir gegenüber. Dieser Platz gestattete mir, den ›lyrischen Sukkurs‹, der unserer ›Kastalia‹ wieder aufhelfen sollte, ohne Auffälligkeit zu beobachten. Er war, trotz eines guten Profils, eher häßlich als hübsch. Das Haar strohern, die blassen Augen vorstehend, und wenig Wimpern. Dabei die Lider leicht gerötet und etwas Stoppelbart. Sein Schlimmstes war der Teint. Gesamteindruck: alltäglich.

Mein Auge glitt zu Bninski hinüber, der ihn auch gemustert haben mochte. Ich erriet seine Gedanken.

Wir hatten leichte Konversation. Bummcke beklagte lebhaft, daß Du fehltest; außerdem wurde Kandidat Himmerlich am meisten vermißt; aus welchem Grunde, konnt ich nicht erraten. Vielleicht glaubte man, daß einem Kandidaten der Theologie wie Grell nichts Besseres vorgesetzt werden könne als seinesgleichen. Ich bezweifle aber, daß dieser Satz richtig ist.

Es war wohl elf Uhr, und das Schellengeläute von Brücke und Straße her schwieg bereits ganz, als Jürgaß anhob:

›Ich denke, wir improvisieren eine Kastalia-Sitzung. Herr Hansen-Grell wird die Güte haben, uns einiges vorzulesen.‹

Diese Mitteilung wurde mit bemerkenswerter, aber freilich auch verzeihlicher Kühle aufgenommen. Der Gast sah so unpoetisch wie möglich aus, und die Empfehlung unsers Jürgaß, wie Du nachempfinden wirst, war nicht eben dazu angetan, ihm Vorschub zu leisten. Er zog nun ein Manuskript von bedenklichem Umfang aus der Tasche; ich glaube, daß ein Bangen durch alle Herzen ging.

Aber wir sollten bald anderen Sinnes werden. Er bat unbefangen um die Erlaubnis, uns eine Ballade, die einen norwegischen Sagen- oder Märchenstoff behandle, vorlesen zu dürfen: ›Hakon Borkenbart‹. Du mußt nämlich wissen, er hat eine Zeitlang in Kopenhagen gelebt. Wie das so gekommen, das erfährst Du, neben manchem anderen, zu anderer Zeit. Er hob nun an und las ausdrucksvoll, fest, mit wohltönender Stimme und wachsendem Feuer. Es waren wohl an zwanzig Strophen. Gleich die erste, die bei der Debatte wiederholt wurde, ist mir im Gedächtnis geblieben:

Der König Hakon Borkenbart
Hat Roß und Ruhm, hat Waff' und Wehr,
Und hat allzeit zu Krieg und Fahrt
Viel hohe Schiff auf hohem Meer,
Es prangt sein Feld in Garben,
Er aber prangt in Narben,
In Narben von den Dänen her.

In der zweiten Strophe zieht Hakon aus, um, trotz seiner fünfzig Jahre, um Schön-Ingeborg zu freien. Ich mühe mich vergeblich, die Reime zusammenzufinden, aber mit der dritten Strophe, die mir besonders zusagte, wird es mir wieder gelingen. Wenigstens ungefähr.

Schon grüßt ihn fern so Turm wie Schloß,
Und stolz und lächelnd blickt er drein;
Er spricht herab von seinem Roß:

›Und bin ich alt, so mag ich's sein!
Und wär ich alt zum Sterben,
Auch Ruhm und Narben werben,
Und werben gut wie Jugendschein.‹

An dieser Stelle, wie Du Dir denken kannst, brach unser alter Bummcke in lautes Entzücken aus. Ich bin ganz sicher, daß er sich in dem Augenblicke als Hakon Borkenbart fühlte. Das Gedicht verläuft nun so, daß die schöne Ingeborg ihn abweist, wofür er Rache gelobt. Er verkleidet sich als Bettler und setzt sich mit einer goldenen Spindel vor Ingeborgs Schloß. Sie begehrt die Spindel; er verweigert sie ihr. Ihre Begierde entbrennt so heftig, daß sie sich dem Bettler hingibt, um die Spindel zu besitzen. Nun kommen die bekannten Konflikte; der Vater in Zorn; Verstoßung. Zuletzt entpuppt sich der Bettler als Hakon Borkenbart, und alles gelangt zu einem glücklichen Schluß.

Es war mir ein Genuß gewesen, dem Gedicht zu folgen, und ich darf sagen, uns allen. Neben dem Dichter selbst interessierte mich Bninski am meisten. Er wurde immer ernster. ›Seltsam‹, so las ich auf seiner Stirn, ›welche Prosa der Erscheinung und dahinter welch heiliges Feuer!‹

Dies Feuer war nun in der Tat der Zauber des Gedichts und des Vortrags. Sonst bot es angreifbare Punkte die Menge. Doktor Saßnitz, auch an diesem Abend der Avantgardenführer unserer Kritik, nahm zuerst das Wort. Er hob mit Recht hervor, daß unser verehrter Gast sein großes Darstellungsvermögen an einen Gegenstand gesetzt habe, dem mit einem geringeren Kraftaufwand mehr gedient gewesen wäre. Das Ganze sei, wie er selber bemerkt habe, ein Märchenstoff. Ein solcher aber müsse in der Schlichtheit, die seinen Reiz bilde, nicht durch Pracht des Ausdrucks gestört werden. Das Gedicht, bei unbestreitbaren Vorzügen, sei zu lang und namentlich zu schwer.

Hätte unser Gast in unser aller Augen noch gewinnen können, so wär es durch die Art gewesen, wie er den Tadel aufnahm. Er nickte zustimmend und sagte dann zu Saßnitz:

›Ich danke Ihnen sehr; Ihre Ausstellungen haben es getroffen. Ich wußte nicht, woran es lag, daß mich die eigene Arbeit nicht befriedigte; nun weiß ich es.‹

Das Gespräch setzte sich fort. Bald danach war die Bowle geleert, und Jürgaß, der wenigstens des Ausharrens von Bummcke sicher war, befahl eine zweite. Bninski und ich aber warteten ihr Erscheinen nicht ab; Mitternacht war ohnehin bald heran. Als wir auf den stillen Platz hinaustraten, lag der Sternenschein fast wie Tageslicht auf den Straßen. Ich sah hinauf; mir war zu Sinn, als stiege das Christkind aus diesem Sternenglanz in mein armes Herz hernieder. Bninski begleitete mich; wir sprachen kein Wort. Beim Abschied sagte er mit einem Ton, den ich bis dahin nicht an ihm gekannt hatte: ›Ich danke Ihnen, Tubal, für diesen Abend; es würde mich freuen, Ihre Freunde öfter zu sehen.‹

Da hast Du die jüngste Sitzung der Kastalia, noch dazu eine improvisierte.

Und nun lebe wohl. Renate sei mit Dir. Die Form dieses Glückwunsches wiegt hoffentlich tausend Grüße an meine schöne Cousine auf. Dein *Tubal*

Nachschrift. Eben ist Dein Papa bei dem meinigen. Sie politisieren viel, vielleicht *zu* viel. Er grüßt und hofft, wie er Dir schon geschrieben habe, morgen abend auf Schloß Guse zu sein. Einen Platz in seinem Wagen, den er mir angeboten, habe ich abgelehnt. Es ist mir zuviel ›Freundschaft‹ um Tante Amelie versammelt. Aber ich sehne mich nach Hohen-Vietz und seiner Stille. Kann ich Kathinka bestimmen, mich zu begleiten, so dürft Ihr uns *ehestens* erwarten. Dein T.«

ZWEITER BAND
Schloß Guse

ERSTES KAPITEL
Schloß Guse

Der Lauf unserer Erzählung führt uns während der nächsten Kapitel von Hohen-Vietz und dem östlichen Teile des Oderbruchs an den *westlichen Höhenzug* desselben, zu dessen Füßen, heute wie damals, die historischen Dörfer dieser Gegenden gelegen sind, altadelige Güter, deren meist wendische Namen sich schon in unseren ältesten Urkunden finden. Hier saßen, um Wrietzen und Freienwalde herum, die Sparrs und Uchtenhagens, von denen noch jetzt die Lieder und Sagen erzählen, hier hatten zur Reformations- und Schwedenzeit die Barfus, die Pfuels, die Ihlows ihre Sitze, und hier, in den Tagen, die dem Siebenjährigen Kriege unmittelbar folgten, lebten die Lestwitz und Prittwitz freundnachbarlich beieinander; Prittwitz, der bei Kunersdorf den König, Lestwitz, der bei Torgau das Vaterland gerettet hatte. Oder wie es damals in einem Kurrentausdruck des wenigstens sprachlich französierten Hofes hieß: »Prittwitz a sauvé le roi, Lestwitz a sauvé l'état.«

Alle diese Güter begannen bald nach der Trockenlegung des Oderbruchs, also etwa dreißig Jahre vor Beginn unserer Erzählung, zu ihren sonstigen Vorzügen auch noch *den* landschaftlicher Schönheit zu gesellen. Wer hier um die Pfingstzeit seines Weges kam, wenn die Rapsfelder in Blüte standen und ihr Gold und ihren Duft über das Bruchland ausstreuten, der mußte sich, weit aus der Mark fort, in ferne, beglücktere Reichtumländer versetzt fühlen. Die Triebkraft des jungfräulichen Bodens berührte hier das Herz mit einer dankgestimmten Freude, wie sie die Patriarchen empfinden mochten, wenn sie, inmitten menschenleerer Gegenden, den gottgeschenkten Segen ihres Hauses und ihrer Herden zählten. Denn nur da, wo die Hand des Menschen in harter, nie rastender Arbeit der ärmlichen Scholle ein paar ärmliche Halme abgewinnt, kann die Vorstellung Platz greifen, daß *er* es sei, der diesen armen Segen geschaffen habe; wo aber die Erde hundertfältige Frucht treibt und aus jedem eingestreuten Korn einen Reichtum schafft, da fühlt sich das Menschenherz der Gnade Gottes unmittelbar gegenüber und begibt sich aller Selbstgenügsamkeit. Es war an diesem westlichen Höhenrande des Bruches, daß der große König, über die goldenen Felder hinblickend, die Worte sprach: »Hier habe ich in Frieden eine Provinz gewonnen.«

Ein Bild, das diesen Ausruf gerechtfertigt hätte, bot die Niederung am dritten Weihnachtstage 1812 freilich nicht. Alles lag begraben im Schnee. Aber auch heute noch war ein Blick von der das Bruch beherrschenden »Seelower Höhe« aus nicht ohne Reiz; über den zahlreichen ausgebauten Höfen und Weilern zog ein Rauch, die Stelle menschlicher Wohnstätten verkündend, während auf Meilen hin die nur halbverschneiten Kirchtürme der größeren Dörfer im hellen Sonnenschein blitzten.

Einer dieser Kirchtürme, der nächste, zeigte sich in kaum Büchsenschußentfernung von der ebengenannten Höhe, und eine Allee alter Eichen, deren braunes Laub, wo der Wind den Schnee abgeschüttelt hatte, klar zu erkennen war, lief in gerader Richtung auf die Kirche zu. Neben dieser, weit über den Wetterhahn der Turmspitze hinaus, erhoben sich mächtige, zum Teil fremdartig aussehende Bäume, allem Anscheine nach einem großen Parke zugehörig, der von links her das Dorf umfaßte.

Dieses Dorf war *Guse*.

Wie sein Name bekundet, wendischen Ursprungs, führten es doch erst begleitende Vorgänge des Dreißigjährigen Krieges, um welche Zeit die Schaplows hier ansässig waren, in unsere Landesgeschichte ein. Zwei Jahre vor Abschluß des Osnabrücker Friedens vermählte sich Georg von *Derfflinger*, damals noch General in schwedischen Diensten, mit Margarethe Tugendreich von Schaplow und übernahm das Gut. Nicht als Frauenerbe, sondern gegen Kauf; die verschuldeten Minorennen konnten es nicht halten.

Zunächst war die Erstehung des Gutes wenig mehr als eine Kapitalsanlage, vielleicht auch ein Versuch, sich im Brandenburgischen territorial und politisch festzusetzen; aber schon in den sechziger Jahren, lange bevor der Tag von Fehrbellin, der pommersche und der ostpreußische Feldzug den Ruhm Derfflingers auf seine Höhe gehoben hatten, sehen wir den Alten beflissen, hier nicht nur die Schäden vieljähriger Verwahrlosung auszugleichen, sondern auch durch Bauten und Anlagen – in allem dem Beispiele seines kurfürstlichen Herren folgend – eine Musterwirtschaft herzustellen. Abzugsgräben wurden gezogen, Dämme und Wege durch den Sumpf gelegt, das Schloß entstand; die Kirche, zunächst erweitert, erhielt eine Gruft, und ein Kasernenbau, bis diesen Tag erkennbar, nahm die Dragonerabteilung auf, die zu täglichem Dienst bei ihrem Chef und General aus dem benachbarten Garnisonsort nach Guse hinbeordert war. Das eigentlichste Augenmerk des Alten war aber der *Park*, der ihn bald glücklicher machte als der Ruhm seiner Taten. Ein guter Wirt und Haushalter, wie fast alle diejenigen, die das Schwert mit der Pflugschar vertauschen, war er doch freigebig, wenn es die Beschaffung schöner Bäume galt. Zypressen und Magnolien wurden unter großen Kosten herbeigeschafft, und noch jetzt führt ein Zedernhain des Parkes den Namen »Neulibanon«.

In Zurückgezogenheit zu leben und sich seiner Anlagen zu freuen wurde mehr und mehr das einzige Verlangen des nun achtzigjährigen Feldmarschalls, der, wie er sich selber ausdrückte, bei Hofe »viel Saures und Süßes« gekostet hatte, »aber des Sauren mehr«. Die Zeiten, wo er seinem Freunde, dem Grafen Baudissin, ins Stammbuch schreiben konnte:

> Wind und Regen
> Sind mir oft entgegen;
> *Ich ducke mich*, laß es vorübergahn,
> Das Wetter will seinen Willen han,

diese Tage beinahe heiterer Resignation lagen für ihn weit zurück, und er war versteift, eckig und reizbar geworden. Endlich gab der Kurfürst, der ihn trotz seiner hohen Jahre im Dienste festhalten wollte, nach, und der Alte hatte nun seinen Willen und seine Freiheit; er gab die Stadt auf und ging nach Guse. Hier, eine kleine Weile noch, sah er auf alles, was er geschaffen, und freute sich des Segens in Feld und Haus. Aber er war müde, müde auch seines Glükkes. Noch vor Ablauf des Jahrhunderts schloß sich sein reiches Leben. Er wurde, wie er es angeordnet, ohne Gepränge beigesetzt, in der Gruft, die er selbst gebaut hatte. Auch der Geistliche mußte sich auf den Nachruf beschränken: »Gott habe den Entschlafenen innerhalb des Kriegsdienstes von der niedersten bis zur höchsten Stufe gelangen lassen«. Der Alte hatte Ruhmes genug im Leben erfahren, um den Klang desselben im Tode entbehren zu können.

Sein einziger überlebender Sohn, Friedrich von Derfflinger, trat die reiche Erbschaft an, die außer Dorf und Schloß Guse noch fünf andere Oderbruchgüter umfaßte. Er war Reiterführer und Chef eines Dragonerregiments wie sein Vater; aber nur in Rang und äußerer Stellung ihm verwandt, besaß er wenig von dem kriegerischen Sinn und der feldherrlichen Einsicht, die den Vater zu so hohen Ehren gebracht hatten.

Der Wechsel der Zeiten konnte nicht wohl die Ursache davon sein, denn das neue Jahrhundert, nach einer kurzen Epoche des Friedens, begann mit einem der schlachtenreichsten Kriege, und bei Turin und Malplaquet lagen die Brandenburger gehäuft unter den Toten. Aber wenn die Kriegsannalen nicht von ihm sprechen, so doch Guse, wo er nicht nur die Schöpfungen seines Vaters fortzusetzen, sondern auch diesen Vater selbst zu ehren vom ersten Augenblick an beflissen war. Er erweiterte den Park, er verschönte das Schloß, vor allem aber ließ er dem Toten ein Monument errichten. Die besten Kräfte, wie sie das Berlin der Schlüterzeit aufwies, waren bei Ausführung dieses Denkmals tätig. Über einem offenen Steinsarkophag, in den die Hand des Sohnes den Feldmarschallstab legte, wurde die Büste des Vaters aufgestellt, eine Fama blies in die Posaune, und zwei Derfflingerstandarten mit blauseidenen Fahnentüchern und der Inschrift »agere aut pati fortiora« kreuzten sich zu einer Waffentrophäe. Bis diesen Tag ist der Guser Kirche dieses Denkmal erhalten geblieben.

Drei Jahrzehnte nach dem Tode des Vaters starb auch Friedrich von Derfflinger, und mit ihm erlosch der berühmte Name, der kaum länger als ein halbes Jahrhundert geglänzt hatte, aber während dieser kurzen Dauer hell genug, um auch den Namen Dorf Guses für immer der Dunkelheit zu entreißen. Das alte Derfflingererbe ging durch verschiedene Hände, bis es in Besitz des Grafen von Pudagla kam. Der Graf ließ es zunächst verwalten, und um diese Zeit, wo sich zuerst wieder das Nationale zu regen begann, war es auch, daß die Wallfahrten nach der Derfflingergruft ihren Anfang nahmen. Nicht zum Vorteil dessen, der in ihr ruhte. Jeder, nach einem Andenken lüstern und seine Pietätslosigkeit mit der Vorgabe historischen Interesses deckend, vergriff sich an der Kleidung des Toten, so daß dieser, vor Ablauf eines Jahrzehntes, wie ein nackt Ausgeplünderter in seinem Sarge lag, nur noch mit dem angeschnallten Brustharnisch und seinen hohen Reiterstiefeln bekleidet.

So kam das Jahr 1790. Graf Pudagla starb, und seine Witwe, das Gut übernehmend, machte dem Unfug ein Ende.

Diese Witwe war Tante *Amelie*.

Zweites Kapitel
Tante Amelie

Tante Amelie war die ältere Schwester Berndts von Vitzewitz. Um die Mitte des Jahrhunderts, also zu einer Zeit geboren, wo der Einfluß des Friderizianischen Hofes sich bereits in den Adelskreisen geltend zu machen begann, empfing sie eine französische Erziehung und konnte lange Passagen der »Henriade« auswendig, ehe sie wußte, daß eine »Messiade« überhaupt existiere. Übrigens würde schon der Name ihres Verfassers sie an der Kenntnisnahme des Inhalts gehindert haben.

Sie war ein sehr schönes Kind, früh reif, der Schrecken aller nachbarlichen, in Wichtigkeit und Unbildung aufgebauschten Damen und erfüllte mit zwanzig Jahren die auf eine glänzende Partie gerichteten Hoffnungen beider Eltern: im Herbst 1770 wurde sie Gräfin Pudagla.

Graf Pudagla, ein Vierziger, hatte die Feldzüge mitgemacht, am Tage von Leuthen sich ausgezeichnet und stand bei Schluß des Krieges als Rittmeister im Dragonerregiment Anspach und Bayreuth. Eine glänzende militärische Laufbahn schien ihm gesichert. Bei der zweitfolgenden Revue aber sah er sich vom König, der einen groben Fehler wahrgenommen zu haben glaubte, mit harten Worten überhäuft, in Folge dessen der Graf den Abschied nahm. Er zog sich auf seine reichen, die halbe Insel Usedom einnehmenden Besitzungen zurück, besuchte während mehrerer Jahre die westeuropäischen Hauptstädte und gab bei seiner Rückkehr, durch Annahme eines Prinz Heinrichschen Kammerherrntitels, seiner Unzufriedenheit einen offenen Ausdruck. Er *wollte* zu den »Frondeurs« gezählt sein, die der Prinz bekanntermaßen um sich versammelte. Einige Wochen später vermählte er sich mit der schönen Amelie von Vitzewitz, woran sich nach einem kurzen Aufenthalt auf den pommerschen Gütern die Übersiedelung nach Rheinsberg schloß.

Die Vorteile, die der kleine Hof aus der Anwesenheit des Grafen zog, waren, soweit seine eigene Person in Betracht kam, gering. Er hatte, wie seine Gemahlin ihm gelegentlich vorwarf, »au fond du cœur« eine Abneigung gegen den Prinzen, nahm Anstoß an den Sitten, an dem Schmeichelkultus und der hochmütigen Kritik, die hier ihre Stätte hatten, und war jedesmal froh, wenn er nach Wochen kurzen Dienstes wieder auf seine heimatliche Insel zurückkehren, der paterna rura sich erfreuen und in die englischen Parlamentskämpfe sich vertiefen konnte. Denn er liebte England und sah in seinem Volk, seiner Freiheit, seiner Gesetzlichkeit das einzige Staatenvorbild, dem nachzueifern sei.

Aber soviel an Anregung und Huldigung der Graf versäumen mochte, die Gräfin glich diese Versäumnisse mehr als aus. Sie war in kürzester Frist die Seele der Gesellschaft und beherrschte wie den Hof, so auch die Spitze desselben, den Prinzen, eine Erscheinung, die nur diejenigen überraschen konnte, die den gefeierten Bruder des großen Königs einseitiger und äußerlicher nahmen, als er zu nehmen war. Denn während er die Frauen haßte, fühlte er sich doch ebenso zu ihnen hingezogen. Voll Abneigung gegen das Geschlecht als solches, sobald es allerhand ihm unbequeme Forderungen stellte, war er doch ästhetisch geschult und feinsinnig genug, um die eigentümlichen Vorzüge des weiblichen Geistes: Unmittelbarkeit, Witz und gute Laune, Schärfe und Treffendheit des Ausdruckes, herauszufühlen. So vollzog sich das Widerspruchsvolle, daß an einem Hofe, der die Frauen als Frauen negierte, eben diese Frauen doch herrschten, und zwar herrschten, ohne auch nur einen Augenblick auf ihre allerweiblichsten Eigenarten und Unarten verzichten zu müssen. Der Prinz hatte nur das Bedürfnis *persönlichen* Verschontbleibens; im übrigen tolerierte er alle den Sittenpunkt nicht ängstlich wägenden Lebens- und Umgangsformen, die ihm, weil einen unerschöpflichen Stoff für seine sarkastische Laune, eben deshalb einen bevorzugten Gegenstand der Unterhaltung boten. Die Liebesintrige stand in Blüte; an unsere junge Gräfin aber knüpfte ihn neben manchem anderen auch die Wahrnehmung, daß sie, an Kühnheit der Anschauungen mit ihm wetteifernd, auf die Betätigung dieser Anschauungen verzichtete und keinen Augenblick dem Verdachte Nahrung gab, ihre Grundsätze nach ihrer Lebensbequemlichkeit gemodelt zu haben. Denn wie alle außerhalb des sittlichen Herkommens Stehende barg auch der Prinz, hinter dem Unglauben an einen reinen Wandel, doch schließlich nur den im tiefsten ruhenden Respekt vor demselben. Unerschüttert in seinen Allgemeinanschauungen, sah er in der Gräfin »den Ausnahmefall, der ihm die Regel bestätigte«, und beglückwünschte sich, weit über landläufig-kleine Verhältnisse hinaus, intimste Beziehungen zu einer Frau unterhalten zu dürfen, die, mit allen Vorzügen der weiblichen Natur ausgestattet, zugleich frei von allen Schwächen derselben war. Eine Spezialfreude gewährte ihm die Gräfin noch dadurch, daß sie für ihren Gemahl dieselbe heitere Kühle hatte wie für alle andern Mitglieder des Rheinsberger Hofes und die Frage nach der Fortdauer des Hauses Pudagla mit nie gestörter Gleichgiltigkeit behandelte.

Einer ihrer hervorstechendsten Züge war die Offenheit. Sie wußte, daß sie mehr sagen durfte als andere, und sie bediente sich dieses Vorrechts. Eine Mischung von Pikanterie und Grazie, über die sie Verfügung hatte, gestattete ihr Gewagtheiten, die vielleicht keinem anderen Mitgliede des Hofes mit gleicher Bereitwilligkeit verziehen worden wären; das eigentliche Geheimnis ihrer andauernden Gunst aber war, daß sie die verschiedenen Gebiete der Unterhaltung auch verschieden zu behandeln und genau zu unterscheiden wußte, wo Gewagtheiten allenfalls noch am Platze waren und wo nicht. Wenn ihre Offenheit groß war, so war ihre Klugheit doch noch größer. Das philosophische Gebiet, die Kirche, die Moral bildeten einen weiten, nirgends durch Schnurleinen eingeengten Tummelplatz, während die Politik bereits einzelne, das militärische Gebiet aber, weil mit den Eitelkeiten des Prinzen zusammenhängend, eine ganze Anzahl von mit »Défendu« bezeichnete Partien hatte. Dieser Unterschiede war sich die Gräfin jederzeit bewußt, und während sie vielleicht eben noch in Beurteilung einer voltairisch aufgefaßten Jeanne d'Arc bis an die Grenze des Möglichen gegangen war, unterließ sie doch nicht, bei diskursiver Behandlung irgendeiner prinzlichen Schlachtengroßtat sofort den Ton zu wechseln und an die Stelle unerschrokkenster Behauptungen die allerloyalsten Huldigungen treten zu lassen. Im Darbringen solcher Huldigungen – sei es von ungefähr im Gespräch oder sei es vorbereitet in großen Festlichkeiten – war sie unerschöpflich, und wenn sich der Prinz selbst nach eben dieser Seite hin eines wohlverdienten Rufes erfreute, so zeigte sie sich mindestens als seine gelehrige Schülerin. Ihre vollkommene Gleichgiltigkeit gegen militärische Schaustellungen und kriegerische Aktionen besaß sie Kraft genug hinter einem erheuchelten und deshalb um so lebhafter sich gebärdenden Interesse zu verbergen. Sie wußte, daß, wer den Zweck wollte, auch die Mittel wollen mußte, und so waren denn die Prinzenschlachten ihrem Gedächtnisse bald sicherer eingeprägt als die Feste des christlichen Kalenders. Nie verging der sechste Mai, der Jahrestag der Prager Affaire, ohne irgendeine solenne Bezugnahme darauf. Da gab es immer neue Überraschungen: gestickte Teppiche mit dem Hradschin und der Moldaubrücke, samt vier Grenadiermützen in den Ecken; Tableaux vivants, in denen Mars und Minerva, sich überholt fühlend, vor der höheren Rheinsberger Gottheit ihr Knie beugten; Dialoge, ganze Stücke, mit Griechen- und Römerhelden, mit Myrmidonen und Legionen, die sich dann schließlich immer als Prinz Heinrich und das die Prager Höhen erstürmende Regiment Itzenplitz entpuppten.

Sprach sich in diesem allen eine Kunst der Erfindung aus, so war die Kunst des Schweigens, des Unterdrückens und Verleugnens, die beständig geübt werden mußte, kaum geringer. »Schwerins mit der Fahne« durfte nie gedacht werden; ein Hinweis auf diesen großen Prager Rivalen würde nur zu den ernstesten Verstimmungen geführt haben, und der Prinz, von dem Wunsche erfüllt, einen solchen störenden Zwischenfall von vornherein ausgeschlossen zu sehen, hatte nicht Anstand genommen, »den auf allen Jahrmärkten besungenen Heldentod« einfach als eine »Bêtise« zu bezeichnen.

All diesen Eigenarten, auch wo sie sich bis zur Laune und Ungerechtigkeit steigerten, wußte sich die Gräfin zu bequemen, und ihrer Mühen Lohn war eine sechzehnjährige Herrschaft. Erst das Jahr 1786, ohne diese Herrschaft zu beseitigen, schuf doch einen Wandel der Verhältnisse überhaupt. Der große König starb, und sein Hinscheiden ermangelte nicht, auch das Rheinsberger Leben empfindlich zu berühren. Der kleine Hof wurde wie auseinandergesprengt; alle freieren Elemente desselben, die großenteils mehr aus Opposition gegen den König als aus Liebe zum Prinzen sich um diesen geschart hatten, schlossen wieder ihren Frieden mit der Staatsautorität und waren froh, aus einem engen und aussichtslosen Kreis in den öffentlichen Dienst zurücktreten zu können. Unter diesen war auch Graf Pudagla. Er ging in demselben Herbst noch nach England, wozu ihn, neben seiner Vertrautheit mit Politik und Sprache, seine freundschaftlichen Beziehungen zu mehreren einflußreichen Familien befähigten. Als ihm diese auszeichnende Mission angetragen wurde, stellte er, besserer Repräsentation halber, an die Gräfin das Ansinnen, ihn zu begleiten. Sie lehnte jedoch ab, zum Teil aus wirklicher Anhänglichkeit an den Prinzen, mehr noch aus einer ihr angeborenen Abneigung gegen England.

Sie blieb also, blieb und huldigte, ohne ihres Bleibens und ihrer Huldigungen noch recht froh zu werden. Die glücklichen Tage lagen eben zurück. Alles war verändert, nicht nur der Hof, auch der Prinz. Seine Mißstimmungen wuchsen. Die staatlichen Interessen, so viele Jahre zurückgedrängt, traten wieder in den Vordergrund und beunruhigten ihn. Namentlich von dem Augenblick an, wo

Zweites Kapitel

sich in Paris erkennbar die Gewitter zusammenzogen. Vor seinem großen, nun heimgegangenen Bruder, sowenig er ihn geliebt, soviel er ihn bekrittelt hatte, hatte er doch schließlich allem Besserwissen zum Trotz einen tiefgehenden, ganz ungeheuchelten Respekt empfunden; nichts davon flößten ihm die neuen Verhältnisse ein, noch weniger die Personen. Die Weiberherrschaft, weil alles Feinen und Geistigen entkleidet, war ihm ein Greuel, und unserer Gräfin huldvoll die Hand küssend, sagte er, als der Name der Madame Rietz in seiner Gegenwart genannt wurde: »Je la déteste de tout mon cœur; mes attentions, comme vous savez bien, appartiennent aux dames, mais jamais aux femmes.«

Dies waren Äußerungen besonderen Vertrauens; nichtsdestoweniger überkam die Gräfin das Gefühl, daß ihre Rheinsberger Tage gezählt seien. Sie sehnte sich nicht fort, aber sie bereitete sich in ihrem Herzen darauf vor. Und der Augenblick kam eher, als sie erwartet. Anno 1789 war der Graf auf kurzen Urlaub zurück. Er erkrankte, von einem Schlaganfall getroffen, im Vorzimmer des Königs; am anderen Tage war er tot. Die Nachricht davon erschütterte die Witwe mehr, als diejenigen, die ihre Ehe kannten, erwartet hatten; sie wurde sich jetzt bewußt, in Hochmut und Caprice nicht seine Liebe, aber den Wert seiner edelmännischen Gesinnung unterschätzt zu haben. Sein Testament, das aufs neue ein vollkommener Ausdruck dieser Gesinnung war, konnte die Vorstellung ihres Unrechts, so frei sie ihrer ganzen Natur nach von sentimentaler Reue blieb, nur steigern. Schloß Guse, das, aus freier Hand erstanden, nicht zu den Familiengütern zählte, war der Gräfin samt einem bedeutenden Barvermögen zugeschrieben worden. Sie beschloß, ihr Erbe anzutreten und die Verwaltung des Gutes selbst in die Hand zu nehmen. Nur noch den Winter über wollte sie am Rheinsberger Hofe verweilen; bei Ablauf desselben schied sie nicht ohne Bewegung von dem Prinzen, der ihr neben andern Souvenirs ein eigens gedichtetes Akrostichon überreicht hatte.

Am Osterheiligabend 1790 traf sie in Schloß Guse ein.

Das Schloß konnte zunächst nur den allerunwohnlichsten Eindruck machen. Die Administrationsjahre hatten es, einige wenige Räume abgerechnet, in eine Art Korn- und Futtermagazin umgewandelt; Raps und Weizen lagen aufgeschüttet in den Zimmern, während Heu- und Strohmassen die Korridore füllten. Am störendsten wirkte der ganze linke Flügel, aus dessen zerbröckelten Dielen überall die Pilze hervorwuchsen. Alte Bilder aus der Derfflingerzeit, stockfleckig und eingerissen, die meisten ohne Rahmen, hingen schief und vereinzelt an den Wänden und mehrten nur den Eindruck des Verfalls.

Die Gräfin indessen ließ sich durch den Anblick dieser Unbilden und Schädigungen, die das Schloß erfahren hatte, nicht beirren; im Gegenteil, die Aussicht auf Tätigkeit, die sich für sie eröffnete, hatte für ihre energische Natur einen Reiz. Sie bezog zwei kleine Zimmer im ersten Stock, die von der allgemeinen Zerstörung am wenigsten gelitten, zugleich auch eine gute Luft und einen freien Blick auf den schönen Park hatten. Von hier aus mit allen Handwerkern der nächsten Ortschaften, bald auch mit ihr bekannten hauptstädtischen Künstlern in Verbindung tretend, leitete sie den inneren Um- und Ausbau, der, soweit überhaupt beabsichtigt, in verhältnismäßig kurzer Zeit beendigt war. Am 31. Dezember 1790 zog sie, abergläubisch und tagewählerisch, wie sie war, in die neuen Räume ein, den Silvestertag jedes Jahres, aus allerhand heidnisch-philosophischen Gründen, in denen sich Tiefsinn und Unsinn paarte, zu den ausgesprochenen Glückstagen zählend.

Die neuen Räume lagen sämtlich auf der rechten Seite und bestanden aus einem Billard-, einem Spiegel- oder Blumen- und einem Empfangszimmer, woran sich dann, in den entsprechenden Seitenflügel übergehend, der Speisesaal und das Theater schlossen. Denn ohne Vorhang und Kulissen konnten sich Personen, die aus der Schule des Rheinsberger Prinzen kamen, eine behagliche Lebensmöglichkeit nicht wohl vorstellen. Die ganze linke Hälfte des Schlosses, von Lüftung der Räume und Beiseiteschaffung alles Ungehörigen abgesehen, hatte baulich keine Veränderungen erfahren, während die große, zwischen beiden Hälften gelegene Flurhalle zum Stapelplatz für alle Derfflingerreminiszenzen gemacht worden war. Hier befanden sich zwei Falkonetts, zwei ausgestopfte Dragoner mit Glasaugen und die besterhaltenen jener Porträts und Schlachtenbilder, die bis dahin in den Räumen des Schlosses zerstreut gewesen waren. In Front der beiden Dragoner, ziemlich die Mitte der Flurhalle einnehmend, stand ein der Antike nachgebildeter Faun, dessen spöttisches Lachen die beste Kritik alles dessen war, was ihn umstand.

Am folgenden Tage, dem Neujahrstage 1791, gab die Gräfin zur Einweihung der neubezogenen Räume ihre erste Soiree. Der benachbarte Adel war geladen, und Tante Amelie machte die Honneurs ganz auf dem vornehmen Fuße, den ihr ihre Mittel, ihr Geist und die höfische Gewohnheit gestatteten. Alles war entzückt. Wirtin wie Gäste versprachen sich ein anregendes, vielleicht selbst ein freundschaftliches Beieinanderleben; Pläne wurden entworfen; die Zukunft erschien als eine lange Reihe von musikalischdeklamatorischen Matineen, von L'hombre-Partien und Aufführungen französischer Komödien.

Aber es kam anders.

Schon vor Ablauf des Jahres mußten sich beide Parteien überzeugen, daß man nicht füreinander passe; die Gräfin war zu klug, der Nachbaradel nicht klug genug. Besonders die Frauen. Ihr Französisch (nur noch übertroffen durch ihr Deutsch), die geheuchelten literarischen Interessen, das beständige Sprechen über Dinge, die ihnen ebenso unbekannt wie gleichgiltig waren, mußten den feinen Sinn einer Dame verletzen, die zwischen dem persönlichen Umgang mit einem Prinzen und dem geistigen Verkehr mit hervorragenden Geistern ihr Leben geteilt hatte. Nur die Flüchtigkeit erster Begegnungen hatte über diese Verhältnisse täuschen können. Die Gräfin, als sie den Tatbestand überschaute, brach allen Umgang ab und beschränkte sich, ihre Lesepassion wieder aufnehmend, mehrere Jahre lang auf einen allerengsten Kreis, der sich aus ihrem Bruder Berndt auf Hohen-Vietz, aus dem auf Hohen-Ziesar lebenden Grafen Drosselstein und dem dreiundachtzigjährigen Seelower Superintendenten, der schon die Schlacht bei Mollwitz als Feldprediger mitgemacht hatte, zusammensetzte. Ihrem tiefen Bedürfnisse nach Moquerie und Klatsch, dem in diesem frauenlosen Kreise (Berndts Gemahlin schloß sich aus) nur sehr unvollkommen entsprochen wurde, suchte sie durch ein briefliches Geplauder mit dem Prinzen zu Hilfe zu kommen, der, ein Feinschmecker auf dem Gebiete der chronique scandaleuse, nicht müde wurde, sie zur Fortsetzung einer beiden Teilen gleich gewinnbringenden Korrespondenz zu ermutigen.

Das ging bis 1802, wo der Prinz starb. Erst nach dieser Zeit empfand sie wieder den Hang, aus ihrer Einsamkeit, die ganz und gar gegen ihre Natur und ihr durch die Verhältnisse nur aufgezwungen war, herauszutreten. Und so geschah es. Die Frauen, gegen die sie, mit den Jahren sich steigernd, eine fast zur Manie gewordene Abneigung hegte, blieben nach wie vor ausgeschlossen; aber den kleinen Männerkreis, der bis dahin ihren Umgang gebildet hatte, suchte sie zu erweitern. Der Wechsel im Besitz auf mehreren der ihr benachbarten Güter bot dazu eine bequeme Gelegenheit, und jener Gesellschaftszirkel begann sich zu bilden, der, schon ein Jahrzehnt vor Beginn unserer Erzählung, zu allerhand kritischen Bemerkungen von seiten ihres Bruders Berndt, zugleich aber auch zu dem Verteidigungs-Konklusum der Gräfin: »Tous les genres sont bons, hors l'ennuyeux«, geführt hatte.

»Gut«, hatte Berndt geantwortet, »aber dann erfülle auch die Bedingung. Du wirst doch nicht den Kammerherrn von Medewitz als ›hors l'ennuyeux‹ bezeichnen wollen?«

»Doch«, hatte die Schwester repliziert und eine Unterredung abgebrochen, in der beide Geschwister, jeder von seinem Standpunkte aus, im Rechte waren. Die Gräfin, selbstisch in all ihrem Tun, verfuhr nicht nach allgemeinen

Gesichtspunkten, sondern nach allerpersönlichstem Geschmack. Ihr Umgangskreis, den Berndt ziemlich spitz als »allerlei Freunde« bezeichnete, war nicht darnach gewählt worden, ob er andern, sondern lediglich darnach, ob er *ihr* gefiele. Was sie am meisten verachtete, waren herkömmliche Anschauungen; ihre Laune war souverän. Wer ihr ein Lächeln abnötigte, ihr Gelegenheit zu einem Sarkasmus bot, war ihr ebenso unterhaltlich als derjenige, der ihr eine Fülle von Esprit, einen Schatz von Anekdoten entgegenbrachte. Nur die unausgesprochenen Menschen waren ihr interesselos, während alles Aparte, gleichviel, ob es nach der Beschränktheits- oder der Klugheitsseite hin lag, einen prickelnden Reiz für sie hatte.

Sehen wir im folgenden Kapitel des näheren, welcher Art diese »allerlei Freunde« von Schloß Guse waren.

Drittes Kapitel
Allerlei Freunde

Die »allerlei Freunde« bildeten einen weiteren und einen engeren Kreis. Der engere Kreis war eine Siebenzahl und bestand aus folgenden Personen: Graf Drosselstein auf Hohen-Ziesar, Präsident von Krach auf Bingenwalde, Generalmajor von Bamme auf Quirlsdorf, Baron von Pehlemann auf Wuschewier, Domherr von Medewitz auf Alt-Medewitz, Hauptmann von Rutze auf Protzhagen, Doktor Faulstich in Kirch-Göritz.

Es wird unsere nächste Aufgabe sein, der bloßen Vorstellung dieser Herren, die mit Ausnahme Doktor Faulstichs alle das sechzigste Jahr erreicht oder überschritten hatten, eine kurze Charakterisierung folgen zu lassen. Wenn dies ein Verstoß gegen die Gesetze guter Erzählung ist, so möge der Leser Nachsicht üben, und um so mehr, als der zu begehende Fehler vielleicht mehr scheinbar als wirklich ist. Denn mit wie großem Recht auch die Vorführung abgeschlossener, ihr Tun und Denken zettelartig am Mantel tragender Gestalten verworfen und statt dessen jene Erzählungskunst gepriesen werden mag, die die Phantasie des Lesers in den Stand setzt, das nur eben Angedeutete schöpferisch auszubilden und zu vollenden, so mögen doch Ausnahmen überall da gestattet sein, wo, wie hier, das Nebeneinanderstellen fertiger Figuren nicht viel mehr bedeuten will als eine weniger um der Bildnisse selbst als um des *Ortes* willen, wo sie sich finden, dem Leser vorgeführte *Porträtgalerie*.

Die vornehmste Erscheinung in Schloß Guse, zugleich dem Zirkel am längsten angehörig, war *Graf Drosselstein*. In Königsberg geboren, in dessen Nähe auch die Familiengüter lagen, war er, trotzdem er die Provinz gewechselt hatte, ein vollkommener Repräsentant des ostpreußischen Adels. Dieser Adel, dem Hofe und dem »Dienste« ferner stehend, hatte freilich – wenigstens damals noch – darauf verzichten müssen, seinen Namen gleich ruhmreich wie die märkisch-pommerschen Familien in unsere bis dahin wenig mehr als eine Reihe von Schlachten darstellende Geschichte einzutragen, aber was ihm dadurch an Volkstümlichkeit und historischem Klang verlorengegangen war, war wieder aufgewogen worden durch das Bewußtsein gewahrter Unabhängigkeit. Weniger ein- und untergeordnet in das Räderwerk des militärisch-bureaukratischen Staates, hatte sich ganz Ostpreußen und besonders sein Adel – im einzelnen zu seinem Nachteil, im ganzen zu seinem Vorzug – eine ausgesprochene provinzielle Eigentümlichkeit zu bewahren gewußt.

In dieser provinziellen Eigentümlichkeit, die sich vielleicht am besten als ein mitunter herber Ausdruck des Freiheitlichen bezeichnen läßt, stand auch Graf Drosselstein, und wenn er an der Tafel seiner Freundin, der Guser Gräfin, dem säbelbeinigen Generalmajor von Bamme gegenübersaß, der zweideutige Anekdoten erzählte und von Pferden, Prinzen und Tänzerinnen, weniger aus Renommisterei als aus Übermut und schlechter Erziehung, in krähstimmigem Jargon perorierte, so mochte er sich, nicht ohne Anwandlung ostpreußischen Stolzes, des Unterschiedes zwischen seiner heimatlichen Provinz und dem märkischen Stammlande bewußt werden. Aber solche Anwandlungen schwanden so rasch, wie sie kamen. Von seltener Unparteilichkeit, allem Engen und Selbstischen fern, in welcher Form es auch auftreten mochte, stand es für seine Erkenntnis längst fest, daß die Mark, trotz aller ihrer Unleidlichkeiten, als das Kern- und Herzstück der Monarchie anzusehen sei, mit oder ohne Bammes, ja zum Teil *wegen* derselben.

Der Graf hatte nur kurze Zeit dem Staate gedient. Mit zwanzig Jahren in das erste Bataillon Garde tretend, aber schon nach Ablauf eines Jahres gesundheitshalber den Abschied nehmend, war er froh gewesen, den Anblick des Potsdamer Exerzierplatzes mit dem der Marine von Nizza vertauschen zu können. Wiederhergestellt, durchzog er Italien, lebte, ganz dem Studium der Kunst hingegeben, erst in Rom, dann in Paris und beschloß seine »große Tour« durch einen Ausflug nach Holland und England.

Er war ausgangs der Dreißig, als ihn um 1788 Familienangelegenheiten an den Petersburger Hof führten. Hier machte er die Bekanntschaft einer Komtesse Lieven, die ihn durch ihre durchsichtige Alabasterschönheit in demselben Augenblicke gefangennahm, in dem er sie sah. Seine Werbung wurde nicht zurückgewiesen; die Kaiserin selbst beglückwünschte das schöne Paar, das sich, unmittelbar nach der mit großer Pracht und unter Teilnahme des Petersburger Hofadels gefeierten Vermählung, auf die ostpreußischen Güter des Grafen zurückzog.

Aber das stille Glück der Flitterwochen erschien der jungen Gräfin bald zu still. Sie sehnte sich nach dem zerstreuenden Leben der »Gesellschaft«, und da weder die politischen Verhältnisse noch die Gesinnungen des Grafen ein erneutes Auftreten am russischen Hofe – das die junge Gräfin allerdings am liebsten gesehen haben würde – ausführbar erscheinen ließen, so wurde die Übersiedelung nach Hohen-Ziesar, einem ursprünglich den *märkischen* Drosselsteins zugehörigen Gute, das erst vor zwei oder drei Jahren an die ostpreußische Linie gekommen war, beschlossen.

Von Hohen-Ziesar aus ermöglichte sich ein verhältnismäßig leichter Verkehr mit der Hauptstadt, wo das Hofleben, das während der Friderizianischen Zeit beinahe völlig geruht hatte, eben damals einen neuen Aufschwung zu nehmen begann. Es war nicht Petersburg, aber es war doch Berlin. Die junge Gräfin, wiewohl zeitweise von einem halb ermüdeten, halb zerstreuten Ausdruck, als ob ihre Seele nach etwas Fernem und Verlorenem suche, gab sich nichtsdestoweniger den Zerstreuungen ohne Rückhalt hin. Sie galt für glücklich; sie schien es auch. Aber der durchsichtige Alabasterteint hatte nichts Gutes bedeutet; ein Blutsturz überraschte sie kurz vor einer Opernhausvorstellung; eine Abzehrung folgte, sie starb vor Ausgang des Winters.

Der Graf war wie niedergeworfen. Er mied auf lange Zeit hin jeden Umgang; selbst in Schloß Guse, wo er damals schon verkehrte, blieb er aus. Als er wieder in der Gesellschaft erschien, war seine Selbstbeherrschung vollkommen; aber er hatte jenen lebemännischen Frohsinn und die gesprächige Heiterkeit eingebüßt, die ihn früher ausgezeichnet hatten. Er lachte nicht mehr. Er hatte nur noch das Lächeln derer, die mit dem Leben abgeschlossen haben. Hier und dort hieß es, daß es nicht der Tod der jungen Gräfin allein sei, der diesen Wandel in seinem Wesen geschaffen habe. Er wandte sich großen Bauten zu; besonders waren es Parkanlagen, die ihn zu zerstreuen begannen. Hohen-Ziesar bot ein gutes Material, und so entstand im Geschmack jener Zeit eine kostspielige Schöpfung, die sich, vom Flachdach des Schlosses oder noch besser vom Kirchturm aus angesehen, als eine große in Stein und Erde ausgeführte Alpenreliefkarte darstellte. Granitblöcke wurden zu irgendeinem Rigi aufgetürmt, über den Grat des Gebirges liefen zwei Pässe, die nach Altdorf oder

Küßnacht führten, während ein aus unsichtbaren Quellen gespeister See einen kataraktreichen Bergstrom in die Tiefe schickte. Sennhütten und Matten lösten sich untereinander ab; zu Füßen dieser Künsteleien aber, in das wirkliche Oderbruch übergehend, dehnte sich eine reizende Flachlandszenerie mit Feld und Wiesen, mit Fluß, Bach und Brücken und einem stillen, weidenumstandenen Teich, dessen japanisches Inselhäuschen die Schwäne umzogen.

An der Herstellung dieses Parkes nahm unsere Guser Gräfin, die sich zu allem Rokokohaften hingezogen fühlte, den regsten Anteil, der Verkehr wuchs, Briefe wurden gewechselt, Konferenzen abgehalten, deren endliches Resultat nicht nur der Aufbau der Hohen-Ziesarschen »Schweiz«, sondern auch die Etablierung einer Freundschaft war, die sich seitdem, namentlich von seiten der Gräfin, zu einer wirklichen, über Laune und Zerstreuungsbedürfnis weit hinausgehenden Intimität gesteigert hatte.

Dies konnte kaum ausbleiben. Denn so gewiß die Gräfin am Aparten hing, sowenig sie der Originalfiguren ihres Zirkels entraten mochte, so sehr empfand sie doch auch, was der Mehrzahl derselben fehlte: Schliff, Bildung, Ton, vor allem jegliches Verständnis für Kunst und Schönheit. All dies besaß der Graf. Er hatte nicht nur die Höhe der Rheinsberger Gesellschaft, er übertraf dieselbe sogar durch jenes nachhaltig wirkende Ansehen, das allein aus Selbstsuchtlosigkeit und reinem Wandel sprießt.

Ein bestimmtes Ereignis gab der schon gefestigten Freundschaft ein neues Band. Der Graf nahm Veranlassung, die Gräfin ins Geheimnis zu ziehen; er erzählte ihr die Geschichte vom Hinscheiden seiner Frau, auch von dem, was diesem Hinscheiden unmittelbar vorausgegangen war. Es war das Folgende.

Die junge Gräfin, nach einem heftigen Hustenanfall, schien in einen Zustand tiefen Schlummers zu verfallen, auch der Graf, ermüdet von tagelangem Wachen, schlief in seinem Lehnstuhl ein. Es war spät, nur eine Schirmlampe brannte. Als er erwachte, bemerkte er, daß die Kranke aufgestanden war und sich der Tapetentür eines Wandschrankes näherte. Eine lethargische Schwere, zugleich ein dunkeles Gefühl, daß er die Kranke in ihrem Tun nicht stören dürfe, hielten ihn in seinem Lehnstuhl fest. Er sah nun, daß sie zunächst ein Kästchen aus dem Schranke, dann aus einem verborgenen Fach des Kästchens eine Anzahl Briefe nahm, die mit einer roten Schnur zusammengebunden waren. Sie schritt wieder zurück, an ihm vorbei, glaubte sich zu überzeugen, daß er schlafe, und trat dann an den Kamin. Sie berührte die Briefe mit den Lippen, löste die Schnur und warf dann jeden einzelnen Brief vorsichtig, damit die Flamme nicht zu hell aufschlüge, in das halberloschene Feuer. Als alles verglimmt war, kehrte sie an ihr Lager zurück, hüllte sich in die Decken und atmete hoch auf, wie befreit von einer bangen Last. Es war ihr letztes Tun. Ehe der Morgen kam, war sie nicht mehr. Welch ein Tag für den Überlebenden! Er hatte sich geliebt geglaubt; nun war alles Wahn und Traum! Wessen Hand hatte die Briefe geschrieben, die die Empfängerin bis zuletzt wie ein Allerteuerstes gehegt hatte? Er frug es immer wieder; aber keine Antwort. Das Geheimnis war bei der Toten und der Asche im Kamin.

So hatte der Graf erzählt. Die Erzählung selbst aber, wie schon angedeutet, besiegelte die Freundschaft, die von jenem Tage an unauflöslich zwischen dem Witwergrafen auf Hohen-Ziesar und der Gräfinwitwe auf Schloß Guse bestand.

Schloß Guse hatte jedoch nur einen Drosselstein; alles andere, was sich von »allerlei Freunden« daselbst versammelte, konnte so ziemlich als Revers des Grafen gelten.

Ihm im Range am nächsten stand Präsident von *Krach*, ein Mann von Gaben und Charakter. Er galt als ein bedeutender Jurist, hatte durch hartnäckige Opposition den Zorn des großen Königs herausgefordert und seinerseits, in tiefer Verstimmung über die bei dieser Gelegenheit erfahrene Unbill, sich nach Bingenwalde zurückgezogen. Er war hager, groß, scharf, wenig leidlich. Sein hervorstechender Zug war der Geiz. Er beanstandete jede Rechnung und bezahlte sie, nach dem Grundsatze: »Zeit gewonnen, Zins gewonnen«, immer erst nach eingeleitetem prozessualischen Verfahren. Die Betroffenen spotteten, daß es aus alter Anhänglichkeit an die Gerichte geschähe, zu denen sich sein juristisches Paragraphenherz doch immer wieder hingezogen fühle. Eines besonderen Rufes genossen auch seine Diners, die, wiewohl alljährlich nur einmal wiederkehrend, ein wahres Schrecknis der gesamten Oderbruch-Aristokratie bildeten. Einzig und allein der alte Bamme – den seine Trinkgelder und Kordialequivoken zum Liebling aller als Livreediener eingekleideten Kutscher und Gärtner machten – hatte sich bisher unter Anwendung von Flascheneskamotage diesem Schrecknis zu entziehen gewußt, so daß beispielsweise Baron Pehlemann auf das ernsthafteste versicherte: »Nie, während sämtlicher Krachschen Diners, sei seitens des ›Generals‹ ein Tropfen anderen Weines als aus seinem eignen, Bammeschen, Keller getrunken worden.« Bamme selbst, ohnehin von einer beinahe krankhaften Neigung erfüllt, sein Husarentum coûte que coûte zur Geltung zu bringen, ließ sich solche Huldigungen gern gefallen, ermangelte aber andererseits nie, natürlich nur zugunsten neuer Malicen gegen Krach, seinen Schlauheitstriumph über diesen entschieden in Abrede zu stellen. Krach, so schwur er, sei viel zu scharf, um getäuscht werden zu können; er habe den Kriminal- und Inquisitorialblick einer dreißigjährigen Praxis, er sehe alles, er wisse alles; aber freilich, er schweige auch, weil er bei kleinem Ärger die großen Vorteile der Situation sofort überblicke und in Wahrheit nur von einer Frage bestürmt werde: »Warum sind sie nicht alle Bammes?«

Die Gräfin, persönlich von großer Freigebigkeit, nahm wenig Anstoß an diesem Geiz. Sie hatte lange genug gelebt, um zu wissen, daß das gegen sich selbst und andere gleich erbarmungslose Sparen den Körper fest und zäh, den Geist scharf und schneidig mache, vor allem auch der Ausbildung von Originalen günstig sei, freilich keiner angenehmen. Aber darauf kam es ihr nicht an. Was schließlich den Ausschlag zugunsten Krachs gab, war, daß auch der Prinz einen starken Hang zum Ökonomisieren gehabt hatte.

Die dritte Figur des Kreises war der schon mehrgenannte Generalmajor von *Bamme* oder der »General«, wie er kurzweg in Schloß Guse genannt wurde, ein kleiner, sehr häßlicher Mann mit vorstehenden Backenknochen und Beinen wie ein Rokokotisch; die ganze Erscheinung husarenhaft, aber doch noch mehr Kalmück als Husar.

Er gehörte einem alten havelländischen Geschlechte an, Haus Bamme bei Rathenow, das mit ihm erlosch. Die Wahrheit zu gestehen, erlosch nicht viel damit. Seine eigene Jugend war hingewüstet worden; wunderbare Geschichten gingen davon um. Ein adliges Fräulein, das sich von ihm geliebt glaubte, Tochter eines Nachbars, hatte er in Unehre gebracht; den Bruder, der auf Eheschließung drang, jagte er vom Hofe. Das Mädchen selbst, übrigens im Hause der Eltern bleibend, wurde irrsinnig.

Ein Jahr später starb der alte Bamme; Vater und Sohn waren einander wert gewesen. Sie setzten des Alten Sarg auf eine Gruftversenkung, und neben den Sarg, eine Fackel in der Hand, stellte sich der Sohn. Er trug die rote Uniform des Husarenregiments Zieten; die kleine Kirche war schwarz ausgeschlagen. In dem Augenblicke, in dem der Sarg niederstieg, rief die Irrsinnige, die sich auf dem Orgelchor versteckt hatte: »Seht, nun fährt er in die Hölle.« Alles entsetzte sich; nur der, an den sie die Worte gerichtet hatte, lächelte. Er war übrigens ein ausgezeichneter Soldat, das hielt ihn.

Als er nach dem Basler Frieden, der ihn wurmte, seinen Abschied nahm, zog er aus dem Havellande ins Oderbruch und kaufte sich in der Nähe von Schloß Guse an. Die Groß-Quirlsdorfer hatten sich wenig über ihn zu beklagen. Er setzte zwar das alte Leben fort; aber die Oderbrücher, selber nicht diffizil, legten ihm durch Mißbilligung keinen Zwang auf. Sein Geschmack wurde immer wunderlicher. Starb wer Junges im Dorf, Bursch oder Mädchen, so ließ er ein großes Begräbnis anrichten, vorausgesetzt, daß die Leidtragenden ihre Zustimmung gaben, die Leiche zu schminken und in einem mit vielen Lichtern geschmückten Flur aufzubahren. Dann stellte er sich zu Füßen, rauchte aus einem Meerschaumkopf und sah, halb zugekniffenen Auges, die Leiche eine halbe Stunde lang an. Was dabei durch seine Seele ging, wußte niemand. Er galt für einen Tückebold, auch noch für Schlimmeres; indessen er war General, märkisch und soldatisch vom Wirbel bis zur Zeh und von einem humoristisch verwegenen Mut. Erst vor drei Jahren hatte sein letztes Rencontre stattgefunden. Die Veranlassung war ganz in seiner Art. Eine Scheune auf einem Nachbargute brannte nieder; Bamme, der den Besitzer nicht leiden konnte, sagte bei offener Tafel: »Hochversicherte Scheunen brennen immer ab.« Er sollte zurücknehmen. Statt dessen maß er seinen Gegner und krähte nur: »Jede Feuer-Assekuranz sagt dasselbe.«

Nun kam es zum Duell; Hauptmann von Rutze sekundierte. Der Beleidigte schoß Bammen den rechten Ohrzipfel samt dem kleinen goldenen Ohrring weg, den er »Rheumatismus halber« trug. Er ließ sich nun einen neuen Ring durch die stehengebliebene Ohrhälfte ziehen und sah seitdem skurriler aus denn je.

Eine gewisse Schelmerei, wie zugestanden werden muß, söhnte manchen seiner Gegner mit ihm aus; dazu kam, daß er sich gab, wie er war, und sein eigenes Leben rückhaltlos in den pikantesten Anekdoten aufdeckte. Seine geistigen Bedürfnisse bestanden in Necken, Spotten und Mystifizieren, weshalb er, wie kein zweiter, von allen Sammlern und Altertumsforschern in Barnim und Lebus gefürchtet war. Um seine Tücke besser üben zu können, war er Mitglied der Gesellschaft für Altertumskunde geworden. Feuersteinwaffen, bronzene Götzenbilder und verräucherte Topfscherben ließ er aussetzen und verstecken, wie man Ostereier versteckt, und war über die Maßen froh, wenn nun die »großen Kinder« zu suchen und die Perioden zu bestimmen anfingen. Turgany, wie sich denken läßt, zog den möglichsten Nutzen aus diesen Mystifikationen, und jedesmal, wenn Seidentopf etwas Urgermanisches aufgefunden haben und zum letzten Streiche gegen den zurückgedrängten Justizrat ausholen wollte, pflegte dieser wie von ungefähr hinzuwerfen: »Wenn nur nicht etwa Bamme ...«, ein Satz, der nie beendet wurde, weil schon die Einleitung desselben zur vollständigen Verwirrung des Gegners ausreichte.

Alles in allem war der »General« eine Lieblingsfigur auf Schloß Guse, auch der Hecht im Karpfenteich. Die Gefahren und Unbequemlichkeiten, die sich daraus ergaben, wurden durch das frische Leben, das er brachte, wieder aufgewogen. Es kam nicht in Betracht, daß er über Sittlichkeit seine eigenen Ansichten hatte. Man ließ dies gehen. Die Gräfin schlug jede Kritik darüber mit der Bemerkung nieder: »L'immoralité ouverte, c'est la seule garantie contre l'hypocrisie.«

Nur den Vitzewitzes, alt und jung, war mit solcher Bemerkung nicht beizukommen; sie verharrten, bei äußerlich leidlicher Stellung zu dem alten Schabernack, in ihrer Abneigung gegen ihn, und Berndt pflegte zu sagen: »Bamme und Hoppenmarieken, das hätt ein Paar gegeben!«

Neben Bamme, zugleich als sein natürlicher Gegensatz, stand Baron *Pehlemann*, die vierte Figur des Guser Kreises. Was Bamme an Mut zuviel hatte, hatte Pehlemann zuwenig. Daß er der Gräfin dadurch ein kaum geringeres Interesse einflößte als sein encouragiertes Widerspiel, braucht nicht erst versichert zu werden, aber auch der Kreis selbst war weit entfernt davon, dies Manko an Herzhaftigkeit ernstlich zu beanstanden. Am wenigsten die Militärs. Es läßt sich Ähnliches auch heute noch beobachten. Alle Stubenhocker dringen beständig auf »Opfertod«; alte geschulte Soldaten aber, die aus fünfzig Schlachten her wissen, einerseits, welch ein eigen und unsicher Ding der Mut ist, anderseits, welche niedrige Organisation, welch bloßer, wer weiß woher genommener Taumelzustand ausreicht, um ein Heldenstück gewöhnlichen Schlages zu verrichten, alle diese denken sehr ruhig über Bravourangelegenheiten und haben in der Regel längst aufgehört, alles, was dahin gehört, in einem besonderen Glorienschein zu sehen. So kam es, daß Bamme und Pehlemann die besten Freunde waren. Natürlich fehlte es nicht an Hänseleien. Erst einige Wochen vor Beginn unserer Erzählung hatte Pehlemann, der mitunter ein ihn plötzlich überkommendes Zutrauen zu sich selbst faßte, die Versicherung abgegeben: »seine Abneigung gegen Schußwaffen beruhe lediglich auf einer allzu feinen Organisation seines Ohres«, worauf von seiten Bammes mit soviel Ernst wie möglich erwidert worden war: »Gewiß, dergleichen kommt vor; so lassen Sie uns, wie alte Corpsburschen, einen Gang auf krumme Säbel machen; das ist ein stilles Geschäft; Ihr Ohr bleibt unbelästigt. Höchstens hau ich es Ihnen ab.« Solches Schrauben und Aufziehen war an der Tagesordnung, störte aber keinen Augenblick das gute Einvernehmen, da der »Wuschewierer Baron«, wie er in der ganzen Umgegend hieß, bei aller sonstigen Grundverschiedenheit von Bamme, wenigstens *eine* gute Seite mit ihm gemein hatte: er war nicht empfindlich. Auch nicht als Dichter, wozu ihn, seinem eigenen Geständnisse nach, das Podagra gemacht hatte. Er wollte nämlich beobachtet haben, daß das Podagra seiner Muse jedesmal weiche, eine vertrauliche Mitteilung, die seitens des Guser Kreises zu folgendem Verse benutzt worden war:

Cedo majori

Als des Barones Podagra
Nun seine Muse kommen sah,
Erschrak es sehr und sagte: »Ach,
Daneben bin ich doch zu schwach«,
Und packte schnell das Zwickzeug ein
Und ließ die beiden ganz allein.

Es hieß angeblich, Bamme habe diesen Vers gemacht; in Wahrheit wußte jeder, daß er von Doktor Faulstich herrühre, der immer bereit war, seine kleinen Piratenboote unter fremder Flagge segeln zu lassen.

Der fünfte des Kreises war der Kammerherr von *Medewitz* auf Alt-Medewitz, ein langweiliger, pedantischer Herr, sehr durchdrungen von der Bedeutung der Medewitze, trotzdem die Blätter der vaterländischen Geschichte den Namen derselben nirgends aufzeichneten. Seine Spezialität waren Erfindungen, in betreff deren er, nach Art der Philosophen, nichts Großes und Kleines kannte. Er hatte für alles die gleiche Liebe. Sparheizung, luftdichter Fensterverschluß, Zerstörung des Mauersalpeters in Schaf- und Pferdeställen, künstliche Morchelzucht, das waren einige der Fragen, die seinen beständig auf Lösungen und Verbesserungen gerichteten Geist beschäftigten. Den Militärbehörden war er wohlbekannt durch seine mehrfach eingereichten Abhandlungen über erleichtertes Gepäcktragen und praktische Mantelrollung. Immer mit beigefügter Zeichnung. Sein eigentliches Steckenpferd aber waren die Dosen. Er war ein Sammler, und man durfte füglich sagen, was Seidentopf für die Urnen war, das war von Medewitz für die Tabatieren und alles ihnen Anverwandte. In bezug auf die Friderizianische Zeit war seine Sammlung so gut wie komplett. Von der Mollwitzdose an, auf der der junge König am Gattertor von Ohlau mit Flintenschüssen empfangen wurde, bis zur Hubertsburgdose, auf der ein Kurier, mit einem wehenden Tuche und dem Worte »Friede« darauf, durch die Welt flog, hatte er sie alle, einzelne sogar doppelt.

Soweit war alles gut. Er begnügte sich aber nicht mit der »stillen Dose«, er war vor allem auch ein leidenschaftlicher Verehrer jener damals auf der Höhe ihres Ruhmes stehenden, in Gold und Schildpatt ausgeführten Miniaturleierkästen, die unter dem Namen der Spieldosen ihre Reise um die Welt gemacht haben. Solche mit Musik geladene Überfallwerkzeuge führte von Medewitz beständig bei sich, und mit ihnen war es, daß er seine gesellschaftlichen Attentate verübte. Wie es Menschen gibt, vor deren Anekdoten man, und wenn man in einer Begräbniskutsche mit ihnen säße, nie ganz sicher ist, so war man nie sicher vor einer Medewitzschen Spieldose. Er war sich dieser Macht bewußt und übte sie, mitunter glücklich und taktvoll, durch Ausfüllung ängstlicher Pausen; aber viel häufiger noch folgte er den Eingebungen bloßer Laune oder verletzter Eitelkeit. Unfähig, aus eigenen Mitteln zur Gesellschaft beizusteuern, wachte er eifersüchtig über allem, was durch Wissen oder Darstellungsgabe sich auszeichnete, und wenn vielleicht der glänzend aufgebaute Satz eines guten Sprechers eben seinen Abschluß erhalten sollte, durfte man sicher sein, aus bloßer Neidteufelei eine Papageno-Arie oder die »Schlacht bei Marengo« dazwischentreten zu sehen. Was das Niederdrückendste war, war, daß das Mittel, wenn nur ein einziger Fremder bei Tische saß, trotz seiner Verbrauchtheit immer wieder wirkte. Der Gräfin wäre es ein leichtes gewesen, dieser Mißgunstsmusik ein Ende zu machen; aber so abgeschmackt sie das Gebaren fand, so freute sie sich doch jedesmal, den verlegenen Ärger der um ihren Redetriumph Betrogenen beobachten zu können.

Der Unbedeutendste des Guser Zirkels war von *Rutze*, leidenschaftlicher Jäger, ein langer, sehniger, ziemlich schweigsamer Mann, ehemals Hauptmann im pommerschen Regiment von Pirch. Er hatte Protzhagen, das übrigens uralter Rutzescher Besitz war, erst vor etwa zwanzig Jahren gekauft. Die Veranlassung dazu wurde wie folgt erzählt:

Nach Stargard hin, wo das Regiment von Pirch in Garnison lag, verirrte sich eine Topographie des Oderbruchs. In dem Kapitel »Buckow und seine Umgebung« hieß es auf Seite 114: »Bei Protzhagen, einem Gute, das drei Jahrhunderte lang den Rutzes angehörte, zieht sich eine tiefe Schlucht, die ›Junker Hansens Schlucht‹. Sie führt diesen Namen, weil Junker Hans von Rutze hier stürzte und verunglückte; dies war 1693. Es war der *letzte Rutze*.« Kaum war von einem der Kameraden diese Notiz entdeckt worden, so hieß es in nicht endenden Scherzreden: »Rutze sei untergeschoben; es gäbe keine Rutzes mehr; der letzte läge längst in der Protzhagener Kirche begraben.« Unser Hauptmann, kein Meister im Repartie, wurde mißmutig; er nahm den Abschied und kaufte Protzhagen, um nunmehr an Ort und Stelle die Beweisführung anzutreten, daß es mit dem »letzten Rutze« noch gute Wege habe. Aber er verbesserte sich dadurch nur wenig. Die Stargarder Neckereien waren bekannt geworden und hatten nun auf Schloß Guse ihren Fortgang. Bamme verschwor sich hoch und teuer, daß es mit einem der beiden »letzten Rutzes«, dem jetzigen oder dem früheren, notwendig eine sonderbare Bewandtnis haben müsse. Entweder sei der selige Hans von Rutze nichts als eine gespenstische Vorerscheinung, eine Spiegelung von etwas erst Kommendem gewesen, oder aber der unter ihnen wandelnde Freund, ohnehin beinahe fleischlos, sei ein Revenant. Was ihn (Bamme) persönlich angehe, so gäbe er der ersteren Annahme den Vorzug, weil ihm darnach die Wirklichkeit der Dinge noch eine Hirschjagd, einen Schluchtensturz und einen den Hals brechenden Rutze schuldig sei.

Der alte Hauptmann folgte diesen Auseinandersetzungen jedesmal mit süßsaurem Gesicht, hatte sich aber längst aller Proteste dagegen begeben. Dann und wann schritt er seinerseits zum Angriff, ohne jedoch mit Hilfe dieses Kunstgriffs dem gewandten Bamme beikommen zu können.

Unter seinen sonstigen kleinen Schwächen war die bemerkenswerteste die, daß er sich, in Anbetracht seines aus Schluchten und Abhängen bestehenden Protzhagener Territoriums, für eine Art Gebirgsbewohner hielt. »Wir auf der Höhe« zählte zu seinen Lieblingsredewendungen.

Der Gräfin war er wert durch einen besonderen Respekt, den er ihr entgegenbrachte. Denn wie sehr sie vorgeben mochte, über Huldigungen und Schmeicheleien hinweg zu sein, so war sie schließlich doch nicht unempfindlich dagegen.

Der siebente und letzte des »engeren Zirkels« war Doktor *Faulstich*. Ein späteres Kapitel wird von ihm ausführlicher erzählen.

Viertes Kapitel
Vor Tisch

Der ganze Freundeskreis, mit Ausnahme Doktor Faulstichs, welcher nach altem Herkommen den dritten Feiertag in Ziebingen zuzubringen pflegte, war nach Schloß Guse geladen. Auch Lewin und Renate, wie wir wissen.

Diese waren die ersten, die eintrafen. Die Einladung hatte auf vier Uhr gelautet, aber eine volle Stunde früher schon bog der Schlitten Lewins in eine der großen Avenuen ein. Es war nicht mehr die Planschleife mit Strohbündeln und Häckselsack, in der wir zuerst die Bekanntschaft unseres Helden machten; Tante Amelie, für sich selbst gelegentlich salopp, hielt auf Eleganz der Erscheinung bei anderen. Dem bequemten sich die Hohen-Vietzer nach Möglichkeit. Der Schlittenstuhl, mit einem Bärenfell überdeckt, zeigte die bekannte Muschelform, blaugesäumte Schneedecken blähten sich wie seitwärts gespannte Segel, und statt des rostigen Schellengeläutes, das am Heiligabend unseren Lewin in Schlummer geläutet hatte, stand heute ein Glockenspiel auf dem Rücken der Pferde, und zwei kleine Haarbüsche wehten rot und weiß darüber hin. Die körnerpickenden Sperlinge flogen zu Hunderten in der Dorfgasse auf; so ging es auf das Schloß zu. Jetzt war auch die Sphinxenbrücke passiert, und der Schlitten hielt. Lewin, rasch die Decke zurückschlagend, reichte Renaten die Hand, die nun mit der Raschheit der Jugend aus dem Schlitten auf eine über den harten Schnee hin ausgebreitete Binsenmatte sprang. So schritt sie dem Eingange zu. Sie erschien größer als sonst, vielleicht infolge des langen Seidenmantels, grau mit roten Paspeln, aus dessen aufgeschlagener Kapuze ihr klares Gesicht heute mit doppelter

Frische hervorleuchtete. Denn die Fahrt war lang, und es ging eine scharfe Luft.

Der Flur umfing sie mit wohltuender Wärme; in dem altmodisch hohen Kamin, den die beiden Derfflingerschen Dragoner flankierten, brannte seit Stunden schon ein gut unterhaltenes Feuer.

Ein Diener in Jägerlivree, der seinen Hirschfänger zu tragen wußte, nahm ihnen die Mäntel ab und meldete, daß sich die Gräfin auf wenige Minuten entschuldigen lasse. Dies war die regelmäßig wiederkehrende Form des Empfanges. Lewin und Renate sahen verständnisvoll einander an und schritten durch das Billard- und Spiegelzimmer in den »Salon«. Sich selbst überlassen, traten sie hier an das in einer breiten und tiefen Nische befindliche Eckfenster, dessen untere Hälfte aus einer einzigen Scheibe bestand. Damals etwas Seltenes und sehr bewundert. Die Eisblumen waren halb weggeschmolzen und gestatteten einen Blick ins Freie. Über das Schwanenhäuschen hin, das nur noch mit seinem Spitzdach aus dem verschneiten Schloßgraben emporragte, sahen sie gradaus in eine kahle Kirschallee hinein, die sich bis an die Grenze des Parkes zog. An den vordersten Stämmen waren einige Dohnensprengsel mit ihren roten Ebereschenbüschelchen sichtbar, während am Ausgange der Allee der dunkele Carzower Kirchturm stand, dessen vergoldete Kugel eben in der untergehenden Sonne leuchtete. Um die Geschwister her war alles still; sie hörten nur, wie das mehr und mehr abtauende Eis in einzelnen Tropfen in die Blechbehälter fiel.

Dieser Platz am Fenster war anheimelnd genug; jeder andere Besucher aber würde es doch vorgezogen haben, das letzte Tageslicht noch zu einem Umblick in dem »Salon« selbst zu benutzen. Es war ein quadratischer Raum, der in seiner Einrichtung für ebenso geschmackvoll wie wohnlich gelten konnte. Die den Fenstern gegenübergelegene Seite wurde von einem halbkreisförmigen Diwan eingenommen, der, in der Mitte geteilt, einen Durchgang zu den Flügeltüren des Eßsaales offen ließ. In den ebenfalls freibleibenden Ecken standen Lorbeer- und Oleanderbüsche, nach links und rechts hin verteilt. Neben der Oleanderecke stieg eine Wendeltreppe auf, das zierlich durchbrochene Geländer von Nußbaumholz. Ein dicker Teppich, in dem das türkische Rot vorherrschte, deckte den Fußboden; sonst war alles blau: die Wände, die Gardinen, die Möbelstoffe. Ringsumher, auf Säulen und Konsolen, erhoben sich Büsten und Statuetten, deren leuchtendes Weiß beim Eintreten den ersten Eindruck gab. Erst später traten auch die Bilder hervor, die, stark angedunkelt, in kaum geringerer Zahl als jene Marmor- und Alabasterarbeiten das Zimmer schmückten. Es waren sämtlich Erinnerungsstücke aus den Rheinsberger Tagen her. Da war zunächst das Porträt des Prinzen selbst, etwas barock in Auffassung und Behandlung, die Aufschläge von Tigerfell, die Hand auf ein Felsstück und einen Schlachtplan gestützt. Gegenüber Schloß Rheinsberg, seine Front im Wasser spiegelnd, und über den See hin glitt ein Kahn, darin eine schöne Frau mit aufgelöstem Haar, blond wie eine Nixe, am Steuer saß. Es hieß, es sei die Gräfin. An den Fensterpfeilern, im Schatten und wenig bemerkbar, hingen die Pastellporträts der prinzlichen Tafelrunde: Tauentzien, die Wreechs, Knyphausen, Knesebeck; meistens Geschenke der Freunde selbst.

Lewin und Renate sahen noch der untergehenden Sonne nach, als sie aus der Tiefe des Zimmers her den Zuruf hörten: »Soyez les bienvenus.« Sie wandten sich und sahen die Tante, die von der Wendeltreppe her auf sie zuschritt.

Die Geschwister eilten ihr entgegen, ihr die Hand zu küssen.

Die Gräfin trug sich schwarz, selbst die Stirnschnebbe fehlte nicht. Es war dies, dem Beispiele regierender Häuser folgend, die Witwentracht, die sie seit dem Hinscheiden des Grafen nicht wieder abgelegt hatte. Im übrigen hätten Haube und Krause frischer sein können, ohne den Eindruck zu schädigen.

In der Nähe des Eckfensters stand eine »Causeuse«, die denselben Bleu-de-France-Überzug hatte wie alle übrigen Möbel. Dies war der Lieblingsplatz der Gräfin; Renate schob ein hohes Kissen heran, während Lewin sich der Tante gegenübersetzte. Das Gespräch war bald in vollem Gange, mit französischen Wörtern und Wendungen reichlich untermischt, die wir in unserer Erzählung nur sparsam wiedergeben. Die Tante schien gut gelaunt und tat Frage über Frage. Der Hohen-Vietzer Weihnachtsmorgen, sogar der Wagen Odins mußten ausführlich besprochen werden. Dies letztere war das überraschendste, denn in Sachen der Altertümlerei blieb die Guser Gräfin wenig hinter Bamme zurück. Auch Maries wurde gedacht, aber nur kurz, dann lenkte das Gespräch zu den Ladalinskis hinüber, an die das Haus Vitzewitz durch eine Doppelheirat zu ketten der sehnlichste Wunsch der Tante war. Ihr in diesem Wunsche nach Möglichkeit entgegenzukommen würde sich, da sie die Erbtante war, unter allen Umständen empfohlen haben; es traf sich aber so glücklich, daß der Guser Familienplan und die Herzenswünsche der Hohen-Vietzer Geschwister zusammenfielen.

»Wie verließest du Tubal?« fragte die Tante.

»In bestem Wohlsein«, erwiderte Lewin, »und ein Brief, der heute früh von ihm eintraf, läßt mich annehmen, daß die Feiertage nichts verschlimmert haben.«

»Was schreibt er?«

»Ein langes und breites über literarische Freunde. Aber eine kurze Schilderung des Christabends, und wie die Weihnachtslichter bei den Ladalinskis ziemlich trübe brannten, schickt er voraus. Er sagt auch einiges über Kathinka. Darf ich es dir mitteilen?«

»Je vous en prie.«

Lewin entfaltete den Brief. Es dunkelte schon im Zimmer. Er rückte deshalb näher an das Fenster, dessen Scheiben in dem letzten Rot erglühten. Dann las er, über die Eingangszeilen hinweggehend: »In einem Hause, in dem die Kinder fehlen, wird das Christkind immer einen schweren Stand haben, so nicht etwa der Kindersinn den Erwachsenen verblieben ist. Und Kathinka, die so vieles hat (vielleicht *weil* sie so vieles hat), hat diesen Sinn nicht.«

Lewin schwieg einen Augenblick, weil es ihm schien, daß die Tante sprechen wolle. Dann sagte diese: »Es ist eine richtige Bemerkung, aber es überrascht mich, sie von Tubal zu hören. Es ist, als ob Seidentopf spräche. Kathinka ist eine Polin, ça dit tout, und gerade das macht sie mir wert. Kindersinn! Bêtise allemande. Wie mag nur ein Ladalinski so tief ins Sentimentale geraten. C'est étonnant! Ich würde die deutsche Mutter darin zu erkennen glauben, wenn nicht durch ein Spiel des Zufalls, par un caprice du sort, in eben dieser Mutter mehr polnisch Blut lebendig gewesen wäre als in einem halben Dutzend ›itzkis‹ oder ›inskis‹. Kindersinn! Dieu m'en garde! Ich bitte euch, meine Teuren, verschließt euch der eitlen Vorstellung, als ob diese deutschen Gefühlsspezialitäten die unerläßlichen Requisiten in Gottes ewiger Weltordnung wären.«

Renate faßte sich zuerst und sagte: »Ich glaube, daß mir diese Vorstellung fremd geblieben ist, aber schon die Bibel preist den Kindersinn als etwas Köstliches.«

Die Tante lächelte. Dann nahm sie, wie sie zu tun pflegte, die Hand der Nichte, streichelte sie und sagte: »Du hast diesen Sinn, und Gott erhalte ihn dir. Aber muß ich euch, die ihr mich kennt, noch erst Erklärungen geben? A quoi bon? Gewiß ist es etwas Schönes um ein kindlich Herz, wie um alles, was den Vorzug des Natürlichen und Reinen hat. Aber das stete Sprechen davon oder das Geltendmachen, das immer nur da sich einfindet, wo der Schein an Stelle der Sache getreten ist, das ist kleinbürgerlich deutsch, et voilà ce qui me fâche. Und das war es auch, was den Prinzen verdroß. In seinem Unmut unterschied er dann nicht, ob er die Frommen oder die Heuchler traf; sonst so vorsichtig, wog er nicht länger ab, und auch ich, je n'aime pas à marchander les mots. Ihr müßt Abzüge machen, wo es not tut. Inzwischen laß uns weiter hören, Lewin.«

Lewin fuhr im Lesen fort: »Als die Türen eben geöffnet wurden, kam Graf Bninski. Er hatte Aufmerksamkeiten für uns alle, zu weitgehende für mein Gefühl, aber Kathinka schien es nicht zu empfinden.«

»Aber Kathinka schien es nicht zu empfinden«, wiederholte die Gräfin, langsam den Kopf schüttelnd. Dann fuhr sie fort: »Oh, cet air bourgeois, ne se perdra-t-il jamais? Mit neuen Karten das alte Spiel. Je ne le comprends pas. Solange die Welt steht, haben sich Jugend und Schönheit an Geschenken erfreut, an Pracht der Blumen, am Glanz der Steine. Sie passen zusammen. Aber Tubal erschrickt davor und wird nachdenklich, als ob er eine durch Broche und Nadel in ihrer Tugend bedrohte Epiciertochter zu hüten hätte. Und das heißt Sitte! Sitte, Kindersinn, je les respecte, mais j'en déteste la caricature. Und davon haben wir hierlandes ein gerüttelt und geschüttelt Maß.«

»Ich glaube«, nahm jetzt Lewin das Wort, »Tubal empfindet wie du, wie wir alle. Sein Bedenken, wenn ich ihn recht verstehe, wurde nicht der Gabe, sondern des Gebers halber ausgesprochen. Graf Bninski nähert sich Kathinka, er bewirbt sich um ihre Hand. Vielleicht, daß ich mich irre, aber ich glaube nicht.«

Die Tante war sichtlich überrascht. Dann fragte sie hastig: »Und der Vater?«

»Er steht dagegen, auch Tubal. Sie schätzen den Grafen persönlich, er ist reich und angesehen. Aber du kennst die Gesinnungen beider Ladalinskis oder doch des Vaters. Und Bninski ist Pole vom Wirbel bis zur Zeh.«

»Und Kathinka selbst?«

Es blieb bei dieser Frage, denn ehe Lewin antworten konnte, wurden im Spiegelzimmer Stimmen laut, und dem zwei Doppelleuchter vorantragenden Jäger paarweis folgend, traten jetzt Krach und Bamme, dann Medewitz und Rutze bei der Gräfin ein.

Nach kurzer Begrüßung wurde auf dem großen Sofa Platz genommen, und die Gräfin, abwechselnd an den einen oder andern ihrer Gäste sich wendend, teilte denselben mit, daß Baron Pehlemann wegen eines neuen heftigen Podagraanfalles abgeschrieben, Drosselstein aber –

durch Geschäfte zurückgehalten – erst für 4 ½ Uhr sein Erscheinen zugesagt habe. »Ich denke«, so schloß sie, »wir warten auf ihn. Der ersten Viertelstunde, die das Recht jeden Gastes ist, legen wir die zweite zu.« Alles verneigte sich, wenn auch unter geheimem Protest.

Eine solche Wartehalbestunde pflegt der Unterhaltung nicht günstig zu sein. Die Schweigsamen schweigen mehr denn je, aber auch die Beredten halten ängstlich zurück, unlustig, ihre vielleicht nur noch des Abschlusses harrende glänzende Anekdote durch die Meldung des eintretenden Dieners unterbrochen und zu ewiger Pointelosigkeit verurteilt zu sehen. Bamme gehörte dieser letzteren Gruppe an, bezwang sich aber und war der einzige, der den ersichtlichen Bemühungen der Gräfin hilfreich entgegenkam. Freilich nur mit teilweisem Erfolg. Über eine sprungweise Konversation kam man nicht hinaus, und die Fragen drängten sich, ohne daß eine rechte Antwort abgewartet wurde. Das Baron Pehlemannsche Podagra gab den dankbarsten Stoff. »Warum mußte er beim letzten Dachsgraben wieder zugegen sein? Ein Podagrist und zwei Stunden im Schnee! Warum riß er wieder den Rauenthaler an sich? Aber das ist so Pehlemannsche Bravour: ein freudiger Opfertod auf dem Altar der Gourmandise! Im übrigen, wo blieb ›Cedo majori‹? Warum hat er nicht seine Muse zitiert?«

»Er hat«, entgegnete die Gräfin und nahm aus einer vor ihr stehenden Alabasterschale ein zierlich zusammengefaltetes Billet. Aber die beiden Stutzuhren, auf deren gleichen Pendelgang Tante Amelie mit peinlicher Gewissenhaftigkeit hielt, schlugen eben halb, die gewährte Frist war um, und die Flügeltüren des hell erleuchteten Eßsaals öffneten sich pünktlich und lautlos nach innen zu.

Die Gräfin und Krach führten sich. In demselben Augenblick trat auch Drosselstein ein. Mit der Linken hinübergrüßend, wie um anzudeuten, daß er die Tischprozession nicht zu stören wünsche, bot er Renaten seinen Arm. Bamme und Lewin folgten, dann Medewitz. Rutze machte den Schluß.

Dieser, ein leidenschaftlicher Schnupfer, benutzte die Gelegenheit, um aus der stehengebliebenen Tabatiere der Gräfin zu naschen. Nicht ungestraft. Ehe er noch die Schwelle des Saales überschritten hatte, war schon das Gewitter herauf. Alles lachte, und Bamme rief: »Ertappt!« Nur Krach bewahrte wie gewöhnlich seine Haltung.

Fünftes Kapitel
Le dîner

In dem Speisesaale herrschte, trotz Kaminfeuers, die im Eßzimmer sich ziemende niedrige Temperatur. An einem ovalen Tische war gedeckt. Die Gräfin saß, wie herkömmlich, zwischen Krach und Drosselstein, ihr gegenüber Renate. Jäger und galonierte Diener waren geschäftig; ein Kronleuchter brannte.

Der Graf überblickte, während er das Serviettentuch einknotete, den Saal, dessen architektonische Verhältnisse, durch einfache Ausschmückung unterstützt, auch heute wieder den angenehmsten Eindruck auf ihn machten. Es waren vier Stuckwände, gelblich getönt, von Goldleisten eingefaßt, am Plafond ein Deckenbild, das »Gastmahl der Götter« darstellend, eine Kopie nach dem bekannten Fresko der Farnesina. Krach und Rutze, wie sich klarmachend zum Gefecht, schoben die Gläser hin und her, Drosselstein aber wandte sich jetzt der Gräfin zu, um, nach einigen der Erbauerin des Saales und ihrem Geschmacke geltenden Verbindlichkeiten, nach dem Grafen Narbonne, dem ersten Adjutanten des Kaisers, zu fragen, der, wie die Zeitungen gemeldet, am Weihnachtsheiligabend auf seiner Rückkehr von Rußland beim Könige gespeist habe.

»Ich hörte davon«, erwiderte die Gräfin; »auch General Desaix war zugegen. Graf Narbonne, oh je me le rappelle très bien. Er gehörte dem alten Hofe an, war ein Liebling Marie Antoinettens und lancierte sich geschickt in das

Empire hinüber. Wissen Sie, was ihm das Herz des Kaisers eroberte?«

Drosselstein verneinte.

»Eine Sache der Etikette. Also eine Bagatelle, ein Nichts, wie die Leute von heute sagen würden. Aber die Parvenus sind auf keinem Gebiete so bereitwillig, zu lernen und zu belohnen, als auf diesem. Ich habe die Anekdote aus Graf Haugwitz' eigenem Munde. Es war unmittelbar nach der Kaiserkrönung, als Narbonne, damals Oberst, dem Kaiser eine Depesche überbrachte. Er ließ sich auf ein Knie nieder und präsentierte den Brief auf seinem Hute. ›Eh bien‹, rief der Kaiser, ›qu'est ce que cela veut dire?‹ Der Oberst antwortete: ›Sire, c'est ainsi qu'on présentait les dépêches à Louis XVI.‹ – ›Ah, c'est très bien‹, antwortete der Kaiser, und Narbonne war als Günstling installiert. Übrigens sind auch die Desaix vom ancien régime, alter Adel aus der Auvergne.«

Rutze hatte gleich anfangs aufgehorcht, als General Desaix genannt worden war. Jetzt, wo die Gräfin den Namen wiederholte, wandte er sich mit der bestimmten und doch zugleich von einer Unglücksahnung durchzitterten Bemerkung zu ihr hinüber: »daß seines Wissens General Desaix im Kriege gegen die Österreicher gefallen sei. Er entsinne sich eines Musikstückes: Die Schlacht bei Marengo, in dem es am Schluß in einer Parenthese geheißen habe: ›Desaix fällt.‹«

Selbst über Krachs unerschütterliches Antlitz flog ein Lächeln; Drosselstein wollte aufklären, Bamme jedoch kam ihm zuvor und begann mit jener erkünstelten Feierlichkeit, in der er Meister war: »Ja, Rutze, es ist eine tolle Welt. Da fällt einer Anno 1800 bei Marengo in voller Junihitze, und am Heiligen Abend 1812 sitzt er bei Seiner Majestät von Preußen zu Tisch. Es sind unglaubliche Kerls, diese Franzosen. Nicht mal ihre Toten ist man los. Sie drängen sich in Diners ein; wer weiß, was wir heute noch zu erwarten haben. Im übrigen wird es wohl ein älterer oder jüngerer Bruder gewesen sein.«

Der Protzhagener Hauptmann verfärbte sich und antwortete pikiert: er danke dem General von Bamme für die schließliche Lösung des Rätsels, müsse sich aber die Bemerkung erlauben, daß es hierzu keiner besonderen Husarenschlauheit bedurft hätte. Aufschlüsse wie diese lägen auch noch innerhalb des Infanteriebereichs.

Bamme lachte; jede Form der Entgegnung war ihm recht. Er nahm nichts übel und befand sich in der glücklichen Lage, um eines Mutes willen, den niemand bezweifelte, seine Pistolen nicht erst laden zu müssen.

Der Zwischenfall währte nicht lange; die Gräfin beschwichtigte, und ein vorzüglicher Chablis, der gereicht wurde, kam ihr zu Hilfe, während von Medewitz, ohne Furcht, dem Streite dadurch neue Nahrung zu geben, die Namen Narbonne und Desaix noch einmal in die Debatte zog. »Es sind doch Männer von Familie, der eine wie der andere«, so hob er an, »aber mit wie sonderbaren Leuten hat Seine Majestät vom ersten Tage seiner Regierung an zu Tische sitzen müssen! Mit einem war ich im Weißen Saale selbst zusammen, mit dem Abbé Sieyès. Ich erschrak, als ich seinen Namen hörte. 1793 sprach er einem Könige von Frankreich das Leben ab, und 1798 saß er einem Könige von Preußen als Ambassadeur gegenüber. Er trug eine trikolore Schärpe; ich sah nur das Rot darin, und sooft er sagte: ›Votre Majesté‹, war es mir immer, als hörte ich: ›La mort sans phrase‹.«

»Ich habe ihn auch gesehen«, bemerkte Krach, mit Wichtigkeit an seinem Halstuch zupfend. »Medewitz will ihn nicht gelten lassen, aber er war doch wenigstens ein Abbé. Auch gehört etwas dazu, einem Könige von Frankreich das Leben abzusprechen. Doch diese Marschälle! Gastwirts- und Böttchersöhne.«

»Je nun«, fiel Drosselstein ein, »Böttchersöhne oder nicht, sie haben von halb Europa so viele Reifen abgeschlagen, daß die Dauben nach rechts und links hin auseinandergefallen sind. Ich liebe diese Marschälle nicht, an denen die Korporalslitzen immer wieder zum Vorschein kommen, aber eines sind sie: Soldaten.«

»Das sind sie!« rief jetzt Bamme, sein Ragoût en coquille schärfer in Angriff nehmend, »und wer nur je einen Halbzug ins Feuer geführt hat, der hat Respekt vor ihnen, Schelme und Beutelschneider, wie sie sind.«

»Wie sie sind«, wiederholte der Domherr, eingedenk jener schweren Tage, in denen er seine Dosensammlung nur mit Mühe vor den Händen Soults gerettet hatte.

»Nur einem trag ich einen Groll im Herzen«, fuhr Bamme fort.

»Davoust?« fragte Lewin.

»Nein, Seiner neapolitanischen Majestät dem König Murat. Der will im großen und kleinen etwas Besonderes sein, unter anderen auch ein gewaltiger Reitergeneral, weil er das Mamelukengesindel in den Sand geritten hat. Aber ein Zietenscher hat ihm einen Streich gespielt, noch dazu ein Invalide. Ich meine den alten Kastellan Kettlitz in Charlottenburg.«

Alles zeigte Neugier und drang in ihn, zu erzählen.

Es hätte dessen nicht bedurft. »Die Geschichte ist seinerzeit wenig bekannt geworden«, hob er an; »ich habe sie von Kettlitz selber. Am 14. Oktober hatten wir die Affaire von Jena, und zehn Tage später war die französische Avantgarde in Berlin, Murat aber, damals noch Herzog von Berg, in Charlottenburg. Er hatte sich in den Zimmern eingerichtet, die nach der Parkseite hin liegen, dieselben, in denen Kaiser Alexander ein Jahr vorher gewohnt hatte. Der alte Kettlitz war außer sich und machte sich einen Plan. Um fünf Uhr war Diner im großen Saale, und das Bild König Friedrich Wilhelms I. sah ernst und unwirsch auf den neugebackenen Herzog, der neben Berg auch die altpreußisch-cleveschen Lande regierte. Es waren noch nicht viel französische Truppen in der Stadt. Da mit einem Male – die Trüffelpastete war eben aufgetragen – beginnt ein Geschmetter, und zwanzig Trompeten, mit Paukenschlag dazwischen, blasen den Hohenfriedberger Marsch. Ist es unter den Fenstern? Sind preußische Schwadronen in den Schloßhof eingeritten? Murat springt auf, um sich durch die Flucht zu retten. Aber keine Schwadronen sind da; endlich schweigt der Lärm, und alles klärt sich auf. Im Nebenzimmer, ein ganzes Trompetercorps in seinem Innern bergend, stand ein musikalischer Schrank, an dessen verborgener Feder der alte Kettlitz gedrückt hatte. Ich würde mich freuen, zur Vervollständigung seiner Sammlung diese Monstrespieluhr in die Hände unseres von Medewitz auf Alt-Medewitz übergehen zu sehen, freilich unter der einen Bedingung, in unserer Gegenwart nie die geheime Feder springen zu lassen. Ich liebe Trompeten, aber nur im Feld und Sonnenschein.«

Der Domherr, unfähig, auf die Neckereien Bammes einzugehen, begleitete sie nur mit einem verlegenen Lächeln und fragte dann nach dem Schicksale des Kastellans.

»Nun, der hätte kein Zietenscher sein müssen. Er log sich heraus, so gut er konnte. Unter allen Umständen hatte er das Gaudium gehabt, den großen Reiterführer, den Mamelukenvernichter, vor dem Hohenfriedberger Marsch auf der Flucht zu sehen. Das war im Oktober 1806. Damals hatte es noch was auf sich mit einem Marschall. Ich hoffe, sie sind seitdem billiger geworden. Aber billiger oder nicht, an dem Tage, wo mir meine Quirlsdorfer den ersten Marschall tot oder lebendig einbringen, leg ich dem Pfarracker zehn Morgen zu, obschon ich Seine Hochwürden nicht leiden kann.«

»Aber Bamme, was haben Sie beständig mit Ihrem Geistlichen?« bemerkte Krach, der mit seinem eigenen Prediger auf einem guten Fuße stand, seitdem ihm dieser einen Streifen Gartenland ohne Entschädigung abgetreten hatte.

»Er ist mir noch nicht gefällig gewesen«, antwortete Bamme scharf. »Diese Päffchenträger sind maliziöse Kerle, und je glauer sie aussehen, desto mehr. Der meinige ist ein Anspielungspastor.«

»Das klingt, als ob Sie die Kirche besuchten, Bamme«, schaltete die Gräfin ein. »Ich wette, Sie haben seit zehn Jahren keine Predigt gehört.«

»Nein, gnädigste Gräfin. Aber ich habe ein Tendre für

Begräbnisse. Jeder hat so seine Andacht, ich habe die meinige; und es ärgert mich, durch allerhand plumpes Zeug darin gestört zu werden. Mit dem Jüngling zu Nain oder dem bekannten weiblichen Pendant desselben fängt er an, aber ehe fünf Minuten um sind, ist er bei Babel, bei Sodom und ähnlichen schlecht renommierten Plätzen, starrt mich an, läßt etwas Schwefel vom Himmel fallen und sagt dann mit erhobener Stimme: ›Selig sind, die reines Herzens sind, denn sie werden Gott schauen.‹ Und das alles an meine Adresse. So hat er es fünf Jahre getrieben. Aber seit letzte Ostern habe ich Ruhe.«

»Nun?« fragte die Gräfin.

»Wir hatten wieder ein Begräbnis, eine hübsche junge Dirne; es war also Jairi Töchterlein an der Reihe. Aber ihre Herrschaft währte nicht lange; schon auf halbem Wege war Pastor loci wieder bei Lot und seinen Töchtern und sah mich an, als wäre ich mit in der Höhle gewesen. Ich dachte, nun muß Rat werden. Und so lud ich ihn aufs Schloß, nicht zu einer Auseinandersetzung, sondern einfach zu Tisch. Als wir bei der zweiten Flasche waren – trinken kann er –, sagte ich: ›Und nun, Pastorchen, einen Toast von Herzen; stoßen wir an: Es lebe Lot! Ein guter Kerl. Schade mit den beiden Töchtern. Und die Mutter kaum in Salz. Apropos, wie hieß doch der Sohn der ältesten Tochter?‹ Nun denken Sie sich meinen Triumph, er wußt es nicht. Vielleicht war er bloß verwirrt. Ich aber, mich an seiner Verlegenheit weidend, schrie ihm ins Ohr: ›Bamme.‹ Wir haben seitdem schon drei Leichen gehabt, aber er verhält sich ruhig.«

Lewin und Renate, die den Bammeschen Ton mehr von Hörensagen als aus eigener Erfahrung kannten, wechselten Blicke miteinander; sie sollten indessen bald gewahr werden, daß der Übermut des alten Husaren auch vor keckeren Sprüngen nicht zurückschreckte.

Die Gräfin wandte sich an den Domherrn, der, bis dahin wenig ins Gespräch gezogen, eine leise Mißstimmung zu verraten schien, und erbat sich seinen Rat zugunsten baulicher Veränderungen, die vorerst einen dem Einsturze nahen Derfflingerschen Bankettsaal im gegenübergelegenen Flügel, dann aber ganz allgemein die Frage »Kamin oder Ofen«, ein entschiedenes Lieblingsthema des Domherrn, betrafen. Er hatte sogar darüber geschrieben. Medewitz war für Kamine, wobei er jedoch behufs Herstellung eines verbesserten Luftzuges auf Wiedereinführung der mit Unrecht verbannten portalartigen Flügeltüren dringen zu müssen glaubte. Er setzte nunmehr weitschweifig auseinander, wie nach den Ergebnissen neuerer Forschung alles Brennen auf einem starken Zustrom sauerstoffreicher Luft beruhe und wie Kamine überall nur da gediehen, wo Türen und Fenster solchen Luftstrom gestatteten. Er schloß dann mit folgendem zugespitzten Satz: »Das dichte Moosfenster ist der Tod, aber die zugige alte Portaltür ist das Leben des Kamins.«

Bamme, der, wie wir wissen, selber gern sprach und vor allem einen Haß gegen wissenschaftliche Begründungen hatte, glaubte jetzt den Zeitpunkt gekommen, die Unterhaltung wieder an sich reißen zu dürfen. »Gnädigste Gräfin«, hob er an, »scheinen geneigt, auf die Herstellung solcher Portaltüren einzugehen. Darf ich Sie warnen. Ich lege kein Gewicht darauf, daß die große, zweiflügelige Rundtür doch eigentlich nichts anderes ist als das uralte, aus dem Wirtschaftshof in den Salon transponierte Scheunentor, aber worauf ich glaube hinweisen zu müssen, das sind die sozialen, um nicht zu sagen, die sittlichen Gefahren, die von dieser Türform mehr oder minder unzertrennlich sind. Im höchsten Grade solide von Erscheinung, ehrbar, würdig und gesetzt, führen sie zu Konsequenzen, die das gerade Gegenteil von dem allen bedeuten. Ich bitte, nach dem Vorgange des Domherrn auch mir eine wissenschaftliche Auseinandersetzung gestatten zu wollen.«

Da sich kein Widerspruch erhob, fuhr er fort: »Jedes Ding hat in einem bestimmten Etwas die Wurzeln seiner Existenz. Bei dem Kamine, wie wir soeben vernommen haben, ist es der Luftzug, bei der Klapptüre meines Erachtens der Bolzen. Nun müssen Sie mir die Versicherung gestatten, daß der Bolzen ein höchst diffiziler Gegenstand ist; ein Gegenstand, der seine besondere Abwartung fordert, eine Pflichttreue ohnegleichen. Man könnte sagen: mit ihm steht und fällt die Klapptüre.«

Er machte eine Pause. Medewitz schüttelte den Kopf.

»Es ist, wie ich sage«, perorierte Bamme weiter. »Sie mögen schließen, riegeln, klinken, soviel Sie wollen, Sie mögen sich noch so sehr in der Sicherheit wiegen, ›alles fest‹, Sie werden diese Sicherheit als trügerisch erkennen, wenn die einzigen wirklichen Garanten derselben, die großen Haltebolzen, unbeachtet bleiben, wenn sträflicher Leichtsinn es versäumte, diese rettenden Anker zu guter Stunde auszuwerfen. Und dieses Versäumnis ist die Regel. In neunundneunzig Fällen von hundert hat der Diener, dessen Armlänge nicht ausreichte, darauf verzichtet, den Oberbolzen in seine Öffnung zu schieben, und in neunzehn Fällen von zwanzig ist er zu bequem gewesen, sich des Unterbolzens halber zu bücken. Er hat sich mit dem leichteren begnügt, hat sich darauf beschränkt, den Schlüssel im Schloß zu drehen, und so eine bloß scheinbare Sicherheit geschaffen, hinter der alle Mächte des Verderbens lauern. Ich habe selbst dergleichen erlebt. Darf ich davon erzählen?«

Nicht ohne Zögern antwortete ihm ein zustimmendes Kopfnicken der Gräfin.

Bamme wartete dieses Kopfnicken aber nicht ab und fuhr, immer lebhafter werdend, fort: »Nun, die Leibkarabiniers zu Rathenow gaben uns einen Ball. Der große Gasthaussaal lief durch die halbe Etage, sieben Fenster Front, an der unteren Schmalseite aber befanden sich in Gestalt einer Portaltüre zwei jener Scheuntorflügel, auf deren Wiedereinführung unser Domherr dringen zu müssen glaubt. Ein Reisender, todmüde, fährt vor, und da alle Räume besetzt sind, ist er schließlich froh, unmittelbar neben dem Saal ein Zimmer zu finden. Das Bett steht an der Tür entlang. Schlaf! so seufzt er einmal über das andere, und so gering seine Chancen sind, er will es wenigstens versuchen. Mitunter kommt der Gott, wenn man ihn ruft. Nur nicht, wenn die Leibkarabiniers tanzen. Der Unglückliche schüttelt endlich alle Müdigkeit von sich; Tanzmusik und rauschende Kleider verwirren ihm die Sinne; die Neugier, die Wurzel alles Übels, kommt über ihn, und siehe da, er richtet sich auf, um durch die nie fehlende Türritze hindurch ein stiller Zeuge des Balles zu sein. Leichtsinnig Ahnungsloser! Hingegeben süßer Betrachtung, dringt er kräftiger mit Stirn und Schultern vor; er sieht, er lauscht; die Schelmereien kichernder Paare finden in ihm einen unbemerkten Vertrauten, da, o Unheil, gebiert sich plötzlich jene Tücke, deren unter allen Türen der Welt nur die große Portaltüre fähig ist, und langsam nachgebend, aber mit einer Feierlichkeit, als handele es sich um den Einzug eines Triumphators, öffnen sich jetzt die beiden großen Flügel nach rechts und links hin, und huldigend liegt der Reisende zu unseren Füßen. Erlassen Sie mir die Einzelnheiten. Ich werde den Aufschrei hören bis an den letzten meiner Tage. Und solche Klapptüren, bloß um verbesserten Luftzuges willen, will unser Medewitz ...«

Er kam nicht weiter. Die Gräfin, persönlich nicht abgeneigt, den alten General auf seinen gewagtesten Exkursionen zu begleiten, war sich doch andererseits ihrer gesellschaftlichen Pflichten, insonderheit gegen ihre Nichte, zu voll bewußt, als daß sie noch hätte zögern mögen, den Rückzug einzuleiten. Sie erhob sich, und dem Grafen ihren Arm reichend, bat sie die sich mit erhebenden Gäste, ihre Plätze behalten und sich die bevorzugte Stunde des Desserts um keine Minute verkürzen zu wollen. Renate folgte mit Krach. Am Eingange des Salons verneigten sich beide Damen gegen ihre Kavaliere, die, der dadurch angedeuteten Weisung folgend, an die Tafelrunde zurückkehrten.

Sechstes Kapitel
Nullum vinum nisi hungaricum

Hier waren inzwischen, neben anderem Dessert, Schalen mit Obst sowie Ungar-, Port- und alter Rheinwein aufgestellt worden. Vor Bamme stand eine langhalsige Flasche Ruster Ausbruch in Originalverpackung. Er schenkte zunächst ein Spitzglas bis zur Hälfte voll, befragte das Bouquet, zog einen Schluck langsam ein, und allen Kennzeichen der Echtheit begegnend, setzte er das Glas mit einem Ausdruck der Zustimmung wieder vor sich nieder. Lewin, Rutze, Medewitz rückten näher, alle zu derselben Ungarfahne schwörend. »Das ist recht«, sagte Bamme und füllte die Gläser bis an den Rand, »so was wächst nur in einem Husarenlande.«

An der anderen Tischhälfte saßen jetzt Drosselstein und Krach, jener einen Gravensteiner Apfel schälend, dieser auf eigene Hand mit einer Flasche Liebfrauenmilch beschäftigt. Er gehörte zu denen, die nüchtern bleiben und sich begnügen, erst zänkisch, dann zynisch und schließlich apathisch zu werden. Übrigens stand er heute von Innehaltung seines Turnus ab.

»Daß diesen Rheinhessen so was in die Fässer läuft!« hob er an und ließ den Inhalt seines Glases im Lichte spielen. »Die schlechtesten Kerle den schönsten Wein! Von allen Blutsaugern, die Anno 1806 und nun wieder in diesem Jahre durch Bingenwalde gekommen sind, sind keine so verschrien wie diese. Man kann die Kinder mit ihnen zu Bette jagen.«

»Sie haben toller gehaust als die Schweden«, erhob Medewitz von der andern Seite des Tisches her seine Stimme, »sie haben meinen Amtsverwalter über Stroh gesengt; sie taugen nichts, aber sie sind zäh und tapfer.«

»Tapfer wie alles, was auf Bergen wohnt«, schaltete Rutze bekräftigend ein. »Auch bloße Höhenzüge schon geben Charakter.«

»Hauptmann!« rief jetzt Bamme und schob den vor ihm stehenden Dessertteller zurück, »wir sind noch nicht tief genug in Wein, um Sie in Ihrem Protzhagener Schweizerbewußtsein ruhig hinnehmen zu können. Ist der Potsdamer Exerzierplatz eine Gebirgsgegend?«

Rutze machte Augen und schien antworten zu wollen; seine Geisteskräfte ließen ihn aber im Stich, so daß der Handschuh von anderer Seite her aufgenommen werden mußte.

»Über die Berechtigung des Protzhagener Schweizergefühls«, bemerkte Drosselstein, während er dem immer noch nach Worten suchenden Hauptmann freundlich zunickte, »wird sich streiten lassen; aber was mir unbestreitbar scheint, ist die besondere Tapferkeit der Gebirgsvölker. Nur die hart an der See wohnenden Stämme sind ihnen ebenbürtig. Auch vollzieht sich darin nur ein Natürliches. Der stete Kampf mit den Elementen erzeugt Kraft und Mut, und aus Kraft und Mut wird die Kriegstüchtigkeit geboren. Bedarf es der Beispiele? Die Normänner umfuhren Europa, gründeten Staaten und eroberten Byzanz, und wenn die Kuhhörner der alten Urkantone von den Bergen zu Tale klangen, so kam ein Schrecken über ganz Burgund. Vor dem Stoße der Gebirgsclane zitterte London. So war es immer, und so ist es bis diesen Tag. Als alles demütig zu Füßen des Eroberers lag, stieg der erste Widerstand von den Bergen nieder: Spanien und Tirol wagten den Kampf. Die ganze Geschichte dieses Jahrhunderts plädiert für Berg und See.«

»Ich weiß doch nicht, Herr Graf«, nahm jetzt Lewin unter verbindlicher Handbewegung gegen Drosselstein das Wort, »ob ich Ihnen zustimmen darf. Der Mensch ist und bleibt ein Sohn der Erde. Und wo er seine Mutter Erde am reinsten und unmittelbarsten hat, da gedeiht er auch am besten, weil ihm hier die Bedingungen seines Daseins am vollkommensten erfüllt werden. Und so möchte ich denn vermuten, daß der scheinbare Triumph von Berg und See auf Ausnahmefällen oder zum Teil auch auf bloßen Täuschungen beruht. Berge sind natürliche Festungen, und alle Festungen wollen belagert sein. Wer sie glaubt voreilig stürmen zu können, der scheitert, aber er scheitert mehr noch an Wall und Graben als an der Tapferkeit ihrer Verteidiger. Das Gebirge repräsentiert die Defensive, das Element der Eroberung ist in der Ebene zu Hause. Unseres Freundes Seidentopf Semnonen, die Besieger einer Welt, wo stammten sie her, wo saßen sie? *Hier*, zu beiden Seiten der Oder, vielleicht in Guse, wo wir jetzt selber sitzen.«

Bamme nickte; Lewin fuhr fort: »Kein Land wird von den Bergen aus regiert. Rom, als es Rom zu werden gedachte, stieg von der Höhe freiwillig an das Tiberufer nieder. Keine Hauptstadt liegt im Gebirge; aus großen Flachlandsterritorien wachsen die regierenden Zentren auf. Und in und mit ihnen die Feldherrn und die Helden, von Hannibal und Cäsar bis auf Gustav Adolf und Friedrich.«

»Bravo!« rief Bamme. »Vom Standpunkte meines Metiers aus könnte ich mich sogar bis zu dem Satze versteigen, daß Weltgeschichte großen Stils, wie sie sich in Hunnen- und Mongolenzügen darstellt, immer und ewig vom Sattel herab, also, rundheraus gesagt, durch eine Art von urzuständlichem Husarentum gemacht worden sei, aber ich entschlage mich aller persönlich eitlen Gedanken und proklamiere lieber den Frieden! Entfalten wir unser Preußenbanner: Suum cuique! Bei Lichte besehen, gilt von Völkern und Stämmen dasselbe, was von den Menschen gilt: sie sind alle zu brauchen. Aber freilich jeder an seiner Stelle. Da liegt's. Wer in der Takelage des ›Victory‹ bei wütender See und feuernden Breitseiten die Trafalgaraffaire ausfechten will, der muß auf anderen Wassern geschwommen haben als auf dem Schwilow- oder Schermützelsee; wer aber umgekehrt bei Zorndorf durch die russischen Vierecke hindurch will, leicht und gewandt wie ein Kunstreiter durch den Papierreifen, dem hilft es nichts, und wenn er auf sämtlichen indischen Ozeanen den Haifischen die Bäuche aufgeschnitten hat. Es ist immer wieder die alte Fuchs- und Storchengeschichte; dem einen paßt der Teller, dem andern die Flasche. Ich persönlich bin vielleicht der einzige Fuchs, zu dem auch die Flasche paßt. Vor allem *solche*. Stoßen wir an. Es ist etwas Schönes um ein ausgiebiges Latein: Nullum vinum nisi hungaricum.«

Siebentes Kapitel
Nach Tisch

Der Kaffee wurde im Spiegelzimmer genommen. Als auch die Herren hier erschienen, um die nächste halbe Stunde wieder in Gesellschaft der Damen zu verplaudern, fanden sie die Szene anders, als sie erwarten durften. Renate, von einem leichten Unwohlsein befallen, hatte sich zurückgezogen; statt ihrer kam ihnen Berndt von Vitzewitz entgegen, der, eben von Berlin her eingetroffen, die Aufforderung seiner Schwester, der Gräfin, an dem Schlußakte des Diners teilzunehmen, lächelnd abgelehnt hatte. Er war alt genug, um das Mißliche solchen verspäteten Eintretens aus Erfahrung zu kennen.

Lewin begrüßte den Vater. Auch die anderen Gäste gaben ihrer Freude Ausdruck, am lebhaftesten Bamme, der, ohne jede Spur von Kleinlichkeit, seine Schätzung anderer nicht davon abhängig machte, wie hoch oder niedrig er seinerseits taxiert wurde. Nur auf das, was er seine »gesellschaftlichen Gaben« nannte, war er eitel. Und nach dieser Seite hin, wenn auch mit Einschränkungen, ließ ihn Berndt von Vitzewitz gelten.

Das Spiegelzimmer in seinem zurückgelegenen Teile wurde von drei rechtwinkelig zueinander stehenden Estraden eingenommen, die, mit Blumen und Topfgewächsen dicht besetzt, einen hufeisenförmigen Separatraum bildeten, der sich in den Trumeaux der gegenübergelegenen Fensterpfeiler spiegelte. Innerhalb dieses Raumes, um einen länglichen, auf vier Säulen ruhenden Marmortisch, der fast die Form eines Altars hatte, nahmen die Gäste

Platz und waren, während die kleinen Tassen präsentiert wurden, alsbald in einem Gespräch, das an Lebhaftigkeit die kaum beendigte Tischunterhaltung noch übertreffen zu wollen schien. Berndt hatte das Wort, alles war begierig, von ihm zu hören, er hatte den Minister gesprochen.

»Schlagen wir los?« fragte Bamme.

»*Wir*? Vielleicht. Oder wenn *ich* zu entscheiden habe: gewiß! Aber die Herren im hohen Rate? Nein. Am wenigsten der Minister. Er treibt Diplomatie, nicht Politik. Unfähig, feste Entschlüsse zu fassen, sucht er das Heil in Halbheiten. Er spricht von ›Negociationen‹, ein Lieblingswort, das ihm noch aus alten Zeiten her auf den Lippen sitzt. Wir haben nichts von ihm zu erwarten. Er läßt uns im Stich.«

»Ich glaubte dich anders verstanden zu haben«, bemerkte die Gräfin. »Er sei dir entgegengekommen.«

»Entgegengekommen! Ja persönlich, und solange es sich um Worte handelte. Unter vier Augen schlägt er jede Schlacht. In der Idee sind wir einig: der Kaiser muß gestürzt, Preußen wiederhergestellt werden. Aber *wie*? Da werden die Herzen offenbar. Er will es auf dem Papier ausfechten, nicht mit der Waffe in der Hand, am grünen Tisch, nicht auf grüner Heide. Er hat keine Ahnung davon, daß nur ein rücksichtsloser Kampf uns retten kann. Rücksichtslos und ohne Besinnen. Noch haben *wir* das Spiel in der Hand; aber wie lange noch! Es fehlt ihm das Erkennen der Wichtigkeit dieser Tage. Jede Stunde, die unbenutzt vorübergeht, schreit gen Himmel und klagt ihn an als einen Schädiger und Verräter. Nicht aus bösem Willen, aber aus Schwäche.«

»Und schilderten Sie ihm die Stimmung des Landes?« fragte Drosselstein.

»Gewiß, und mit einer Dringlichkeit, die jeden anderen fortgerissen hätte. Aber er! Als ich ihm unsere Gedanken eines Volksaufstandes entwickelte, als ich ihn beschwor, das Wort zu sprechen, erschrak er und suchte sein Erschrecken hinter einem Lächeln zu verbergen. ›Rüsten wir!‹

rief ich ihm zu. Das gefiel ihm. Ich hatte jetzt selber das Wort gesprochen, durch das er mich in geschickter Ausnutzung, worin er Meister ist, zu beschwichtigen hoffte. Er trat mir näher und sagte mit geheimnisvoller Miene, meine Worte wiederholend: ›Vitzewitz, wir rüsten.‹ Aber auch dieses Nichts war ihm schon wieder zuviel. ›Wir rüsten‹, fuhr er fort, ›ohne höchstwahrscheinlich dieser Rüstungen zu *bedürfen*, Napoleon ist herunter, er *muß* Frieden machen, und wir werden ohne Blutvergießen zu unserem Zwecke kommen. Englands und Rußlands sind wir sicher.‹ Ich war starr. Wir trennten uns in gutem Vernehmen, scheinbar selbst in Einverständnis, während doch jeder die Kluft empfand, die sich zwischen unseren Anschauungen aufgetan hatte. Als ich die Treppe hinabstieg, sagte ich mir: ›Also *noch* nicht belehrt! Die Zeit *noch* nicht begriffen! Napoleon *noch* nicht kennengelernt!‹«

Drosselstein, Bamme, Krach, den Unmut Berndts teilend, schüttelten den Kopf; Medewitz aber, der seiner Unbedeutendheit gern ein Loyalitätsmäntelchen umhing, glaubte jetzt den Moment zur Geltendmachung seiner ministeriellen Rechtgläubigkeit gekommen.

»Ich kann Ihre Entrüstung nicht teilen, Vitzewitz, Ihre Hitze reißt Sie fort. Die Kuriere und Stafetten, die beinahe stündlich aus allen Hauptstädten Europas eintreffen – wissen wir, was sie bringen? Nein. Sie, wie wir alle, sehen die Dinge von einem Standpunkt mittlerer Erkenntnis aus. Der Minister aber hat jenen Überblick über die Gesamtverhältnisse, der uns fehlt. Er ist gut unterrichtet, ein Netz unserer Agenten umspannt Paris, der Kaiser ist auf Schritt und Tritt beobachtet. Wenn Seine Exzellenz ausspricht: ›Er ist herunter, er *muß* Frieden machen‹, so finde ich keine Veranlassung, dem zu widersprechen. Er ist Minister. Er *muß* es wissen, und verzeihen Sie, Vitzewitz, er weiß es auch.«

Berndt lachte. »Es ist mit dem Wissen wie mit dem Sehen. Ein jeder sieht, was er zu sehen wünscht, darin sind wir alle gleich, Minister oder nicht. Seine Exzellenz wünscht den Frieden, und so erfindet er sich einen friedensbedürftigen Kaiser. Das ›Netz seiner Agenten‹ ist ihm dabei mit entsprechenden Berichten gefällig; Kreaturen widersprechen nicht. Ein heruntergekommener Napoleon! O heilige Einfalt! Er ist rühriger denn je und keck und herausfordernd wie immer. An den österreichischen Gesandten trat er während des letzten Empfanges heran. ›Es war ein Fehler von mir, dies Preußen fortbestehen zu lassen‹, so warf er hin, und als der Angeredete, den diese Worte verwirren mochten, vor sich hin stotterte: ›Sire, ein Thron …‹, unterbrach er ihn mit einem ›Ah bah‹ und setzte übermütig hinzu: ›Was ist ein Thron? Ein Holzgerüst, mit Sammet beschlagen.‹«

Bamme lächelte; die Gräfin aber bemerkte ruhig: »Darin hat er nun eigentlich recht, il faut en convenir. Wir machen zuviel von solchen äußerlichen Dingen und sehen Erhabenheiten, wo sie nicht sind. Wer so viele Throne zusammengeschlagen hat, kann nicht hoch von ihnen denken: ça se désapprend. Ich liebe ihn nicht, aber in einem hat er meine Sympathien, il affronte nos préjugés. Er fährt durch unsere Vorurteile wie durch Spinneweb hindurch.«

»Das tut er«, erwiderte Berndt, »und es ist nicht seine schlimmste Seite. Aber von dir, Schwester, eine Zustimmung dazu zu hören, überrascht mich. Denn wem verdanken wir diesen Fetischdienst, in dem auch wir drinstecken, diese tägliche Versündigung gegen das erste Gebot: ›Du sollst nicht andere Götter haben neben mir‹, wem anders als deinen gefeierten Franzosen, vor allem jenem aufgesteiften Halbgott, dem auch du die Schleppe trägst: Louis quatorze.«

»Ce n'est pas ça, Berndt«, sagte die Gräfin mit einem Anfluge von Heiterkeit, dem sich abfühlen ließ, wie erfreut sie war, einen Irrtum berichtigen zu können. »Es ist das Gegenteil von dem allen. Ich hasse diese Doktrinen, et ce Louis même, ce n'est pas mon idole. Sachez bien, ich liebe die französische Nation, aber ihren grand monarque liebe ich nicht, weil er seine Nation in seinem pomphaften Gebaren verleugnet. Denn das Wesen des Französischen ist Scherz, Laune, Leichtigkeit. In diesem Ludwig aber spukt von mütterlicher Seite her etwas Schwerfällig-Habsburgisches beständig mit. Und so waren alle Bourbons. Nur *einer* unter ihnen, der keinen Tropfen deutschen Blutes in seinen Adern hatte, und dieser ist mein Liebling.«

»Le bon roi Henri«, ergänzte Berndt.

»Ja, *er*«, fuhr die Gräfin fort, »der liebenswürdigste und zugleich der französischeste aller Könige, ein gallischer Kampfhahn, kein radschlagender Pfau, naiv, ritterlich, frei von Grandezza und gespreizten Manieren.«

»Freier vielleicht, als einem Könige geziemt«, scherzte Berndt weiter. »Er spielte Pferd mit dem Dauphin, als der spanische Gesandte bei ihm eintrat, und Frau von Simier, nach dem Eindruck befragt, den der König auf sie gemacht habe, konnte nur erwidern: ›J'ai vu le *roi*, mais je n'ai pas vu Sa *Majesté*.‹«

»Was du als einen Tadel nimmst oder wenigstens comme un demi-reproche, war eher als ein Lob gemeint. Jedenfalls hielt es sich die Waage. Und wie konnt es auch anders sein? Er ruhte sicher in sich selbst und gab sich offen in seinen Schwächen, weil er den Überschuß von Kraft fühlte, den ihm die Götter mit in die Wiege gegeben hatten, in seine Wiege, die beiläufig eine Schildkrötenschale war. Er verschwieg nichts und persiflierte sich selbst in dem heiteren Darüberstehen eines Grandseigneurs. Jeder kleinste Zug, den ich von ihm kenne, entzückt mich. Er hatte die Angewohnheit, überall Sachen mitzunehmen, und versicherte mit gascognischer Schelmerei, ›que s'il n'avait pas été roi, il eût été pendu‹.«

Dies wurde von Krach, der sich nach Art aller Geizigen in Mein- und Deinfragen zu den rigorosesten Grundsätzen bekannte, mit soviel Indignation aufgenommen, wie die Rücksicht gegen die Erzählerin irgendwie gestattete. Er begann mit »unköniglich« und »frivol« und würde sich noch höher hinaufgeschraubt haben, wenn nicht Bamme gereizten Tones dazwischengefahren wäre: »Wer im großen gibt, mag im kleinen nehmen. Freilich erst *geben*, da liegt die Schwierigkeit.«

Krach biß sich auf die Lippen, die Gräfin aber sprach verbindlich zu ihm hinüber: »Sie verkennen mich, Präsident, ich gebe Ihnen meinen Liebling in Moralfragen preis. Es sind ganz andere Dinge, die mich an ihm entzücken. Hören Sie, was Tallemant des Réaux in seinen Memoiren von ihm erzählt. Einer der Hofleute, Graf Beauffremont, wußte von der Untreue der schönen Gabriele. Er sagte es dem Könige. Dieser aber bestritt es und wollt es nicht glauben; er liebte sie zu sehr. Der Graf erbot sich schließlich, den Beweis zu geben, und führte den König bis an das Schlafzimmer Gabrielens. In dem Augenblick, wo sie eintreten wollten, drehte sich le roi Henri um und sagte: ›Non, je ne veux pas entrer; cela la fâcherait trop.‹«

Medewitz, der selbst Trauriges erlebt hatte, bemerkte, daß er den König nicht begreife; die Gräfin aber fuhr fort: »In dieser Anekdote haben Sie den König tout à fait. Er hielt zu dem Wahlspruch, den Franz I. in ein Fenster zu Schloß Chenonceaux einschnitt:

> Souvent femme varie
> Et fol est qui s'y fie.

Überhaupt erinnert er an diesen König; nur übertrifft er ihn. Unser Geschlecht, in seinen Schwächen und seinen Vorzügen, ist nie besser verstanden, nie ritterlicher behandelt worden, und die Frauen aller Länder sollten ihm Bildsäulen errichten. Freilich würde es an Neidern nicht fehlen, wie sein eigenes Frankreich einen solchen erstehen sah.«

»Einen Neider?« fragte der in der französischen Memoirenliteratur glänzend bewanderte Graf und schien durch diese Frage einen Zweifel ausdrücken zu wollen.

»C'est ça«, fuhr die Gräfin fort, »und zwar in Gestalt seines eigenen Enkels, des ›grand monarque‹. Als die Stadt Pau ihrem geliebten Henri eine Statue errichten wollte, suchte sie bei Hofe darum nach. Ludwig XIV. sagte nicht ja und nicht nein, sondern schickte statt aller Antwort sein eigenes Bildnis. Aber er hatte den Witz der guten Bürger von Pau nicht gebührend mit in Rechnung gezogen. Diese richteten das Denkmal auf und gaben ihm die Inschrift: ›Celui-ci est le petit-fils de notre bon Henri.‹«

»Und wie lief es ab?« fragte Rutze, der, nach Kinderart, zwischen Anekdote und Erzählung keinen Unterschied machend, an dem Hergange selbst ein größeres Interesse nahm als an der Pointe. Die Gräfin lächelte.

»Es ist eine Erzählung ohne Schluß, lieber Rutze. Der König wird schwerlich von dieser Inschrift gehört, noch weniger sie gelesen haben. Es ist immer mißlich, solche Scherze zu hinterbringen. Übrigens sorgte gerade damals der Feldzug am Rhein für Aufregungen, die das Auge des Königs nach anderer Seite hin abzogen. Es war die Erntezeit seines Ruhmes, auch seines kriegerischen. Und doch war keine Spur von einem Feldherrn in ihm. Le bon roi Henri schlug die Schlachten, le grand roi Louis ließ sie schlagen; aber Dichter und Maler sind nicht müde geworden, Olymp und Heroenwelt nach Vergleichen für ihn zu durchsuchen.«

»Ich glaube gehört zu haben«, bemerkte Berndt, »daß er eines gewissen militärischen Talentes, wie es hohe Lebensstellungen sehr oft ausbilden, nicht entbehrte.«

»Graf Tauentzien war der entgegengesetzten Meinung. Und ich darf annehmen, daß seine Meinung übereinstimmend mit dem Urteil des Prinzen war.«

»Das Urteil des Königs würde mir kompetenter sein.«

Die Gräfin schwieg pikiert, aber nach kurzer Weile fuhr sie fort: »Du weißt, Berndt, daß der König selber aussprach: ›Le prince est le seul qui n'ait jamais fait de fautes.‹ Es scheint mir darin zugestanden, daß er in der Theorie des Krieges, in allem, was Wissen und Urteil angeht, der Bedeutendere war.«

Berndt zuckte. »Wer die Praxis hat, hat auch die Theorie. Was entscheidet, sind die Blitze des Genies.«

»Aber das Genie hat mannigfache Formen der Erscheinung. Der Prinz würde bei Hochkirch nicht überrascht worden sein.«

»Und bei Leuthen nicht gesiegt haben. Du überschätzest den Prinzen.«

»Du unterschätzest ihn.«

»Nein, Schwester, ich weise ihm nur die Stelle an, die ihm zukommt: die zweite. Zu allen Zeiten ist die Neigung dagewesen, in solchen Personalfragen die Weltgeschichte zu korrigieren. Aber Gott sei Dank, es ist nie geglückt. Das Volk, allem Besserwissen der Eingeweihten, allem Spintisieren der Gelehrten zum Trotz, hält an seinen Größen fest.«

»Aber es sollte de temps à temps diese Größen richtiger erkennen.«

»Gerade hierin erweist es sich als untrüglich, wenigstens das unsere, das in seiner Nüchternheit vor Überrumpelungen gesichert ist. Es zweifelt lange und sträubt sich noch länger. Aber zuletzt weiß es, wo seine Liebe und seine Bewunderung hingehört. Ich habe dies in den letzten Jahren des großen Königs, wenn Dienst oder Festlichkeiten mich nach Berlin riefen, mehr als einmal beobachten können.«

»Ich meinerseits habe von entgegengesetzten Stimmungen gehört, und mir sind Drohreden des ›untrüglichen Volkes‹ hinterbracht worden, die sich hier nicht wiederholen lassen.«

»Es wird auch an solchen nicht gefehlt haben. Ein gerechter König, während er sich Tausende zu Dank verpflichtet, wird von Hunderten verklagt. Aber was er den Tausenden war, das ließ sich erkennen, wenn er, von der großen Revue kommend, seiner Schwester, der alten Prinzeß Amalie, die er oft das ganze Jahr über nicht sah, seinen regelmäßigen Herbstbesuch machte.«

Rutze, der sich solcher Besuche erinnern mochte, nickte zustimmend mit dem Kopf; Berndt aber fuhr fort: »Ich seh ihn vor mir wie heut, er trug einen dreieckigen Montierungshut, die weiße Generalsfeder war zerrissen und schmutzig, der Rock alt und bestaubt, die Weste voll Tabak, die schwarzen Sammethosen abgetragen und rot verschossen. Hinter ihm Generale und Adjutanten. So ritt er auf seinem Schimmel, dem Condé, durch das Hallesche Tor, über das Rondel, in die Wilhelmsstraße ein, die gedrückt voller Menschen stand, alle Häupter entblößt, überall das tiefste Schweigen. Er grüßte fortwährend, vom Tor bis zur Kochstraße wohl zweihundertmal. Dann bog er in den Hof des Palais ein und wurde von der alten Prinzessin an den Stufen der Vortreppe empfangen. Er begrüßte sie, bot ihr den Arm, und die großen Flügeltüren schlossen sich wieder. Alles wie eine Erscheinung. Nur die Menge stand noch entblößten Hauptes da, die Augen auf das Portal gerichtet. Und doch war nichts geschehen: keine Pracht, keine Kanonenschüsse, kein Trommeln und Pfeifen; nur ein dreiundsiebzigjähriger Mann, schlecht gekleidet, staubbedeckt, kehrte von seinem mühsamen Tagewerk zurück. Aber jeder wußte, daß dieses Tagewerk seit fünfundvierzig Jahren keinen Tag versäumt worden war, und Ehrfurcht, Bewunderung, Stolz, Vertrauen regte sich in jedes einzelnen Brust, sobald sie dieses Mannes der Pflicht und der Arbeit ansichtig wurden. Chère Amélie, auch dein Rheinsberger Prinz ist eingezogen. Hast du je Bilder wie diese vor Augen gehabt oder auch nur von ihnen gehört?«

Die Gräfin wollte antworten, aber der eintretende Jäger meldete, daß die Schlitten vorgefahren seien. So wurde das Gespräch unterbrochen. Es erfolgte nur noch eine Einladung auf Silvester, bis zu welchem Tage Baron Pehlemann hoffentlich von seinem Anfall wiederhergestellt, Doktor Faulstich aber seiner Ziebinger Umgarnung entzogen sein werde. Eine Viertelstunde später flogen die Schlitten auf verschiedenen Wegen ins Oderbruch hinein. Berndt, behufs Erledigung von Kreis- und anderen Amtsgeschäften, begleitete Drosselstein nach Hohen-Ziesar. Den weitesten Weg hatten Lewin und Renate, quer durch das Bruch hindurch. Als sie vor dem Hohen-Vietzer Herrenhause hielten, berichtete Jeetze mit einem Anflug von Vertraulichkeit, daß die »jungen Berliner Herrschaften« vor einer

Stunde angekommen, aber, ermüdet von der Reise, schon zur Ruhe gegangen seien.

»Also auf morgen!« Damit trennten sich die Geschwister.

Achtes Kapitel
Chez soi

Über dem Salon, aus dem die Wendeltreppe mit dem Nußbaumspalier ins obere Stock führte, befand sich das Schlafzimmer der Gräfin. Ein stiller Raum, hoch und geräumig, die Fenster nach Norden zu. Unter gewöhnlichen Verhältnissen hätte man diese Lage tadeln dürfen; hier aber, wo die Neigung vorherrschte, sich erst durch die Mittagssonne wecken zu lassen, gestaltete sich, was anderen Orts ein Fehler gewesen wäre, zu einem Vorzug. In der Mitte des Zimmers, nur mit der einen Schmalseite die Wand berührend, stand das Bett, ein großer, mit schweren Vorhängen ausgestatteter Behaglichkeitsbau und nicht eine jener sargartigen Kisten, die das Schlafen als eine Nebensache oder gar als eine Strafe erscheinen lassen. Ein zuverlässiger Mensch wacht aber nicht nur ordentlich, sondern schläft auch ordentlich, und es war eine Feinheit unserer Sprache, das richtig drapierte Großbett ohne weiteres zum Himmelbett zu erheben.

Die Gräfin, noch unter dem Einfluß des Streits, den sie mit dem Bruder gehabt hatte, und verstimmt, an einer, wie sie nicht zweifelte, siegreichen Entgegnung verhindert worden zu sein, stieg die Wendeltreppe langsam hinauf, während ihr ihre Jungfer, ein hübsches, blutjunges Ding von entschieden wendischem Typus, mit einem Ausdruck von Schelmerei und Schlauheit folgte. Es war Eva Kubalke, des alten Hohen-Vietzer Küsters jüngste Tochter und Schwester von Maline Kubalke.

Beide nahmen dieselbe bevorzugte Stellung ein. Eva war Liebling und Vertraute bei Tante Amelie, Maline bei Renaten.

Es verging eine geraume Zeit, während welcher die Gräfin nicht sprach. Endlich schien sie ihrer Verstimmung Herr geworden zu sein; sie setzte sich vor einen Spiegel und begann ihre Nachttoilette zu machen. Die Kleine sah ihr beständig nach den Augen. Endlich sagte die Gräfin unter freundlichem Zunicken: »Nun, Eva?«

»Gnädigste Gräfin sind so still.«

»Ja. Aber nun sprich. Nimm den Kamm. Was gibt es?«

»O vielerlei, gnädigste Gräfin. Fräulein Renate war wieder so gut. Sie hat mir alles erzählt. Ich freue mich immer, wenn sie Kopfweh hat und aus dem Salon nach oben kommt. Da höre ich doch von Hohen-Vietz und meiner Schwester Maline.«

»Wie steht es mit dem Bräutigam? War es nicht der junge Scharwenka?«

»Ja, aber sie hat ihm abgeschrieben.«

»Ihm abgeschrieben? Dem reichen Krügerssohn?«

»Das war es eben. Es sind harte Leute, die Scharwenkas, hart und bauernstolz. Er hat ihr vorgeworfen, daß sie arm sei. Aber da war es vorbei. Sie machte sich auch nicht viel aus ihm. Sie will nun in die Stadt.«

»Wenn es nur gut tut.«

»Aber wissen denn gnädigste Gräfin, daß der Hathnower Pastor Hochzeit gehabt hat?«

»Der Hathnower?«

»Ja, gestern, am zweiten Feiertage. Es sollte was Apartes sein.«

»Und mit wem denn?«

»Mit einer Berlinerin. Und wie er dazu gekommen ist! Es ist eine ganze Geschichte.«

»Nun, so erzähle doch.«

»Er war letzten Sommer in Berlin auf Besuch bei einem Freunde, auch Prediger. Den Namen habe ich vergessen, aber ich besinne mich noch.«

»Laß ihn.«

»Nun, der Freund wohnte in einem großen Hause, zwei Treppen hoch. Ein Gewitter zog herauf, und es goß wie mit Kannen. Als es vorüber war und der Regen nur noch leise fiel, legten sich beide Freunde ins offene Fenster und sahen auf die Straße, die unter Wasser stand, so daß die Brückenbohlen umherschwammen. Aber soll ich weiter erzählen?«

»Gewiß.«

»Sie sahen also auf die Straße und die Brückenbohlen, aber auch auf ein paar große Rosenstöcke, die Regens halber umgelegt waren und gerade unter ihnen aus dem Fenster herausguckten. Die Freunde sprachen noch, und der Hathnower wollte sich eben nach den eine Treppe tiefer wohnenden Wirtsleuten erkundigen, als ein Arm herausgestreckt wurde, der dicht über den Rosenstöcken hin einen kleinen irdenen Blumentopf, in dem nur zwei, drei Blätter wuchsen, in den Regen hinaushielt. Ein paar Tropfen fielen auf die Blätter und auch auf den Arm; und dann verschwand er wieder. ›Es war wie eine Erscheinung‹, soll der Hathnower gesagt haben. Den zweiten Tag hielt er an. Es ist eine Steuerratstochter.«

»Das hätte ich dem Kleinen nicht zugetraut. Er ist sonst so schüchtern.«

»Die Leute wissen auch nicht recht, was sie daraus machen sollen. Die einen meinen, es habe ihn so gerührt, die Liebe zu den drei kleinen Blättern, und er habe gleich gesagt, ›die muß jeden glücklich machen‹; die andern aber meinen, Frau Gräfin verzeihen, der Arm habe es ihm angetan.«

»Es wird wohl der Arm gewesen sein«, bemerkte die Gräfin mit ruhiger Überzeugung.

Eva, die ein Schelm war, erwiderte, »daß es ja doch ein Prediger sei«, und fuhr dann in ihrem Abendrapporte fort: »Auf der Manschnower Mühle ist eingebrochen.«

»Beim alten Kriele?«

»Ja, gnädigste Gräfin. Sie haben ihm all sein Gespartes genommen, und das Pferd aus dem Stall dazu. Sie müssen die Gelegenheit gut gekannt haben, denn das Geld lag unter dem Fußboden; aber sie brachen die Dielen auf.«

»Hat man auf wen Verdacht?«

»Die Diebe hatten alte Soldatenröcke an, halb zerrissen, so daß man nichts Bestimmtes erkennen konnte. Die Manschnower meinen, es wären Marodeurs gewesen, Franzosen, die das Mitnehmen noch immer nicht lassen könnten. Ihre Gesichter hatten sie schwarz gemacht.«

»Dann waren es keine Franzosen. Wer sein Gesicht schwärzt, der fürchtet erkannt zu werden. Und du sagtest selbst, sie wußten Bescheid in der Mühle.«

»Aber die Soldatenröcke.«

»Das wird sich aufklären.«

Damit brach das Gespräch ab. Die Toilette war beendet, das Haar leicht zusammengesteckt, und die Gräfin bot Eva gute Nacht. Diese, bevor sie das Zimmer verließ, trat noch an einen großen Stehspiegel heran und ließ, wie man ein Fensterrouleau herunterläßt, einen grünseidenen Vorhang über den Trumeau herabrollen.

Dies geschah jeden Abend, und es ist nötig, ein Wort darüber zu sagen. Wie alle alten Schlösser, so hatte auch Schloß Guse sein Hausgespenst, und zwar eine Schwarze Frau. Diese Weißen und Schwarzen Frauen gelten bei Kennern als die allerechtesten Spuke, gerade weil ihnen das fehlt, was dem Laien die Hauptsache dünkt: eine Geschichte. Sie haben nichts als ihre Existenz; sie erscheinen bloß. *Warum* sie erscheinen, darüber fehlen entweder alle Mitteilungen, oder die Mitteilungen sind widerspruchsvoll. So war es auch in Guse. Die Erzählungen gingen weit auseinander, nur das stand fest, daß das Erscheinen der Schwarzen Frau jedesmal Tod oder Unglück bedeute. Die Gräfin, sonst eine beherzte Natur, lebte in einem steten Bangen vor dieser Erscheinung; was ihr aber das peinlichste war, war der Gedanke, daß sie möglicherweise einmal einem bloßen Irrtum, ihrem eignen Spiegelbilde zum Opfer fallen könne. Da sie sich immer schwarz kleidete, so hatte diese Besorgnis eine gewisse Berechtigung, und sie traf ihre Vorkehrungen darnach. Die Anlage der mehrerwähnten Wendeltreppe stand im Zusammenhange damit; sie wollte das Spiegelzimmer nicht passieren, wenn sie sich spätabends aus dem Salon in ihr Schlafzimmer zurückzog. In diesem letzteren war nun natürlich der große Trumeau ein Gegenstand ihrer besonderen Aufmerksamkeit und Besorgnis, und ein durch Eva auch nur einmal versäumtes Herablassen des Vorhanges würde schwerlich ihre Verzeihung gefunden haben.

Es war heute noch früh, kaum elf Uhr, und die Gräfin, die ohnehin die Nacht am liebsten zum Tage gemacht hätte, hatte keinen Grund, die Ruhe vorzeitig aufzusuchen. Es waren noch Briefe zu schreiben.

Sie setzte sich an einen mit Schildpatt und Boulearbeit ausgelegten Tisch, der zwischen Bett und Fenster stand, überflog einen kurzen Brief, der ihr zur Linken lag, und schrieb dann selbst:

»Mon cher Faulstich. Tout va bien! Demoiselle Alceste, wie sie mir heute in einem unorthographischen Billet (le style c'est l'homme) anzeigt, hat akzeptiert. Sie wird am 30. in Guse sein et, comme j'espère, den Dr. Faulstich bereits hier antreffen. Sie dürfen mich nicht im Stiche lassen.

Meinen Dank für die Vorschläge, die Sie gemacht. Ihre Begeisterung für de la Harpe, den Sie zu favorisieren scheinen, kann ich nicht teilen, weder für die ›Barmecides‹ noch für den ›Comte de Warwick‹. Die rot angestrichenen Stellen (Tome VII erfolgt zurück) lasse ich gelten.

Ich habe mich, après quelque hésitation, für Lemierre entschieden, nicht für den ›Barnevelt‹, der soviel Aufsehen gemacht hat und der reifer ist, sondern für den ›Guillaume Tell‹, justement parcequ'il n'a pas cette maturité. Er hat dafür Schwung, Feuer, Leidenschaft. Demoiselle Alceste, ohne daß ich ihr Urteil kaptiviert hätte, ist mir beigetreten. Ich leugne übrigens nicht, daß auch Rücksichten auf den Effekt meine Wahl bestimmt haben. Cléofés Paraphrasen an die Freiheit sind genau das, was man jetzt hören will, et comme Intendant en Chef du Théâtre du château de Guse habe ich die Verpflichtung, Neues, Zeitgemäßes zu bringen und mich dem Geschmacke meines

Publikums anzubequemen. S'accomoder au goût de tout le monde, c'est la demande de notre temps. Das Beste wird Demoiselle Alceste tun müssen et encore plus la surprise. Also Verschwiegenheit, auch gegen Drosselstein.

Aber eines fehlt noch, cher Docteur, et c'est pour cela que je recours à votre bonté. Es fehlt ein Prolog, ein Epilog, ein Chorus, ein Irgendetwas, das vorwärts oder rückwärts oder seitwärts weist, denn so könnte man den Chorus vielleicht definieren. Sie werden schon das Richtige finden. J'en suis sûre. Vielleicht täte es auch ein Lied. Aber es müßte etwas Leichtes sein, das Renate vom Blatte singen könnte.

N'oubliez pas que je vous attends le 30. Je suis avec une parfaite estime votre affectionnée   A. P.«

Ein zweiter Brief war an Demoiselle Alceste gerichtet. Er enthielt nur den Ausdruck der Freude, sie mit nächstem zu sehen. Die Gräfin siegelte beide Briefe, löschte die auf dem Schreibtische stehenden Kerzen und legte sich nieder. Nur noch die italienische Lampe brannte. Sie band, wie sie seit vielen Jahren tat, ein safranfarbenes Tuch um ihre Stirn und versuchte zu lesen, aber das Buch entfiel ihrer Hand. Die Eindrücke des Tages zogen an ihr vorüber; sie hörte die heftigen Reden Berndts, dann klangen sie ruhiger, und die großen Portaltüren, die Bamme mit soviel Eindringlichkeit geschildert hatte, öffneten sich langsam und leise. Aber in den Saal, in dem die Leibkarabiniers tanzten, trat niemand anderes als Mademoiselle Alceste, die Worte Lemierres auf den Lippen, den Sieg auf der Stirn. Alles applaudierte.

Der Traum spann sich weiter; die Gräfin schlief.

Neuntes Kapitel
Untreuer Liebling

Der andere Morgen sah die beiden Geschwisterpaare, Lewin und Renate und Tubal und Kathinka, beim Frühstück versammelt. Nach herzlicher Begrüßung und sich überstürzenden Fragen, die teils der Christbescherung im Ladalinskischen Hause, teils der gestrigen Reunion in Schloß Guse galten, wurden die Dispositionen für den Tag getroffen. Kathinka und Renate wollten auf der Pfarre vorsprechen, dann Marie zu einer Plauderstunde abholen, während die beiden jungen Männer einen Besuch in dem benachbarten Städtchen Kirch-Göritz verabredeten. Die Anregung dazu ging von Tubal aus, der in der Jenaer Literaturzeitung einen mit dem vollen Namen Doktor Faulstichs unterzeichneten Aufsatz »Arten und Unarten der Romantik« gelesen und sofort den Entschluß gefaßt hatte, bei seiner nächsten Anwesenheit in Hohen-Vietz den Doktor aufzusuchen.

Erst nach Regelung aller dieser Dinge kam das bis dahin hastig und sprungweise geführte Gespräch in einen ruhigeren Gang, und die Hohen-Vietzer Geschwister drangen jetzt in Tubal, ihnen von der durch Jürgaß improvisierten Weihnachtssitzung, besonders aber von Hansen-Grell, dieser jüngsten Akquisition der »Kastalia«, zu erzählen. Auch Kathinka wollte von ihm hören.

»Ich werde schlecht vor eurer Neugier bestehen«, begann Tubal. »Es geht mein Wissen, trotzdem ich Jürgaß am ersten Feiertage gesprochen, nicht wesentlich über das hinaus, was ich in meinem langen Weihnachtsbriefe bereits geschrieben habe. Er ist unschön, von schlechtem Teint und hat wenig Grazie. Aber dieser Eindruck verliert sich, wenn er spricht. Manches an ihm erklärt sich aus seinem Namen, der als ein Abriß seiner Lebensgeschichte gelten kann. Sein Vater, ein einfacher Grell, in Gantzer gebürtig und ursprünglich Soldat, wurde, wer weiß wie, nach Dänemark verschlagen. Er heiratete daselbst, und zwar im Schleswigschen, eines wohlhabenden Handwerkers Tochter. In jenen Gegenden heißt alles Hansen; zugleich ist dort die Sitte verbreitet, den Kindern einen aus dem Familiennamen des Vaters und der Mutter gebildeten Doppelnamen mit auf den Lebensweg zu geben. So entstanden die Hansen-Grells. Einige Jahre später zog es den Vater, der inzwischen geschulmeistert, sich als Turmuhrmacher und Orgelspieler versucht hatte, wieder in sein märkisches Dorf zurück, und er schrieb an die Gutsherrschaft in Gantzer, in einem langen Briefe schildernd, wie groß sein Heimweh sei. Der alte Jürgaß, als er das las, war an seiner schwachen Stelle getroffen, und vier Wochen später trafen Grell und Frau nebst einer ganzen Kolonie von Hansen-Grells in Gantzer ein.«

»Und der alte Jürgaß schaffte Rat; dessen bin ich sicher«, warf Lewin dazwischen. »Es ist eine Familie, wie wir keine bessere haben. Ohne Lug und Trug. Sie sind mit den Zietens verschwägert und mit den Rohrs; von den einen haben sie die Hand, von den anderen das Herz.«

»Es ist, wie du sagst«, fuhr Tubal fort. »Es fand sich ein Haus, ein Amt, ein Streifen Land, und unser Hansen-Grell kam auf die Havelberger Schule. Als er aber halbwachsen war, wurde seiner Mutter Blut und Namen in ihm lebendig, und er erschien eines Tages bei den Großeltern in Schleswig. Er hatte die ganzen fünfzig Meilen zu Fuß gemacht. Es war ein gewagtes Ding, aber es schlug ihm zum Guten aus, selbst in Gantzer, wo der alte Jürgaß dem alten Grell auseinandersetzte, daß jeder Mensch, aus dem etwas geworden sei, der eine früher, der andere später, eine Desertion begangen habe. Selbst Kronprinz Friedrich. In der Großeltern Haus wuchs inzwischen unser Hansen-Grell heran und ging nach Kopenhagen; es war dasselbe Jahr, in dem die Engländer die Stadt bombardierten. Einzelne Vorgänge, die seiner Umsicht wie seinem Mut ein gleich glänzendes Zeugnis ausstellten, führten ihn als Erzieher in das Haus eines Grafen Moltke, in dem er glückliche

Jahre verlebte. Seine skandinavischen Studien fallen in diese Zeit. Als aber Schill, dessen Auftreten er mit glühendem Patriotismus verfolgt hatte, von dänischen Truppen umstellt und dann in den Straßen Stralsunds zusammengehauen wurde, kam der Grell in ihm so nachdrücklich heraus, daß er, übrigens unter Fortdauer guter Beziehungen zu dem Moltkeschen Hause, seine Kopenhagener Stellung aufgab und ins Brandenburgische zurückkehrte.«

»Es überrascht mich«, bemerkte Lewin, »nie früher von ihm gehört zu haben. Wo war er all die Zeit über? Unser Jürgaß zählt sonst nicht zu den Schweigsamen.«

»Ich möchte vermuten, daß er seine Zeit zwischen literarischen Beschäftigungen in Berlin und Aushilfestellungen auf dem Lande teilte. Dann und wann war er in Gantzer. In Stechow, wenn ich recht verstanden habe, hat er gepredigt. Im übrigen wird er vor Ablauf einer Woche meine Mitteilungen vervollständigen können. Und wenn nicht er, so doch jedenfalls Jürgaß, der, während er ihn ironisch zu behandeln scheint, eine fast respektvolle Vorliebe für ihn hat. Er rühmt vor allem sein Erzählertalent, wenn es sich um skandinavische Naturbilder oder um die Schilderung persönlicher Erlebnisse handelt. Schon in dem ›Hakon Borkenbart‹, den er uns vorlas, trat dies hervor. Es war mir interessant, mit welcher Aufmerksamkeit Bninski folgte, erst dem Gedichte, dann dem Dichter, vielleicht noch mehr dem Menschen. Aber ich entsinne mich, ich schrieb schon davon.«

»Es will mir scheinen, Tubal«, nahm hier Kathinka das Wort, »daß du dem Grafen deine persönlichen Empfindungen unterschiebst. Er verlangt Schönheit, Form, Esprit, alles das, was dieser nordische Wundervogel, in dem ich schließlich eine Eidergans vermute, nicht zu haben scheint. Bninski ist durchaus für südliches Gefieder. Er hat gar kein Verständnis für preußische Kandidaten- und Konrektoralnaturen, die nie prosaischer sind, als wo sie poetisch oder gar enthusiastisch werden.«

»Da verkennst du den Grafen doch«, erwiderte Tubal,

und Lewin setzte mit einer Verbeugung gegen die schöne Cousine hinzu: »Ich muß auch widersprechen, Kathinka; Bninskis Neigungen gehen den Weg, den du beschrieben hast, aber er ist zugleich eine tiefer angelegte Natur, und es dämmert in ihm die Vorstellung, daß es gerade die Hansen-Grells sind, die wir vor den slawischen Gesellschaftsvirtuosen, vor den Männern des Salonfirlefanzes und der endlosen Liebesintrige voraushaben. Übrigens ist es Zeit, unser Thema abzubrechen. Kirch-Göritz ist eine Stunde, und die Tage sind kurz. Wir nehmen doch die Jagdflinten? Möglich, daß uns ein Hase über den Weg läuft.«

Tubal stimmte zu. Ihr Adieu für den Moment ihres Aufbruchs sich vorbehaltend, verließen beide Freunde das Zimmer, um sich für ihre Jagd- und Gesellschaftsexpedition zu rüsten.

Auch die jungen Damen standen auf, und Renate begann die Brotreste zu verkrumeln, mit denen sie jeden Morgen ihre Tauben zu füttern pflegte.

Kathinka, in einem enganschließenden polnischen Überrock von dunkelgrüner Farbe, der erst jetzt, wo sie sich erhoben hatte, die volle Schönheit ihrer Figur zeigte, war ihr dabei behilflich. Alles, was Lewin für sie empfand, war nur zu begreiflich. Ein Anflug von Koketterie, gepaart mit jener leichten Sicherheit der Bewegung, wie sie das Bewußtsein der Überlegenheit gibt, machten sie für jeden gefährlich, doppelt für den, der noch in Jugend und Unerfahrenheit stand. Sie war um einen halben Kopf größer als Renate; ihre besondere Schönheit aber, ein Erbteil von der Mutter her, bildete das kastanienbraune Haar, das sie, der jeweiligen Mode Trotz bietend, in der Regel leicht aufgenommen in einem Goldnetz trug. Ihrem Haar entsprach der Teint und beiden das Auge, das, hellblau, wie es war, doch zugleich wie Feuer leuchtete.

»Sieh«, sagte Renate, während sie mit einer Schale voll Krumen auf das Fenster zuschritt, »sie melden sich schon.« Und in der Tat hatte sich draußen auf das verschneite Fensterbrett eine atlasgraue Taube niedergelassen und pickte an die Scheiben. »Das ist mein Verzug«, setzte sie hinzu und drehte die Riegel, um die Krumen hinauszustreuen. Kathinka war ihr gefolgt. In dem Augenblick, wo das Fenster sich öffnete, huschte die schöne Taube herein, setzte sich aber nicht auf Renatens, sondern auf Kathinkas Schulter und begann unter Gurren und zierlichem Sichdrehen ihren Kopf an Kathinkas Wange zu legen.

»Untreuer Liebling!« rief Renate, und in ihren Worten klang etwas wie wirkliche Verstimmung.

»Laß«, sagte Kathinka. »Das ist die Welt. Untreue überall; auch bei den Tauben.«

In diesem Momente traten die beiden Freunde wieder ein, um sich, wie angekündigt, bei den jungen Damen bis auf Spätnachmittag zu empfehlen. Sie trugen Jagdröcke, Pelzkappen, hohe Stiefel, dazu die Flinten über die Schulter gehängt. »Nehmen wir einen Hund mit?« fragte Tubal.

»Nein. Tiras lahmt, und Hektor scheucht alles auf und bringt nichts zu Schuß. Das beste Tier und der schlechteste Hund.« So brachen sie auf.

Zehntes Kapitel
Kirch-Göritz

Kirch-Göritz liegt an der andern Seite der Oder, südöstlich von Hohen-Vietz. Es standen zwei Wege zur Wahl, und die beiden Freunde beschlossen, auf dem Hinmarsche den einen, auf dem Rückmarsche den andern einzuschlagen. Sie passierten zuerst das Dorf, dann den Forstacker. Als sie bei Hoppenmariekens Häuschen vorüberkamen, das stumm und verschlossen dalag, standen sie neugierig still und lugten hinein. Sie sahen aber nichts. Dann schlugen sie einen Fußsteig ein, der diesseitig in halber Höhe des Oderhügels hinlief. Dann und wann flog eine Schack-Elster auf; nichts, was einen Schuß verlohnt hätte.

Sie sprachen von Faulstich, und Tubal skizzierte den Artikel aus der Jenaer Literaturzeitung, den Lewin nicht gelesen hatte. »Ich fürchte fast«, sagte dieser, »daß der Verfasser hinter dem Eindruck, den seine Arbeit auf dich machte, zurückbleiben wird. Er ist ein kluger und interessanter Mann, aber doch schließlich von ziemlich zweifelhaftem Gepräge.«

»Desto besser. Ich bin, wie du übrigens wissen könntest, unserer Tante Amelie gerade verwandt genug, um alles, was einen ›Stich‹ hat, zum Teil um dieses Stiches willen zu bevorzugen. Und Faulstich wird keine Ausnahme machen. Er ist mir schon interessant dadurch, daß er in Kirch-Göritz lebt, ein Mann, der sich an die sublimsten Fragen wagt! Welche Schicksalswelle hat ihn an diesen Strand geworfen?«

»Wir wissen wenig von ihm, und das wenige bedarf wahrscheinlich auch noch der Korrektur. Er ist ein Altmärker, wenn ich nicht irre, aus der Gardelegener Gegend, wo sein Vater Prediger war, ein strenggläubiger, was dem Sohne von Jugend auf widerstand. Nichtsdestoweniger ging er, dem Willen des Vaters nachgebend, nach Halle und begann theologische Studien. Er kam aber, durch literarische Liebhabereien abgezogen, nicht recht vorwärts. Eine Art ästhetische Feinschmeckerei war schon damals seine Sache. Er lernte den um mehrere Jahre jüngeren Ludwig Tieck kennen, spielte den Beschützer, zugleich das oberste kritische Tribunal, und diese Bekanntschaft, so kurz und oberflächlich sie war, war es doch, was ihn schließlich nach allerhand Zwischenfällen nach Kirch-Göritz führte.«

»Und diese Zwischenfälle laß mich hören.«

»Gewiß; denn sie sind charakteristisch für den Mann. Es kam endlich zum völligen Bruch zwischen Vater und Sohn, und schon erwog dieser, ob er sich nicht einer herumziehenden Schauspielergesellschaft anschließen solle, als er sich durch in Berlin angeknüpfte Verbindungen in den

Kreis der Rietz-Lichtenau gezogen sah. Dieser Kreis, wie du von deinem Papa oft gehört haben wirst, war besser als sein Ruf. Die Rietz, zu manchem anderen, das sie besaß, hatte gute Laune, scharfen Verstand und ein natürliches Gefühl für die Künste. Sie paßte für ihre Rolle. Es war eben allerlei Verwandtes zwischen ihr und Faulstich, der sich bald unentbehrlich zu machen wußte. Er stellte Bilder, erfand Bonmots fürstlicher Personen, sorgte für Klatsch und Anekdoten und machte die Festgedichte. All dies hatte natürlich ein Ende, als die Seifenblase der Lichtenauschen Größe zerplatzte, und Faulstich, wie vier Jahre früher in Halle, sah sich zum zweiten Male den bittersten Verlegenheiten gegenüber.«

»... Aus denen ihn nun Tieck, wie der besternte Fürst in der Komödie, befreite.«

»Du sagst es. Die gelockerten Beziehungen knüpften sich wieder an; Faulstich tat den ersten Schritt. Tieck seinerseits, der eben damals den ›Gestiefelten Kater‹ gebracht hatte und mit dem ›Zerbino‹ und der ›Genoveva‹ in Vorbereitung war, begriff leicht, was ihm Faulstich in den zu führenden Fehden wert sein mußte. Denn er war kein gewöhnlicher Kritiker. Voller Phantasie verstand er es, den Intentionen, selbst den Capricen der jungen Schule zu folgen. So halb aus Interesse, halb aus Gutmütigkeit empfahl ihn Tieck an die Burgsdorffs nach Ziebingen hin. Den Rest errätst du leicht.«

»Doch nicht, gib wenigstens eine Andeutung.«

»Gut. Er kam also nach Ziebingen, was im weiteren zur Bekanntschaft mit Graf Drosselstein und bald auch zur Übersiedelung nach Hohen-Ziesar führte. Ich kann mich dessen noch entsinnen. Es fiel ihm zu, in der etwas wüst gewordenen Bibliothek wieder Ordnung zu schaffen, und der Graf, soweit ihm die Parkanlagen Zeit ließen, ging ihm dabei zur Hand. Sie entdeckten alte, mit Initialen reich ausgestattete Drucke, Ritterbücher aus dem Ende des 15. Jahrhunderts, die nun, im Triumphe nach Ziebingen geschafft, einen erwünschten Stoff zu neuen Dichtungen und noch mehr zu kritischen Untersuchungen boten. Etwa um 1804 wurde die zweite Lehrerstelle in Kirch-Göritz frei. Dem Familieneinfluß erwies es sich nicht schwer, das Einrücken Faulstichs in diese Stelle durchzusetzen. Auch Tante Amelie wirkte mit. Es ist eine halbe Sinekure, und die paar pflichtmäßigen Lektionen fallen gelegentlich noch aus. Die Kirch-Göritzer müssen sich eben damit trösten, daß jede Stunde, die ihrer Stadtschule verlorengeht, der romantischen Schule zugute kommt.«

»Ob es ihnen leicht wird?«

»Ich zweifle. Von dem Brombeerstrauche kleinstädtischer Magistrate sind eben keine Trauben zu pflücken. Auch läßt sich nicht behaupten, daß Doktor Faulstich es ihnen leicht macht.«

»Ist er hochmütig?«

»Im Gegenteil, er hat das Verbindliche, das allen Leuten innewohnt, die ihren ethischen Bedarf aus dem ästhetischen Fonds bestreiten. Er ist entgegenkommend, immer scherzhaft, zum mindesten kein Spielverderber. Dem allerkrausesten Zeuge hört er nicht nur geduldig zu, sondern antwortet auch mit einem verbindlichen ›Ihrem Gedankengange folgend‹, unter welchem Höflichkeitsdeckmantel er dann entweder erst Klarheit in das Chaos bringt oder auch gerade das Gegenteil von dem Gesagten festzustellen weiß. Seine Klugheit und seine affablen Manieren sind es, die ihn halten, aber er gibt Anstoß durch sein Leben, seinen Wandel.«

»So war sein Sich-heimisch-Fühlen im Hause der Rietz mehr als ein Zufall?«

»Ich fürchte, daß es so ist. Er lebt mit einer kinderlosen Witwe, einer Frau von beinahe Vierzig; du wirst sie sehen. Sie beherrscht ihn natürlich, und seine gelegentlichen Bestrebungen, ihr den bescheidenen Platz anzuweisen, der ihr zukommt, scheitern jedesmal.«

»Aber warum schüttelt er sie nicht ab?«

»Dazu gebricht es ihm an Kraft. Er ist eine schwache Natur. Und in dieser schwachen Natur steckt auch das, was mehr Anstoß gibt als alles andere: sein Mangel an Gesinnung.«

»Ist denn Kirch-Göritz der Ort, solche Schäden aufzudecken?«

»Ein jeder Ort, möcht ich meinen, ist dazu geschickt. Und Faulstich hält nicht hinterm Berge. Er bekennt sich offen zu seinem Sybaritismus, zu einer allerweichlichsten Bequemlichkeit, die von nichts so weit ab ist als von Pflichterfüllung und dem kategorischen Imperativ. Er kennt nur sich selbst. Alle Großtat interessiert ihn nur als dichterischer Stoff, am liebsten in dichterischem Kleide. Eine Arnold-von-Winkelried-Ballade kann ihn zu Tränen rühren, aber eine Bajonettattacke mitzumachen würde seiner Natur ebenso unbequem wie lächerlich erscheinen.«

»Das teilt er mit vielen. Es ließe sich darüber streiten, ob das ein Makel sei.«

»Ich würde dir unter Umständen zustimmen können. Aber wenn wir im allgemeinen in der Aufstellung unserer Grundsätze strenger sind als in ihrer Betätigung, so gibt es doch auch Ausnahmen, wo wir dem Leben und seiner Praxis das nicht gestatten mögen, was uns der Theorie nach noch als statthaft erscheint. Ich weiß es nicht, aber ich gehe jede Wette ein, daß das, was in diesen Weihnachtstagen alle preußischen Herzen bewegt hat, von unserem Kirch-Göritzer Doktor entweder einfach als eine Störung empfunden oder aber gar nicht beachtet worden ist. Meine Shakespeareausgabe gegen ein Uhlenhorstsches Traktätchen, daß er vom neunundzwanzigsten Bulletin auch nicht eine Zeile gelesen hat. Eine Einladung nach Guse oder Ziebingen erscheint ihm wichtiger als eine Monarchenzusammenkunft oder ein Friedensschluß. Er ist in nichts zu Hause als in seinen Büchern; Volk, Vaterland, Sitte, Glauben – er umfaßt sie mit seinem Verstande, aber sie sind ihm Begriffs-, nicht Herzenssache. Heute als Kustos an die Pariser Bibliothek berufen, würde er morgen bereit sein, den Kaiser zu apotheosieren. Und das empfinden die kleinen Leute, unter denen er lebt. Es wird jetzt ein Landsturm geplant;

über kurz oder lang werden auch die Kirch-Göritzer ausrücken. Doktor Faulstich aber? Er wird ihnen nachsehen, lachen und zu Hause bleiben.«

Während dieses Gespräches hatten die beiden Freunde den Punkt erreicht, wo der am diesseitigen Abhang sich hinziehende Weg scharf ansteigend nach links hin abzweigte. Sie folgten dieser Abzweigung und standen nach wenigen Minuten auf dem Rücken des Hügels, den Fluß zu Füßen, jenseits desselben das neumärkische Flachland. Alles in Schnee begraben, die vereinzelten Terrainwellen in der weißen Fläche verschwindend. Auch das Oderbett hätte sich kaum erkennen lassen, wenn nicht inmitten desselben eine durch den Schnee hin abgesteckte Kiefernallee die Fahrstraße von Frankfurt bis Küstrin und dadurch zugleich den Lauf des Flusses bezeichnet hätte. Rechtwinklig auf diese Fahrstraße stießen Queralleen, welche die Kommunikation zwischen den Ufern unterhielten und in ihrer Verlängerung, hüben wie drüben, auf spärlich verstreute Ortschaften zuführten.

Die Freunde freuten sich des Bildes, das, trotz seiner Monotonie, nicht ohne Reiz und einen gewissen Anflug von Feierlichem war.

»Wozu gehört der Kirchturm dort drüben, mit den großen Schallöchern und der goldenen Kugel?« fragte Tubal.

»Zu Dorf Ötscher.«

»Ötscher! Ich habe nie den Namen gehört.«

»Und doch spielt er in unserer Geschichte mit. Zwei Meilen weiter südlich liegt Kunersdorf, wo Kleist fiel und der König in die historischen, besser als alles andere den Moment schildernden Worte ausbrach: ›Will denn keine verdammte Kugel mich treffen?‹ Hierher, auf Ötscher zu, zogen sich an jenem furchtbaren Augusttage die zu Compagnien zusammengeschmolzenen Regimenter, Schiffbrücken wurden geschlagen, und angesichts der Stelle, wo wir jetzt stehen, gingen die Trümmer über den Strom. Das hier zur Rechten ist Reitwein. Ein Finkensteinsches Gut. Dort übernachtete der König.«

»Es ist ein Glück, dich hier als Führer zu haben. Ich hätte dieser Öde jeden historischen Moment abgesprochen.«

»Sehr mit Unrecht. Es liegen hier Schätze auf Schritt und Tritt. Da ist Kriegsrat Wohlbrück drüben in Frankfurt, der seit Jahren die Materialien zu einer Historie des Landes Lebus sammelt und auch in Hohen-Vietz war, um unser Gutsarchiv zu durchforschen. Den hab ich mehr als einmal sagen hören: ›Es fehlt uns nicht an Geschehenem, kaum an Geschichte, aber es fehlt uns der Sinn für beides.‹ Sieh hier drüben den verschneiten Häuserkomplex hinter den zwei schiefstehenden Weiden, das ist unser Ziel: Kirch-Göritz dans toute sa gloire. Es wirkt in diesem Augenblick wie eine Biberkolonie, und doch war es ein Bischofssommersitz, der im 14. Jahrhundert eine berühmte Wallfahrtskirche und im 16. Jahrhundert ein noch berühmteres Marienbild hatte. Aber laß uns jetzt hinabsteigen; der Habicht, der dort fliegt, ist außer unserm Bereich. Ich erzähle dir, so du noch hören willst, von dem Neste vor uns. Ohnehin spielen deine Landsleute vom Bug und der Weichsel her eine Rolle in der Geschichte der Stadt.«

»Da bin ich neugierig«, erwiderte Tubal, »obschon ich fürchten muß, wenig Schmeichelhaftes zu hören.«

»Die Geschichte schmeichelt selten«, fuhr Lewin fort, während sie den Weitermarsch antraten.

»Eines Tages, ich gehe gleich in medias res, waren also die Polen im Lande, sengten, plünderten, mordeten und brachen auch in ein Frauenkloster ein, das hierherum in unmittelbarer Nähe von Kirch-Göritz stand. Eine der Nonnen, hart bedrängt, suchte sich des Anführers zu erwehren und beschwor ihn, von ihr abzulassen; sie wollte ihn zum Dank dafür einen festmachenden Spruch lehren, dessen Kraft er gleich an ihr selbst erproben möge. Dabei kniete sie nieder. Er war auch bereit und hieb zu, während sie die Worte sprach: ›In manus tuas, Domine, commendo spiritum meum.‹ Er aber entsetzte sich, als der Kopf vom Rumpfe flog.«

Eine kurze Pause folgte; dann sagte Tubal: »Aber du

sprachst von noch anderen Vorkommnissen; laß mich hoffen, daß sie polnischer Zutat entbehren.«

»Es ist so. Was noch übrigbleibt, mag als ein neumärkisches Lokalereignis gelten; doch eben deshalb ist es um so niederdrückender. Die Kirch-Göritzer hatten ein wundertätiges Marienbild, und dieses Bild schien allen Wechsel der Zeiten überdauern zu sollen. Auf allen Nachbarkanzeln wurde bereits die neue Lehre gepredigt, aber die Pilgerfahrten zur Heiligen Jungfrau, deren Mirakel in der eigenen Bedrängnis mit jedem Tage stiegen, hatten ihren Fortgang. Das reizte den Küstriner Markgrafen, einen scharfen Protestanten, und er gab dem Landeshauptmann im Lande Sternberg, Hansen von Minkwitz, Befehl, dem Unfug ein Ende zu machen. Minkwitz nahm zehn oder zwölf bewaffnete Bürger aus der Stadt Drossen, die zu seinem Amtsbezirke gehörte, und rückte mit ihnen auf Kirch-Göritz zu. Er gedachte das wundertätige Bildnis einfach wegzuführen. Aber es kam anders, als er wollte und sollte. Unterwegs schlossen sich nämlich in allen Dörfern, die er zu passieren hatte, Bauern und loses Gesindel seinem Zuge an, Leute, die noch vor wenig Wochen zu der allerheiligsten Jungfrau gebetet und ihre Pfennige zu den Füßen derselben niedergelegt hatten. Und so brachen denn in Folge dieses Zuwachses die Minkwitzschen nicht mehr als ein geordneter Trupp, sondern als ein wilder, regelloser Haufen in Kirch-Göritz ein. Das Muttergottesbild sah sich von seinem Standort gestürzt und in unzählige Stücke zerschlagen; alles andere: Chorstühle, Schnitzereien, Trauerfahnen, wurde zerrissen oder verbrannt. In die goldgestickten Meßgewänder aber, die diesem Schicksal entgingen, kleidete sich schließlich das Gesindel und zog in wüstem Mummenschanz in seine Dörfer heim. Der ganze Hergang ein zum Himmel schreiendes Beispiel, wie wenig in den sogenannten Glaubenszeiten der Glaube und wieviel die Roheit bedeutet. Nur daß sich jener in diese kleidet, gilt als ein Beweis seiner Kraft.«

»Ich möchte dir widersprechen«, warf Tubal ein.

»Es sei darum, aber nicht jetzt. Dies hier vor uns sind die ersten Häuser von Kirch-Göritz. Und wir können nicht mit Pro und Contras auf den Lippen bei Doktor Faulstich eintreten.«

Elftes Kapitel

Doktor Faulstich

Kirch-Göritz bestand aus wenig mehr als einer einzigen Straße, die sich in ihrer Mitte zu einem schmalen, ein unregelmäßiges Dreieck bildenden Platz mit nur zwei Eckhäusern erweiterte.

In einem dieser Eckhäuser wohnte Doktor Faulstich. Es war zweistöckig, mit hohem Dach, und gehörte der verwitweten Seilermeister Griepe, die den oberen Stock an den städtischen Rentamtmann, das nach dem Platze zu gelegene Frontzimmer des Erdgeschosses aber an unsern Doktor vermietet hatte. Eine dahintergelegene große Stube mit Kochgelegenheit bewohnte sie selbst. Was sonst noch an Raum da war, wurde durch einen tiefen, gewölbten Torweg eingenommen, in dem die harkenartigen Ständer aus der ehemaligen Reeperbahn des seligen Meisters umherstanden.

Tubal und Lewin traten in den Torweg ein und klopften an der ersten Türe links. Eine etwas hohe, aber im übrigen wohlklingende Stimme rief »Herein«, und im nächsten Augenblicke sahen sich unsre Freunde durch Doktor *Faulstich* begrüßt. Dieser entsprach auch in seiner äußern Erscheinung dem Charakterbilde, das Lewin von ihm entworfen hatte. Trotz allem auf den ersten Blick Gewinnenden fehlte doch mancherlei, und wenn das leicht gekräuselte Haar und mehr noch die weiten Beinkleider aus großkariertem Stoff ihn momentan als einen Mann erscheinen ließen, der sich daran gewöhnt hatte, mit seinen Ansprüchen nicht allzuweit hinter denen seines Umgangs zurückzubleiben, so kennzeichneten ihn daneben Chemise und Halstuch und ein hervorguckender Rockhängsel als einen Gelehrten von herkömmlicher Parure, der gegen Sauberkeit au fond gleichgiltig und für seine Scheineleganz zu größerem Teile dem Drosselsteinschen Schneider verpflichtet war.

Er schien aufrichtig erfreut, die beiden jungen Männer zu sehen, und über die Lobsprüche leicht hinweggehend, die Tubal seiner kritischen Arbeit spendete, schob er mit einem scherzhaften: »Sie sehen, meine Herren, die Ehrenplätze des Sofas sind okkupiert«, zwei Binsenstühle an den Tisch. Tubal und Lewin nahmen Platz, während der Doktor, über den eine gewisse Wirtlichkeitsunruhe gekommen war, an die Hinterwand des Zimmers eilte und, mit dem Zeigefingerknöchel dreimal anklopfend, zugleich aufmerksam hinhorchte, ob drinnen auch geantwortet würde. Diese Antwort schien nicht auszubleiben, denn er kehrte, befriedigten Gesichts, zu seinen Gästen zurück, ihnen mit einem Anfluge von Ironie mitteilend, daß er vor kaum einer Stunde einen Brief »aus dem Cabinet der Frau Gräfin Tante« erhalten habe. Inhalt: Silvestergeheimnis.

Es würde nun dies Geheimnis das Schicksal aller ähnlichen gehabt haben, nämlich das, sofort ausgeplaudert zu werden, wenn nicht das Erscheinen der Witwe Griepe das eben anhebende Gespräch unterbrochen hätte.

Sie blieb in der Türe stehen, und mit einem Ausdruck äußerster Respektlosigkeit, der ihr im übrigen immer noch hübsches Gesicht geradezu verzerrte, auf den ängstlich dasitzenden Doktor blickend, faßte sie alles, was sie zu sagen hatte, in ein halb wie Frage und halb wie Drohung klingendes »Na?« zusammen.

»Ich möchte Sie bitten, Frau Griepe, uns etwas Obst zu bringen, Hasenköpfe, Reinetten. Auch Brot und Butter.«

»Gleich?«

»Ich bitte darum. Die Herren kommen von Hohen-Vietz.«

Diese halbe Vorstellung blieb nicht ohne Wirkung, um so weniger, als Tubal, der es in solchen Dingen nicht genau nahm, sich leise gegen Frau Griepe verbeugte. Eine solche Huldigung gefiel ihr, noch mehr der, von dem sie ausging. Sie musterte Tubal mit jenem Blicke suchenden Einverständnisses, in dem, je nachdem, der Reiz und die Widerwärtigkeit Frau Griepes lag, und verschwand dann wieder, ohne die Bitte Faulstichs mit einem »Ja« oder »Nein« beantwortet zu haben.

Lewin hatte sich inzwischen in dem Zimmer des Doktors umgesehen, das, trotzdem es geräumig war, nirgends Platz und Bequemlichkeit bot. Eine durchweg vorherrschende Unordnung sorgte noch mehr dafür als Anhäufung von Sachen. Auf dem runden Tische nicht bloß, auch auf den umherstehenden Stühlen lagen Schulhefte, Bücher, samt ganzen Haufen durcheinandergeschobener belletristischer Blätter; am buntesten aber sah es auf dem mit einem häßlichen blaugelben Wollenstoff überzogenen Schlafsofa aus, in betreff dessen Faulstich selbst mit nur allzu großem Rechte bemerkt hatte, »daß die Ehrenplätze bereits okkupiert seien«. Nur von der einen Ecke zu sprechen, die sich unmittelbar neben dem Arbeitsschemel des Doktors befand, so stand hier ein rasch beiseite gesetztes Kaffeegeschirr, auf dessen porzellanener Zuckerdose ein eleganter Einband lag. Ein Teelöffel als Lesezeichen. Erfreulicher als dieser Anblick wirkte die kleine Porträtgalerie, die sich in zwei Reihen über der Sofalehne hinzog. Es waren Silhouetten, Kalenderbilder, auch in Gips- oder Wachsmasse ausgeführte Medaillons, die Lewin in ihrer Gesamtheit leicht als einen Parnaß unsrer romantischen Dichter erkannte; die Köpfe der beiden Schlegel, auch Tiecks und Wackenroders traten ihm in ihren charakteristischen Profilen entgegen.

Er begann eben Fragen an einzelne dieser Bildnisse zu knüpfen und hörte mit Interesse, wie schwer es dem Doktor geworden sei, diese Sammlung in einiger Vollständigkeit herzustellen, als ein Klappern draußen an der Tür die Rückkehr der Frau Griepe verkündete. Sie trat ein, setzte den erbetenen Imbiß, indem sie einen Haufen Blätter mit wenig verhehlter Geringschätzung beiseite schob, auf den

Tisch, ließ dem »Na!« und »Gleich?« ihrer ersten Unterhaltung jetzt ein ebenso kurzes »So« folgen und entfernte sich dann wieder mit jenem überheblichen Gesichtsausdruck, den gewöhnliche Frauen ihrem Opfer nie schenken, wenn sie aus diesem oder jenem Grunde ihre Herrscherrolle momentan mit der Rolle einer Dienerin vertauschen müssen.

Faulstich atmete auf, er begann ungezwungener zu werden und bat, das durch Frau Griepe Gebotene nunmehr seinerseits auf eine höhere Stufe heben zu dürfen. »Ich bin nicht immer so gut assortiert wie heute«, damit trat er an einen Wandschrank heran, der, einem scheuen Blicke nach, womit Lewin darüber hinstreifte, ein Chaos zu enthalten schien, und kam mit einem ganzen Arm voll Sachen, die sich unschwer als Ziebinger Weihnachtsreste erkennen ließen, an den Tisch zurück. Es waren Gewürzkuchen, Marzipan und eine langhalsige Flasche Maraschino in Originalverpackung. Auch ein paar Spitzgläser brachte er herbei. Aber die Flasche Maraschino war noch nicht geöffnet. Er nahm also ein kleines Karlsbader Messer, an dem sich ein Duodezkorkenzieher befand, und begann zu ziehen. Was sich voraussehen ließ, geschah; der Korkzieher brach ab. Was tun? Er warf das Messerchen beiseite, besann sich einen Augenblick und sagte in ziemlich bedrückt klingendem Scherz: »Ich habe nicht den Mut, die Sanftmut Frau Griepens auf eine letzte Probe zu stellen; wir müssen es anderweitig versuchen.« Und damit setzte er zwei Gabeln ein und zog den Kork.

Er nahm nun selber Platz, füllte die Spitzgläschen und stieß an auf das Haus Hohen-Vietz. Lewin dankte, Tubal aber ließ »die Arten und Unarten der romantischen Schule« leben. Faulstich war nicht unempfindlich gegen solche Huldigungen und lächelte, während Tubal fortfuhr: »Ich möchte Sie, geehrtester Herr Doktor, nicht gern in ein Gespräch über Dinge verwickeln, die Sie abgetan haben; Roma locuta est; aber eine Bemerkung müssen Sie meiner Neugier zugute halten: Haben Sie nicht Novalis auf Kosten Tiecks überschätzt?«

»Ich glaube kaum«, erwiderte Faulstich, der klug genug war, in solchen Fragen eher ein Lob als einen Tadel zu erblicken; »ich zweifle, daß er überhaupt überschätzt werden kann. Die ganze Schule vereinigt sich in dieser Anschauung.«

»Auch Tieck? Empfindet er nicht solche Neudekretierung als eine Thronentsetzung?«

»Keineswegs, denn diese Neudekretierung geht von ihm selber aus. Er ist Kritiker genug, um in Novalis die Spitze, die Vollendung der Schule zu erkennen, und er ist ehrlich genug, das, was er erkannt hat, auch auszusprechen. Selbst auf die Gefahr hin einer Einbuße eigenen Ruhms.«

»Es überrascht mich doch, einer so besonderen Wertschätzung des zu früh Verstorbenen zu begegnen.«

»Es bedarf einer besonderen Organisation und kaum minder einer allereingehendsten Beschäftigung mit ihm, um diesem Lieblinge der Schule, wie ich ihn nennen darf, folgen zu können. Es gilt dies gleichmäßig von seiner Prosa wie von seinen Versen. Aus dem Eindruck, den ich von Ihnen gewonnen habe, möchte ich schließen, daß Sie von Natur darauf angelegt sind, in die kleine Novalisgemeinde einzutreten. Und das ist die Hauptsache. Ob andererseits Ihre Beschäftigung mit dem Dichter Ihrer natürlichen Beanlagung für ihn entspricht, ist mir nach mehr als einmal gemachter Erfahrung zweifelhaft. Ich weiß, wie selbst die zurückschrecken, die sich zu ihm bekennen.«

»Ich kann keinen Grund haben«, erwiderte Tubal in guter Laune, »mit dem Bekenntnis einer Oberflächlichkeit zurückzuhalten, die hier wie überall eine meiner Tugenden ist. Ich kenne seinen Roman und zwei, drei Lieder: ›Kreuzgesang‹, ›Bergmannslied‹ und ähnliches.«

»Das alles zählt zu seinen besten Sachen, aber das Beste ist nicht immer das Eigentlichste. Als ich Sie die Straße heraufkommen sah, las ich eben in seinen ›Hymnen der Nacht‹. In diesen Hymnen haben Sie den eigentlichen Novalis.«

Bei diesen Worten nahm der Doktor das elegant gebundene Buch, legte das sonderbare Lesezeichen ohne jeglichen Anflug von Verlegenheit beiseite und sagte dann, in dem Buche blätternd: »Ich widerstehe nicht der Versuchung, Sie mit einigem, was ich eben las, bekannt zu machen.«

Die beiden Freunde stimmten zu.

»Wir gelten ohnehin als Fanatiker«, fuhr Doktor Faulstich fort, »und wo Fanatismus ist, da ist auch Proselytenmacherei. Übrigens werde ich Ihre Geduld nicht ungebührlich in Anspruch nehmen. Es sind nur wenige Zeilen, eine Verherrlichung des Griechentums.« Faulstich las nun die betreffende Stelle und sagte dann, als er das Buch wieder aus der Hand legte: »Ist die griechische Welt je tiefer und treffender geschildert worden? Und doch ist diese Schilderung nur der Übergang zu der des Christentums. Hören Sie selbst. Jede Zeile berührt mich wie Musik.«

Und er las weiter: »Im Volke, das vor allem verachtet und der seligen Unschuld der Jugend trotzig fremd geworden war, erschien mit nie gesehenem Angesicht die neue Welt: in der Armut dichterischer Hütte der Sohn der Ersten Jungfrau und Mutter. Einsam entfaltete sich das himmlische Herz zu einem Blütenkelch allmächtiger Liebe, und mit vergötternder Inbrunst schaute das weissagende Auge des blühenden Kindes auf die Tage der Zukunft, unbekümmert über seiner Tage irdisches Schicksal.«

Der Doktor schwieg. Die beiden Freunde waren aufmerksam gefolgt. »Sonderbar«, bemerkte Lewin, »es berührt mich fast, als ob diese Schilderung, innig, wie sie ist, hinter der Verherrlichung des Griechentums zurückbliebe. Sollte die Sehnsucht nach der Schönheit doch mächtiger in ihm gewesen sein als die christliche Legende samt dem Glauben an sie?«

Tubal schüttelte den Kopf. »Ich empfand Ähnliches wie du, ohne dieselben Schlüsse daraus zu ziehen. Die Kraft des poetischen Ausdrucks ist kein Gradmesser für unsere Überzeugungen, kaum für unsere Neigungen. Ich liebe den Frieden de tout mon cœur, aber ich würde den Krieg um vieles leichter und besser verherrlichen können. Alles Farbige hat den Vorzug, und selbst schwarz ist besser als weiß. Nimm unsere frömmsten Dichter; wo Gott und der Teufel geschildert werden, kommt jener zu kurz.«

Doktor Faulstich, der, während Tubal sprach, in dem Novalisbande, als ob er eine bestimmte Stelle suche, weitergeblättert hatte, nickte zustimmend und bemerkte dann zu Lewin: »An einer allerintimsten Stellung unseres Dichters zum Christentum ist gar nicht zu zweifeln; käme dieser Zweifel aber auf, so wär es mit seiner Suprematie vorbei. Denn es ist nicht das Maß seines Talents, sondern das Maß seines Glaubens, was ihn über die Mitstrebenden erhebt. Es gibt auch eine Romantik des Klassischen, aber die wirkliche Wiege und Wurzel alles Romantischen ist eben die Krippe und das Kreuz. In allem Schönsten, was die Schule geschaffen hat, klingt laut oder leise dieser Ton, und die Sehnsucht nach dem Kreuz ist ihr Kriterium. In keinem ist diese Sehnsucht lebendiger als in Novalis; er hat sich in ihr verzehrt. Sie nannten schon den ›Kreuzgesang‹; aber schöner, tiefer sind die Strophen, mit denen er die Reihe seiner ›Geistlichen Lieder‹ einleitet. Ich lese Ihnen wenige Zeilen, weil ich der Wirkung derselben sicher bin:

>Wenn alle untreu werden,
>So bleib ich dir doch treu,
>Daß Dankbarkeit auf Erden
>Nicht ausgestorben sei.
>Für mich umfing dich Leiden,
>Vergingst für mich in Schmerz,
>Drum geb ich dir mit Freuden
>Auf ewig dieses Herz.
>
>Oft muß ich bitter weinen,
>Daß du gestorben bist
>Und mancher von den Deinen
>Dich lebenslang vergißt.
>Von Liebe nur durchdrungen,

Hast du soviel getan,
Und doch bist du verklungen,
Und keiner denkt daran.«

Der Doktor, der mit von Zeile zu Zeile bewegter werdender Stimme gelesen hatte, legte das Buch aus der Hand; dann fuhr er fort: »Seit dem Paul Gerhardtschen ›O Haupt voll Blut und Wunden‹ ist nichts Ähnliches in deutscher Sprache gedichtet worden. Und das in diesen Zeiten des Abfalls!«

Tubal war bewegter als Lewin; er stand, wie alle sinnlichen Naturen, unter dem Einfluß des schwärmerischen, sich anschmiegenden Wohllauts. So schritt er, während Lewin das Novalisgespräch mit dem Doktor fortsetzte, auf das Fenster zu und sah hinaus. Schulknaben und Mädchen in Pelzmützen und roten Kopftüchern kamen die Straßen herauf und jagten und schneeballten sich, während Hunderte von körnerpickenden Sperlingen hin und her hüpften, aber nicht aufflogen. Alles atmete Frieden, und Tubal, der im Anblick dieses Bildes das in einer stillen Sehnsucht wurzelnde Glück, wie es die Vorlesung der Strophen in ihm angeregt hatte, wachsen fühlte, trat jetzt vom Fenster her wieder an den Tisch und sagte, dem Doktor die Hand reichend: »Wie beneide ich Ihnen diese Kirch-Göritzer Tage! Statt des Geschwätzes der Menschen Schönheit und Tiefe, und dabei die Muße, sich beider zu freuen.«

Lewin schwieg. Er kannte zuviel von der Wirklichkeit der Dinge, um zuzustimmen; der Doktor aber antwortete: »Sie haben aus dem Becher nur gekostet; wer ihn leeren muß, der schmeckt auch die Hefen. Und immer höher steigt dieser Bodensatz. Die Bücher sind nicht das Leben, und Dichtung und Muße, wieviel glückliche Stunden sie schaffen mögen, sie schaffen nicht das Glück. Das Glück ist der Frieden, und der Frieden ist nur da, wo Gleichklang ist. In dieser meiner Einsamkeit aber, deren friedlicher Schein Sie bestrickt, ist alles Widerspruch und Gegensatz. Was Ihnen Freiheit dünkt, ist Abhängigkeit; wohin ich blicke,

Disharmonie: gesucht und nur geduldet, ein Klippschullehrer und ein Champion der Romantik, Frau Griepe und Novalis.«

Er war aufgesprungen und durchschritt das Zimmer. »Beneiden Sie mich nicht«, fuhr er fort, »und vor allem hüten Sie sich vor jener Lüge des Daseins, die überall da, wo unser Leben mit unserem Glauben in Widerspruch steht, stumm und laut zum Himmel schreit. Denn auch unsere Überzeugungen, was sind sie anders als unser Glauben! Die Wahrheit ist das Höchste, und am wahrsten ist es: ›Selig sind, die reinen Herzens sind.‹«

In diesem Augenblick erschien Frau Griepe, die sich mittlerweile geputzt hatte, wieder in der Tür, vorgeblich, um anzufragen, ob sie abräumen solle, in Wahrheit aus Neugier und um sich zu zeigen. Ein Blick innerlichsten Grolls schoß aus dem Auge des Doktors, aber sofort seine Kette fühlend, verzog er den Mund zu einem freundlichen Lächeln. »Wir wollen es lassen, Frau Griepe, später.« Damit zog sich die Frau wieder zurück.

Die Freunde hatten sich erhoben; der Nachmittag, der längst angebrochen war, mahnte zum Aufbruch. Tubal reichte dem Doktor die Hand. »Ich habe nichts überhört; Ihre Worte haben mich mehr getroffen, als Sie wissen können.« Der Doktor lächelte: »Novalis ist tief, aber das Evangelienwort, das ich eben gesprochen, ist tiefer. Ihnen, lieber Lewin, hat es die Mutter Natur ins Herz geschrieben. Und das ist die Gewähr Ihres Glücks.«

»Berufen wir es nicht.«

Damit trennte man sich. Frau Griepe stand in der Haustür, um noch einen Gruß zu erhaschen, und sah beiden Freunden nach und lachte.

Zwölftes Kapitel
Helpt mi!

Es schlug vier Uhr, als Lewin und Tubal den Ausgang des Städtchens erreicht hatten. Wenige Minuten später standen sie am Fluß, und Tubal, der um einige Schritte voraus war, schickte sich bereits an, das steile Ufer hinabzusteigen, als ihm Lewin zurief:

»Laß uns diesseits bleiben; wir haben hier die große Straße; erst zwischen Neu-Manschnow und dem Entenfang bei der Hohen-Vietzer Kirche gehen wir über.«

Tubal war es zufrieden. Sie schritten also eine kleine Strecke zurück, bis sie wieder inmitten einer breiten Pappelallee standen, die sie schon fünf Minuten vorher passiert hatten, und nahmen nun ihre Richtung erst auf die Rathstocker Fähre, dann auf das Neu-Manschnower Vorwerk zu. Dieses Vorwerk war halber Weg. Die Straße stieg ein wenig an. Als sie den höchsten Punkt erreicht hatten, wurden sie des Hohen-Vietzer Kirchturms ansichtig, der auf dem jenseitigen Höhenzuge wie ein Schattenriß im Abendrote stand.

»In einer Viertelstunde ist es dunkel«, sagte Lewin, »aber wir können nicht fehlen; jetzt haben wir die Straße, nachher den Turm.«

Tubal nickte zustimmend; aber ihn gesprächig zu machen wollte nicht gelingen. Die Worte des Doktors von dem »Widerspruch des Daseins« klangen ihm noch im Ohr. Er war dadurch in seinem eigenen Tun getroffen worden, mehr noch in dem seines Hauses, und es lag ihm jetzt daran, die kaum angeknüpfte Bekanntschaft fortzusetzen. Denn so verhaßt ihm alles Predigerhafte war, so tief ergriffen ihn Sätze, die reicher Erfahrung und einer lebhaften Empfindung entstammten.

In Schweigen schritten die beiden Freunde nebeneinanderher. Als sie die Rathstocker Fähre zur Linken hatten, war es Abend geworden. Einzelne Sterne blinkten matt; in nördlicher Richtung begann ein Flimmern.

»Ich glaube, der Mond geht auf«, bemerkte Lewin und wies auf eine helle Stelle am Horizont.

»So früh?« fragte Tubal gleichgültig und sah sich weiterer Antwort überhoben, als ein Fuhrwerk herankam, dessen eiserne Kummetkette an der Deichsel klapperte. Lewin kannte das Gespann. Es war der Manschnower Müller.

»Guten Abend, Kriele. Noch so spät bei Weg?«

»Man möt wull, Jungeherr. Se weten doch, wat mi passiert is?«

»Ja, Kriele. Aber wie konnten Sie nur das Geld unter die Diele legen?«

»Ja, wo sull man mit hen, Jungeherr? De een Stell is so schlecht as de anner. Ick will nu nach Frankfurt. Morgen is Verhür.«

»Haben sie denn die Diebe schon?«

»Se hebben Paschken und Pappritzen, de immer mit dabi sinn. Awers Justizrat Turgany hett mi seggen laten: Pappritz is et nich. Un mit Paschken wihr et ooch man soso.«

»Nun, der Justizrat versteht es. Grüßen Sie ihn von mir.«

»Dat will ick utrichten, Jungeherr.«

Dabei zogen die Pferde wieder an; eine Weile noch hörte man das »Hü!« des Müllers und dazwischen das Klappern der Kette. Dann war alles still.

Die Begegnung, unbedeutend, wie sie war, hatte wenigstens die Zungen gelöst. Tubal fragte, Lewin antwortete, und ehe noch die Familiengeschichte des Manschnower Müllers auserzählt war, hielten die beiden Freunde dem Hohen-Vietzer Kirchturm gegenüber. Sie bogen aus der Pappelallee links ein, folgten dem Laufe eines kleinen Grabens, der sich quer durch den Acker hinzog, und standen alsbald an einem verschneiten, wohl zwanzig Fuß hohen Abhang, von dem aus nicht Weg, nicht Steg zum Fluß hinunterführte. Zum Gehen war es zu steil, zum Springen zu hoch, so legten sich beide, Gewehr im Arm, auf den Rücken, drückten die Schultern fest in den Schnee und glitten glücklich hinab; freilich nur, um sofort vor einem neuen, ernsteren Hindernisse zu stehen. Inmitten des Flusses ließen sich einige Tannen erkennen, die den Längsweg bezeichneten, aber kein Querweg, der sie bequem und sicher hinübergeführt hätte, war abgesteckt. Tubal schritt nichtsdestoweniger vorwärts und wollte den Übergang forcieren, Lewin indessen litt es nicht.

»Du weißt nicht, was du tust. Es ist das diffizilste Terrain. Überall hier herum hauen die Dorfleute große Löcher in das Eis; es ist der Fische halber, die sonst ersticken. Das überfriert dann, und der Schnee verweht die Stelle.«

»Aber wir müssen doch hinüber?«

»Gewiß, aber nicht hier. Es wird sich schon ein Übergang finden. Tausend Schritte weiter aufwärts zweigt der Weg nach Gorgast ab. Das ist ein großes Dorf. Ich bin sicher, daß sich die Gorgaster eine Kuschelallee abgesteckt haben.«

»Nun gut, du mußt es wissen.« Damit schritten beide Freunde am Flußrande hin, der oft so schmal war, daß sie mit ihrer rechten Schulter den verschneiten Abhang streiften. Es war ein beschwerlicher Marsch, namentlich da, wo große Büsche von rotem Werft überklettert werden mußten. Endlich sahen sie die Stelle, von wo rechts her eine Art von Hohlweg einmündete und sich quer über das Eis hin fortsetzte.

»Unsere Irrfahrt geht zu Ende«, sagte Lewin und wies auf die schwarzen, zugespitzten Bäumchen, die sich bald deutlich als die Kiefern einer Querallee erkennen ließen. »Mehr Abenteuer, als ich zwischen Kirch-Göritz und Hohen-Vietz für möglich gehalten hätte.«

»Und wir sind noch nicht im Hafen«, antwortete Tubal. »Ein russischer Feldzug im kleinen. Schnee, Schnee. Et voilà la Bérésine.«

»Aber keine Brücke wird unter uns zusammenbrechen«, scherzte Lewin und bog voranschreitend in den abgesteckten Weg ein, der die beiden Freunde nach wenigen Minuten schon sicher ans andere Ufer führte.

Hier überstiegen sie zunächst den Höhenzug, auf dem sie nach links hin den Hohen-Vietzer Kirchturm noch eben

Zwölftes Kapitel

erkennen konnten, und sahen sich nun gezwungen, dieselben tausend Schritte wieder zurückzumarschieren, die sie jenseits über das Ziel hinausgeschossen waren. Der Weg, den sie noch zu machen hatten, lief zunächst am Fuße des Hügels, dann aber an einer dichten Schonung hin, von deren vorderstem Eck aus höchstens ein Büchsenschuß bis zum Dorf und kaum halb so weit bis zur großen, von Küstrin auf Hohen-Vietz zu führenden Straße war.

Als sie dies Eck erreicht hatten, hörte der Fußpfad auf oder war in der Dunkelheit nicht mehr bestimmt zu erkennen. Sie schwankten noch, ob sie wieder umkehren und den eben aufgegebenen Hügelweg (der sie in den Hohen-Vietzer Park geführt haben würde) fortsetzen oder, quer über den verschneiten Sturzacker hin, auf die große Straße zuschreiten sollten, als sie zwischen den Bäumen eben dieser Straße verschiedener Gestalten ansichtig wurden. Gleich darauf war es auch, als ob gesprochen, und im nächsten Augenblicke schon, als ob ein heftiger Streit geführt würde. Plattdeutsche Schmäh- und Scheltworte ließen sich unterscheiden, bis es plötzlich über das Feld hin zu ihnen herüberklang:

»He wörgt mi; helpt mi, Lüd!«

Lewin, um sich rascher zurechtzufinden, war auf einen großen Feldstein gesprungen, der hier am Waldeck als Grenzzeichen lag, aber schwerlich würd er seinen Zweck erreicht haben, wenn nicht in demselben Augenblick der Mond aus dem Gewölk, das ihn seit einer Stunde verdeckt hatte, hervorgetreten wäre. Er sah jetzt alles deutlich.

»Das ist Hoppenmarieken!« rief er. Zugleich sprang er von dem Steine herunter, riß das Gewehr von der Schulter und schoß den einen Lauf ab, um zu zeigen, daß Hilfe da sei. »Das wird wenigstens eingeschüchtert haben; vorwärts, Tubal!« Und damit setzten sich beide Freunde quer über das Feld hin in Trab. Lewin stürzte, raffte sich aber schnell auf und war im nächsten Augenblick wieder an Tubals Seite.

Als sie den halben Weg bis zur Straße hinter sich hatten,

konnten sie die Szene deutlich erkennen. Einer von den Strolchen war nach dem Dorf zu als Posten ausgestellt, während der andere mit Hoppenmarieken rang und an ihrem Halse riß und zerrte.

»Halt aus!« rief Lewin, der jetzt einen Vorsprung hatte, aber es bedurfte des Zurufes nicht mehr. Der Straßenräuber ließ von ihr ab und lief, einen weiten Bogen beschreibend, auf dasselbe Wäldchen zu, von dessen entgegengesetztem Eck aus Tubal und Lewin ihren Lauf über den Sturzacker hin begonnen hatten. Der andere, als Posten aufgestellte, verschwand nach der Dorfseite hin.

Als Lewin und dann Tubal den Fahrdamm erreicht hatten, war auch Hoppenmarieken verschwunden. Aber gleich darauf fanden sie dieselbe. Sie lag hinter einem aufgeschichteten Steinhaufen, zwischen diesem und einer Pappelweide, deren oberes Geäst voller Krähennester war. Die Kiepe war noch auf ihrem Rücken, der Stock in ihren Händen.

»Ist sie tot?« fragte Tubal.

Lewin, ohne sich vom Gegenteil überzeugt zu haben, schüttelte den Kopf, bückte sich zu ihr nieder und zog ihre beiden Arme aus den leinenen Tragebändern heraus. Als er sie so von der Kiepe frei gemacht und sich vergewissert hatte, daß es nichts als eine Ohnmacht war, hob er sie vom Boden auf und setzte sie mit dem Rücken an den Baum.

»Gib etwas Schnee«, rief er Tubal zu, während er selber ihr das enge Tuchmieder öffnete, dessen oberste Haken ohnehin bei dem Ringen und Zerren abgerissen waren. Er sah jetzt deutlich an dem rot und blutrünstig gewordenen Hals und Nacken, daß alle Anstrengungen des Strolchs keinen anderen Zweck gehabt hatten, als ihr die Geldtasche zu entreißen, die sie herkömmlich an einem harten und engen Lederriemen um den Hals trug. Der Riemen hatte aber weder reißen noch auch sich über den Kopf fortziehen lassen wollen.

In diesem Moment schlug Hoppenmarieken die Augen auf. Ihr erstes war, daß sie nach der Tasche faßte; dann erst musterte sie die Personen, die um sie beschäftigt waren. Ein ihr sonst nicht eigenes, gutmütiges Lächeln, das mit ihrer Häßlichkeit aussöhnen konnte, flog über ihr Gesicht, als sie Lewin, ihren Liebling, erkannte, den einzigen Menschen, an dem sie wirklich hing. Sie streichelte und patschelte ihn; als aber Tubal auch jetzt noch fortfuhr, ihr in einer ihr lästigen Weise die Stirn mit Schnee zu reiben, wurde sie ungeduldig, stieß ihn zurück und wies mit dem Zeigefinger immer heftiger auf die neben ihr stehende Kiepe. Lewin verstand ihr Gebaren einigermaßen und begann in der Kiepe umherzukramen. Als er, gleich in der obersten Lage, eine mit einem Sacktuche umwickelte Flasche fand, wußte er, was Hoppenmarieken gemeint hatte. Er machte Miene, während er sich über sie bog, etwas von dem Branntwein in seine Hand zu gießen; aber jetzt richtete sich ihr Unmut selbst gegen diesen, und ihm ärgerlich die Flasche aus der Hand reißend, tat sie einen tüchtigen Zug. Sofort hatte sie all ihre Lebenskräfte wieder, drückte den Kork in die Flasche und rief Lewin zu: »Nu helpt mi up, Jungeherr.« Dann setzte sie die Kiepe auf den Steinhaufen, legte den langen Krummstock daneben und fuhr mit ihren kurzen Armen durch die leinenen Kiepenbänder. So stand sie wieder marschfertig da.

»Willst du nicht mit uns zurück?« fragte Lewin. »Wir begleiten dich.«

Sie schüttelte den Kopf und setzte sich nach der entgegengesetzten Seite hin in Marsch, im Selbstgespräch allerhand Unverständliches vor sich hin murmelnd.

Die Freunde sahen ihr nach. Von Zeit zu Zeit blieb sie stehen und drohte mit ihrem Stock nach dem Wäldchen hinüber, in dem der eine der Strolche verschwunden war.

Dreizehntes Kapitel
In der Amts- und Gerichtsstube

Berndt von Vitzewitz war, während Tubal und Lewin ihren Besuch in Kirch-Göritz machten, nach Hohen-Vietz zurückgekehrt. Es lagen anstrengende Tage hinter ihm, zugleich Tage voller Enttäuschungen. Der Minister, wie wir wissen, hatte sich mit glatten Worten jeder bindenden Zusage zu entziehen gewußt, und auch in anderen einflußreichen Kreisen der Hauptstadt, soweit ihm dieselben zugänglich waren, war er der ihm verhaßten Wendung begegnet: »Wir müssen abwarten.« Nirgends ein Verstehen des Moments. Nur in Guse hatte sich Hauptmann von Rutze, mit dem er unmittelbar vor dem Aufbruch noch ein Gespräch herbeizuführen wußte, seinen auf rücksichtsloses Vorgehen gerichteten Plänen geneigt gezeigt. Drosselstein schwankte; aber auf der Fahrt von Guse nach Hohen-Ziesar war er unter dem Einflusse, den Berndts Beredsamkeit ausübte, anderen Sinnes geworden und hatte schließlich nicht nur einer allgemeinen Volksbewaffnung, sondern auch, wenn kein regelrechter Krieg erklärt werden sollte, dem Plane eines auf eigene Hand zu führenden Volkskrieges zugestimmt.

Bei seinem Eintreffen in Hohen-Vietz war Berndt angenehm überrascht, Besuch vorzufinden. Er hatte das Bedürfnis, von Zeit zu Zeit seinen ihn mit der Macht einer fixen Idee beherrschenden Plänen entrissen zu werden, und niemand war dazu geschickter als Kathinka, die, während sie die politischen Gespräche vermied, zugleich geistvoll genug war, den entstehenden Ausfall durch glückliche Impromptus oder durch Pikanterien aus den Hof- und Gesellschaftskreisen zu decken. Ihre Erscheinung wirkte mit. Er überließ sich auch diesmal ihrem Geplauder, vergaß über der Schilderung eines Ballabends bei Exzellenz Schuckmann, wo der bayrische Gesandte dies und das gesagt oder getan hatte, momentan alle Pläne und Sorgen und sah sich der heiteren Zerstreuung dieses Geplauders erst wieder entzogen, als das Erscheinen Tubals und Lewins und ihre Erzählung des eben gehabten Abenteuers seine Gedanken in das alte Geleise zurückdrängten. Er klingelte.

»Jeetze«, rief er dem eintretenden Diener zu, »schicke Krists Willem zum Schulzen. Oder gehe lieber selbst. Ich müßt ihn sprechen. Morgen früh halb elf.«

Er wollte nach diesem Zwischenfall, schon um Kathinkas willen, das Gespräch in den Ton leichter Unterhaltung zurückführen, aber es mißglückte, da auch Tubal und Lewin eine rechte Heiterkeit nicht finden konnten.

Das war abends.

Am anderen Morgen finden wir Berndt in seiner im ersten Stock gelegenen Amts- und Gerichtsstube, einem großen Eckzimmer, von dem aus, nachdem eine Seitentür vermauert worden war, nur ein einziger Ausgang auf den Korridor führte. An eben diesem Korridor lagen auch die Fremdenzimmer.

Die Amts- und Gerichtsstube zeigte nur weniges, was der Feierlichkeit ihres Namens entsprochen hätte. Sie war eine Schreib- und Arbeitsstube wie andere mehr, in die sich Berndt, namentlich um die Sommerzeit, wenn die beiden großen Fenster von Spalierwein überwachsen waren, gern zurückzog. Es war dann hier luftig und schattig, und in dem dichten Weinlaub zwitscherten die Vögel und sahen in das geräumige Zimmer hinein. Denn geräumig war es geblieben, trotzdem es an Urväterhausrat, an Realen mit Büchern und Akten, an eisenbeschlagenen Truhen und einem altmodischen, bis fast an die Decke reichenden Kachelofen nicht fehlte. Eine der Truhen stand rechts neben der Tür und hatte ein Vorlegeschloß, während auf den Simsen der Reale, in chaotischem Durcheinander, wendische Totenurnen und italienische Alabastervasen, zwei Dragonerkasketts und eine in rötlichem Ton ausgeführte Porträtbüste Friedrich des Großen standen. Man sah deutlich, es fehlte der Schönheits- und Ordnungssinn. Es hatte sich zusammengefunden; weiter nichts.

An dem mit allerhand Schriftstücken überhäuften Schreibtische, dessen eine Schmalseite den Fensterpfeiler berührte, saß Berndt, einen großen Bogen Kartenpapier vor sich, den er, mit Hilfe von Lineal und Reißfeder, in Rubriken teilte. Er begann eben die nötigen Überschriften zu machen, als er draußen auf der Besendecke ein sorgliches Putzen und gleich darauf ein Klopfen an der Türe hörte, leise genug, um artig, und laut genug, um nicht ängstlich zu sein.

»Herein!« Es war der Erwartete.

»Guten Tag, Kniehase. Auf die Minute. Das sitzt uns Alten nun einmal im Blut. Die Jungen sind nicht mehr dazu zu bringen. Nehmen Sie Platz, da den Stuhl am Ofen, und nun rücken Sie heran.«

Der so Begrüßte legte Hut und Handschuh auf die große Truhe mit dem Vorlegeschloß und tat im übrigen, wie ihm geheißen.

»Ich habe Sie rufen lassen, Kniehase«, nahm Berndt wiederum das Wort, »weil etwas geschehen muß. Und Sie sind der Mann, den ich brauche. Aber ich will nicht vorgreifen. Erst das Nächstliegende. Sie haben von dem Überfall gehört, der unserer alten Hexe fast das Leben oder doch die Geldtasche gekostet hätte.«

Kniehase nickte.

»Fünfhundert Schritt vom Dorf, auf offener Straße, der Abend kaum angebrochen. Und wenn dies alleinstände! Aber in einer Woche der dritte Fall. Am Heiligen Abend dem Golzower Schmidt die Kuh aus dem Stall getrieben, am zweiten Feiertage dem Manschnower Müller die Dielen aufgebrochen, gestern Hoppenmarieken fast gewürgt. Wohin sind wir gekommen?«

»Es ist Quappendorfer Gesindel, gnädiger Herr. Miekley war am dritten Feiertag in Frankfurt, er sah noch, wie sie Paschken und Pappritzen einbrachten.«

»Nicht doch, Kniehase. Das ist es eben, was mich reizt und ärgert, dieses törichte Zugreifen ohne Sinn und Verstand. Immer dieselben armen Teufel, in fünf von sechs

Fällen müssen sie wegen fehlenden Beweises wieder entlassen werden, und das heißt Justiz! Es ist zum Erbarmen. Und das alles aus Bequemlichkeit; die Gerichtsherren wollen nicht denken, und die Schulzen wollen nichts tun. Von den Bauern sprech ich gar nicht; sie löschen immer erst, wenn das eigene Dach brennt. Das muß aber anders werden, und wir müssen anfangen. Unsere Hohen-Vietzer sind die besten. Kein Kolonistenpack, das über Nacht reich geworden. Nichts für ungut, Kniehase, Sie sind selbst ein Pfälzer.«

Kniehase lächelte. »Gnädiger Herr haben ganz recht, die alten Wendischen sind besser; störrig, aber zäh und zuverlässig.«

»Und gescheit dazu, sonst hätten sie den Neu-Barnimer Pfälzer nicht zum Hohen-Vietzer Schulzen gemacht. Das ist mein alter Satz. Aber nun horchen Sie auf, Kniehase: was Sie Quappendorfer Gesindel nennen, ist fremdes Volk, Franzosen.«

»Nicht doch, gnädiger Herr. Ich war eben mit bei Pastor Seidentopf heran. Die Franzosen, so meint er, stehn oben an der Grenze, und wenn es hoch kommt, an der Weichsel.«

»Es ist so. Und doch hab ich recht. Ich spreche nicht von der klein gewordenen ›Großen Armee‹, nicht von den aus Moskau herausgeräucherten Corps, die jetzt wie Novemberfliegen über die weiße Wand kriechen, ich spreche von dem kleinen verzettelten Zeug, das hier an fünfzig Plätzen zurückgelassen wurde: ein paar Tausend in Küstrin, fünftausend in Stettin, die meisten aber stecken in den kleinen polnischen Nestern. Wie weit ist es bis an die Grenze?«

»Zehn Meilen, wie die Krähe fliegt.«

»Da haben Sie es, Kniehase. Dieses verzettelte Zeug, das nicht in Festungen untergebracht werden konnte, das läuft jetzt weg wie Wasser, wenn die Reifen von der Tonne fallen. Neapolitaner, Würzburger, Nassauer, das hält ohnehin nicht zusammen. Und wenn erst mal das eiserne Band fehlt, so ist nur ein Schritt noch vom Soldaten- bis zum Räuberleben. Was hier herumspukt, sind Deserteure aus dem Polnischen, vielleicht auch Marodeurs von den Zuzugsregimentern, die der Kaiser jetzt als vorläufige kleine Münze in allen Taschen Deutschlands zusammenkratzt. Und mit diesem Gesindel, ob aus Polen oder sonstwoher, müssen wir ein Ende machen; zum wenigsten darf es uns nicht über den Kopf wachsen. Und kommen dann die Reste von der Großen Armee heran, heute hundert und morgen tausend, so haben wir's bei den Einern und Zehnern gelernt. ›Wer das Kleine nicht achtet, ist des Großen nicht wert‹, so sagt das Sprichwort. Also vorwärts! Und je eher, je lieber.«

Der Hohen-Vietzer Schulze reckte sich in die Höhe und schien antworten zu wollen, aber der Gutsherr hatte sein letztes Wort noch nicht gesprochen.

»Was ich meine, Kniehase, ist das: wir müssen uns fertigmachen; Landsturm, Dorf bei Dorf.«

»Und wenn dann der König ruft ...«

»So sind wir da«, ergänzte Berndt, zugleich mit scharfer Betonung hinzufügend: »Und wenn er uns *nicht* ruft, so sind wir *auch* da. Und das ist es, Kniehase, weshalb ich Sie habe rufen lassen.«

»Es geht nicht ohne den König.«

Der alte Vitzewitz lächelte. »Es geht; die Zeiten wechseln. Es gibt Zeiten des Gehorchens und Abwartens, und es gibt andere, wo zu tun und zu handeln erste Pflicht ist. Ich liebe den König; er war mir ein gnädiger Herr, und ich habe ihm Treue geschworen, aber ich will um der beschworenen Treue willen die natürliche Treue nicht brechen. Und diese gehört der Scholle, auf der ich geboren bin. Der König ist um des Landes willen da. Trennt er sich von ihm oder läßt er sich von ihm trennen durch Schwachheit oder falschen Rat, so löst er sich von *seinem* Schwur und entbindet mich des meinen. Es ist ein schnödes Unterfangen, das Wohl und Wehe von Millionen an die Laune, vielleicht an den Wahnsinn eines einzelnen knüpfen zu wollen; und es ist Gotteslästerung, den Namen des Allmächtigen mit in dieses Puppenspiel hineinzuziehen. Wir haben drüben gesehen, wohin es führt; zu Blut und Beil. Weg mit dieser

Irrlehre, von höfischen Pfaffen großgezogen; es ist Menschensatzung, die kommt und geht. Aber unsere Liebe zu Land und Heimat, die dauert wie das Land selber.«

Kniehase schüttelte den Kopf. »Es geht nicht ohne den König«, wiederholte er. »Der gnädige Herr sind hier geboren und kennen das Bruch und seine Bauern. Aber, mit Permission, ich kenne die Bauern besser. Der König ist ihnen alles. Der König hat ihnen das Bruch eingedeicht, der König hat ihnen die Kirchen gebaut, der König hat ihnen die Gräben gezogen. So wissen sie es von Vater und Großvater her, und so wissen sie es von sich selber. Wenn ich mit Kallies und Kümmritz und den anderen Ganzbauern drüben bei Scharwenka sitze, so ist ›der Alte Fritz‹ das dritte Wort. Er ist ihr Herrgott, und sie sprechen von ihm, als wenn er noch lebte. Nur eins ist dem Bauer noch mehr ans Herz gewachsen: sein Haus und Hof.«

»Und um Haus und Hof willen soll er jetzt die Waffe in die Hand nehmen. Es ist nicht das erste Mal in diesem Lande. Als der Schwede jenseit der Elbe in der Altmark hauste, haben sich die Bauern aufgemacht, ohne viel zu fragen. Und das ist es, was sie wieder sollen.«

»Ich weiß davon«, antwortete Kniehase, »es waren Drömlinger Bauern. Aber sie hatten Fahnen, darauf geschrieben stand:

Wir sind Bauern von geringem Gut
Und dienen unserm Kurfürsten und Herrn mit unserm Blut.«

Der alte Vitzewitz, der sich seines Schulzen und der Zähigkeit freute, mit der er seine Sache zu führen wußte, gab ihm die Hand und sagte: »Eine solche Fahne, Kniehase, wollen wir *auch* haben, und wir wollen sie hoch in Ehren halten. Aber wenn uns der König diese Fahne verbietet, so müssen wir sie tragen auch ohne seinen Namen, um des *Landes* willen, und dieser Rechtstitel ist nicht der schlechteste. Denn unser Land ist unsere Erde, die Erde, aus der wir selber wurden.«

Kniehase schüttelte wieder den Kopf. »Die Erde tut es nicht, gnädiger Herr.«

»Doch, Kniehase«, fuhr Berndt fort, »die Erde tut es, *muß* es tun, weil sie unser Erstes und Letztes ist. Und, irdisch gesprochen, auch unser Bestes. Wir sind Erde, und wir sollen wieder Erde werden, und das ist es, was uns die Erde so teuer macht. Ein jeder ahnt es von Anfang an, aber das rechte Wissen davon, das kommt uns erst, das will erfahren sein. Ich *hab* es erfahren. Sie waren dabei, Kniehase, wie wir den Sarg hinauftrugen; Sie wissen schon, welchen. Es war Winterzeit, und der Schnee fiel. Als aber der Schnee schmolz und im März der erste Krokus kam, da hab ich die Erde da oben, die mein Glück barg, mit meinen Lippen berührt und immer wieder berührt. Und seit dem Tage weiß ich, was eine teure und geliebte Erde ist.«

Berndt fuhr bei dieser Erinnerung mit der Hand über Augen und Stirn.

Kniehase wußte wohl, warum, aber er wollt es nicht wissen, denn er war eine schamhafte Natur und sah stumm vor sich hin.

»Das war im Frühjahr Anno sieben«, nahm der alte Vitzewitz nach kurzer Pause wieder das Wort, »ich sollt es aber noch besser erfahren. Ich hatte noch nicht ausgelernt, was Erde sei. Es war um dieselbe Zeit, Sie entsinnen sich, Kniehase, daß sie den Kyritzer Kämmerer, der so unschuldig war wie Sie und ich, vor eins ihrer feigen und feilen Kriegsgerichte stellten und ihn aburteilten und niederschossen. Was sage ich, ›niederschossen‹? Hinwürgen war es. Denn so schlecht wie das Urteil, so schlecht war seine Vollstreckung. Er lag am Boden, der unglückliche tapfere Mann, und konnte nicht sterben. Da sprang ein mitleidiger Westfale vor und schoß ihm ins Herz: ›Aus Liebe zu dir, du unschuldig Blut, will ich dir zum Tode helfen.‹«

Kniehase nickte. Er entsann sich des Hergangs, der damals alles mit Entsetzen erfüllt hatte.

»Sehen Sie, Kniehase, von dem Tage an hörte ich immer die fünf Schüsse, und mir war, als fühlte ich sie an meinem eignen Herzen. Ich hatte keinen Schlaf mehr, aber ich wußte, was mich ruhig machen würde, und endlich macht ich mich auf in die Priegnitz. Als ich in der kleinen Stadt ankam, fragt ich nach und ließ mich hinausführen. Es war vor einem der Tore, eine Pappelallee und ein wüstes Feld daneben. Da schickt ich das Kind wieder fort, das mich hinausbegleitet hatte, und als ich nun allein war, da warf ich mich nieder an den Hügel und riß eine Handvoll Erde heraus und hob sie gen Himmel. Und mein Herz war voller Haß und voller Liebe. Da hab ich zum *anderen* Mal erfahren, was Erde ist, Heimaterde. Es muß Blut drin sein. Und überall hier herum ist mit Blut gedüngt worden; bei Kunersdorf ist eine Stelle, die sie das ›rote Feld‹ nennen. Und das alles soll preisgegeben werden, weil ein König nicht stark genug ist, sich schwacher Ratgeber zu erwehren? Nein, Kniehase, *mit* dem König, solange es geht, *ohne* ihn, wenn es sein muß.«

Berndt schwieg. In diesem Augenblicke klopfte es, und der eintretende Jeetze übergab einen Brief, großes Format mit großem Siegel. Berndt erkannte Turganys Handschrift. Er überflog den Inhalt und las dann laut: »Ich bitte Sie, hochverehrter Herr und Freund, in Ihrer Umgegend, vielleicht auch auf dem Forstacker, recherchieren zu lassen. Alles deutet darauf hin, daß die Sippschaft, die wir suchen, irgendwo zwischen Hohen-Vietz und Manschnow steckt. Wir haben heute ein zweites Verhör, der Manschnower Müller ist vorgeladen. Aber es wird nur das Resultat des ersten bestätigen, und unsere zwei herkömmlichen Sündenböcke werden, wie gewöhnlich, wieder entlassen werden müssen. Ich behalte mir weitere Mitteilung für die nächsten Tage vor. Ihr Turgany.«

Berndt lachte. »Sie sehen, Kniehase, Transport und Gefangenenkost sind abermals vergeudet. Aber Turgany ist auf falscher Fährte. Hier herum sitzen sie nicht. Es wird sich zeigen, wo. Wer brachte den Brief, Jeetze?«

»Konrektor Othegraven.«

»Ist er noch da?«

»Ja, Fräulein Renate hat ihn hereingebeten. Sie sind mit dem anderen gnädigen Fräulein im Wohnzimmer.«

»Ich lasse den Herrn Konrektor bitten.«

Jeetze ging, der Schulze wollte folgen.

»Nein, Kniehase, Sie bleiben, ich will mir den Sukkurs, den mir ein glücklicher Zufall schickt, nicht entgehen lassen.«

Gleich darauf trat der Konrektor ein, von Berndt mit besonderer Freundlichkeit empfangen. Einige kurze Begrüßungsworte wurden gewechselt. Dann fuhr der Hohen-Vietzer Gutsherr fort: »Ich will Sie, lieber Othegraven, nicht mit Aufträgen an Turgany belästigen, wir haben morgen ohnehin Frankfurter Botentag. Aber gegen meinen alten Kniehase hier möcht ich mich Ihrer versichern. Er will mich im Stich lassen, er kennt in diesem königlichen Lande Preußen kein anderes Losschlagen, als was von oben her gebilligt worden ist. Seidentopf stimmt ihm zu. Auch Sie?«

»Nein, und dreimal nein«, antwortete Othegraven, »und ich schätze mich glücklich, endlich einmal statt vor tauben Ohren vor einem gleichgestimmten Herzen Zeugnis ablegen zu können.«

Kniehase, der die strengkirchliche Richtung des Konrektors kannte, horchte auf; Othegraven selbst aber fuhr fort: »Es ist ein königliches Land, dieses Preußen, und königlich, so Gott will, soll es bleiben. Es haben es große Fürsten aufgebaut, und der Treue der Fürsten hat die Treue des Volkes entsprochen. Ein Volk folgt immer, wo zu folgen ist; es hat dem unseren an freudigem Gehorsam nie gefehlt. Aber es ist fluchwürdig, den toten Gehorsam zu eines Volkes höchster Tugend stempeln zu wollen. Unser Höchstes ist Freiheit und Liebe.«

Berndt war im Zimmer auf und ab geschritten. Er stellte sich vor Othegraven: »Ich wußte es. So sind wir einig, und ich darf auf Sie rechnen. Dieser Moment, der nicht wiederkommt, darf nicht versäumt werden. Ist man an oberster Stelle verblendet genug, sich der Waffe, die wir schmieden, nicht bedienen zu wollen, nun, so führen wir sie selbst.«

»So führen wir sie selbst«, wiederholte Othegraven. »Aber der Bruch, den wir fürchten, er wird sich *nicht* vollziehen. Es kommen andere, bessere Tage. Die Schwäche wird der Entschlossenheit weichen, und das sicherste Mittel, dahin zu wirken, ist, daß wir selber Entschlossenheit zeigen. Es ist, wie ich wohl weiß, ein Mißtrauen da in unsere Kraft, selbst in unseren guten Willen. Zeigen wir dem König, daß wir für ihn einstehen, auch wenn wir ihm widersprechen. Auch die Schillschen setzten sich in Widerstreit mit seinem Willen und starben doch unter dem Rufe: ›Es lebe der König.‹ Es gibt eine Treue, die, während sie nicht gehorcht, erst ganz sie selber ist.«

Kniehase sah vor sich hin. Er fühlte den Boden, auf dem er stand, erschüttert, aber noch war er nicht besiegt.

»Ich habe meinen Eid geschworen«, sagte er, »um ihn zu halten, nicht, um ihn zu brechen oder auszulegen. Die Obrigkeit ist von Gott. Aus der Hand Gottes kommen die Könige, die starken und die schwachen, die guten und die schlechten, und ich muß sie nehmen, wie sie fallen.«

»Aus der Hand Gottes«, rief jetzt Berndt, »kommen die Könige, aber auch viel anderes noch. Und gibt es dann einen Widerstreit, das letzte bleibt immer das eigene Herz, eine ehrliche Meinung und – der Mut, dafür zu sterben.«

»Es ist so, Schulze Kniehase«, nahm Othegraven wieder das Wort, »*und sich entscheiden ist schwerer als gehorchen.* Schwerer und oft auch treuer. Ihr Gutsherr hat recht. Sehen Sie sich um, das Ganze versagt den Dienst; überall fast ist es der einzelne, der es wagt. Ein Mann wie Sie, Kniehase, war auch der Hofer, treu wie Gold. Aber als sein Kaiser Frieden machte, da sagte der Sandwirt: ›Der Franzl hat's gemußt, ich muß es *nicht*; ich halt ihm dies alte Land Tirol.‹ Und als er so sprach und handelte, da brach er seinem Kaiser den Frieden und war schuldig bei Freund und Feind. Er hat es mit dem Tode bezahlt. Aber glauben Sie, Kniehase, daß der Kaiser, wenn er den Namen Hofer hört, an Eidbruch und Untreue denkt? Nein, das Herz schlägt ihm höher, und gesegnet Land und Fürst, wo die Liebe lebendig ist und auf sich selber mehr hört als auf Amtsblatt und Kommandowort.«

Kniehase war jetzt aufgestanden. Er streckte Berndt seine Hand entgegen. »Gnädiger Herr, ich glaube, der Konrektor hat es getroffen. Sich entscheiden ist schwerer als gehorchen. Ich *habe* mich entschieden. Wir machen uns fertig hier herum, und wir schlagen los, ohne nach ›ja‹ oder ›nein‹ zu fragen. Denn Fragen macht Verlegenheit. Es darf keiner über die Oder. Und kommt es anders und soll uns dies fremde Volk auf ewig unter die Füße treten, nun, so geb uns Gott Kraft, zu sterben, wie Hofer und die Schillschen gestorben sind.«

»Das dank ich *Ihnen*, Othegraven«, sagte Berndt, »ich allein hätte meinen Schulzen nicht bezwungen. Ich hoffe, wir sehen uns jetzt öfter. Der Plan ist mit Graf Drosselstein durchgesprochen. Ein Netz über das Land. Lebus beginnt; wir sind die Vorhut. Hier zwischen Frankfurt und Küstrin treffen die großen Straßen zusammen. Ich zähle die Stunden, bis es sich entscheidet.«

Sie blieben noch eine Weile; dann verabschiedeten sich der Konrektor und Kniehase und schritten die Treppe hinunter, über den Flur. Hektor, unter Zeichen besonderer Freude, als er den Schulzen sah, begleitete beide Männer über den Hof.

Sie nahmen ihren Weg auf den Scharwenkaschen Krug zu, immer noch in lebhaftem Gespräch. Doch schien es andere Fragen als Krieg und Landsturm zu betreffen. Sie trennten sich erst, nachdem sie die Front des Krügergehöftes wohl ein dutzendmal ausgemessen hatten.

Als des Konrektors kleines Fuhrwerk wieder auf der Frankfurter Straße südlich trabte, saß Schulze Kniehase bei seiner Frau. Sie plauderten lange, und wiewohl Frau Kniehase Verschwiegenheit gelobte, war doch vor Ablauf des Tages alles Geplauderte in Hohen-Vietz herum.

Nur eine wußte nichts davon: *sie*, die der Gegenstand dieses Plauderns gewesen war.

Vierzehntes Kapitel
Es geschieht etwas

Sankt Jonathan, der 29. Dezember, war von alter Zeit her der Tag der Umzüge in Hohen-Vietz, allerhand Mummenschanz wurde getrieben, und bei Beginn des Nachmittags zogen außer Knecht Ruprecht und dem Christkinde auch Joseph und Maria und die Heiligen Drei Könige von Haus zu Haus. Zu diesem alten Bestande traten aber auch neue Figuren hinzu, so heute der »Sommer« und der »Winter«, von denen jener zu seinem leichten Strohhut Harke und Sense, dieser zu Pelz und Holzpantinen einen Dreschflegel trug. Sie führten ein Zwiegespräch:

>Ich bin der *Winter* stolz,
>Ich baue Brücken ohne Holz –

und rühmten sich ihrer gegenseitigen Vorzüge, bis zuletzt Versöhnung und Segenswünsche für das jedesmalige Haus, in dem sie sich befanden, ihren lang ausgesponnenen Streit beendeten.

Ein besonderes Glück machten heut auch die Schulkinder, deren mehrere als »Schneewittchen und ihre Zwerge« ihren Umzug hielten; Schneewittchen mit langem blonden Haar, die Zwerge mit Flachsbärten und braunen Kapuzen. Als sie zuletzt auf den Gutshof kamen, fanden sie die jungen Herrschaften samt Tante Schorlemmer in derselben großen Halle, in der auch der Weihnachtsaufbau stattgefunden hatte, versammelt, und nach kurzer Ansprache, worin Schneewittchen für ihre Begleiter um die Erlaubnis zum Rätselaufgeben gebeten hatte, traten die Zwerge vor und taten ihre Fragen:

»Was kann kein Mensch erzählen?«
»Daß er gestorben ist.«
»Wer kann alle Sprachen reden?«
»Der Widerhall.«
»Wer ist stärker, der Reiche oder der Arme?«

»Der Arme; denn er hat Not, und Not bricht Eisen.«

So gingen die Fragen, aber die hier gegebenen Antworten blieben aus, und Maline Kubalke, die mit in der Halle war, mußte manchen Teller voller Äpfel und Nüsse herbeischaffen, um die Quersäcke der Zwerge zu füllen.

So verging der Nachmittag. Als es dunkelte, wurd es still in Hohen-Vietz, weil alt und jung zu Tanz und festlichem Beisammensein im Scharwenkaschen Krug sich putzte, und erst um die sechste Stunde, als von den ausgebauten Losen her, die zum Teil weit ins Bruch hineinlagen, Wagen und Schlitten unter Peitschenknall und Schellengeläut herangefahren kamen, war es mit dieser Stille wieder vorbei.

Auch auf dem Herrenhofe rüstete sich alles zum Aufbruch, Herrschaft und Dienerschaft, und wer eine halbe Stunde nach Beginn des Tanzes von der Dorfstraße her auf die lange Front des Vitzewitzschen Wohnhauses geblickt hätte, hätte nur an zwei Fenstern Licht gesehen. Diese zwei Fenster lagen neben der Amts- und Gerichtsstube und zogen die Aufmerksamkeit nicht bloß dadurch auf sich, daß sie die einzig erleuchteten waren, sondern mehr noch durch das dunkele Weingeäst, das sich von dem starken Spalier aus in zwei, drei phantastischen Linien quer über die Lichtöffnung ausspannte. Hinter diesen Fenstern, an einem mit einem roten Stück Fries überdeckten Sofatisch, saßen Renate und Kathinka, zu denen sich seit einer Viertelstunde, um den Abend mit ihnen zu verplaudern, auch Marie gesellt hatte. Allen dreien, selbst Kathinka nicht ausgeschlossen, war es eine herzliche Freude, sich einmal allein und ganz unter sich zu wissen, und um diese Freude noch zu steigern, hatten sie sich aus dem großen Gesellschaftszimmer des Erdgeschosses in diese viel kleinere Stube des ersten Stockes zurückgezogen.

Tante Schorlemmer fehlte. Sie war gegen ihre Gewohnheit ausgeflogen und saß plaudernd in der Pfarre, während der alte Vitzewitz, abwechselnd vom Schulzen Kniehase und dann wieder von Lewin und Tubal unterstützt, im Kruge seinen politischen Diskurs hatte. Die Bauern zeigten sich in allem willig; es war so recht ein Abend, um das Eisen zu schmieden.

Sehr anders, wie sich denken läßt, verliefen mittlerweile die Plaudereien unserer drei jungen Mädchen, von denen Renate durch besondere Lebhaftigkeit, Marie durch besondere Zurückhaltung sich auszeichnete. Sie hatte – aller Herzlichkeit unerachtet, mit der sich ihr Kathinka, wie schon bei früheren Gelegenheiten, so auch diesmal wieder genähert hatte – doch ein bestimmtes Gefühl, daß es sich für sie zieme, ihre schwesterlich-intime Stellung zu Renaten sowenig wie möglich geltend zu machen und nur bei gegebener Veranlassung, am liebsten, wenn aufgefordert, sich an dem Gespräche der beiden Cousinen zu beteiligen. Dieses Gespräch selbst war ihr Freude genug und wurd es mit jedem Augenblicke mehr, seit Kathinka, die, halb sitzend, halb liegend, den rechten Fuß auf die Sofapolster gezogen hatte, von Berliner Gesellschaftszuständen und zuletzt von einer großen Soiree bei dem alten Prinzen Ferdinand zu sprechen begann.

»Das ist der Vater von dem Prinzen Louis, der bei Saalfeld fiel?« fragte Renate. »Was gäb ich drum«, fuhr sie fort, nachdem ihre Frage bejaht worden war, »wenn ich einer solchen Soiree beiwohnen könnte! Papa hat es mir für diesen Winter versprochen; aber die Zeiten sehen nicht darnach aus.«

»Du verlierst weniger dabei, als du meinst. Es sind Gesellschaften wie andere mehr. Du siehst Generale, Grafen, Präsidenten, als wärest du in Ziebingen oder in Guse; die Schleppen sind etwas länger, und ein paar hundert Lichter brennen mehr. Das ist alles.«

»Aber der Prinz wird doch keine Krachs und Bammes um sich versammeln?«

»Nicht ausschließlich; aber ebensowenig kann er sie vermeiden. Er hat keine Wahl; Stellung und Geburt entscheiden, nicht der Mann. Du siehst auf die Auserwählten von Schloß Guse mit so wenig Respekt, weil du sie kennst; aber laß deine Neugier und Eitelkeit erst einen einzigen

Winter lang befriedigt sein, und es ist mit dem Zauber dieser Hofgesellschaften für immer vorbei.«

»Ich zweifle daran, wenn ich auch glaube, daß du persönlich nicht anders sprechen kannst. Du erhebst eben Ansprüche, die mir fremd sind. Ich für mein Teil würde zufrieden sein, einen Blick in diese Welt tun zu dürfen, in der jeder etwas bedeutet. Nimm den alten Prinzen selbst; er ist der Bruder Friedrich des Großen; das allein genügt, ihn mir wert zu machen; ich könnte nicht ohne Ehrfurcht auf ihn blicken. Er würde mich vielleicht ignorieren oder ein an und für sich gleichgiltiges Wort an mich richten, aber es würde mir nicht gleichgiltig sein, ihn gesehen oder gesprochen zu haben.«

Kathinka lächelte.

»Du lachst mich aus«, fuhr Renate fort, »aber denke, daß ich das Leben eines armen Landfräuleins führe, öde und einsam, und statt der Mutter nur die gute Schorlemmer im Haus. Gib mir die Hand, Marie; du bist mir Trost und Freude, aber du kannst mir keinen Hofball ersetzen. Wie das alles blitzen und rauschen muß! Und dann der König selbst. Nenne mir ein paar Namen, Kathinka, daß ich mir eine Vorstellung machen kann.«

»O da ist der alte Graf Reale, der Gemahl der Oberhofmeisterin, der vor zwei Jahren auf Besuch in Guse war, und der Hofmarschall von Massow auf Steinhöfel und der Herr von Eckardtstein auf Prötzel und Herr von Burgsdorff auf Ziebingen und Graf Drosselstein auf Hohen-Ziesar.«

»Aber die kenn ich ja alle.«

»Eben darum hab ich sie dir genannt.«

»Und die fremden Gesandten!« sagte Renate, der kurzen Unterbrechung nicht achtend. »Wie gern säh ich den Grafen von St. Marsan und den Minister Hardenberg, an dem Papa beständig zu mäkeln und zu tadeln hat. Ich denke mir ihn liebenswürdig. Apropos! Ist auch dein Graf Bninski, verzeihe, daß ich ihn so nenne, bei Hofe vorgestellt worden?«

»Nein. Er lehnte es ab.«

»Ach, nun weiß ich, warum die Hofgesellschaften so wenig

Gnade vor dir finden. Lewin hat mir den Grafen beschrieben; aber ich möcht ihn gern von dir geschildert hören.«

»Denk ihn dir als das Gegenteil von dem Konrektor, dem ich heute vormittag das Glück hatte vorgestellt zu werden. Wie hieß er doch?«

»Othegraven!«

»Richtig, Othegraven. Ein hübscher Name, ursprünglich adlig. Aber diese bürgerliche Abart, welche pedantische Figur! Er hält sich gerade, aber es ist die Geradheit eines Lineals.«

»Du mußt ihn auf das hin ansehen, was er ist.«

»Dann kann er als vollkommen gelten; denn er ist der Schulmeister, wie er im Buche steht.«

»Ich sehe doch, wie recht Tante Amelie hatte, als sie neulich von dir sagte: Kathinka ist eine Polin. Nur die Deutschen, wie mir erst gestern wieder unser Seidentopf versicherte, verstehen es, von äußerlichen Dingen abzusehen. Meinst du nicht auch?«

»Nein, Närrchen, ich meine es nicht; es ist nur deutsch, sich in diesen und ähnlichen Eitelkeiten zu gefallen. Und ich will auch nicht daran rütteln, ebensowenig wie an den Verketzerungen, die über uns Polen von langer Zeit her im Schwunge sind. Nur zweierlei wird man uns lassen müssen: Leidenschaft und Phantasie. Und nun laß dir sagen, Schatz, wenn es etwas in der Welt gibt, das imstande ist, über Äußerlichkeiten hinwegzusehen, so sind es *diese* beiden. Der Graf ist ein schöner Mann, aber ich versichere dich, er wäre mir derselbe, wenn er auch diesem Othegraven wie sein leiblicher Zwillingsbruder gliche. Denn bei der vollkommensten äußeren Ähnlichkeit würde diese Ähnlichkeit doch aufhören, weil er eben innerlich von Grund aus ein anderer ist.«

»Ein anderer. Aber ob ein besserer?«

»Es genügt ein anderer. Es gibt prosaische und poetische Tugenden. Laß uns über den Wert beider nicht rechten. Ich möchte dich nur dahin bekehren, daß es nicht Form und Erscheinung ist, wiewohl ich beide zu schätzen weiß, was mir den Grafen wert und angenehm macht.«

»Und so wär es denn was?«

»Beispielsweise seine Treue. Denn, unglaublich zu sagen, die Polen können auch treu sein.«

»Es gilt wenigstens nicht als ihre hervorragendste Eigenschaft.«

»Um so mehr ziert sie den, der sie hat. Und ich möchte Bninski dahin zählen. Als Kosciuszko im letzten Treffen, das über Polen entschied, am Saume eines Tannenwäldchens lag, das er drei Stunden lang gegen Übermacht verteidigt hatte, stand ein Fahnenjunker, ein halbes Kind noch, neben ihm und deckte den von Blutverlust ohnmächtig Gewordenen mit seinem jungen Leben. Er hätte sich retten können, aber er verschmähte es. Endlich überwältigt, bat er um eines nur: seinen gefangenen General pflegen und dieselbe Zelle mit ihm teilen zu dürfen. Dieser Fahnenjunker war der Graf.«

Marie, die bis dahin von ihrer Handarbeit nicht aufgeblickt hatte, sah Kathinka mit ihren großen Augen an.

Kathinka aber, den Blick freundlich erwidernd, fuhr fort: »Siehe, Renate, das war Treue; nicht solche, wie ihr sie liebt, die jeden heimlichen Kuß zu einer Kette für Zeit und Ewigkeit machen möchte, aber doch auch eine Treue und nicht der schlechtesten eine. Und wie der Fahnenjunker war, so blieb er. Er war mit in Spanien. Das polnische Lancierregiment, das er führte, Tubal hat mir davon erzählt, nahm einen Engpaß; den Namen hab ich vergessen; aber sie sagen, der Fall stehe einzig da in der Kriegsgeschichte. Unter den wenigen, die den Tag überlebten, war der Graf. Nach Paris schwerverwundet zurückgeschafft, empfing er aus des Kaisers Hand das rote Band der Ehrenlegion. Und ich darf sagen, es kleidet ihn ... Nein, Renate, du verkennst mich und dich nicht minder. Wir empfinden gleich. Alles Poetische reißt uns hin, und Steifheit und Pedanterie, auch wenn sie Othegraven heißen, lassen uns kalt. Das ist nicht polnisch, das ist weiblich. Frage Marie.«

»Ich werde die Frage nicht tun«, scherzte Renate, »denn du mußt wissen –«

»So will ich antworten, ohne gefragt zu sein«, unterbrach Marie mit Unbefangenheit. »Alle Welt schätzt den Konrektor, unser Pastor liebt ihn –«

»Aber *du*, könntest *du* ihn lieben?«

»Nein. Nie und nimmer, und wenn er Kosciuszko verteidigte oder einen Engpaß stürmte. Er ist vielleicht mutig, aber ich kann ihn mir nicht als Helden vorstellen. Ich bedauere, wenn ich ihm unrecht tue. Wen ich lieben soll, der muß mich in meiner Phantasie beschäftigen. Er beschäftigt mich aber überhaupt nicht.«

»Aber *du* ihn desto mehr. Othegraven hat Heimlichkeiten, flüsterte mir noch gestern unser alter Seidentopf zu. – Doch es schlägt neun, und wir vergessen über dem Plaudern unser Abendbrot.«

Damit erhob sich Renate und schritt auf eine Rokokokommode zu, auf deren überall ausgesprungener Perlmutterplatte Maline, ehe sie das Haus verließ, ein großes Cabaret mit kaltem Aufschnitt samt Tischzeug und Teller gestellt hatte.

Das Sofa und die Kommode standen an derselben Wand, und zwischen ihnen war nur der Raum frei, wo sich die früher aus diesem Fremdenzimmer in die Amts- und Gerichtsstube führende Tür befunden hatte. Diese Türstelle, weil nur mit einem halben Stein zugemauert, bildete eine flache Nische und war deutlich erkennbar.

Renate, in ihrer Plauderei fortfahrend, war eben – während Kathinka die Lampe aufhob – im Begriff, das Cabaret, das nach damaliger Sitte in einer Holzeinfassung stand, auf den Tisch zu setzen, als sie etwas klirren hörte.

Sie sah die beiden anderen Mädchen an. »Hörtet ihr nichts?«

»Nein.«

»Es klirrte etwas.«

»Du wirst mit dem Cabaret an die Teller gestoßen haben.«

»Nein, es war nicht hier, es war nebenan.«

Damit legte sie das Ohr an die Wand, da, wo die vermauerte Tür war.

»Wie du uns nur so erschrecken konntest«, sagte Kathinka. Aber ehe sie noch ausgesprochen hatte, hörten alle drei deutlich, daß in dem großen Nebenzimmer ein Fensterflügel aufgestoßen wurde. Gleich darauf ein Sprung, und dann vorsichtig tappende Schritte, vielleicht nur vorsichtig, weil es dunkel war. Es schienen zwei Personen. Und in dem weiten Hause niemand außer ihnen, keine Möglichkeit des Beistandes; sie ganz allein. Marie flog an die Tür und riegelte ab; Kathinka, ohne sich Rechenschaft zu geben, warum, schraubte die Lampe niedriger. Nur noch ein kleiner Lichtschimmer blieb in dem Zimmer.

Renate legte wieder das Ohr an die Wand. Nach einer Weile hörte sie deutlich den scharfen, pinkenden Ton, wie wenn mit Stahl und Stein Feuer angeschlagen wird; sie horchte weiter, und als der Ton endlich schwieg, war ihre Phantasie so erregt, daß sie wie hellsehend alle Vorgänge im Nebenzimmer zu verfolgen glaubte. Sie sah, wie der Schwamm angeblasen wurde, wie der Schwefelfaden brannte und wie die beiden Einbrecher, nachdem sie auf dem Schreibtisch umhergeleuchtet, das Wachslicht anzündeten, mit dem der Vater die Briefe zu siegeln pflegte. Alles war Einbildung, aber einen Lichtschein, während sie den Kopf einen Augenblick zur Seite wandte, sah sie jetzt wirklich, einen hellen Schimmer, der von der Amtsstube her auf das Schneedach des alten gegenübergelegenen Wohnhauses fiel und von dort über den dunklen Hof hin zurückgeworfen wurde.

Die Mädchen sprachen kein Wort; alle unter der unklaren Vorstellung, daß Schweigen die Gefahr, in der sie sich befanden, verringere. Sie reichten sich die Hand und lugten nach der Auffahrt und, soweit es ging, nach der Dorfgasse hinüber, von der allein die Hilfe kommen konnte.

Nebenan war es mittlerweile wieder lebendig geworden. Es ließ sich erkennen, daß sich die Strolche sicher fühlten. Sie warfen ein Bündel Nachschlüssel wie mit absichtlichem Lärmen auf die Erde und fingen an, sich an der großen, neben der Tür stehenden Truhe, darin das Geld und die Dokumente lagen, zu schaffen zu machen. Sie probierten alle Schlüssel durch, aber das alte Vorlegeschloß widerstand ihren Bemühungen.

Ein Fluch war jetzt das erste Wort, das laut wurde; dann sprangen sie, die bis dahin größerer Bequemlichkeit halber vor der Truhe gekniet haben mochten, wieder auf und begannen, wenn der Ton nicht täuschte, an der inneren, die beiden Stuben voneinander trennenden Wand hin auf den Realen umherzusuchen. Sie rissen die Bücher in ganzen Reihen heraus und fegten, als sie auch hier nichts ihnen Passendes entdeckten, mit einer einzigen Armbewegung den Sims ab, so daß alles, was auf demselben stand: chinesische Vase, Büste, Dragonerkasketts, mit lautem Geprassel an die Erde fiel. Ihre Wut schien mit der schlechten Ausbeute zu wachsen, und sie rüttelten jetzt an der alten Tür, die nach dem Korridor hinausführte. Wenn sie nachgab!

Die Mädchen zitterten wie Espenlaub. Aber das schwere Türschloß widerstand, wie vorher das Truhenschloß widerstanden hatte.

Die Gefahr schien vorüber; noch ein Tappen, wie wenn in Dunkelheit der Rückzug angetreten würde; dann alles still.

Renate atmete auf und schritt auf den Tisch zu, um die Lampe wieder höherzuschrauben; aber im selben Augenblicke fuhr sie zurück; sie hatte deutlich einen Kopf gesehen, der von der Seite her sich vorbeugte und in das Zimmer hineinstarrte.

Keines Wortes mächtig und nur mühsam an der Sofalehne sich haltend, wies sie auf das Fenster, vor dem jetzt wie ein Schattenriß eine Gestalt stand, die mit der Linken an dem Weingeäst sich klammerte, während die mit einem Fausthandschuh überzogene Rechte die Scheibe eindrückte und nach dem Fensterriegel suchte, um von innen her zu öffnen.

Alle drei Mädchen schrien laut auf und stoben auseinander; Kathinka, aller sonstigen Entschlossenheit bar, faltete die Hände und versuchte zu beten, Renate riß an der

Klingelschnur, gleichgiltig gegen die Vorstellung, daß niemand da sei, die Klingel zu hören, während Marie, von äußerster Angst erfaßt, in die Gefahr hineinsprang und, ohne zu wissen, was sie tat, zu einem Stoß gegen die Brust des Draußenstehenden ausholte. Aber ehe der Stoß traf, knackte und krachte die Spalierlatte, und die dunkele Gestalt draußen stürzte auf den Schnee des Hofes nieder.

Keines der Mädchen wagte es, einen Blick hinaus zu tun, aber sie hörten jetzt deutlich den Ton der Flurglocke, die Renate fortfuhr zu läuten, und gleich darauf das Anschlagen eines Hundes. Es war ersichtlich, daß Hektor seine neben der Herdwand liegende warme Binsenmatte dem Tanzvergnügen im Krug vorgezogen und, ohne daß jemand davon wußte, das Haus gehütet hatte. Er stand jetzt unten auf der Flurhalle, unsicher, was das Läuten meine, und sein Bellen und Winseln schien zu fragen: wohin? Aber er sollte nicht lange auf Antwort warten. Renate, die Tür öffnend, rief mit lauter Stimme den Korridor hinunter: »Hektor!«, und ehe noch der Ton in dem langen Gange verklungen war, hörte sie das treue Tier, das in mächtigen Sätzen treppan sprang und im nächsten Augenblicke schon der jungen Herrin seine Pfoten auf die Schulter legte. Jegliche Angst war jetzt von ihr abgefallen; sie faßte mit der Linken das Halsband des Hundes, um Halt und Stütze zu haben, und flog dann mit ihm treppab über den Hof hin. Als sie eben von der Auffahrt her in die Dorfgasse einbiegen wollte, stand der alte Vitzewitz vor ihr.

»Gott sei Dank, Papa – Diebe – komm!«

Im nächsten Augenblick war der Alte in dem Zimmer oben, wo sich Kathinka weinend an seinen Hals warf, während Marie ihm mit noch zitternden Lippen die Hände küßte.

Fünfzehntes Kapitel
Die Suche

Der andere Morgen sah die Familie samt ihren Gästen wie gewöhnlich im Eckzimmer des Erdgeschosses versammelt. Nur Renate fehlte; sie hatte Fieber, und ein Bote war bereits unterwegs, um den alten Doktor Leist von Lebus herbeizuholen. Das Gespräch drehte sich natürlich um den vorhergehenden Abend, und Kathinka, die sich in übertriebener Schilderung ihrer ausgestandenen Angst gefiel, suchte hinter Selbstpersiflierung ein Gefühl gekränkter Eitelkeit, das sie nicht loswerden konnte, zu verstecken. Sie geriet dabei in einen halb scherzhaften Ton, der aber dem alten Vitzewitz durchaus nicht zuzusagen schien. Er schüttelte den Kopf und wurde seinerseits immer ernster.

Aus den Einzelheiten der Unterhaltung war so viel zu ersehen, daß Berndt, um den Tanz im Kruge nicht zu stören, alles Alarmschlagen verboten, selbst ein Revidieren der Amts- und Gerichtsstube hinausgeschoben und sich damit begnügt hatte, Hof und Park durch einen aus Kutscher Krist und Nachtwächter Pachaly gebildeten Wachtposten abpatrouillieren zu lassen. Jeetze, der sich auch dazu gemeldet hatte, war wegen Alter und Hinfälligkeit und unter Anerkennung seines guten Willens zu Bette geschickt worden.

Es schlug neun, als unser Freund Kniehase, der erwartet war, von der Auffahrt her über den Hof kam. Tubal und Lewin, die am Fenster standen, sahen und grüßten ihn. Gleich darauf meldete Jeetze: »Schulze Kniehase.«

»Soll eintreten.«

Berndt ging ihm entgegen, gab ihm die Hand und schob einen Stuhl an den Tisch.

»Setzen Sie sich, Kniehase. Was wir zu sprechen haben, ist kurz und kein Geheimnis. Kathinka, bleib! Es kommt alles schneller, als ich erwartete, aber vorbereitet oder nicht, wir dürfen nichts hinausschieben. Es ist keine Stunde zu verlieren, wir müssen wissen, wen wir vor uns haben. Unser eigenes Gesindel hätte sich nicht an Hoppenmarieken gemacht. Ich bleibe dabei, es ist fremdes Volk; Marodeurs von der Grenze.«

Kniehase schüttelte den Kopf.

»Gut, ich weiß, daß Sie anders denken. Es wird sich zeigen, wer recht hat, Sie oder ich. Auf wieviel Leute können wir rechnen? Haben wir zehn oder zwölf, so rücken wir aus. Heute noch, gleich.«

»Bis auf zehn werden wir kommen, wenn der gnädige Herr sich selber mitrechnen und die jungen Herren. Ich habe Nachtwächter Pachaly auf die Lose geschickt, zu Schwartz und Metzke und auch zu Dames, das sind die jüngsten. Aber er kann vor Mittag nicht wieder da sein. Wir müssen also nehmen, was wir hier im Dorfe finden.«

»Und das sind?«

»Nicht viele.«

»Kümmritz?«

»Kann nicht, hat wieder das Reißen.«

»Müller Miekley?«

»Der will nicht. Er hat etwas von Aufstand gehört und von Krieg führen ohne den König, das hat ihn stutzig gemacht: ›Wer das Schwert nimmt, der soll durch das Schwert umkommen.‹ Wir müssen uns hinter Uhlenhorst stecken, der hat die Altlutherischen in der Tasche.«

»Und Kallies?«

»Der will, aber ich kenne ›Sahnepott‹, er hat das Zittern und kann kein Blut sehen.«

»Nun, denn Krull und Reetzke?«

»Ja, die kommen, und Dobbert und Roloff auch, das sind vier Gute. Und dann die beiden Scharwenkas, der Alte und der Jungsche, und auch Hanne Bogun, der Scharwenkasche Hütejunge.«

»Der Hütejunge?« fragte Lewin, »er hat ja nur einen Arm.«

»Aber vier Augen, junger Herr, den müssen wir haben. Er sieht wie ein Habicht und klettert.«

»Gut, Kniehase, so wären wir unser zehn. Es muß ausreichen für eine erste Suche, und nun wollen wir, ehe die Bauern kommen, die Amtsstube revidieren; vielleicht, daß wir etwas finden, das uns einen Fingerzeig gibt.«

Sie stiegen in das erste Stockwerk, auch Kathinka folgte, dem alten Schulzen, neben dem sie ging, auf Flur und Treppe vorplaudernd, daß seine Pflegetochter die mutigste von ihnen und zugleich die erste Ursach ihrer Rettung gewesen sei.

So waren sie, der alte Vitzewitz immer um ein paar Schritte vorauf, bis an die Türe der Amtsstube gekommen, die sie jetzt nicht ohne ein gewisses und, wie sich im nächsten Augenblicke zeigen sollte, nur allzu gerechtfertigtes Grauen öffneten. Eine grenzenlose Verwüstung starrte ihnen entgegen; Bücher und Scherben, alles durcheinander, über das ganze Zimmer hin Flecke von abgetropftem Wachs, und auf der Platte des großen Schreibtisches ein Brandfleck, von dem Schwamm oder Schwefelfaden herrührend, den die Strolche hier sorglos aus der Hand geworfen hatten. Neben der Truhe lag noch ein Stemmeisen und auf dem Fensterbrett ein dicker, halb zerrissener Fausthandschuh.

Es waren nicht Gegenstände, die, wie sie auch von Hand zu Hand gingen, auf eine bestimmte Spur hätten hindeuten können, und so in gewissem Sinne enttäuscht, schritten alle wieder in das Erdgeschoß zurück, wo sie jetzt die Bauern samt dem jungen Scharwenka und Hanne Bogun, dem Hütejungen, bereits versammelt fanden. Es wurde beschlossen, zunächst auch noch den Hof abzusuchen oder wenigstens die Stelle, von wo aus der Einbruch ausgeführt worden war. Hier stand noch die vom Wirtschaftshof herbeigeschleppte Leiter, deren sich die Diebe bedient hatten. Lewin stieg die Sprossen hinauf und revidierte das äußere Fenstersims, während Tubal und der junge Scharwenka unten im Schnee nachforschten; aber selbst von den zahlreichen Fußstapfen, die, um den Giebel des Hauses herum, nach der Parkallee und dem Parke selber führten, konnte schließlich nicht festgestellt werden, ob sie von den Dieben oder von Krist und Pachaly herrührten.

»So geben wir es auf«, sagte Berndt, »und sehen, ob wir auf Gorgast und Manschnow zu etwas finden.«

Jeetze brachte die Flinten, und der abmarschierende Männertrupp war eben im Begriff, vom Hofe her auf die Dorfgasse zu treten, als sie hinter sich einen Schäferpfiff hörten und, sich wendend, des Scharwenkaschen Hütejungen ansichtig wurden, der, vorläufig noch zurückgeblieben, mittlerweile die Leiter von dem Amtsstubenfenster an das Fenster der Nebenstube gestellt und auf eigene Hand weitergesucht hatte.

Er winkte jetzt lebhaft mit dem losen Ärmel seines Stummelarmes und gab Zeichen, aus denen sich schließen ließ, daß er einen Fund gemacht habe.

Die Männer kehrten um. Als sie dicht heran waren, hielt ihnen Hanne Bogun einen Messingknopf entgegen.

»Wo lag er?« fragte der alte Vitzewitz in lebhafter Erregung.

Der Hütejunge, ohne Antwort zu geben, sprang wieder die Leiter hinauf und legte den Knopf auf dieselbe Stelle, von wo er ihn weggenommen hatte. Es war das Querholz, das dicht unter dem Fenster hinlief, und so konnte nicht wohl ein Zweifel sein, daß bei dem Zusammenbrechen des unteren Spaliers die scharfe Kante der oberen Latte den Knopf abgestreift hatte. Er war von einer französischen Uniform. In der Mitte ein N, während der Rand der Innenseite die Umschrift zeigte: 14ᵉ Rég. de ligne.

Berndt triumphierte, seine Vermutungen schienen sich bestätigen zu sollen, die Bauern stimmten ihm bei. Nur Kniehase schüttelte nach wie vor den Kopf. Es kam aber zu weiter keinen Auseinandersetzungen, und nachdem der Knopf reihum gegangen war, brachen alle wieder auf. Der Hütejunge, der zwei Jagdtaschen trug, folgte.

Sie hielten zunächst die große Straße in der Richtung auf Küstrin zu. Als sie bis zu der Stelle gekommen waren, wo vor zwei Tagen Hoppenmarieken angefallen und fast erwürgt worden war, bogen sie rechts ab auf dasselbe Wäldchen zu, von dem aus Tubal und Lewin ihren Wettlauf über den verschneiten Sturzacker hin gemacht hatten. Die Bauern kannten aber ihr Terrain besser und wählten einen festgetretenen Fußweg, der auf die Mitte des Gehölzes zulief.

Hier angekommen, wurde beratschlagt, ob man dasselbe absuchen solle. Der alte Scharwenka, der seit fünfundzwanzig Jahren immer nur in einem hohen Federbett geschlafen hatte, hielt es für unmöglich, daß man bei zwölf Grad Kälte unter freiem Himmel nächtigen und sich mit einer Zudecke von Schneeflocken behelfen könne; Kniehase war aber anderer Meinung und setzte, sich auf seine Feldzugserfahrungen berufend, auseinander, daß es nichts Wärmeres gebe als eine mit Stroh ausgelegte Schneehütte. Daraufhin wurde denn das Absuchen beschlossen; aber sie kamen bis an den jenseitigen Rand, ohne das geringste gefunden zu haben. Nirgends weggeschaufelter Schnee, kein Reisig, keine Feuerstelle.

Man mußte sich nun schlüssig machen, ob man sich auf das diesseitige, zwischen Gorgast, Manschnow und Rathstock gelegene Terrain beschränken oder aber zugleich auch auf das andere Flußufer übergehen und die ganze Strecke von den Küstriner Pulvermühlen an bis zum Entenfang und vom Entenfang bis Kirch-Göritz hin abpirschen wolle. Man entschied sich für das letztere, so daß im wesentlichen dieselben Punkte berührt werden mußten, an denen Tubal und Lewin, als sie den Doktor Faulstich besuchten, auf ihrem Hin- und Rückwege vorübergekommen waren. Dies festgestellt, einigte man sich dahin, daß, um größerer Bequemlichkeit willen, die Mannschaften in zwei, nach rechts und links hin abmarschierende Trupps geteilt werden sollten, was – wenn nichts vorfiel und an vorausbestimmter Stelle richtig eingeschwenkt wurde – zu einem Mittagsrendezvous in Nähe des Neu-Manschnower Vorwerks führen mußte. Den einen Trupp führte Kniehase, den anderen Berndt. Bei diesem letzteren waren, außer Tubal und Lewin, der junge Scharwenka und Hanne Bogun, der Hütejunge.

Der Berndtsche Trupp hielt sich rechts. Um einen freien Überblick zu haben, gaben sie den am diesseitigen Abhang sich hinschlängelnden Fußpfad auf und erstiegen die Höhe. Das Wetter war klar, aber nicht sonnig, so daß kein Flimmern die Aussicht störte. Berndt und Tubal hatten einen Vorsprung von fünfzig Schritt und waren alsbald in einem Gespräch, das selbst die Aufmerksamkeit des ersteren mehr als einmal von den Außendingen abzog. Tubal erzählte von seinen Kinderjahren, seiner in Paris lebenden Mutter, von Kathinka und schüttete sein Herz aus über das unruhige und widerspruchsvolle Leben, das er von Jugend auf geführt habe.

»Ich habe kein Recht, die Motive zu kritisieren, die meinen Papa bestimmt haben mögen, sich zu expatriieren, aber er hat uns durch diesen Schritt, den er tat, keinen Segen ins Haus gebracht. Unser Name ist polnisch und unsere Vergangenheit und zu bestem Teil auch unser Besitz, soweit wir ihn vor der Konfiskation gerettet haben. Und nun sind wir Preußen! Der Vater mit einer Art von Fanatismus, Kathinka mit abgewandtem, ich mit zugewandtem Sinn, aber doch immer nur mit einer Liebe, die mehr aus der Betrachtung als aus dem Blute stammt. Und wie wir nicht recht ein Vaterland haben, so haben wir auch nicht recht ein Haus, eine Familie. Und das ist das Schlimmste. Es fehlt uns der Mittelpunkt. Kathinka und ich, wir sind aufgewachsen, aber nicht auferzogen. Was wir an Erziehung genossen haben, war eine Erziehung für die Gesellschaft. Und so leben wir bunte Tage, aber nicht glückliche, wir zerstreuen uns, wir haben halbe Freuden, aber nicht ganze, und sicherlich keinen Frieden.«

Dem alten Vitzewitz war kein Wort verlorengegangen. Er kannte das Leben der Ladalinskis bis dahin nur in den großen Zügen, und das Ansehen, das der Vater in einzelnen prinzlichen Kreisen genoß, sein auch jetzt noch bedeutendes Vermögen, vor allem aber das jeder Engherzigkeit Entkleidete, das alle Mitglieder dieses Hauses gleichmäßig auszeichnete, hatte ihn eine Verbindung mit demselben stets als etwas in hohem Maße Wünschenswertes erscheinen lassen. Heute zum ersten Male, während er doch zugleich den Bekenntnissen Tubals mit gesteigerter Teilnahme folgte, beschlich ihn ein Zweifel, ob es geraten sein würde, das Schicksal seiner beiden Kinder an das dieser Familie zu ketten.

Auch Lewin und der junge Scharwenka plauderten lebhaft. Sie waren gleichaltrig, weshalb denn auch Lewin, dem Wunsche des alten Spielkameraden nachgebend, das ehemalige »Du« beibehalten hatte. Hanne Bogun schritt pfeifend hinter ihnen und unterhielt sich damit, Vogelstimmen nachzuahmen.

»Wie steht es mit Maline?« fragte Lewin.

»Schlecht oder gar nicht, sie hat mir abgeschrieben.«

»Ich habe davon gehört. Aber du sollst sie ja gekränkt haben; du hättest ihr ihre Armut vorgeworfen.«

»Das erzählt Fräulein Renate, die alles glaubt, was ihr Maline sagt. Sehen Sie, junger Herr, das ist nun das Allerhäßlichste an ihr, daß sie nicht die Wahrheit sagt und mich verschwatzt. Und ich litt' es auch nicht, bloß daß ich denke, man kann doch nicht wissen, wie es kommt. Und dann will ich die, die vielleicht doch noch meine Frau wird, nicht schon vorher in aller Leute Mäuler gebracht haben.«

»Aber du mußt ihr doch etwas zuleide getan oder ihr irgendwas gesagt haben, das sie dir übelnehmen konnte.«

»Ja, weil sie alles übelnimmt. In dem Briefe, worin sie mir abschrieb, stand: ›Wir Scharwenkas hätten einen Bauernstolz‹; aber, junger Herr, wenn wir den Bauernstolz haben, dann haben die Kubalkes den Küsterstolz. Ihr Vater, der alte Kubalke, hat ja den Kirchenschlüssel, und dann und wann sonntags, wenn der Pastor Abhaltung hat, liest er uns auch das Evangelium vor. Und er kann auch Grabschriften machen und Verse zu Hochzeiten und Kindelbier. Daneben müssen sich denn freilich die Bauern verstecken; wenigstens glauben das alle Kubalkes, als ob es selber ein Evangelium wäre. Und die kleine Eve drüben in Guse, das ist die schlimmste, denn die gnädige Gräfin verwöhnt sie jeden Tag mehr.«

»Aber Maline?«

»Ja, Maline! Sie ist nicht so schlimm wie die Eve, aber eitel und hochmütig ist sie auch. Und seit Martini, wo der alte Justizrat hier war und zu ihr sagte: ›Maline sei ein wendisches Wort und heiße Himbeere, und sie heiße nicht bloß so, sie *sei* auch eine‹, seit diesem Tage ist mit ihr kein Auskommen mehr. Und wie kam es denn? Und was hat sie mir denn übelgenommen? Ich sollte ihr das große karierte Tuch holen, und als ich es ihr nun wirklich geholt hatte, da wollte sie, daß ich es ihr auch umhängen sollte. Da sagte ich zu ihr: ›Du bist keine Prinzeß, Maline, du bist eines armen Schulmeisters Tochter.‹ Und da verschwatzt sie mich nun und klagt den Leuten vor, ich hätte ihr ihre Armut vorgeworfen! Und was war es? Ihren Hochmut hab ich ihr vorgeworfen. Aber Worte verdrehen und Lügen aufputzen, als ob es die Wahrheit wäre, darauf versteht sie sich. Und wenn ich ihr nicht so gut wäre – denn der alte Justizrat hat eigentlich recht –, so wär es schon lange mit uns aus gewesen. Nun ist es auch wirklich vorbei; aber ich denke doch immer noch, es soll wieder einklingen.«

Unter solchem Geplauder, das den mitteilsamen Krügerssohn ganz und gar und den ihm zuhörenden, meist nur Fragen stellenden Lewin wenigstens halb in Anspruch genommen hatte, hatten beide junge Männer nicht darauf geachtet, daß das Pfeifen hinter ihnen still geworden war. Als sie sich von ungefähr umwandten, sahen sie den eine gute Strecke zurückgebliebenen Hanne Bogun, wie er, die beiden Jagdtaschen von der Schulter streifend, eben im Begriff stand, eine Kiefer zu erklettern, die sich nach oben hin in zwei weit voneinanderstehende Äste teilte. Es war dies der höchste Punkt der ganzen Gegend, und die Absicht des Hütejungen, von hier aus Umschau zu halten, lag klar zutage. Aber jede Betrachtung über das, was er wolle oder nicht wolle, ging in dem Schauspiel unter, das ihnen jetzt die Klettergeschicklichkeit des Einarmigen gewährte. Er klemmte den Stumpf fest, als ob er den Arm selbst gar nicht vermisse, und geschickt die am schlanken Stamm hin kurz abgebrochenen Aststellen benutzend, auf denen er sich wie auf Leitersprossen ausruhte, war er noch eher oben, als die beiden jungen Männer den Weg bis zu der Kiefer hin zurückgelegt hatten.

»Was gibt es, Hanne?«

Er machte von der Gabel aus, in der er jetzt stand, eine Handbewegung, als ob er nicht gestört sein wolle, und sah dann erst die Flußufer auf- und abwärts, zuletzt auch ins Neumärkische hinüber. Er schien aber nichts zu finden und glitt, nachdem er sein Auge den ganzen Kreis nochmals hatte beschreiben lassen, mit derselben Leichtigkeit wieder hinab, mit der er fünf Minuten vorher hinaufgestiegen war.

Er blieb nun, während die beiden jungen Männer rasch weiterschritten, in gleicher Linie mit ihnen und gab auf die kurzen Fragen, die Lewin von Zeit zu Zeit an ihn richtete, noch kürzere Antworten.

»Nun, Hanne, was meinst du, werden wir sie finden?«

Der Hütejunge schüttelte den Kopf in einer Weise, die ebensogut Zustimmung wie Zweifel ausdrücken konnte.

»Ich begreife nicht, daß die Gorgaster und Manschnower ihnen nicht besser aufpassen. Es gibt doch hier keine Schlupfwinkel, kaum ein Stückchen Wald; dabei liegt Schnee. Ich glaube, sie haben ihre Helfershelfer; sonst müßte man doch endlich Bescheid wissen.«

»Manch een mack et wol weeten?« sagte der Hütejunge.

»Ja, aber wer ist ›manch een‹?«

Der Hütejunge lächelte pfiffig vor sich hin und fing wieder an, eine Vogelstimme nachzuahmen, vielleicht aus Zufall, vielleicht auch, um eine Andeutung zu geben.

»Du machst ja ein Gesicht, Hanne, als ob du etwas wüßtest. An wen denkst du?«

Hanne schwieg.

»Es soll dein Schaden nicht sein. Nicht wahr, Scharwenka, wir kaufen ihm eine Pelzmütze und hängen ihm einen blanken Groschen an die Troddel! Nun, Hanne, wer ist ›manch een‹?«

Hanne schritt ruhig weiter, sah nicht links und nicht rechts und sagte vor sich hin: »Hoppenmarieken.«

Lewin lachte. »Natürlich, Hoppenmarieken muß alles wissen. Was ihr die Karten nicht verraten, das verraten ihr die Vögel, und was die Vögel nicht wissen, das weiß der Zauberspiegel. Dieselben Kerle, die sie gewürgt haben, werden ihr doch nicht ihren Zufluchtsort verraten haben.«

Der Hütejunge ließ sich aber nicht stören und wiederholte nur mit einem Ausdruck von Bestimmtheit: »Se weet et.«

Während dieses Gespräches hatten alle drei den Punkt erreicht, wo sie, nach der am Wäldchen getroffenen Verabredung, den auf der Höhe laufenden Fußweg aufgeben, nach links hin niedersteigen und über den Fluß gehen mußten. Ihnen gegenüber schimmerte schon der Kirch-Göritzer Turm, aber doch noch gute fünfhundert Schritt nach rechts hin, woran Lewin deutlich erkannte, daß der ihnen zu Füßen liegende, mit jungen Kiefern abgesteckte Weg nicht derselbe war, den er vorgestern mit Tubal passiert hatte, sondern ein Parallelweg, der wahrscheinlich auf die Rathstocker Fähre zuführte.

Der alte Vitzewitz und Tubal waren schon halb hinüber, als Lewin erst in den Kuschelweg einbog. Er sprach nicht, aber desto mehr beschäftigte ihn Hoppenmarieken. Es erschien ihm jetzt hinfällig, was er seinerseits gegen ihre Mitwissenschaft gesagt hatte; Streitigkeiten zwischen Diebsgenossen waren am Ende nichts Ungewöhnliches, und wenn ein Rest von Unwahrscheinlichkeit blieb, so schwand er doch vor der Bestimmtheit, mit der Hanne Bogun sein »Se weet et« ausgesprochen hatte. War doch der Hütejunge, so sagte sich Lewin, zu dieser Bestimmtheit mutmaßlich nur allzu berechtigt. Denn wenn es jemanden auf der Hohen-Vietzer Feldmark gab, der Hoppenmarieken in ihren Schlichen und Wegen nachgehen oder doch ihr Treiben auf der Landstraße, ihre Begegnungen und Tuscheleien beobachten konnte, so war es eben Hanne, der sommerlang das Scharwenkasche Vieh hütete und entweder in einem ausgetrockneten Graben oder versteckt im hohen Korne lag.

Unter solchen Betrachtungen hatte Lewin die Mitte des Flusses erreicht, der alte Vitzewitz und Tubal waren schon am jenseitigen Ufer und kletterten eben den steilen Rand hinauf. Zur Linken Lewins ging der junge Scharwenka, beide nach wie vor im Schweigen und des Hütejungen nicht achtend, der wieder ein paar Schritte hinter ihnen zurückgeblieben war.

Aber in diesem Augenblick drängte sich Hanne, rasch über das Eis hinschlitternd, an die Seite seines jungen Herrn, zupfte ihn am Rock und sagte, mit seinem losen Ärmel nach links hin zeigend: »Jungschen Scharwenka, kiek eens.«

Des Krügers Sohn blieb stehen, Lewin auch, und beide lugten nun scharf nach der Richtung hin, die ihnen Hanne bezeichnet hatte.

»Ich sehe nichts«, rief Scharwenka und wollte weiter.

Aber Hanne hielt ihn fest und sagte: »Tööf en beten, grad ut, mang de Pappeln; jitzt.«

Hanne hatte recht gesehen. Zwischen zwei Pappeln, die mitten auf dem Eis zu stehen schienen, wirbelte ein dünner Rauch auf. Dann und wann schwand er, aber im nächsten Augenblicke war er wieder da.

»Jetzt haben wir sie! Wo Rauch ist, ist auch Feuer. Vorwärts!«

Damit bogen beide junge Männer aus dem querlaufenden Kuschelweg in die große, die Mitte des Stromes haltende und für Schlitten und Wagen bequem fahrbare Längsallee ein, während Hanne, zu Meldung des Tatbestandes und mit der Aufforderung umzukehren, an den alten Vitzewitz und Tubal abgeschickt wurde.

Lewin und der junge Scharwenka setzten inzwischen ihren Weg fort, machten aber lange Pausen, bis sie wahrnahmen, daß Hanne die beiden bereits am anderen Ufer Befindlichen eingeholt und ihnen seine Meldung ausgerichtet hatte. Nun schritten auch sie wieder schneller vorwärts. Bald entdeckten sie, daß das, was sie kurz vorher noch für eine mit zwei hohen Pappelweiden besetzte Landzunge gehalten hatten, eine jener kleinen Rohrinseln war, denen man in der Oder so häufig begegnet. Das einfassende Rohr, wenn auch hier und dort durch die Schneemassen niedergelegt, ließ sich deutlich erkennen; alles aber, was dahinterlag, war durch eben diesen Einfassungsgürtel verborgen.

Sie gaben nun auch die große Längsallee auf, hielten sich halb links und tappten sich durch den außerhalb der Fahrstraße fußhoch liegenden Schnee auf die Insel zu. Als sie dicht heran waren, verschwanden ihnen zuerst die Rauchwölkchen, bald auch die beiden Pappeln, und im nächsten Augenblicke standen sie vor dem Schilfgürtel selbst. Lewin wollte den Durchgang forcieren, überzeugte sich aber, daß dies unmöglich sei. Auch war es überflüssig. Während seiner Anstrengungen hatte der junge Scharwenka einen mannsbreiten Gang entdeckt, der mit der Sichel durch das Rohr geschnitten war; er winkte Lewin heran, und beide drangen nun vor, nicht ohne Schwierigkeiten, da der Wind zahllose Halme in den Gang hineingeweht und diesen an manchen Stellen wieder verstopft hatte. Endlich waren sie durch den Rohrgürtel, der eine Tiefe von fünfzehn Schritt haben mochte, hindurch, und das wenige, was noch verblieb, als eine Art Schirm benutzend, sahen sie jetzt, von gesicherter Stelle aus, auf das Innere der Insel.

Das Bild, das sich ihnen bot, war überraschend genug und berührte sie, als ob sie auf einen leidlich instand gehaltenen Wirtschaftshof blickten. Alles war von einer gewissen Ordnung und Sauberkeit. Der Schnee lag zusammengefegt zu beiden Seiten; eine Kuh, die mit dem linken Vorderfuß an eine der beiden Pappeln gebunden war, nagte von einem durch Strohbänder zusammengehaltenen Heubündel, während in der Nähe der anderen Pappel ein hochbepackter Schlitten stand, der unter seiner mit Strikken umwundenen Segelleinwand den Ertrag des letzten Fanges bergen mochte.

So der Hof, dessen friedliches Bild nur noch von dem Anblick des als Wohnhaus dienenden Holzschuppens übertroffen wurde. Dieser Holzschuppen, von beiden Seiten her mit Schnee umkleidet, nicht viel anders, als ob er in einen Schneeberg hineingebaut worden wäre, schien aus drei Räumen von verschiedener Größe zu bestehen. Die beiden kleinen, die als Stall und Küche dienten, waren offen, während der dritte, größere Raum mit zwei alten Brettern und einer funkelnagelneuen Tür zugestellt war, deren Klinke, Haspenbeschlag und roter Ölfarbenanstrich über ihren Gorgaster oder Manschnower Ursprung keinen Zweifel gestattete. Vor dem aufgemauerten Herd, auf dem ein mäßiges Reisigfeuer brannte, stand, mit Abschäumen und Töpferücken beschäftigt, eine noch junge Frau, dann und wann zu einem Blondkopf sprechend, der auf einem Futtersack dicht an der Schwelle saß. Als Rauchfang, wie Lewin deutlich erkennen konnte, diente ein Ofenrohr, das zwei Handbreit über das Schneedach hinausragte. In dem offenen Stalle stand ein Pferd und klapperte mit der Eisenkette.

»Das ist Müller Krieles Brauner«, sagte Scharwenka.

Beide junge Männer zogen sich nach dieser ihrer Rekognoszierung wieder an den äußeren Rand des Schilfgürtels zurück, um hier auf die Ankunft ihres Sukkurses zu passen. Sie hatten nicht lange zu warten. Berndt und Tubal, von dem Hütejungen gefolgt, waren bereits dicht heran, und gleich darauf drängten alle fünf, durch den schmalen Gang hin, wieder auf den Punkt zu, von wo aus Lewin und der junge Scharwenka ihre Beobachtungen angestellt hatten. Im Flüstertone wurde Kriegsrat gehalten und das Abkommen getroffen, daß Tubal und Hanne Bogun auf die Frau losspringen, die beiden Vitzewitze samt ihrem Krügerssohn aber in den mit den zwei Brettern und der roten Tür zugestellten Raum eindringen sollten.

Es war sehr wahrscheinlich, daß sich die Strolche, um den auf ihren nächtigen Streifzügen versäumten Schlaf wieder einzubringen, hier zur Ruhe niedergelegt hatten; erwies sich diese Voraussetzung aber auch als Irrtum, so hatte man wenigstens die Frau, mit deren Hilfe es nicht schwerhalten konnte, die etwa ausgeflogenen Vögel einzufangen.

»Eins, zwei, drei!« ein Sprung über den Hof hin, und im nächsten Moment schrie die Frau auf, während Berndt und Scharwenka, gefolgt von Lewin (der Bretter und Tür mit leichter Mühe niedergerissen hatte), in den mit Blak- und Branntweindunst angefüllten Raum hineindrängten. Das hell einfallende Tageslicht ließ alles rasch erkennen. An den Wänden, links und rechts hin, standen zwei kienene Bettstellen, die, wie draußen die rotangestrichene Tür, einst bessere Tage gesehen haben mochten. Jetzt waren sie mit Strohsäcken bepackt, auf und unter denen, in voller Kleidung, zwei Kerle mit übrigens noch mehr gedunsenem als verwildertem Gesicht in festem Schlafe lagen.

»Ausgeschlafen?« donnerte Berndt und setzte dem an der rechten Wand Liegenden den Kolben auf die Brust.

Der so Angeschriene fuhr sich schlaftrunken über die Augen und starrte dann mit einem Ausdruck, in dem sich Schreck und Pfiffigkeit zu einer Grimasse verzogen, auf den alten Vitzewitz, der, als er den guten Effekt sah, den die Überraschung ausgeübt hatte, das Gewehr wieder ruhig über die Schulter hing und beiden Strolchen zurief: »Macht euch fertig!«

Im Nu waren sie auf den Beinen; beide mittelgroß und Männer von Vierzig. Der eine war nach Landessitte in eine dickwollene Tagelöhnerjacke, der andere in einen französischen Soldatenrock gekleidet, beide mit Holzschuhen an den Füßen, aus denen lange Strohhalme heraussahen. Ihren Anzug aufzubessern, dazu war nicht Zeit noch Gelegenheit. Auf einer als Tisch dienenden Kiste stand ein Blaker mit niedergeschweltem Licht; daneben zwei bauchige Flaschen von grünem Glase, drin ein Korbmuster eingedrückt war, auch ein Czako und eine Filzmütze. Sie bedeckten sich damit, ließen die Flaschen, in denen noch ein Rest sein mochte, in ihre Tasche gleiten und stellten sich dann in eine Art von militärischer Positur, wie um ihre Marschbereitschaft auszudrücken. Berndt machte eine Handbewegung: »Vorwärts!«

Draußen drängte sich der im Soldatenrock an die Seite des jungen Scharwenka und fragte mit einer halben Vertraulichkeit: »Wohenn geiht et?«

»An den Galgen!«

Der Strolch grinste: »Na, Jungschen Scharwenka, so dull sall et ja woll nich wihren!«

»Ihr kennt mich?«

»Wat wihr ick Se nich kennen? Ick bin ja Muschwitz von Großen-Klessin.«

»So, so; und der andere?«

»Rosentreter von Podelzig.«

Der junge Scharwenka warf den Kopf in die Höhe, als ob er sagen wollte: »So sieht er auch aus.« Damit schritten sie über den Hof auf den schmalen Gang zu, der durch das Schilf führte.

Eine halbe Stunde später hatte die kleine Kolonne den vorausbestimmten Rendezvousplatz, das Neu-Manschnower Vorwerk, erreicht. Sie fanden den Kniehaseschen Trupp, der keinen Aufenthalt gehabt hatte, schon vor. Krull und Reetzke, nachdem alles erzählt worden, was zu erzählen war, erboten sich, den Gefangenentransport, der auf Frankfurt ging, zu übernehmen; eine Verstärkung dieser Eskorte war nicht nötig, da sowohl Muschwitz wie Rosentreter froh schienen, ihre Winterhütte mit unfreieren, aber bequemeren Verhältnissen vertauschen zu können. Die Frau, in betreff deren Zweifel herrschten, wem von den beiden sie zugehörte, folgte stumm, einen kleinen Schlittenkasten ziehend, in den sie das Kind hineingesetzt hatte.

Die Hohen-Vietzer traten gleichzeitig mit dem Abmarsch der Gefangenen ihren Rückweg an. Und zwar über das am diesseitigen Ufer liegende Manschnow. An der Mühle vorüberkommend, teilten sie dem alten Kriele mit, in welchem Stalle er seinen Braunen wiederfinden würde;

auf dem Schulzenamte aber wurde Befehl zurückgelassen, daß die Manschnower, zu deren Revier die Insel gehörte, den Schuppen durchsuchen und durchgraben und alles geraubte Gut, das sich etwa finden würde, nach Frankfurt hin abliefern sollten.

Sechzehntes Kapitel
Von Kajarnak, dem Grönländer

Um zwei Uhr waren unsere Hohen-Vietzer wieder in ihrem Dorf, und eine halbe Stunde später wußte jeder bis auf die letzten Lose hinaus, daß die Strolche gefunden und auf dem Wege nach Frankfurt seien. Im Kruge, wo sich bald einige Bauern, auch Kallies und Kümmritz, versammelten, entsann man sich Muschwitzens sehr wohl, der immer ein Tagedieb und Taugenichts gewesen sei, und erging sich in Vermutungen, woher er den französischen Soldatenrock genommen haben könne, Vermutungen, die mit Totschlag begannen und über qualifizierten Diebstahl hin einfach bei Tausch oder Kauf endigten. Dies letztere war denn auch das wahrscheinlichste. In Küstrin, wo der Typhus jeden Tag die Reihen der französischen, zum Teil aus Hessen und Westfalen bestehenden Garnison lichtete, war zu solchen »Geschäften unter der Hand« die reichlichste Gelegenheit gegeben. Von Rosentreter wußte niemand. Das Lob des Hütejungen war auf aller Lippen.

Auch im Herrenhause riß das Erzählen gar nicht ab. Kathinka und Tante Schorlemmer wollten alles bis auf die kleinsten Züge wissen, und als es unten im Wohnzimmer nichts mehr zu berichten gab, wurde oben in Renatens Krankenzimmer das Berichterstatten fortgesetzt. Lewin saß eine Stunde lang an ihrem Bett und ließ der Reihenfolge nach erst das Absuchen des Wäldchens, dann den Überfall und den Transport der Gefangenen an ihrem Auge vorüberziehen. Nichts wurde vergessen; namentlich hob er aus seinem Gespräche mit dem jungen Scharwenka hervor, daß Maline unrecht habe, pries Hanne Boguns Umsicht und schilderte schließlich den Eindruck, den die auf dem Rohrwerder mitgefangene Frau auf ihn gemacht habe.

So kam die Tischstunde heran. Der alte Vitzewitz war in bester Laune, und so unbequem es ihm sein mochte, mit seiner Hypothese von den »Marodeurs« und »Deserteurs« eine arge Niederlage erlitten zu haben, so gewann er es doch über sich, was sonst nicht seine Art war, über sich selbst und seinen Rechnungsfehler zu scherzen. Wußte er doch, daß er schließlich recht behalten würde. Alles war nur Frage der Zeit.

Gleich nach Tisch sollte zu Graf Drosselstein nach Hohen-Ziesar hinübergefahren werden; Tubal und Kathinka schuldeten ihm ohnehin noch ihren Besuch, der, wenn er überhaupt noch gemacht werden sollte, nicht hinausgeschoben werden konnte. Denn am andern Tage schon sollte von Schloß Guse aus die Rückkehr beider Geschwister nach Berlin angetreten werden. Krist mit den Ponies hielt schon vor der Treppe, als die Tafel aufgehoben wurde; wenige Minuten später bog der Wagen von der Auffahrt her in die Dorfstraße ein. Kathinka, einer ihrer Passionen folgend, hatte die Leinen genommen und fuhr. Als sie an Miekleys Mühle vorüberkamen, begegnete ihnen Doktor Leist von Lebus, der sich getreulich einstellte, um nach seiner Kranken zu sehen. Nur kurze Grüße wurden gewechselt.

Alte-Doktor Leist, der seit zwanzig Jahren im Hohen-Vietzer Herrenhause so gut Bescheid wußte wie in seinem eigenen, stieg, nachdem er ein paar Worte mit Jeetze gewechselt und von dem großen Ereignis des Tages gehört hatte, treppan und trat bei Renaten ein.

Nur Maline war bei ihr. Das Schlafzimmer, jetzt auch Krankenzimmer, lag auf der der Gerichtsstube entgegengesetzten Seite des Hauses und war nur durch eine Giebelwand von dem mehrgenannten alten Querbau getrennt, der ehedem als Bankettsaal, dann als Kapelle gedient und nun längst schon seine früheren Bestimmungen mit der bescheidenen einer großen Obst- und Rumpelkammer vertauscht hatte. Am Ende des Korridors befand sich eine schmale Tür, die mit Hilfe einer hochstufigen Treppe die Verbindung mit diesem alten Querbau unterhielt. Doktor Leist trat an das Bett der Kranken, fühlte den Puls und sagte dann, während er eine fieberstillende Arzenei auswickelte:

»Hier bring ich etwas. Der alte Doktor Leist ist wie der Weihnachtsmann; er bringt immer etwas mit.«

»Nur der Weihnachtsmann bringt Süßes, und Doktor Leist bringt Bitteres.«

»Nicht doch, nicht doch, Renatchen. Da sollten Sie den alten Leist doch besser kennen. Der weiß, was sich schickt, und kennt seine deutschen Sprichwörter. Gleich und gleich gesellt sich gern. Und für so liebe kleine Fräuleins ist das Bittere gar nicht da.«

»Also sauer?«

»Sauer und süß; eine Doppellimonade.«

»Das ist recht. Ich fürchte mich vor jedem Löffel Medizin. Aber eine Doppellimonade, das mag gehen. Und wie ist es mit der Diät, Doktorchen?«

»Nicht zu streng. Sagen wir ein Biskuit und etwas gestowtes Obst.«

»Nicht auch frisches?«

»Allenfalls auch frisches. Aber mit Auswahl. Etwa einen mürben Gravensteiner oder eine Kalville.«

»Danke, danke. Die lieb ich gerade sehr. Und darf ich mir auch etwas vorplaudern lassen? Von Maline?«

»Gut, gut.«

»Oder von Tante Schorlemmer?«

»Noch besser. Sie wird, denk ich, mehr kalmieren als irritieren. Und das ist genau, was wir brauchen.«

Damit empfahl sich Doktor Leist und versprach, am andern Tage wiederzukommen.

Der Alte war kaum fort, als Renate Malinen heranwinkte.

»Nun nimm eine Fußbank und setze dich zu mir; hier

dicht an mein Bett. Wir haben ja des Doktors Erlaubnis. Und nun gib mir deine Hand. Ach, wie schön kühl du bist. Wenn ich nur eine ruhige Nacht hätte! Aber ich habe immer Bilder vor den Augen.«

»Das ist das Fieber.«

»Ja, das Fieber. Und das quält mich, daß ich den Anblick der armen Frau nicht loswerden kann.«

»Welcher Frau?«

»Die sie heute mittag auf dem Rohrwerder mit aufgespürt haben. Lewin sagte mir, daß kein rohes Wort, nicht einmal eine Klage über ihre Lippen gekommen sei.«

»Aber, Fräulein, es ist ja eine Diebin. Und keiner weiß, wem sie zugehört. Krist sagte mir: sie hat zwei Männer oder keinen. Und das ist doch schlimm, das eine wie das andere.«

»Ich habe doch Mitleid mit ihr, und so recht eigentlich schlecht kann sie nicht sein; denn sieh, sie hat nicht an sich gedacht, sondern erst an ihr Kind und hat es in einen kleinen Schlittenkasten gepackt und es mit sich genommen. Und nun seh ich immer die lange Frankfurter Pappelallee vor mir, die kein Ende nimmt und weit, weit am Horizonte zu einem Punkte zusammenläuft. Und zwischen den Pappeln geht die Frau und zieht den Schlittenkasten, in dem das Kind sitzt, und wenn sie aufwärts, abwärts an den Punkt kommt, wo die Pappeln ein Ende zu nehmen schienen, dann tut sich eine neue Allee auf, die noch länger ist und wieder in einem Punkte zusammenläuft. Und die Frau wird immer matter und müder. Es peinigt mich. Ich wollte, daß ich das Bild loswerden könnte.«

»Krull und Reetzke sind ja gute Leute und werden ihr nicht mehr auflegen, als sie tragen kann.«

»Es sind Bauern, und Bauern sind hart und taub. Ich wollte, der junge Scharwenka hätte den Transport übernommen. Der ist schon anders und läßt mit sich reden.«

»*Der?*« fragte Maline.

»Ja, *der*. Und du mußt dich nicht gleich verfärben, wenn ich bloß seinen Namen nenne. Er hat mit Lewin gesprochen und ihm seine Not geklagt.«

»Er verklagt mich überall.«

»Das sagt er auch von dir. Und nun höre mich an, Maline, und wirf nicht den Kopf. Wir waren immer gute Freunde; so laß dir raten und sei nicht eigensinnig.«

Aber ehe Renate weitersprechen konnte, barg Maline den Kopf in ihrer Herrin Bettkissen und fing heftig an zu schluchzen.

»Und nun wirst du gar noch weinen! Aber weine nur. Es ist das erste Zugeständnis, daß du unrecht hast und daß der kleine Trotzkopf es nur noch nicht eingestehen will.«

»Er hat mir meine Armut vorgeworfen.«

»Nein, das hat er nicht. Er hat dir deinen Hochmut vorgeworfen. Und da hat er recht. Und er hat auch recht in allem, was er von euch Kubalkeschen Mädchen sagt. Das ist ein ewiges Nasenrümpfen und Vornehmtun von dir und der kleinen Eve drüben, und das lassen sich die Bauern nicht gefallen. Ihr wollt beide wie Stadtmädchen sein.«

Maline nickte.

»Und was hättest du denn in der großen Stadt? Ein bißchen Putz und ein paar Anbeter mehr. Aber was käme für dich dabei heraus? Ein städtisches Elend und eine Stabstrompeter- oder Kassenbotenfrau. Nein, Maline, bleib in Hohen-Vietz; es ist ein Glück, das du machst; sind doch die Scharwenkas die reichsten Leute im Dorf, und nicht die schlechtesten. Und er liebt dich und kann nicht von dir los, trotzdem er eigentlich möchte. Und siehe, das ist so recht die Liebe, wie ich sie mir auch immer gewünscht habe, daß man einen vor Ärger umbringen und zugleich vor Sehnsucht totküssen möchte.«

»Wie gut Fräulein Renate das alles beschreiben können. Aber *er* muß kommen.«

»Nein, du mußt kommen.«

Maline seufzte. Dann aber plötzlich bedeckte sie Renatens Hand mit Küssen, und aufatmend, als ob eine große Last von ihr genommen wäre, sagte sie: »Wie leicht mir wieder ums Herz ist! Ach, Fräulein, Fräulein, er ist ja doch der beste Mensch von der Welt. Und es ist auch hübsch von ihm, daß er sich nicht alles gefallen läßt. Ein Mann muß doch ein Mann sein. Und eigentlich kann ich ihn ja doch um den Finger wickeln.«

Es schlug sieben, und Maline erhob sich, um der Kranken ihre Medizin zu geben.

»Doktor Leist hat recht; es schmeckt wie eine Doppellimonade. Und nun hole mir noch ein paar Kalvillen. Hier schräg unter uns aus dem alten Saal. Aber nimm den Wachsstock und sieh dich vor auf der Treppe; die Stufen sind so ausgelaufen. Und verfitze dich auch nicht in dem Bohnenstroh.«

Maline sah vor sich hin. Dann sagte sie verlegen: »Ich möchte die Äpfel doch lieber aus der Speisekammer holen, nicht aus dem alten Saale.«

»Aber wozu den weiten Weg? Wir sind ja hier Wand an Wand. Ein paar Stufen und du bist unten. Die Kalvillen liegen links neben dem Altar.«

»Ich kann nicht gehen, Fräulein Renate.«

»Was ist dir?«

»Ich fürchte mich.«

»Weshalb?«

»Er betet wieder.«

»Wer?«

»*Der alte Matthias.*«

Renate schloß einen Augenblick die Augen und sagte dann mit erkünstelter Ruhe: »Ich bin ihm nie begegnet. Glaubst du daran?«

»Ich weiß es nicht. Ich weiß nur, was mir die Ruschen, die alte Jätefrau, immer gesagt hat: Wer den Spuk verschwört, dem erscheint er.«

»Und wer hat ihn gesehen?«

»Nachtwächter Pachaly.«

»Wann?«

»Letzte Nacht.«

»Erzähle, was du gehört hast.«

»Ich mag nicht. Fräulein Renate werden sich erschrekken und kränker werden.«

»Nein, nein, ich will es wissen.«

»Nun gut denn. Also Krist und Pachaly hatten die Wache. Jeetze kam auch; ich sah ihn, als ich um die zehnte Stunde nach Hause kam, denn es gefiel mir nicht im Krug, und ich wollte nicht tanzen. Das gnädige Fräulein werden schon wissen, warum ich nicht tanzen wollte. Aber das muß ich sagen, er tanzte auch nicht.«

Renate nickte, während Maline die Hand ihrer jungen Herrin küßte und dann fortfuhr:

»Jeetze hatte sich Krists grauen Mantel angezogen und einen alten Säbel darübergeschnallt. Es war zum Lachen. Als der gnädige Herr ihn sah, wurd er ärgerlich und sagte: ›Das ist nichts für dich, Jeetze. Du hast deine Zeit gehabt.‹ Und dann trat er zu Krist und Pachaly und befahl ihnen, daß sie sich immer in Nähe des Hauses halten sollten. ›Krist, du nimmst die Parkseite, und Pachaly, Ihr nehmt die Dorfseite, und bei dem großen Mittelfenster des alten Saales trefft ihr zusammen. Und haltet euch immer so, daß ihr euch anrufen könnt.‹ Das alles hört ich noch mit meinen eigenen Ohren. Aber das andere hab ich von Pachaly.«

»Nun?«

»So gingen sie denn wohl zwei Stunden. Es war ganz still. Nur vom Krug her, wo man noch nichts wußte, hörten sie Musik. Krist, den jetzt zu frieren anfing, trat in die Hoftür und schlug Feuer an, um sich eine warme Pfeife zu stopfen. Dadurch kam es, daß sie sich für dies eine Mal bei dem großen Mittelfenster nicht trafen und daß Pachaly den langen Querbau allein passieren mußte. Als er an das letzte Fenster kam, sah er Licht; er trat näher heran und hob sich auf die Fußspitzen. Da sah er, daß das alte Bild erleuchtet war, und vor dem Altar kniete einer und betete. Er hatte aber keine Stimme zum Rufen. Indem kam Krist heran, und er winkte ihm. Dieser sah auch noch den Schein; als er aber an die Stelle treten wollte, wo Pachaly eben gestanden hatte, losch alles aus, und es war wieder dunkel. Sie hörten nur noch Schritte und ein Knistern im Stroh, das vor den Stufen lag.«

Renate hatte sich höher aufgerichtet. Die Wand, an der sie lag, war die Giebelwand, an deren anderer Seite – nur um eine Treppe tiefer – der alte Altar sich befand. Eine Herzensangst befiel sie. Sie hatte das Bedürfnis eines Zuspruchs, den ihr Maline nicht geben konnte; so sagte sie: »Du solltest mir Tante Schorlemmer rufen.«

Maline ging. Als sie aber eben die Tür öffnen wollte, rief ihr Renate nach:

»Nein, bleib!« Und dann wieder ihrer Furcht sich schämend, setzte sie hinzu: »Nein, geh; ich will mich bezwingen.«

Es vergingen Minuten. In dem nur matt erleuchteten Zimmer bewegten sich die Schatten hin und her; ihr fiebriges Auge folgte diesem Tanz und haftete zuletzt auf der Bilderreihe, die an der anderen Wand des Zimmers hing. Es waren englische Buntdruckbilder, eines ein gotisches Portal darstellend, in dem eine Ampel hing und durch das hindurch man auf einen Altar blickte. Alles in vorzüglicher Perspektive und der Altar nur ein Punkt. Sie sah ihn nicht, sie wußte nur, daß er da war. Und vor ihrem Auge wuchs jetzt das Portal, und der Altar wuchs, und vor den Stufen des Altars kniete wer. Es schlug ihr das Herz, und sie konnte doch von dem Bilde nicht lassen.

Da hörte sie Schritte draußen, und gleich darauf trat Tante Schorlemmer ein, noch die Wirtschaftsschürze vor, ein sicheres Zeichen, daß sie von Herd oder Küche abgerufen worden war. Maline, die wegen ihrer Spukgeschichte ein schlechtes Gewissen haben mochte, war zurückgeblieben.

»Wie gut, daß du kommst, liebe Schorlemmer. Ich habe eine rechte Sehnsucht nach dir gehabt. Du mußt ein bißchen mit mir plaudern. Aber erst gib mir deine Hand; so – und nun gib mir zu trinken.«

»Gott, wie du fieberst, Kind. Man darf euch auch keine halbe Stunde allein lassen. Und ich mußte doch die Hasen spicken. Auf Stinen ist kein Verlaß; das nennt sich Köchin und weiß kaum, daß der Hase sieben Häute hat. Nun trink, mein Renatchen. Ich werde noch einen Löffel Himbeeressig hineintun; das kühlt. Hast du denn auch eingenommen?«

Renate leerte das Glas, das ihr Tante Schorlemmer gereicht hatte, und sank dann erschöpft in ihre Kissen. Aber die Angst, die sie bis dahin beherrscht hatte, war doch von ihr gewichen, und als ob sie plötzlich im Schutze guter Geister sei, sagte sie ruhig: »Glaubst du an Gespenster?«

»Dacht ich's doch. Hat die Maline wieder nicht reinen Mund halten können. In der Küche plappert das auch den ganzen Tag schon. Und da ist einer wie der andere. Nur den Pachaly hätt ich für gescheiter gehalten. Denn er hält sich zu Uhlenhorst; und das muß man den Altlutherischen lassen, daß sie von solcher Schwachheit und Narrheit nichts wissen wollen. Sie haben eben den Glauben, und der läßt den Aberglauben nicht aufkommen.«

»Liebe Schorlemmer«, sagte Renate, »du bist so gut, aber einen kleinen Fehler hast du doch. Alles, was dir nicht paßt, das ist für dich nicht da, und wenn es doch da ist, so glaubst du es mit einem guten Spruch aus der Welt schaffen zu können.«

»Ja, mein Renatchen, das kann ich auch. Mit einem guten Spruch ist viel auszurichten. Und wer an Gott und Jesum Christum glaubt, der fürchtet keine Gespenster.«

»Du mußt mir nicht ausweichen wollen. Ich will nicht wissen, wer sich vor Gespenstern fürchtet und wer nicht; ich will nur wissen: Gibt es Gespenster?«

»Nein.«

»Und doch lebst du hier unter uns, die wir seit hundert Jahren, wie so viele alte Häuser, ein Hausgespenst haben. Wenigstens erzählen es die Leute. Lewin ist überzeugt, daß sie recht haben; du lächelst; nun gut, das soll nicht viel bedeuten. Aber auch der Papa glaubt daran, und du weißt besser als ich, daß er fest im Glauben steht. Es ist keine sechs Wochen, daß wir den Fall mit Krists Wilhelm hatten. Und nun Pachaly! Er ist doch ein verständiger Mann. Ich sage nicht ›ja‹, wo du ›nein‹ sagst, aber ich mag wenigstens die Möglichkeit nicht bestreiten.«

»Ich tue es. Wo es nicht Lug und Trug ist, ist es Sinnentäuschung. Die Toten sind tot.«

»Laß dir etwas erzählen. Ich fand einmal ein Buch, in dem las ich, daß nichts unterginge und daß an einem bestimmten Tage *alles* wiederkäme, die große und die kleine Welt, Mensch und Tier, auch die sogenannten leblosen Dinge. Ich würde also nicht nur dich wiedersehen und Malinen, auch Hektor und den englischen Buntdruck mit dem gotischen Portal und dem Altar, der dort drüben an der Wand hängt. Und diese durch ein Reinigungsfeuer gegangene Welt, diese verklärte Spiegelung von allem, was je dagewesen ist, würde die Seligkeit sein. Es war ein frommes Buch, in dem ich das alles fand, und ich habe nichts gelesen, das einen tieferen Eindruck auf mich gemacht hätte. Und nun frag ich dich, was ist ein Gespenst anders als ein vorausgesandter Bote dieser verklärten Welt?«

»Es ist doch, wie ich sage: die Toten sind tot. Und die verklärte Welt, die kommen wird, ist eben keine Welt von dieser Welt. Sie harret unserer, aber nicht hier, nicht in der Zeitlichkeit. Nur einer ist, der wieder unter den Menschen erschienen, das war auf dem Wege nach Emmaus. Aber dieser eine war Christus der Herr, der Sohn des allmächtigen Gottes. Sieh, Renatchen, es muß doch einen Grund haben, daß sich die Gespenster nur an bestimmten Orten finden. In Hohen-Vietz gibt es ihrer, in Herrnhut nicht. Und auch da nicht, wo Herrnhut am Nord- oder Südpol seine Hütten und Häuser baut. Wenigstens *in* diesen Hütten und Häusern nicht. So hab ich es selbst erfahren. In Grönland, rings um uns herum, sahen die Grönländer, die wohl hundert Spuke haben, ihre Gespenster ruhig weiter, aber in unserem Missionshause hat sich keins blicken lassen. Ein Herrnhuter und ein Spuk, das verträgt sich nicht. Und das, mein Renatchen, machen doch die Sprüche, von denen du meinst, daß ich mir einbildete, alles Böse damit aus der Welt schaffen zu können.«

»Sei wieder gut, Schorlemmerchen. Und zum Zeichen, daß du es bist, erzähle mir etwas von den Grönländern.

Du bist nun sechs Jahre in Hohen-Vietz, und ich weiß kaum, wie der Ort hieß, an dem du so lange gelebt und geschafft und Liebes begraben hast. Erzähle mir davon, aber nichts von den grönländischen Gespenstern; ich habe an unseren Hohen-Vietzern über und über genug. Plaudere mir etwas Stilles und Heiteres vor, etwas Frommes, das mich erhebt und mich anweht wie mit himmlischer Kühlung. Denn mich verlangt nach Kühle. Aber gib mir erst von der Medizin. Es muß acht Uhr vorüber sein.«

Tante Schorlemmer tat, wie ihr geheißen; dann nach Renatens Strickzeug suchend, um Beschäftigung für ihre Hände zu haben, setzte sie sich, als alles gefunden und vorbereitet war, in den hohen Lehnstuhl und sagte: »Nun, womit beginnen wir?«

»Natürlich mit dem Anfang; also mit dem Lande selbst. Ich habe mal ein Bild gesehen: Felsen und Wasser und Eisberge und Schnee; am Ufer lag eine Robbe; daneben um den Vorsprung saß ein weißer Fuchs, während auf der Felsenkante dicke, kurzbeinige Vögel hockten. Ich glaube, sie hießen Pinguine.«

»Es ist nicht ganz so, aber es mag passieren, und ich verzichte darauf, an deinem Bilde zu verbessern.«

»Doch, doch, ich will nicht bloß unterhalten sein, ich will auch lernen.«

»Nun gut denn. So denke dir einen endlosen Küstenstrich, viele hundert Meilen lang, aber nur wenige hundert Schritte breit. Vor diesem Streifen liegt das Meer, mit tausend Inselchen betüpfelt, und hinter diesem Streifen liegt das Gebirge, das der Quere nach geborsten und zerklüftet ist, und aus diesen Klüften stürzen die Wasser dem Meere zu.«

»Ich möcht es sehen.«

»In einer solchen Kluft lag auch unsere Kolonie. Ich sage lag; sie liegt aber noch da und wird, so Gott will, noch manchen Tag überdauern. Und diese Kolonie hieß Neu-Herrnhut. Zu meiner Zeit hatte sie zwanzig Häuser.«

»Das ist wenig.«

»Wenig und viel. Aber wie würdest du erst staunen, wenn

du diese Häuser gesehen hättest. Als Lewin heute mittag den in den Schnee hineingebauten Holzschuppen auf dem Rohrwerder beschrieb, stand auf einmal das Haus vor mir, das ich mit meinem lieben Seligen zehn Jahre lang bewohnt habe. Es war auch in drei Teile geteilt, Stall und Stube, und eine Küche dazwischen. Und was nannten wir unser? Ein Bett und eine Truhe, und darüber ein paar Pflöcke und Riegel, an denen unsere Habseligkeiten hingen. Auf dem Tische stand eine Lampe, und daneben lag Gottes Wort. Das fehlte nun freilich auf dem Rohrwerder und war doch unser Bestes, unser einziger Trost in Not und Gefahr.«

»Und waret ihr denn in Gefahr?«

»Nicht vor den Menschen, oder doch nur selten. Denn die Grönländer sind ein sanftes, stilles und sittsames Volk und verstehen es, ihre Leidenschaften zu verbergen.«

»Ich dachte mir, sie wären verzwergt und abergläubisch und sähen aus wie Hoppenmarieken.«

»Da hast du es wieder halb getroffen. Aber zur andern Hälfte nicht. Denn Hoppenmarieken ist roh, und die Grönländer sind fein. Man hört keinen Zank und keinen Streit, ja ihrer Sprache fehlen die Schimpf- und Scheltewörter. Beleidigungen rächen sie durch Witz und Spöttereien, zu denen der Kläger den Beklagten wie zu einem Zweikampf herausfordert, und wer die meisten Lacher auf seiner Seite hat, der hat gesiegt. Es ist ihnen überhaupt die Gabe verliehen, sich leicht und zierlich auszudrücken. Sie sind gastfrei und gesellig, und zur Zeit der Wintersonnenwende gibt es Tänze und Ballspiel und Gesänge unter Begleitung einer Trommel. Sie sind sich übrigens ihrer guten Manieren wohl bewußt, und wenn sie einen Fremden loben wollen, so sagen sie: ›Er ist so sittsam wie wir.‹«

»Da müßt ihr ihrem Selbstgefühl gegenüber oft einen schweren Stand gehabt haben. Denn ich entsinne mich, daß Pastor Seidentopf, als wir noch zum Unterrichte gingen, zu Marie und mir sagte: ›Ein schlichter und ein großer Sinn passen gleich gut zu den Offenbarungen des Christentums, aber ein eitler Sinn widerstrebt ihnen hartnäckig.‹«

»Dafür muß ich ihm eigens noch danken, denn die Wahrheit dieses Satzes haben wir manchen lieben Tag in unserer Kolonie erfahren müssen. Es ging nicht vorwärts. Wenn wir heut einen Zollbreit gewonnen zu haben glaubten, so verloren wir ihn morgen wieder an die Angekoks.«

»An die Angekoks?«

»Ja. Das sind nämlich die Wahrsager und Zauberer, meist listige Betrüger, unter denen aber auch Schwärmer vorkommen, die Visionen haben oder sich dessen wenigstens rühmen. Sie vermitteln den Verkehr mit den beiden großen Geistern; indem sie den guten Geist anrufen und den bösen Geist bannen, von denen übrigens der gute Geist männlich und der böse weiblich ist.«

»Ei, ei, das ist aber doch ein Mangel an Galanterie, der an so feinen Leuten wie die Grönländer, die nicht einmal Schimpf- und Scheltworte haben, mich überrascht.«

»Und doch, mein Renatchen, geduldig von uns hingenommen werden muß, denn überall ist es Eva, die verführt und aus dem Paradiese treibt. Aber ich sprach von den Angekoks. Ihr natürlicher Scharfsinn kam ihnen in ihrem Widerstande gegen uns zustatten, und an Verspottungen, wie sie schon unser Herr und Heiland zu tragen hatte, fehlte es auch uns nicht, die wir uns in Demut zu ihm bekannten. Aber da erbarmte sich Gott unserer Not, und das ist denn nun die Geschichte von Kajarnak, die ich dir, wenn du noch Geduld hast, wohl erzählen möchte.«

»Was ist Kajarnak?«

»Ein Name. Der Name eines Grönländers aus dem Süden. Denn es gibt südliche und nördliche Grönländer, die, nach Art aller Halbnomaden, ihre Zelte bald hier, bald dort im Lande aufschlagen, um nach einer bestimmten Zeit an ihre alten Wohnplätze zurückzukehren. Und so kam denn, auf einem solchen Jagd- und Wanderzuge, ein südländischer Trupp in unsere Kolonie, um einen Tag oder eine Woche unter uns zu rasten. Es waren hundert oder mehr. Wir hießen sie willkommen, und Matthäus Stach, der damals an der Spitze unserer Kolonie stand und dem noch

Friedrich Böhnisch und mein guter Schorlemmer als Gehilfen beigegeben waren, ließ bei ihnen anfragen, ob sie an einer unserer Missionsstunden teilnehmen wollten. Dies wird dich vielleicht wundern; aber du mußt wissen, daß sie es über die Maßen lieben, einen Wortstreit zu führen und sich mit Hilfe des Witzes, den sie haben, ihrer Überlegenheit bewußt zu werden. Es kamen denn auch viele. Wir hatten eben unsere Plätze eingenommen, und Matthäus Stach las ihnen ein Kapitel aus dem Evangelium Johannis vor, das er kurz vorher ins Grönländische übersetzt hatte. Sie hörten aufmerksam zu; die meisten lächelten; aber einige zeigten doch eine Teilnahme. An diese wandte sich jetzt unser Bruder und fragte sie, ob sie an eine unsterbliche Seele glaubten.«

»Aber du wolltest ja von Kajarnak erzählen.«

»Ich bin schon mitten in seiner Geschichte. Also Matthäus Stach fragte sie, ob sie an eine unsterbliche Seele glaubten? Sie antworteten: ›Ja!‹ Und nun begann er zu ihnen vom Sündenfall und von der Erlösung zu sprechen. Ich höre noch seine Stimme, denn er war ein Mann von besonderen Gaben. Da tat der Herr einem unter ihnen das Herz auf, und von so vielen Erweckungen ich auch gehört und gelesen habe, keine hat mich je tiefer bewegt. Das macht, weil sich alles so schlicht und einfach gab. Matthäus Stach, der wohl sah, daß sein Wort auf guten Boden fiel, sprach immer eindringlicher, und als er eben Christi Leiden am Ölberg geschildert hatte, da trat ein Grönländer an den Tisch und sagte mit lauter und bewegter Stimme, in der schon das Heil zitterte: ›Wie war das? Ich will das noch einmal hören.‹ Diese Worte gingen uns, die wir sie mithörten, durch Mark und Bein, und sie sind in Neu-Herrnhut unvergessen geblieben. Von der Stunde an war der Segen Gottes über unserem Tun.«

»Es konnte nicht wohl anders sein. Solche Worte verklingen nicht. Empfind ich doch in diesem Augenblick noch ihre Wirkung.«

Tante Schorlemmer küßte Renatens Stirn und fuhr dann

fort: »Eine Woche verging, und der Grönländertrupp war immer noch in unserer Kolonie. Dann aber brachen sie auf, um weiter nördlich ihren Jagden nachzugehen, und nur Kajarnak blieb zurück; mit ihm seine beiden Schwäger samt ihren Frauen und Kindern, alles in allem vierzehn Personen. Wir lobten ihr Bleiben und hatten Betstunde mit ihnen. Die Kinder empfingen Unterricht, was sehr schwer war, da die Grönländer das, was wir Erziehung nennen, gar nicht kennen. Sie lieben nämlich ihre Kinder mit äffischer Zärtlichkeit und lassen sie aufwachsen, ohne Gehorsam zu fordern oder Ungehorsam zu strafen. Als ein halbes Jahr um war, stellte Matthäus Stach die Frage, ob es Zeit sei, die nun Vorbereiteten zu taufen; aber mein guter Schorlemmer, der den Unterricht geleitet hatte, meinte doch, daß es ihm geboten scheine, noch zu warten. Und so geschah es. Erst am zweiten Ostertage wurden vier Angehörige dieser grönländischen Erstlingsfamilie von der Macht der Finsternis losgerissen; Kajarnak erhielt den Namen Samuel, seine Frau wurde Anna, sein Sohn Matthäus, seine Tochter Auna genannt. Darüber war große Freude in der Kolonie. Aber die Freude sollte nicht lange währen. Vier Wochen später kam Nachricht, daß der ältere Schwager, der sich auf kurze Zeit von uns entfernt und einem Jagdzuge nach dem Norden angeschlossen hatte, auf eine hinterlistige und grausame Weise ermordet worden sei, weil er den Sohn eines heidnisch gebliebenen Grönländers mit Christensprüchen totgehext habe. Zugleich wurde hinzugesetzt, daß die Angekoks in einer großen Verschwörung seien, um auch dem jüngeren Schwager Kajarnaks dasselbe Los zu bereiten. Da bemächtigte sich unserer kleinen grönländischen Gemeinde, sowohl der Getauften wie derer, die noch in Vorbereitung waren, ein Zittern und Zagen, und sie beschlossen, in den Süden zurückzukehren, wo sie unter ihren Verwandten sicherer zu sein hofften. Ach, wir mußten sie ziehen lassen, so schwer es uns auch wurde, und ich sehe noch Kajarnak, wie er bitterlich weinte und immer wieder uns Festigkeit gelobte und sich dann losriß; und wie dann die Schlitten in langer Linie an uns vorüberfuhren, über Fiskenäs und Frederikshaab auf den Süden zu.«

»Und hielt er Wort?«

»Wir hatten wenig Hoffnung, denn es war ein neuer Abfall über die Gemüter gekommen, und selbst solche, die sich in unserer Nähe hielten, gehorchten wieder den Angekoks. Wir waren betrübten Gemütes, auch ich, die ich nach meiner schwachen Kraft all die Zeit über meinem guten Schorlemmer getreulich zur Seite gestanden hatte. Ein Jahr verging, ohne daß Kunde von Kajarnak gekommen wäre, am wenigsten er selbst. Da feierten wir, es war am Johannistag, die Hochzeit von Anna Stach und Friedrich Böhnisch, und als wir bei unserem Mahl waren und erbauliche Lieder sangen, die, was dich vielleicht verwundern wird, von drei Violinen und einer Flöte begleitet wurden, da trat Kajarnak in den Brüdersaal und begrüßte uns. Die Freude war so groß, daß, wie von selber, aus dem Hochzeitsfest ein Fest des Wiedersehens wurde. Wir hatten ja unsern verlornen Sohn wieder oder doch den, den wir schon als einen solchen betrachtet hatten. Und nun mußte Kajarnak erzählen, alles Große und Kleine, und wie die Seinen ihn aufgenommen hätten. Er verschwieg uns nichts. Sie hätten ihn anfangs oft und mit sichtlichem Vergnügen angehört; als sie dann aber seines Wortes überdrüssig geworden wären, habe er sich in die Stille begeben und seine Erbauung allein gehabt. Zuletzt habe es ihn sehr verlangt, wieder bei uns, seinen Brüdern, zu sein, immer mehr und mehr, bis ihm die Sehnsucht nicht Ruhe und Rast gelassen habe; und da sei er nun. Mein guter Schorlemmer, der ihn so recht eigentlich in das Heil eingeführt hatte, weinte vor Freuden, und Friedrich Böhnisch sagte, das sei ihm eine unvergeßliche Stunde und sein Ehrentag habe nun eine doppelte Weihe.«

»Das durft er sagen. Es war ein Hochzeitstag, wie ihn sich jeder wünschen mag! Mir würde dieses Wiedersehen ein Zeichen froher Vorbedeutung gewesen sein.«

»Und das war es auch. Das junge Paar wurde glücklich.

Auch Kajarnak. Aber seine Tage waren gezählt. Ich glaube fast, daß er sich in seiner Treue nicht genugtun konnte und daß er sich (er war nur von schwachem Körper) in seinem Eifer übernahm. So wurd er denn von einem heftigen Lungen- und Seitenstechen befallen, das seinem Leben rasch ein Ende machte. In den größten Schmerzen bewies er ein gesetztes Wesen, und wenn die Seinigen anfingen, um ihn zu weinen, sagte er: ›Betrübet euch nicht. Ihr wisset, daß ich von euch der erste gewesen bin, der sich zu dem Sohne Gottes bekehrt hat, und nun ist es sein Wille, daß ich der erste sein soll, der zu ihm kommt. Wenn ihr ihm treu seid, so werden wir uns wiedersehen und uns über die Gnade, die er an uns getan hat, ewiglich freuen.‹ Danach schlief er ein, während unsere Gebete seine scheidende Seele dem Erbarmer empfahlen. Seine Frau bestand darauf, daß er nicht nach Landessitte, sondern nach christlicher Weise begraben würde. Und so geschah es. Nicht nur die Brüder und ihre Angehörigen, auch die Kaufleute von der Kolonie fanden sich zu seinem Begräbnis ein, mit dem unser neuer Gottesacker eingeweiht wurde. Die Grönländer wunderten sich über alles, was sie sahen; unseren Brüdern aber ging dieser Tod sehr nahe. Denn sie verloren viel in ihm: einen erweckten, begabten und gesegneten Zeugen des Evangeliums.

Und da hast du nun meine Geschichte von Kajarnak, dem ersten Getauften.«

Renate ergriff die Hand ihrer alten Freundin und sagte: »Ach wie ich dir danke, liebe Schorlemmer. Es ist nun alle Furcht wie verflogen, und ich fühle mich, als hätt ich nie von Spuk und Gespenstern gehört. Und nun will ich schlafen. Aber sage mir noch erst den Spruch von den vierzehn Engeln. Wir wollen ihn zusammen sprechen:

> Abends bei Zubettegehn
> Vierzehn Engel bei mir stehn;
> Zwei zu Häupten,
> Zwei zu Füßen,
> Zwei zu meiner rechten Seit,

Zwei zu meiner linken Seit,
Zwei, die mich decken,
Zwei, die mich strecken,
Zwei, die führen mich sogleich
In das liebe Himmelreich.«

Sie schwiegen eine Weile. Dann sagte Renate: »Und nun geh. Ich habe ja nun Schutz. Laß nur die Seitentür auf, daß mich Maline hört.«
»Gute Nacht, Renatchen!«
»Gute Nacht, liebe Schorlemmer!«

SIEBZEHNTES KAPITEL
Ein Rabennest

Der nächste Tag war Silvester.

In aller Frühe schon brach Hoppenmarieken auf, um womöglich bis Mittag wieder zurück zu sein und alles putzen und scheuern, auch ihre Vorbereitungen zu einem Silvesterpunsch treffen zu können. Sie machte heute die kurze Tour und schritt auf Küstrin zu. Es war erst sieben Uhr, als sie an dem Herrenhause vorbeikam und über den Hof hin sich mit Jeetze begrüßte, der eben die nach beiden Seiten hin einklappenden Laden des großen Eckfensters öffnete. Aus der Unbefangenheit ihres Grußes ließ sich erkennen, daß ihr die Gefangennehmung der beiden Strolche, von der sie aller Wahrscheinlichkeit nach nur zu sehr mitbetroffen wurde, nicht bekannt geworden war. Erst nach Mitternacht von einer Wanderung quer durch das Bruch in ihre Wohnung zurückgekommen, hatte sie, selbst bei den Forstackersleuten, die doch sonst wohl die Nacht zum Tage zu machen liebten, niemand mehr wach getroffen und war, als sie aufstand, wahrscheinlich die einzige Person in ganz Hohen-Vietz, die von dem Ereignis des vorigen Tages nichts wußte.

Erst zwei Stunden später versammelten sich Wirt und Gäste des Herrenhauses am Frühstückstisch. Auch Berndt, wenn ihn nicht Geschäfte riefen, war kein Frühauf, und die nicht vor vier Uhr nachmittags angesetzte Fahrt nach Guse konnte keinen Grund bieten, die bequeme, längst zu einer Art Hausordnung gewordene Gewohnheit zu unterbrechen. Tante Schorlemmer, bei Renate festgehalten, erschien noch etwas später und beantwortete die Fragen, die über das Befinden der Kranken an sie gerichtet wurden.

Das Gespräch, nachdem auch noch Doktor Leists beruhigende Worte mitgeteilt worden waren, wandte sich dann dem am Abend vorher in Hohen-Ziesar gemachten Besuche zu, dessen einzelne Momente in dem Hin und Her einer immer muntrer werdenden Plauderei noch einmal durchlebt wurden. Aus allem ging hervor, daß Drosselstein sich als der liebenswürdigste der Wirte, voll Entgegenkommen gegen Berndt, voller Aufmerksamkeiten gegen Kathinka gezeigt hatte. Als diese, die sich zum ersten Mal in Hohen-Ziesar befand, ihre Verwunderung über die sonst nirgends in der Mark vorkommende Großartigkeit der Schloßanlage geäußert hatte, hatte der Graf ohne Rücksicht auf die späte Stunde noch Veranlassung genommen, sie samt den anderen Gästen durch die lange Zimmerflucht des ersten Stockes: den Ahnensaal, die Rüstkammer und die Bildergalerie, zu führen, während zwei Diener mit Armleuchtern voranschritten. Unter dieser halb düsteren Beleuchtung war alles, an dem man bei hellem Tageslicht gleichgiltig vorüberzugehen pflegte, zu einer Art Bedeutung gekommen, und die seitabstehenden Ritter mit halb geschlossenem Visier, die über Kreuz gelegten Lanzen, dazu die Ahnenbilder selbst, die zu fragen schienen: »Was stört ihr unser stilles Beisammensein?«, hatten eines tiefen Eindrucks auf Kathinka nicht verfehlt. Vor allem ein jugendliches Frauenporträt, das ihr seitens des Grafen als das Bildnis Wangeline von Burgsdorffs, einer nahen Anverwandten seines Hauses, bezeichnet worden war, war ihr in der Erinnerung geblieben.

An dies von einem Niederländer aus der Van-Dyck-Schule herrührende Bildnis, dessen unheimlich hellblaue Augen schon manchen früheren Besucher von Hohen-Ziesar bis in seine Träume hinein verfolgt hatten, knüpften die am Abend vorher nur flüchtig beantworteten Fragen Kathinkas wieder an, und Berndt, ein wahres Nachschlagebuch für alle Schloß- und Familiengeschichten der ganzen Umgegend, war eben im Begriff, die Neugier der schönen Fragstellerin durch eingehende Mitteilungen über »Wangeline«, die von vielen märkischen Forschern als der historisch beglaubigte Ursprung der »Weißen Frau« angesehen werde, zu befriedigen, als ein Klopfen an der Tür das kaum begonnene Gespräch unterbrach. Ein ältlicher Mann mit spärlichem, nach hinten gekämmtem Haar, den sein spanisches Rohr und mehr noch der lange blaue Rock mit einem Wappenblech auf der Brust als Gerichtsdiener kennzeichneten, trat ein, übergab einen Brief an den alten Vitzewitz und machte dann wieder einige Schritte zurück, bis in die Nähe der Tür. Alles verriet den alten Soldaten. Berndt erbrach das Schreiben und las: »Hochgeehrter Herr und Freund! Ich säume nicht, Ihnen von dem Resultat eines ersten Verhörs, das ich gestern nachmittag noch mit der durch Ihre Umsicht entdeckten und eingelieferten Diebessippschaft angestellt habe, Kenntnis zu geben. Aus den beiden Strolchen, hinsichtlich deren sich Hohen-Klessin und Podelzig in den Ruhm der Geburtsstätte teilen, war, aller Kreuz- und Querfragen unerachtet, nichts zu extrahieren; die Frau aber, die jenen beiden erst seit kurzem angehört und mehr noch durch anderer als durch eigene Schuld unter die Rohrwerder Sippschaft geraten ist, hat umfassende Geständnisse abgelegt, die sich einmal auf die zumeist in den Küstriner Vorstädten ausgeführten Diebstähle, sodann aber auch auf die Hehlereien beziehen, die dieses Treiben unterstützt haben. Am schwersten belastet ist unsere Freundin Hoppenmarieken. Ich bitte Sie, eine Haussuchung bei ihr veranlassen oder selbst leiten zu wollen, wobei ich, mit Rücksicht auf die besondere Schlau-

heit der vorläufig unter Verdacht Stehenden, Ihre Aufmerksamkeit auf Dielen und Wände des Hauses hingelenkt haben möchte. Der Einlieferung des geraubten Gutes, an dessen Auffindung ich nicht zweifle, sehe ich ehemöglichst entgegen. Ob es geboten oder in Erwägung ihrer Geisteszustände auch nur zulässig sein wird, der Bezichtigten gegenüber die volle Strenge des Gesetzes walten zu lassen, darüber sehe ich seinerzeit Ihrer gefälligen Rückäußerung entgegen.
Turgany«

Berndt legte den Brief, den er mit halblauter Stimme gelesen hatte, vor sich nieder und sagte dann, zu dem alten Gerichtsdiener sich wendend: »Lieber Rysselmann, mein Kompliment an den Herrn Justizrat, und ich würde nach seinen Angaben verfahren.« Dann zog er die Klingel. »Jeetze, sorge für einen Imbiß. Frankfurt ist weit, und unser Alter da wird wohl die Mitte halten zwischen dir und mir. Nicht wahr, Rysselmann, sechzig?« Der Alte nickte. »Und dann schicke Krist zu Kniehase; er soll Nachtwächter Pachaly rufen lassen und mich auf dem Forstacker erwarten.«

»Da klagt nun Renate«, fuhr der alte Vitzewitz fort, als Jeetze und Rysselmann das Zimmer verlassen hatten, »über öde Tage in Hohen-Vietz! Sage selbst, Kathinka, leben wir nicht, seit du hier bist, wie im Lande der Abenteuer? Erst ein Raubanfall auf offener Straße, dann ein Einbruch in unser eignes Haus, dann ein regelrechtes Diebstreiben unter Innehaltung taktisch-strategischer Formen und nun eine Haussuchung im Revier einer Zwergin – nenne mir einen friedlichen Ort in der Welt, wo in drei Tagen mehr zu gewärtigen wäre! Im übrigen bin ich neugierig, ob sich die Aussagen, die die Rohrwerder-Frau gemacht hat, auch bewahrheiten werden.«

»Ich zweifle nicht daran«, bemerkte Lewin. »Nach allem, was mir Hanne Bogun gestern sagte, und noch mehr nach dem, was er mir verschwieg, konnt ich kaum etwas anderes erwarten, als was Turgany jetzt schreibt. Wann willst du nach dem Forstacker hinaus?«

»Gleich, oder doch bald. Es darf nicht über den Vormittag hinaus dauern.«

»Dürfen wir dich begleiten?«

»Gewiß. Je mehr Augen, desto besser; wir werden sie der Schlauheit der alten Hexe gegenüber ohnehin nötig haben.«

So trennte man sich. Berndt empfahl sich mit einigen Worten bei Kathinka, die sich nunmehr ihrerseits treppauf begab, um mit Renaten über die wunderlich widersprechendsten Themata, über Graf Drosselstein und den alten Rysselmann, über Wangeline von Burgsdorff und Hoppenmarieken, zu plaudern.

Eine Viertelstunde später brach der alte Vitzewitz auf, in seiner Begleitung Tubal und Lewin. Sie gingen rasch. Noch ehe sie Miekleys Gehöft erreicht hatten, überholten sie Kniehase und Pachaly, die schon auf dem Wege waren, und bogen nun gemeinschaftlich mit ihnen in den Forstacker ein. Gleich darauf standen sie vor Hoppenmariekens Haus. Man war schon vorher übereingekommen, ganz regelrecht vorzugehen, das heißt, mit dem Küchenflur zu beginnen und mit der Kammer abzuschließen, jedenfalls aber nichts übereilen zu wollen.

Die Tür war nur eingeklinkt. Sie wurde geöffnet und der Holzkloben vorgelegt, um mit Hilfe des nun einfallenden Tageslichts bis in alle Winkel hineinsehen zu können. In der steinharten Lehmdiele des Fußbodens konnte nichts vergraben sein; so blieb nur noch der Herd und gegenüber dem Herde der Kamin, von dem aus der Stubenofen geheizt wurde. Aber die Nähe des Feuers ließ ein Versteck an dieser Stelle nicht als wahrscheinlich annehmen. Ebenso war der nach innen zu liegende Schwellstein, der durch diese seine verwunderliche Lage Verdacht erwecken konnte, viel zu groß und schwer; Lewin und Kniehase mühten sich umsonst, ihn von der Stelle zu rücken.

In der Küche war also nichts; so trat man denn in die Stube. Die großen Vögel in den Bauern saßen schon an den Vorderstäben und blickten auf die fremden Besucher. Diese fingen jetzt an, ihre Aufgabe zu teilen. Pachaly, das rot und weiß karierte Deckbett zurückschlagend, fühlte mit der Hand in den Kissen, dann in den Strohsäcken umher, während Berndt ringsum die Wände, Tubal die Fliesen des verhältnismäßig hohen Ofenfundaments beklopfte. Überall nichts. In das offenstehende Tellerschapp, in Schrank- und Tischkästen hineinzusehen verlohnte sich kaum; die frischgescheuerten Dielen waren aus einem Stück und liefen vom Fenster bis an die Wand gegenüber; nirgends ein Einschnitt oder sonst Verdächtiges. Es mußte also in der Kammer sein.

Die Kammer, ein dunkler Alkoven, hatte nur wenig über sieben Fuß im Quadrat. Es war darum für fünf Personen fast unmöglich, sich darin zu drehen und zu bewegen, weshalb Berndt und Kniehase, beide ohnehin belästigt durch die stickige Luft des überheizten Zimmers, vor die Tür traten, wohin ihnen Lewin, nachdem er vergebliche Versuche gemacht hatte, sich mit einem schwarzen, auf der Brust rotbetüpfelten Vogel anzufreunden, einige Minuten später folgte.

Nur Tubal und Pachaly waren noch in der Kammer. Sie zündeten ein Licht an und begannen auch hier mit Klopfen an den Lehmwänden hin. An der einen Seite, wo die großen Kräuterbüschel an vier oder fünf dicken Pflöcken hingen, hatte dies seine Schwierigkeiten. Es gelang aber; freilich ohne besseres Resultat als in Flur und Stube.

»Wir werden den Scharwenkaschen Hütejungen holen müssen«, sagte Tubal, »der hat die besten Augen.«

»Nicht doch«, sagte Pachaly, »dem ist sein Ruhm und die versprochene Pelzmütze schon zu Kopf gestiegen. Ich kenne den Jungen. Er sieht nicht besser als andere, er weiß nur besser Bescheid, denn er ist selber vom Forstacker und kennt alle Schliche und Wege, die das Gesindel geht.«

»Mag sein. Aber wo sollen wir noch suchen? An den Wänden keine hohle Stelle; die Dielen aufgenagelt, und in dem ganzen Alkoven nichts drin als diese rotgestrichene Kommode mit zwei leeren Schubkästen. Es kann doch nichts hier über uns in der Decke stecken? Hoppenmarieken ist ein Zwerg und reicht mit ihrer Hand keine fünf Fuß hoch.«

»Nicht in der Decke, junger Herr; aber hier um die Kommode herum muß es sein. Solche Kreaturen wie Hoppenmarieken sind eitel, putzen sich und zeigen allen Leuten gern, was sie haben. Warum hat sie die Kommode in die dunkle Kammer gestellt, wo sie niemand sieht? Das bedeutet was!«

»So sehen wir nach«, sagte Tubal, schob den Gegenstand von Pachalys Verdacht rechts weg gegen den großen Gundermannsbüschel, der bei dieser Gelegenheit raschelnd vom Pflock fiel, und trat nun, dicht an der Wand, auf die breite Mitteldiele, deren linkes Ende gerade hier durch die darüberstehende Kommode verdeckt gewesen war. Im selben Augenblicke senkte sich das Brett, dem an dieser Stelle die Balkenunterlage fehlte, um mehrere Zoll und hob sich, nach Art eines in der Mitte aufliegenden Wippbrettes, an der entgegengesetzten Seite in die Höhe.

»Dacht ich's doch«, sagte Pachaly, sprang herzu und stellte die Diele, die sich unschwer entfernen ließ, beiseite. Was sich jetzt zeigte, war immer noch überraschend genug. Der ganzen Länge des Brettes entsprechend, war das Erdreich herausgenommen und bildete eine ziemlich flache Rinne, die sich nur nach links hin, wo das Brett aufwippte, zu einer mehr als zwei Fuß tiefen Grube vertiefte. Zwischen beiden war alles derartig geschickt verteilt, daß sich die flache Rinne als das Schnitt- und Kurzwarengeschäft, die vertiefte Grube aber als das Kolonialwarenlager Hoppenmariekens ansehen ließ.

Pachaly begann jetzt auszupacken und reichte, was sich an Gegenständen vorfand, Tubal zu, der es in Ermangelung eines besseren Platzes auf Hoppenmariekens Bett legte. Es waren Schürzenzeuge, ein Stück roter Fries, ein Rest von geblümtem Sammetmanchester, bunte Haubenbänder und schwarzseidene Tücher, wie sie die Oderbrücherinnen als Kopfputz tragen. In der Grube fanden sich Beutel mit Zucker, Kaffee, Reis, darüber in Stangen geschnittene Seife und Talglichte, die oben an den Dochten wie zu einer großen Puschel zusammengebunden waren. Aus allem ergab sich, daß Hoppenmarieken mit Hilfe dieses Warenlagers einen Handel trieb und Gegenstände, die sie von Küstrin oder Frankfurt aus mitbringen sollte, so weit wie möglich aus ihrem eignen Hehlervorrat zu nehmen pflegte. Das Brett wurde nun wieder aufgelegt, es paßte wie ein Deckel. Auch die Nägel, die einer rechtmäßigen Diele zukommen, fehlten nicht; sie waren aber vor dem Einschlagen mit der Zange kurz abgekniffen und hatten keinen anderen Zweck, als nach oben hin die Köpfe zu zeigen.

Die draußen Auf- und Abschreitenden hatten inzwischen ihre Promenade unterbrochen und waren wieder eingetreten. Berndt musterte alles und sagte dann: »Ich kenne Hoppenmarieken, hiermit zwingen wir's nicht. Sie wird all dies für ihr Eigentum ausgeben, und es wird schwerhalten, ihr das Gegenteil zu beweisen. Denn sie steckt mit allerhand schlechtem Handelsvolk zusammen, das jeden Augenblick bereit ist, ihr den rechtmäßigen Erwerb zu bestätigen. Ich bin aber sicher, daß es gestohlenes Gut ist; es fehlt nur noch das Eigentliche, so etwas ausgesprochen Privates, das ihr alle Ausflucht abschneidet. Suchen wir weiter. Muschwitz und Rosentreter, von unserem eigenen Gesindel, das wir hier auf dem Forstacker haben, gar nicht zu reden, werden sich auf Schürzenzeug und Seifenstangen nicht beschränkt haben.«

Indem war Pachaly, der, während Berndt sprach, in seinen Nachforschungen nicht nachgelassen hatte, auf die Schwelle der kleinen Tür getreten und winkte Lewin, der ihm zunächst stand, in die Kammer hinein. Er trat, als dieser ihm gefolgt war, ohne weiteres an den dicken Holzpflock, von dem der Gundermannsbüschel herabgefallen war, hob das Licht in die Höhe und sagte: »Passen S' Achtung, junger Herr, der Pflock sitzt nicht fest; der Lehm ist rundum abgesprungen; dahinter steckt was.«

»Das wäre!« rief Lewin lebhaft, faßte den Pflock und riß ihn ohne die geringste Mühe heraus.

Es zeigte sich ein tiefes Loch in der Lehmwand, viel tiefer, als das verhältnismäßig nur kurze Holzstück erheischte. Das mußte einen Grund haben. Lewin suchte deshalb in der Höhlung umher und fand ein Päckchen, nicht viel größer als eine halbe Faust, das erst in ein Stück blaues Zuckerpapier, dann, wie sich ergab, in einen Lappen grober Leinwand eingewickelt war. Als er beides entfernt hatte, lag der Inhalt vor ihm wie der Raub eines Rabennestes: ein silbernes Nadelbüchschen, eine Taschenuhr in einem Schildpattgehäuse, eine Kinderklapper, eine mit kleinen Rauchtopasen eingefaßte Amethystbroche, von der die Nadel abgebrochen war, ein Petschaft mit nicht entzifferbarem Namenszug und ein kleiner ovaler Goldrahmen, in dem sich wahrscheinlich ein Miniaturbild befunden hatte. Alles ohne sonderlichen Wert, aber gerade das, dessen die Beweisführung bedurfte.

»Nun haben wir sie«, sagte Berndt ruhig, wickelte die Gegenstände wieder ein und steckte sie zu sich.

Auch noch die anderen Pflöcke wurden untersucht, saßen aber fest im Lehm. Es ließ sich annehmen, daß nichts unentdeckt geblieben war, und so beschloß man, von weiterer Nachsuchung abzustehen. In der Küche fand sich eine alte Kiepe vor, und Pachaly erhielt Ordre, alles, was aufgefunden war, in diese hineinzupacken und nach dem Herrenhause zu schaffen. Er gehorchte nicht gern, da es ihm gegen die Ehre war, an hellem lichten Tage mit einer Kiepe über die Dorfstraße zu gehen; der Dienst aber ließ ihm keine Wahl, und seinem Ärger in kurzen Selbstgesprächen Luft machend, tat er schließlich, wie ihm geheißen.

Berndt und Kniehase, von den beiden jungen Männern unmittelbar gefolgt, hatten inzwischen die Auffahrt zum Herrenhause erreicht und waren eben im Begriff, von der Dorfgasse her auf den Vorhof einzubiegen, als sie, keine dreihundert Schritt mehr entfernt, Hoppenmarieken auf der großen Küstriner Straße herankommen sahen. Die kleine Figur, der rasche Schritt und die lebhaften Bewegungen ließen sie leicht erkennen.

»Da kommt sie«, sagte Berndt, und sich an Pachaly wendend, der schon vor dem Pfarrhause die Voranschreitenden eingeholt hatte, fügte er hinzu: »Nun eile dich; schiebe zwei, drei Stühle vor meinen Schreibtisch oben und baue auf, was du hast.«

Hoppenmarieken grüßte schon von weitem. Sie schien in sehr guter Stimmung und überreichte, als sie heran war, ihrem Gutsherrn einen Brief, den sie schon, als sie der Gruppe ansichtig geworden war, aus ihrem Mieder hervorgezogen hatte.

»Is hüt dis een man«, sagte sie und setzte wie zur Erklärung hinzu: »De berlinsche Post is nich to rechte Tid inkamen.«

Sie wollte weiter und hatte schon einige Schritte gemacht, als ihr Berndt nachrief: »Hoppenmarieken, ich habe noch was für dich. Aber oben in meiner Stube, komm.«

Es mußte wider Willen des Sprechenden etwas Fremdklingendes in seiner Stimme gelegen haben; jedenfalls war der Ausdruck der Sicherheit aus dem Gesichte der Zwergin fort, als sie über den Hof hin und dann treppauf ihrem Gutsherrn nachschritt. Kniehase und die beiden Freunde folgten.

Pachaly hatte mittlerweile in der notdürftig wieder in Ordnung gebrachten Gerichtsstube seinen Aufbau beendet. Von den Bändern und Tüchern war nicht viel zu sehen. So recht ins Auge fiel nur das große, noch regelrecht auf ein Brett gewickelte rote Friesstück, ebenso die aus Seifenstangen und dem Lichterbündel aufgebaute Pyramide.

»Nun, Hoppenmarieken«, sagte Berndt, »wie gefällt dir der rote Fries?«

»Jut, Jnädjeherr. Wat süll he mi nich jefallen? Et is ja von den ingelschen; de Ell seben Groschen.«

»Hast du dies Stück Fries vielleicht schon gesehen?«

»Ick weet nich.«

»Besinne dich.«

»Ick seh so veel, Jnädjeherr; ick mag et wol all sehn hebben.«

»Wo?«

»Bi Jud Ephraim.«

»Oder bei dir!«

»Bi mi? Jo, Wettstang, bi mi; hohoho. Nu seh ick ihrst. Se sinn bi mi west und hebben min kleen Tuusch- und Kramgeschäft utfunnen. Unner de Deel; en beeten beschwierlich; awers ick bin nich sicher sünnst.«

»Gut, Hoppenmarieken, du mußt vorsichtig sein. Es gibt jetzt soviel Gesindel ...«

»Oh, so veel!«

»Nun gut. Aber du nimmst ja den Kaufleuten das Brot. Hast du denn einen Gewerbeschein?«

»Ne, Jnädjeherr, den hebb ick nich.«

»Ja, da werden wir dich am Ende in Strafe nehmen müssen.«

Bei diesen mit einem heiteren Anfluge gesprochenen Worten kehrte ihr ihre frühere Sicherheit zurück. Sie hatte plötzlich das Gefühl, daß alles einen guten Verlauf nehmen werde, und sagte halb grinsend, halb bittend vor sich hin: »Dat wihrn de Jnädjeherr jo nich dohn.«

»Ja wer weiß, Hoppenmarieken. Sieh mal hier; da ist noch was zum Auswickeln für dich!«, und dabei nahm er das Päckchen, das er bei der Haussuchung zu sich gesteckt hatte, aus seiner großen Überrockstasche und legte es dicht vor ihr auf den Tisch.

Sie fiel sofort auf die Knie und schrie: »Ick weet von nischt.«

»Aber wir wissen genug.«

»Ick weet von nischt. De kämen beed in bi mi ...«

»Wer?«

»Muschwitz und Rosentreter ... un seggten, ick süll et man verwohren. Awers ick wull jo nich, un ick schreeg. Do nähm Muschwitz sin Taschenknif und seggt to mi: ›Wif, ick schnid di de Kehl ab, wenn du schreegst!‹ Und da nohm ick et.«

»Du lügst, Hoppenmarieken; du bist Hehlerin, was du immer warst. Du hast ihnen Geld gegeben; ich vermute, nicht genug; darum haben sie sich neulich auf der Landstraße noch etwas nachholen wollen. Sie waren sicher, daß du sie nicht verraten würdest. Aber sie haben *dich* doch verraten.«

»Jo, dat hebben se. Se wullen rut ut de Schling, un ick sall rin. Awers ick will nich, un ick bruk nich. Schwören will ick; ick *kann* schwören. Rufen S' Seidentoppen in; ja Seidentopp sall koamen ... Oh, du lewe Herrjott, wat et för Minschen jewen deiht! Dat is, weem eens sülwsten to good is. O Jott, o Jott.« Und dabei rutschte sie auf den Knien näher zu Berndt heran und küßte ihm die Rockschöße.

»Steh auf!«

Der zwergige Unhold aber, immer noch auf den Knien, fuhr fort: »Et is allens nich so. Oh, dis Muschwitz, un de anner von Podelzig! Se hebben beed logen as de Düwels. Schwören will ick; ick *kann* schwören. Pachaly, holen S' 'ne Bebel in. Un hier sinn mine Finger; un schwören will ick, *in* de Kirch un ut de Kirch un wo Se sünnst wullen.«

»Du sollst nicht schwören, denn du schwörst falsch. Was machen wir mit ihr, Kniehase?«

Hoppenmarieken, die nicht anders dachte, als daß man ihr ans Leben wolle, schrie jetzt jämmerlich auf und rang die kurzen, stummelhaften Hände. Zuletzt sah sie Lewin, der an der Tür stehengeblieben war. Sie wollte rutschend auf ihn los, mutmaßlich, um die Szene zu wiederholen, die sie eben vor dem alten Vitzewitz gespielt hatte. Aber Pachaly hielt sie zurück.

»Laß es hingehen, Papa«, rief jetzt Lewin, als ob Hoppenmarieken, deren Unzurechnungsfähigkeit für ihn feststand, gar nicht zugegen wäre. »Sieh sie dir an; es ist der Mensch auf seiner niedrigsten Stufe. Droh ihr; das ist das einzige, was sie versteht. Ihr ganzer Rechtsbegriff ist ihre Furcht. Und Turgany weiß das so gut wie wir; er wird nichts an die große Glocke hängen. Wenn es aber sein muß, so wird er sie schildern, wie sie ist. Und das ist ihre beste Verteidigung. Ich bitte dich, laß sie laufen.«

»Hast du gehört?« fragte jetzt Berndt zu der Zwergin hinüber, die, während Lewin sprach, endlich aufgestanden war.

Sie zwinkerte mit den Augen und sagte: »Ick hebb allens hürt; ick weet, ick weet. Jo, de junge Herr, he kennt mi, un ick kenn *em*. Un ick hebb 'n all kennt, as he noch so lütt wihr, *so* lütt. Jo, de junge Herr ...!«

»Er bittet für dich«, fuhr Berndt fort, »und will, daß ich dich laufenlasse. Warum? weil du Hoppenmarieken bist. Ich aber kenn dich besser und weiß, du hörst das Gras wachsen. Schlau bist du und taugst nichts, das ist das Ganze von der Sache. Nimm deine Kiepe; wir wollen diesmal noch ein Auge zudrücken. Aber paß Achtung, wenn wir dich wieder ertappen, ist es aus mit dir. Und nun geh und bessere dich fürs neue Jahr.«

Sie sah sich nach Stock und Kiepe um, die sie beide beim Eintritt ins Zimmer neben der eisenbeschlagenen Truhe niedergesetzt hatte. Als sie wieder marschfertig war, glitt ihr Auge noch einmal über die auf den Stühlen ausgebreiteten Sachen hin. Es war ersichtlich, daß sie Lust hatte, Besitzrechte daran geltend zu machen. Berndt sah den Blick und empfand jetzt, daß Lewin doch recht habe.

»Geh«, wiederholte er, »alles bleibt hier und wird nach Frankfurt abgeliefert. Vielleicht du auch noch!«

Sie nahm das letzte Wort als einen Scherz und grinste wieder.

Eine Minute später schritt sie, mit ihrem Stock salutierend, über den Hof hin, in einem Tempo, als ob nichts vorgefallen sei oder eine ganz alltägliche Streitszene hinter ihr läge.

Achtzehntes Kapitel

Othegraven

Der alte Rysselmann, in Jeetzes kleiner Bedientenstube durch einen Imbiß gestärkt und wieder aufgewärmt, passierte eben das an der großen Straße nach Frankfurt gelegene Dorf Podelzig, als ihm ein leichter Kaleschwagen begegnete, auf dessen Lederbank er den Freund seines Justizrats, den Konrektor Othegraven, erkannte. Othegraven ließ halten.

»Guten Tag, Rysselmann, gut bei Weg? Was in aller Welt bringt Sie nach Podelzig?«

»Ich komme schon von Hohen-Vietz. Dienstsachen; ein Brief vom Herrn Justizrat an den Herrn von Vitzewitz. Ein guter Herr; und so ist das ganze Dorf.«

»Ich will auch hin«, sagte Othegraven. »Treffe ich den Schulzen Kniehase?«

»Im Dorf ist er; aber ob der Herr Konrektor ihn treffen werden, ist unsicher. Denn ich hörte, wie der gnädige Herr nach ihm schickte, weil sie bei der alten Botenfrau, die Hoppenmarieken heißt, eine Haussuchung abhalten wollen. Es soll eine Hehlerin sein.«

»Danke schön, Rysselmann; meinen Gruß an den Justizrat. Gott befohlen!«

Damit fuhr der Konrektor in raschem Trabe weiter auf Hohen-Vietz zu. Was ihm Rysselmann gesagt hatte, kam ihm ungelegen, und wenn er zu den Leuten gehört hätte, die auf Zeichen achten, so hätte er umkehren müssen. Er war aber ohne jede Spur von Aberglauben und sah in allem, was geschah, ein unwandelbar Beschlossenes. Seinem Bekenntnis, noch mehr seiner Parteistellung nach streng lutherisch, ruhte doch – ihm angeboren und deshalb unveräußerlich – auf dem Grunde seines Herzens ein gut Stück prädestinationsgläubiger Kalvinismus.

Von Podelzig war nur noch eine Stunde. Es läutete Mittag, als Othegraven vor dem Pfarrhause hielt. Seidentopf, den er bei seiner vorgestrigen Anwesenheit in Hohen-Vietz nicht aufgesucht hatte, begrüßte ihn herzlich an der Schwelle seiner Studierstube, die jetzt, wo die Wintersonne schien, ein besonders freundliches Ansehen hatte. Alles war verändert, und die Haushälterin, die sich am zweiten Feiertage durch ihr aufgeregtes Hin- und Herfahren mit Schippe und Räucheressenz so bemerklich gemacht hatte, zeigte heute die vollkommenste Ruhe, als sie, nach dem Brauch des Hauses, und ohne daß eine Aufforderung dazu ergangen wäre, ein Frühstück vor Othegraven auf den Tisch stellte.

Beide Männer hatten auf einem kleinen Sofa, in der Nähe des Ofens, unter dem verstaubten Real der Bibliotheca theologica, Platz genommen und sahen in den verschneiten Garten hinaus. Eine Esche stand vor dem Fenster, in Sommerzeit ein wunderschöner Baum; jetzt, wo seine Zweige wie geknotete Hanfstrippen niederhingen, ein trauriger Anblick. Aber keiner von beiden hatte ein Auge dafür, und während der Konrektor, dessen Vorhaben einem guten Appetit nicht günstig war, sich mehr an ein Glas Wein als an das Frühstück hielt, erzählte der Pastor von dem, was sich seit vorgestern in Hohen-Vietz ereignet hatte, von dem Einbruch und von dem Auffinden der Strolche auf dem Rohrwerder.

»Abenteuer und Kriegszüge, als hätten wir schon den Feind im Lande«, so schloß er.

Othegraven, augenscheinlich in sehr unkriegerischer Stimmung, brachte der Erzählung dieser Dinge nur ein geringes Interesse entgegen, das erst wuchs, als der Gesprächsgegenstand wechselte und Seidentopf von dem zweiten Feiertage, ihrem heiteren Beisammensein an jenem Abende, von Pastor Zabels Verlegenheit beim Pfänderspiel und vor allem von Marie zu plaudern begann, wie sie so reizend gewesen sei und so Hübsches über seinen Werneuchner Amtsbruder gesprochen habe, trotzdem er ihr nicht habe beistimmen können.

»Sie könnten mir nichts sagen«, unterbrach ihn Othegraven, »das mich mehr erfreute. Denn wissen Sie, lieber Pastor, ich habe eine herzliche Neigung zu diesem schönen Kinde.«

Seidentopf erschrak; um so mehr, je höher er Othegraven schätzte. Nie war an einen solchen Fall von ihm gedacht worden; jetzt, wo er eintrat, empfand er ihn als eine Unmöglichkeit. Er faßte sich endlich und fragte: »Weiß Marie davon?«

»Nein, ich habe vorgestern mit dem Schulzen gesprochen. Er hat mir geantwortet, Marie sei ein Stadtkind und gehöre in die Stadt; wenn er sie sich an der Seite eines braven Mannes, der sie liebe, denke, so lache ihm das Herz. Und eines Studierten, bald vielleicht eines Pastors Frau, das sei so recht das, was er sich immer gewünscht habe. Das Kind sei sein Augapfel, und mein Antrag sei ihm eine Ehre; aber sie müsse selber entscheiden. Ich konnte ihm nur zustimmen; und da bin ich nun, um mir diese Entscheidung zu holen.«

»Ich wünsche Ihnen Glück, Othegraven. Aber alles erwogen, paßt Marie zu Ihnen?«

Othegraven wollte antworten; Seidentopf indessen, als er aus den ersten entgegnenden Worten heraushörte, daß sich die Antwort nur auf das »Gazekleid mit den Goldsternchen« und alles das, was damit in Zusammenhang war, beziehen werde, unterbrach den Konrektor und sagte ruhig: »Ich meine nicht das, ich meine, haben Sie bedacht, ob zwei Naturen zueinander passen, von denen die eine ganz Phantasie, die andere ganz Charakter ist?«

»Ich habe es bedacht; aber daß ich es Ihnen bekenne, mehr in Hoffnung als in Zweifel und Befürchtung. Eine Frau von Phantasie, ein Mann von Charakter, wenn ich diese auszeichnende Eigenschaft, die Sie mir zuerkennen, ohne weiteres annehmen darf, ist gerade das, was mir als ein Ideal erscheint. Was ist die Ehe anders als Ergänzung?«

»So heißt es in Büchern und Abhandlungen, und ich kann mir Fälle denken, oder sage ich lieber, ich kenne Fälle, wo dies zutrifft. Aber wenn ich in dem Buche meiner

Erfahrungen nachschlage, so ist es im großen und ganzen doch umgekehrt. Die Ehe, zum mindesten das Glück derselben, beruht nicht auf der Ergänzung, sondern auf dem gegenseitigen Verständnis. Mann und Frau müssen nicht Gegensätze, sondern Abstufungen, ihre Temperamente müssen verwandt, ihre Ideale dieselben sein. Vor allem aber, lieber Othegraven, wir sind noch nicht bei der Ehe. Es handelt sich zunächst um den Zug des Herzens, der fast immer nach dem Gleichgearteten geht; wenigstens bei Naturen wie Mariens.«

Othegraven lächelte. »So würde denn, teuerster Pastor, die Frage, die Sie vorhin an mich richteten, nicht haben lauten müssen, ob Marie zu mir, sondern ob ich zu ihr passe? Des ersteren bin ich sicher; um mir auch über den zweiten Punkt Gewißheit zu verschaffen, dazu bin ich hier. Ich bitte, mein Fuhrwerk auf Ihrem Hofe halten lassen zu dürfen; in einer halben Stunde sehe ich Sie wieder. Sie sollen der erste sein, der erfährt, wie die Würfel über mich gefallen sind. Ein unchristlich Wort das; aber ich halt es aufrecht, weil es genau ausdrückt, was ich in diesem Augenblick empfinde, aller Überzeugung zum Trotz, daß es schließlich kein Würfelspiel ist, was über uns entscheidet. Wir sollten vielleicht vor solchen Widersprüchen, in die auch ein gläubig Herz geraten kann, weniger erschrecken, als wir gewöhnlich tun; wir gewönnen dadurch für uns selbst und für andere mehr, als wir verlieren. Was starr ist, ist tot.«

Sie trennten sich, und Othegraven schritt auf den Schulzenhof zu.

Er fand in dem Zimmer links, in dem am zweiten Weihnachtsfeiertage der alte Kniehase das Kapitel aus dem Propheten Daniel gelesen hatte, nur die Frau des Schulzen vor. Sie schritt ihm unter herzlichem Gruß, aber doch in einer gewissen Befangenheit entgegen und sprach ihr Bedauern aus, daß ihr Mann abwesend sei, einer Dienstsache halber, mit der sie den Herrn Konrektor nicht behelligen wolle. Am wenigsten heute, da sie wisse, weshalb er komme. Sie werde Marie rufen. Dann rückte sie ihm einen Stuhl und stieg hinauf in die Giebelstube, wo die Tochter mit allerhand kleiner Handarbeit, mit Stopfen und Nähen beschäftigt war, um nichts Unfertiges oder Unordentliches mit in das neue Jahr hinüberzunehmen. In der resoluten Weise einer Frau, die von Vorbereiten und Überraschungen-Ersparen nicht viel hält, sagte sie hier kurz und ohne Umschweife: »Komm, Marie, Konrektor Othegraven ist unten; er hat bei dem Vater um dich angehalten. Sage nun ›ja‹ oder ›nein‹, uns Alten ist beides recht. Wir haben keinen anderen Wunsch als dein Glück, und du mußt selber wissen, was dich glücklich macht.«

Marie war heftig erschrocken, faßte sich aber und folgte der Mutter treppab. Othegraven hatte den Stuhl, der ihm angeboten war, nicht angenommen; er stand am Fenster, mit den Fingern der rechten Hand auf den Knöcheln der linken spielend, wie jemand, der voll innerer Unruhe ist.

»Hier ist sie«, sagte Frau Kniehase und schritt wieder auf die Tür zu.

»Bleibe, Mutter«, bat Marie.

Frau Kniehase gab ihre Absicht auf und setzte sich an das Spinnrad. »Marie, Sie wissen, weshalb ich hier bin«, begann Othegraven nach einer kurzen Pause.

»Ja, die Mutter hat es mir eben gesagt.«

»Hat es Sie überrascht?«

»Wir kennen uns erst kurze Zeit.«

»Das Herz, wenn es überhaupt sprechen will, spricht schnell. Es ist jetzt ein halbes Jahr, Marie, daß ich Sie zum ersten Male sah, es war im Park, an der Stelle, wo das Rondel ist. Ich entsinne mich jedes kleinsten Umstandes.«

Marie nickte, zum Zeichen, daß auch ihr der Tag in Erinnerung geblieben sei.

»Es war Besuch da«, fuhr Othegraven fort, »der Steinhöfelsche Herr von Massow, der junge Herr von Burgsdorff und Doktor Faulstich aus Kirch-Göritz; Sie spielten Reifen, und ich hörte schon von fern Ihr Lachen, als ich mit dem alten Herrn von Vitzewitz die große Rüsternhecke heraufkam. Fräulein Renate, in einem hellblauen Sommerkleid, stand Ihnen gegenüber. Als ich dann an dem Spiele teilnahm und Ihnen mit ungeübter Hand die Reifen zuwarf, fingen Sie jeden auf, ob er zu kurz oder zu weit flog. Ihre Geschicklichkeit glich aus, was der meinigen fehlte. Ich habe nichts davon vergessen, und als ich an jenem Abend nach Frankfurt zurückfuhr, wußte ich, daß ich Sie liebte.«

Marie schwieg; das Spinnrad surrte, man hätte eine Nadel fallen hören.

»Haben Sie mir nichts zu sagen, Marie?«

Sie schritt jetzt rasch auf ihn zu, reichte ihm die Hand und sagte mit einer Entschlossenheit, in der das voraufgegangene Bangen nur noch leise nachklang: »Es kann nicht sein; Sie selbst haben mir die Antwort auf die Lippen gelegt, als Sie sagten, das Herz spräche schnell, wenn es überhaupt sprechen wolle.« Dann barg sie das Gesicht in ihre Hände und rief: »Ach, bin ich undankbar?«

»Ich habe keinen Anspruch auf Ihren Dank, Marie.«

»Und doch bin ich undankbar vielleicht, nicht gegen Sie, aber gegen mein Geschick. Ich war nicht so jung, als ich in dieses Haus kam, daß ich hätte vergessen können, was ich vorher war. Und wenn ich es je vergessen hätte, so würde mich das Kreuz, das oben auf meines Vaters Grabe steht, jeden Tag daran erinnert haben. Die Art, wie mich Gott geführt, legt mir besondere Dankespflichten auf, und ich weiß nicht, ob ich diese Pflichten erfülle, wenn ich jetzt einfach sage: mein Herz spricht nicht. Es *sollte* vielleicht sprechen; aber es schweigt. Und so muß es denn bleiben, wie es ist. Es trennt uns etwas, ein Unterschied der Naturen, den ich nicht zu nennen weiß, der aber da ist, weil ich ihn empfinde.«

Marie schwieg.

»So hab ich denn wenigstens Gewißheit empfangen«, nahm Othegraven das Wort, »und das Traurigste, was es gibt, hoffnungslos zu hoffen, ist mir erspart geblieben. Sie haben es verschmäht, sich hinter Halbheiten zu flüchten;

ich danke Ihnen dafür. Auch dies zeigt mir, wie richtig meine Neigung wählte, richtig, aber nicht glücklich. Und es ist ohne Bitterkeit, Marie, daß ich von Ihnen scheide; denn das Herz läßt sich nicht zwingen. Und ob ich es gleich wünschte, daß sich das Ihrige anders entschieden hätte, so weiß ich doch, daß es sich entschieden hat, wie es sich entscheiden *mußte*.«

Er reichte erst Marie, dann der Mutter die Hand und verließ das Haus, in dem ein kurzes Gespräch über sein Glück den Stab gebrochen hatte.

Eine Stunde später fuhr er wieder auf Frankfurt zu.

»Lieber Freund«, so waren des Pastors letzte Worte gewesen, »ich beobachte das Leben nun vierzig Jahre, und immer wieder habe ich wahrgenommen, daß sich Männer Ihrer Art zu Naturen wie Mariens unwiderstehlich hingezogen fühlen, ohne daß diese Naturen die Liebe, die ihnen entgegengetragen wird, jemals erwidern können. Den Charakter zieht es zur Phantasie, aber nicht umgekehrt.«

Othegraven, indem er die Seidentopfschen Worte hin und her wog, lächelte schmerzlich.

»Es ist so; der Alte hat recht. Und so werd ich denn lieblos durch dieses Leben gehen; denn nur *die* Seite des Daseins, die mir fehlt, hat Reiz für mich und zieht mich an. Und so ist mein Los beschlossen. Trag ich es; nicht nur weil ich muß, auch weil ich *will*. Tue, was dir geziemt. Aber ich hatte es mir schöner geträumt; auch heute noch.«

Während dieses Selbstgespräches war der Konrektor in Podelzig eingefahren und passierte die Stelle, wo er dem alten Rysselmann begegnet war. Er entsann sich der gehobenen Stimmung, in der er noch zu ihm gesprochen hatte, und wiederholte vor sich hin: »Ja, schöner geträumt; auch *heute* noch!«

Neunzehntes Kapitel
Silvester in Guse

Der Brief, den Hoppenmarieken mit dem Bemerken, »is hüt dis een man«, an Berndt überreicht hatte, war während der unmittelbar folgenden Szene vergessen worden. Erst als unsere Zwergin vom Forstacker, als sei nichts vorgefallen, in alter Munterkeit vom Hof her in die Dorfstraße einbog, entsann sich Berndt des Schreibens wieder, das aus Kirch-Görtiz war und die Aufschrift trug: »An Fräulein Renate von Vitzewitz. Hohen-Vietz bei Küstrin.« Er gab den Brief an Lewin, der nun den langen Korridor hinunterschritt, um ihn Renaten persönlich zu überbringen.

In dem Krankenzimmer war es hell, Renate selbst ohne Fieber, nur noch matt. Kathinka saß an ihrem Bett, während Maline seitab am Fenster stand und eine der Kalvillen schälte, die sie sich am Abend vorher geweigert hatte aus dem alten Spukesaal heraufzuholen.

»Ist es erlaubt?« fragte Lewin und nahm einen Stuhl. »Ich komme nicht mit leeren Händen; hier ein Brief für dich, Renate.«

»Ach, das ist hübsch! Ich wollte, daß alle Tage Briefe kämen. Kathinka, nimm dir das zu Herzen, und du auch, Lewin. Ihr verwöhnten Leute habt keine Ahnung davon, was uns in unserer Einsamkeit ein Brief bedeutet.«

Während dieser Worte hatte sie das Siegel erbrochen und sah nach der Unterschrift: »Doktor Faulstich.« Es konnte nicht anders sein; wer außer ihm in Kirch-Görtiz hätte Veranlassung haben können, an Fräulein Renate von Vitzewitz zu schreiben! Der Brief war übrigens vom 29., also um einen Tag verspätet.

»Lies ihn uns vor«, sagte Kathinka, »so du keine Geheimnisse mit dem Doktor hast.«

»Wer weiß; ich will es aber doch wagen.« Und sie las: »Mein gnädigstes Fräulein! Ein Richterspruch, der keinen Appell gestattet, hat Sie auserkoren, bei der am Silvester in Schloß Guse stattfindenden Vorstellung mitzuwirken. Mehr noch, Sie werden die Festlichkeit zu eröffnen und beifolgenden Prolog zu rezitieren haben, den ich, trotz des bis hierher angeschlagenen Direktorialtones, in meiner geängstigten Dichtereitelkeit Ihrer freundlichen Beurteilung, speziell auch der Nachsicht der beiden Kastaliamitglieder, die mich gestern durch ihren Besuch erfreuten, empfehle. Voll berechtigten Mißtrauens in unsere Kirch-Göritzer Postverhältnisse, habe ich geschwankt, ob es nicht vielleicht geraten sei, diesen Brief durch einen Expressen an Sie gelangen zu lassen; vierundzwanzig Stunden aber für eine Entfernung, die selbst mit dem Umweg über Küstrin nur anderthalb Meilen beträgt, sind reichlich bemessen, und so hege ich denn die Hoffnung, diese Zeilen samt ihrer Einlage rechtzeitig bei Ihnen eintreffen zu sehen. Que Dieu vous prenne, vous et ma lettre, dans sa garde! Mit diesem Wunsche, der sich in Form und Sprache fast mehr schon gegen Guse als gegen Hohen-Vietz verneigt, Ihr treu ergebenster Doktor Faulstich.«

»Allerliebst«, sagte Kathinka.

»Ich gebe euch auch noch die Nachschrift.« Und Renate las weiter: »Die Toilette, mein gnädigstes Fräulein, darf Sie nicht beunruhigen, trotzdem es niemand Geringeres als Melpomene selbst ist, der ich meine Prologstrophen in den Mund gelegt habe. In wie vielen Beziehungen auch die neun Schwestern von Klio bis auf Polyhymnia sich beschwerlich erweisen mögen, in einem Punkte sind sie bequem: in der Kostümfrage. Der Faltenwurf ist alles. Ich vertraue übrigens, wenn wir eines Rats benötigt sein sollten, auf Demoiselle Alceste, die mit Hilfe Racines und seiner Schule seit vierzig Jahren unter den Atriden gelebt hat und die Staffeln zwischen Klytämnestra und Elektra beständig auf- und niedergestiegen ist.«

»Ach, wie schade!« rief Maline vom Fenster her, ganz nach Art verwöhnter Dienerinnen, die sich gern ins Gespräch mischen.

»Ja, da hast du recht«, sagte Renate, halb in wirklichem,

halb in scherzhaftem Unmut, während sie den Brief wieder zusammenlegte. »Da blitzt es nun mal einen Augenblick herauf, aber nur, um mir das Dunkel meiner Hohen-Vietzer Tage wieder um so fühlbarer zu machen. Verzeihe, Kathinka, daß ich undankbar deines Besuches und der Stunden vergesse, die du mir an meinem Bett und auch vorher schon weggeplaudert hast, aber daß ich um diese Fahrt nach Guse komme und um Demoiselle Alceste und um meinen Prolog, das verwinde ich mein Lebtag nicht. Sage selbst: als Muse, als Melpomene; wie das schon klingt! Und von einer französischen Schauspielerin eigenhändig drapiert! Ich kann siebzig Jahre alt werden, ohne zu so was Herrlichem je wieder aufgefordert zu werden.«

»Aber ist es denn unmöglich?« fragte Kathinka. »Du fühlst dich wohler, das Fieber ist fort. Komm mit, wir stecken dich in einen Fußsack und von oben her in einen Pelz.«

Renate schüttelte den Kopf. »Das darf ich dem alten Leist nicht antun. Wenn ich ihm stürbe – das verzieh er mir all mein Lebtag nicht. Nein, ich bleibe; und *du*, Kathinka, mußt die Rolle sprechen.«

»Ich?«

»Ja, du hast keine Wahl. In dem Salon unserer Tante ist, wie du weißt, außer dir und mir nichts von Damenflor zu Hause, und wenn Demoiselle Alceste – ich habe die Strophen eben überflogen – nicht als ihr eigener Herold auftreten, sich ankündigen und vielleicht auch verherrlichen soll, so bleibt dir nichts übrig, als den Prolog zu sprechen. Du hast ohnehin die Melpomenefigur. Aber ich glaube fast, du tust es ungern.«

»Nicht doch, ich mißtraue nur meinem Gedächtnis.«

»Oh! da schaffen wir Rat«, sagte Lewin. »Es sind noch zwei Stunden, bis wir aufbrechen, vor allem aber haben wir noch die Fahrt selbst; ich werde dir unterwegs die Strophen rezitieren, einmal, zweimal, und im Nachsprechen wirst du sie lernen. Die frische Luft erleichtert ohnehin das Memorieren.«

Kathinka war es zufrieden. So trennte man sich, da

nicht nur die Tischglocke jeden Augenblick geläutet werden konnte, sondern auch das wenige, was außerdem noch an Zeit verblieb, zu Vorbereitungen nötig war, die sich für die Ladalinskischen Geschwister mehr noch auf ihre Abreise überhaupt als auf die Fahrt nach Guse bezogen. Sie hatten nämlich vor, wenn die Tante sie nicht festhielt, in derselben Nacht noch nach Berlin zurückzukehren.

Um vier Uhr hielt das Schlittengespann mit den Schneedecken und den roten Federbüschen, dasselbe, das am dritten Weihnachtsfeiertage Lewin und Renaten nach Guse hinübergeführt hatte, vor der Rampe des Hauses, und nach herzlichem Abschiede von Tante Schorlemmer, auch von Jeetze und Maline, die sich mit ihrem Schürzenzipfel eine Träne trocknete und immer wiederholte: »wie schön es gewesen sei« und: »solch liebes Fräulein«, rückten sich endlich die Ladalinskis auf ihrer Polsterbank zurecht, während Lewin den Platz auf der Pritsche nahm. Der alte Vitzewitz, der noch an Turgany zu schreiben und seinen Bericht über die Resultate der Haussuchung beizufügen hatte, hatte zugesagt, in einer Viertelstunde mit den Ponies zu folgen.

»Ich überhole euch doch! Was gilt die Wette, Kathinka?«

»Du verlierst.«

»Nein, ich gewinne.«

Gleich darauf zogen die Pferde an, und der leichte Schlitten flog mit einer Schnelligkeit dahin, die zunächst wenigstens für die Chancen Berndts besorgt machen konnte.

Kathinka, wie am Abend vorher auf der kurzen Fahrt nach Hohen-Ziesar, hatte auch heute wieder die Leinen genommen, das Glockenspiel klang, und die roten Büsche nickten. Ihr Weg ging erst tausend Schritt auf der Küstriner Straße zwischen den Pappeln hin, ehe sie nach links in die weite Schneefläche des Bruchs einbogen. Als sie die Stelle passierten, wo der Überfall stattgefunden hatte, zeigte Tubal scherzend nach der Waldecke hinüber und beschrieb der Schwester seinen Wettlauf über den Sturzacker hin.

»Und das alles im Ritterdienste Hoppenmariekens. Wer hielt je treuer zu seiner Devise: Mon cœur aux dames!«

»Es müssen eben Zwerginnen kommen, um euch zu ritterlichen Taten anzuspornen. Sonst laßt ihr andere eintreten in Taten und Gesang, und wenn es Doktor Faulstich wäre. Im übrigen ist es Zeit, Lewin, daß wir unsere Lektion beginnen. Ich weiß vorläufig nur, daß die erste Strophe mit einem Reim auf Guse abschließt; Muse, Guse. Ich glaube, die ganze Melpomene-Idee wäre nie geboren worden, wenn dieser Reim nicht existiert hätte.«

Nun begann unter Lachen das Rezitieren, und immer, wenn eine neue Strophe bezwungen war, salutierte Lewin, und der Knall seiner Schlittenpeitsche, dann und wann das Echo weckend, hallte über die weite Schneefläche hin. So hatten sie Golzow, bald auch Langsow passiert, und der Guser Kirchturm wurde schon zwischen den Parkbäumen sichtbar, als plötzlich die Ponies, deren schwarze Mähnen von Renneifer wie Kämme standen, ihnen zur Seite waren und der alte Vitzewitz, in seinem Kaleschwagen sich aufrichtend, zu Kathinka hinüberrief: »Gewonnen!«

»Nein, nein!« Und nun begann ein Wettfahren, in dem als nächstes Objekt die Ottaverime des Doktors und gleich darauf alle Gedanken an Prolog und Melpomene über Bord gingen. Auch über die Braunen, die vor den Schlitten gespannt waren, kam es wie eine ehrgeizige Regung alter Tage, aber der Vorteil ihrer größeren Schritte ging bald unter in dem Nachteil ihrer längeren Dienstjahre, über die nur einen Augenblick lang die jugendlich machenden Schneedecken hatten täuschen können, und um ein paar Pferdelängen voraus donnerte der Kaleschwagen über die Sphinxenbrücke und hielt als erster vor dem Schloß. Berndt hatte das Spritzleder schon zurückgeschlagen, sprang herab und stand rechtzeitig genug zur Seite, um Kathinka die Hand reichen und ihr beim Aussteigen aus dem Schlitten behilflich sein zu können.

»Da hast du die gewonnene Wette«, sagte sie, dem Alten einen herzhaften Kuß gebend, während sie zugleich, zu Lewin gewandt, hinzusetzte: »Voilà notre ancien régime.«

Dann traten sie in die geheizte Flurhalle, wo Diener ihnen die Mäntel und Pelze abnahmen.

In dem blauen Salon der Gräfin war heute der »weitere Zirkel«, dem, außer einigen unmittelbaren Nachbarn von Tempelberg, Quilitz und Friedland her, auch der Landrat und der neue Seelowsche Oberpfarrer angehörten, schon seit einer halben Stunde versammelt und teilte seine Aufmerksamkeiten zwischen der Wirtin und ihrem bevorzugten Gaste, Demoiselle Alceste. Diese, wie sie zugesagt, war bereits einen Tag früher eingetroffen, und in Plaudereien, die sich bis über Mitternacht hinaus ausgedehnt hatten, war der Rheinsberger Tage, der Wreechs, Knesebecks und Tauentziens, vor allem auch der prinzlichen Schauspieler, des genialen Blainville und der schönen Aurora Bursay, mit herzlicher Vorliebe gedacht worden. Über Erwarten hinaus hatte das Wiedersehen, das nach länger als zweiundzwanzig Jahren immerhin ein Wagnis war, beide Damen befriedigt, von denen jede das Verdienst, sofort den rechten Ton getroffen zu haben, für sich in Anspruch nehmen durfte. Am meisten freilich Demoiselle Alceste; sie vereinigte in sich die Liebenswürdigkeiten ihres Standes und ihrer Nation. Sehr groß, sehr stark und sehr asthmatisch, von fast kupferfarbenem Teint und in eine schwarze Seidenrobe gekleidet, die bis in die Rheinsberger Tage zurückzureichen schien, machte sie doch dies alles vergessen durch den die größte Herzensgüte verratenden Ausdruck ihrer kleinen schwarzen Augen und vor allem durch ihre Geneigtheit, auf alles Heitere und Schelmische und, wenn mit Esprit vorgetragen, auch auf alles Zweideutige einzugehen. Was ihr anziehendes Wesen noch erhöhte, waren die Anfälle von Künstlerwürde, denen sie ausgesetzt war, Anfälle, die – wenn sie nicht an und für sich schon einen Anflug von Komik hatten – jedenfalls in dem als Rückschlag eintretenden Moment der Selbstpersiflierung zu herzlichster Erheiterung führten. Ihre geistige Regsamkeit, auch ihr Embonpoint, das keine Falten gestattete, ließen sie jünger erscheinen, als sie war, so daß sie sich, obgleich sie beim Regierungsantritt Ludwigs XVI. die Phädra gespielt hatte, in weniger als einer halben Stunde der Eroberung erst Drosselsteins und dann Bammes rühmen durfte.

Von diesen Eroberungen mußte ihr, ihrem ganzen Naturell nach, die zweite die wichtigere sein. Drosselsteins hatte sie viele gesehen, Bammes keinen, und den Tagen der Liebesabenteuer auf immer entrückt, hatte sie sich längst daran gewöhnt, den Wert ihrer Eroberungen nur noch nach dem Unterhaltungsreiz, den ihr dieselben gewährten, zu bemessen. Sie war darin der Gräfin verwandt, nur mit dem Unterschiede, daß diese das Aparte überhaupt liebte, während alles, was *ihr* gefallen sollte, durchaus den Stempel des Heitern tragen mußte. Dabei war ihr überraschenderweise auf der Bühne das Komische nie geglückt, und nur in Rollen, die sich auf Inzest oder Gattenmord aufbauten, hatte sie wirkliche Triumphe gefeiert.

Es wurde schon der Kaffee gereicht, als die Hohen-Vietzer eintraten und auf Tante Amelie zuschritten. Diese, nach herzlicher Begrüßung, erhob sich von ihrem Sofaplatz, um ihren Liebling Kathinka – die kaum Zeit gefunden hatte, von Renatens Unwohlsein und der momentan in Gefahr geratenen Melpomenerolle zu sprechen – mit ihrem französischen Gaste bekannt zu machen.

Demoiselle Alceste brach ihr Gespräch mit Bamme ab und trat den beiden Damen entgegen.

»Je suis charmée de vous voir«, begann sie mit Lebhaftigkeit, »Madame la Comtesse, votre chère tante, m'a beaucoup parlé de vous. Vous êtes polonaise. Ah, j'aime beaucoup les Polonais. Ils sont tout-à-fait les Français du Nord. Vous savez sans doute que le Prince Henri était sur le point d'accepter la couronne de Pologne.«

Kathinka hatte nie davon gehört, hielt aber mit diesem Geständnis klüglich zurück, während Demoiselle Alceste das immer politischer werdende Gespräch in Ausdrücken fortsetzte, die, was Bewunderung für den Prinzen und Abneigung gegen den königlichen Bruder anging, selbst

Tante Amelie kaum gewagt haben würde. Das Thema von der polnischen Krone bot die beste Gelegenheit dazu.

»Dem ›grand Frédéric‹«, fuhr sie mit spöttischer Betonung seines Namens fort, »sei der Gedanke, seinen Bruder als König eines mächtigen Reiches zur Seite zu haben, einfach unerträglich gewesen. Es habe freilich, wie das immer geschehe, nicht an Versuchen gefehlt, die eigentlichen Motive mit Gründen ›hoher Politik‹ zu verdecken; sie aber wisse das besser, und der Neid allein habe den Ausschlag gegeben.«

Kathinka, die von dem Prinzen nichts wußte als seinen Weiberhaß, nahm aus diesem krankhaften Zuge, der ihn ihr unmöglich empfehlen konnte, eine momentane Veranlassung zu Loyalität und Verteidigung des großen Königs her, bis sie sich endlich lächelnd mit den Worten unterbrach: »Mais quelle bêtise; je suis polonaise de tout mon cœur et me voilà prête à travailler pour le roi de Prusse.«

Damit brach der politische Teil ihrer Unterhaltung ab und glitt zu dem friedlichen Thema der nahe bevorstehenden Theatervorstellung über. Aber auch hier kam es zu keinen vollen Einigungen. Immer wieder vergeblich wurde von seiten Kathinkas geltend gemacht, daß sie als Prolog sprechende Melpomene ein natürliches Anrecht habe, in die Geheimnisse Doktor Faulstichs und seiner künstlerischen Hauptkraft: Demoiselle Alceste, eingeweiht zu werden. Diese blieb dabei, daß es zu dem Anmutigsten des Theaterlebens gehöre, die Akteurs und Aktricen sich wieder untereinander überraschen zu sehen. Und solch heiteres Spiel dürfe nicht mutwillig gestört werden.

Während dieses Gespräch in der großen Fensternische geführt wurde, die den Blick in den Park und die untergehende Sonne hatte – nur ein Streifen Abendrot lag noch am Himmel –, hatten sich Tubal und Lewin zur Seite der Tante niedergelassen, um über die jüngsten Hohen-Vietzer Ereignisse zu berichten. Der Kreis wurde bald größer. Erst Krach und Medewitz, dann der Lebuser Landrat samt dem Seelowschen Oberprediger, zuletzt auch Baron Pehlemann, der, einen Rest von Podagra mißachtend, in oft erprobter Gesellschaftstreue sich eingefunden hatte, alle rückten näher, um sich von dem Einbruch der Diebe, von dem Auffinden der beiden Landstreicher auf dem Rohrwerder und endlich von der Haussuchung bei Hoppenmarieken erzählen zu lassen. Niemand folgte gespannter als Tante Amelie selbst, die, neben einer natürlichen Vorliebe für Einbruchsgeschichten, eine herzliche Genugtuung empfand, die von ihrem Bruder vermuteten französischen Marodeurs sich einfach in Muschwitz und Rosentreter verwandeln zu sehen. Der überlegene Charakter Berndts war ihr zu oft unbequem, als daß ihr der Anflug von Komischem, der dadurch auf seine Pläne fiel, nicht hätte willkommen sein sollen.

Und doch waren es gerade wieder diese Pläne, die, während die Schwester im stillen triumphierte, den Bruder auf das lebhafteste beschäftigten. In demselben Augenblicke beinah, wo die Vorstellung Kathinkas das zwischen Demoiselle Alceste und Bamme geführte Gespräch unterbrochen hatte, hatte sich Berndt des alten Generals zu bemächtigen gewußt, und ihn beiseite nehmend, war er nicht säumig gewesen, ihm seine bis dahin nur flüchtig angedeuteten Gedanken über Insurrektion des Landes zwischen Oder und Elbe zu entwickeln. Der Hauptpunkt blieb immer die Volksbewaffnung à tout prix, also *mit* dem Könige, wenn möglich, *ohne* den König, wenn nötig. In betreff dieses Punktes aber war Berndt gerade dem alten General gegenüber nicht ohne Sorge. Bamme gehörte nämlich jener unter dem Absolutismus großgezogenen militärischen Adelsgruppe an, die auf eine Cabinetsordre hin all und jedes getan hätte und unter einem Lettre-de-Cachet-König so recht eigentlich erst an ihrem Platze gewesen sein würde. So kannte Berndt den General. Er übersah aber doch zweierlei: einmal seine stark ausgeprägte Heimatsliebe, die, wenn verletzt, sich jeden Augenblick bis zu dem unserem Adel ohnehin geläufigen Satze: »*Wir* waren *vor* den Hohenzollern da« hinaufschrauben konnte, dann seinen Hang zu Wagnis und Abenteuer überhaupt, der so groß war, daß ihm jede Konspiration angenehm und einschmeichelnd und ein *nach* oben hin gerichteter Absetzungsversuch, weil seltener und aparter, vielleicht noch anlockender als ein *von* oben her angeordneter Unterdrückungsversuch erschien. Ohne Grundsätze und Ideale, war sein hervorstechendster Zug das Spielerbedürfnis; er lebte von Aufregungen.

Berndt, als er ihm alles entwickelt hatte, setzte ruhig hinzu: »Da haben Sie meinen Plan, Bamme. Seine Loyalität kann bestritten werden. Wir stehen ein für das Land; Gott ist mein Zeuge, auch für den König. Aber wenn wir die Waffen wider seinen Willen nehmen, so kann es uns auf Hochverrat gedeutet werden. Ich bin mir dessen bewußt, und ich spreche es aus.«

Bamme hatte während dieser letzten Worte lächelnd an seinem weißen Schnurrbart gedreht: »Es ist, wie Sie sagen, Vitzewitz. Aber was tut's! Wir müssen eben unsere Haut zu Markte tragen; das ist hierlandes so der Brauch. Ich weiß genau, wie sie es da oben machen, oder sagen wir lieber, wie sie es machen *müssen*; denn ich glaube, sie haben keine Wahl. Es wird damit beginnen, daß man uns verleugnet, immer wieder und wieder, immer ernsthafter, immer bedrohlicher. Aber mittlerweile wird man abwarten und unser Spiel mit Aufmerksamkeit und frommen Wünschen verfolgen. Glückt es, so wird man den Gewinn: ein Land und eine Krone, ohne weiteres akzeptieren und uns dadurch danken, daß man uns – verzeiht; mißglückt es, so wird man uns über die Klinge springen lassen, um sich selber zu retten. Es kann uns den Kopf kosten; aber ich für mein Teil finde den Einsatz nicht zu hoch. Ich bin der Ihre, Vitzewitz.«

Während so an verschiedenen Punkten des Salons über die verschiedensten Themata, über die polnische Krone, Hoppenmarieken und den Volksaufstand zwischen Oder und Elbe gesprochen wurde, lag die ganze Schwere des Dienstes, zugleich die ganze Verantwortlichkeit für Gelingen oder Mißlingen dieses Abends auf den Schultern Doktor Faulstichs. Die Gräfin, nur eine alleroberste Leitung, ein letztes Ja oder Nein sich vorbehaltend, hatte alles andere mit einem leicht hingeworfenen: »Vous ferez tout cela« auf den Kirch-Göritzer Doktor abgewälzt. »Was dem Ziebinger Grafen recht ist, ist der Guser Gräfin billig.« Er hatte gehorchen müssen und auch gern gehorcht, aber doch in Bangen. Und dieses Bangen war nur allzu gerechtfertigt. Übersah er die Situation, so war er eigentlich nur seiner selbst sicher, und auch das kaum. Hundert Fragen drängten auf ihn ein. Wie würde, um nur eine der nächstliegenden und wichtigsten zu nennen, das Streichinstrument- und Flötenquintett bestehen, das, die musikalischen Kräfte von Seelow und Kirch-Göritz zusammenfassend, der Leitung des jungen Guser Kantors, eines nach Tante Amelies Meinung verkannten musikalischen Genies, anvertraut worden war? Würde Kathinka, wirklicher Deklamation zu geschweigen, die Prolog-Ottaverime auch nur fehlerfrei und ohne Anstoß sprechen können? Würde Alceste die ganze Vorstellung nicht zu sehr als Bagatelle behandeln? War Verlaß auf die Dienerschaften, Männlein wie Weiblein, die mit Dekorationswechsel, Bereithaltung einiger Requisiten, endlich auch mit dem Zurückziehen und Wiederfallenlassen der Gardine betraut worden waren? Denn das Guser Theater hatte noch statt eines rouleauartigen Vorhanges den von links und rechts her zusammenfallenden Teppich. Mehr als einmal schoß dem Doktor das Blut zu Kopf und weckte die Lust in ihm, in dieser zwölften Stunde noch mit einem Demissionsgesuch vor die Gräfin zu treten; aber im selben Augenblicke die Unmöglichkeit solchen Schrittes einsehend, richtete er sich an dem Satze auf, der in ähnlichen Lagen schon so oft geholfen hat: »Nur erst anfangen.« Übrigens erwuchs ihm, als die Not am größten war, eine wesentliche Hilfe aus dem plötzlichen Erscheinen der kleinen Eve. Diese hatte sich ihm kaum zur

Verfügung gestellt, als auch schon ein besserer Geist in die Dienerschaften fuhr, die guten Grund hatten, es mit dem erklärten Liebling der Gräfin nicht zu verderben.

So kam neun Uhr; schon eine Stunde vorher waren Mademoiselle Alceste und Kathinka aus dem Salon abgerufen worden. Jetzt trat Eve an ihre Herrin heran, um ihr zuzuflüstern, daß alles bereit sei. Die Gräfin erhob sich sofort, reichte Drosselstein den Arm und schritt durch das Eßzimmer in den dahintergelegenen Theatersaal, der sich, ziemlich genau halbiert, in eine Bühne und einen Zuschauerraum teilte. In letzterem herrschte eine nur mäßige Helle, um die Gestalten auf der Bühne in desto schärferer Beleuchtung erscheinen zu lassen. Etwa zwanzig Sessel waren in zwei Reihen gestellt, in Front derselben fünf hochlehnige Stühle für die Musik, in deren Mitte, den Blick auf den Vorhang gerichtet und eine Notenrolle in der Hand, der als Kapellmeister funktionierende Guser Kantor stand, Herr Nippler mit Namen. Auf den Polstersesseln lagen Theaterzettel, die auf Veranlassung Faulstichs bei dem Buchbinder und Fibelverleger P. Nottebohm in Kirch-Göritz gedruckt worden waren und jetzt, nachdem alles Platz genommen hatte, sofort einem eifrigen Studium unterzogen wurden. Der Zettel lautete:

Théâtre du Château de Guse
Jeudi le 31 Décembre 1812
La représentation commencera à 9 heures.

1. Ouverture exécutée sous la direction de M. Nippler, chantre de Guse, par 3 violons, 1 flûte et 1 basse.
2. Prologue. (Melpomène.)
3. Début de Mademoiselle *Alceste Bonnivant*.
   Scènes diverses, prises de Guillaume Tell. Tragédie en cinq actes par Lemierre.
   a. Cléofé, épouse de Tell, s'adressant à son mari:
      Pourquoi donc affecter avec moi ce mystère,
      Et te cacher de moi comme d'une étrangère?

b. Cléofé, s'adressant à la Garde de Gesler:
   Je veux voir mon époux, vous m'arrêtez en vain etc.
c. Cléofé, s'adressant à Gesler:
   Quoi, Gesler! quand j'amène un fils en ta présence etc.
d. Cléofé, s'adressant à Walther Fürst:
   C'était-là le moment de soulever la Suisse.
   Tu l'as perdu!
4. Finale composé pour 2 violons et 1 flûte par M. Nippler.

     Le Sous-Directeur Dr. Faulstich
    Imprimé par P. Nottebohm,
relieur, libraire et éditeur à Kirch-Goeritz

Die Mehrzahl der Anwesenden war mit dem Studium des Zettels noch nicht bis zur Hälfte gediehen, als das Zeichen mit der Klingel gegeben wurde. Nippler klopfte mit der steifen Papierrolle auf das Podium, und sofort begannen die Violinen ihr Werk; jetzt fiel die Flöte ein, während von Zeit zu Zeit des »Basses Grundgewalt« dazwischen brummte. Nun war es zu Ende, Nippler trocknete sich die Stirn, und die Gardine öffnete sich. Melpomene stand da.

Ein »Ah!« ging durch die ganze Versammlung, so von Herzen, daß auch einer zaghafteren Natur als der Kathinkas der Mut des Sprechens hätte kommen müssen.

Ehe sie begann, fragte Rutze leise den neben ihm sitzenden Baron Pehlemann: »Was stellt sie vor?«

»Melpomene.«

»Aber hier steht ja Prolog.«

»Das ist ein und dasselbe.«

»Ah, ich verstehe«, flüsterte Rutze mit einem Gesichtsausdruck, der über die Wahrheit seiner Versicherung die gegründetsten Zweifel erlaubte.

Kathinka trat einen Schritt vor. Sie trug ein weißes Gewand, an dem sich die Drapierungskunst Demoiselle Alcestens glänzend bewährt hatte, und stemmte ein hohes, grüneingebundenes Notenbuch – auf dessen beide Deckel eine Abschrift der zu sprechenden Strophen aufgeklebt worden war – mit ihrer Linken gegen die Hüfte. Die Rechte führte den Griffel. So sah sie einer Klio ähnlicher als einer Melpomene. Ruhig, als ob die Bretter ihre Heimat wären, das Auge abwechselnd auf die Versammlung und dann wieder auf das aushelfende Notenbuch gerichtet, sprach sie:

»Ihr kennt mich! Einst ein Götterkind der Griechen,
Irr ich vertrieben jetzt von Land zu Land,
Und Unkraut nur und Moos und Efeu kriechen
Hin über Trümmer, wo mein Tempel stand;
Ach oft in Sehnsucht droh ich hinzusiechen
Nach einem dauernd-heimatlichen Strand –
Raststätten nur noch hat die flücht'ge Muse,
Der liebsten eine *hier*, hier in Schloß Guse.

Und fragt ihr nach dem Lose meiner Schwestern?
Die meisten bangen um ihr täglich Brot,
Thalia spielt in Schenken und in Nestern,
Und gar Terpsichore, sie tanzt sich tot;
So schritt ich einsam, als sich mir seit gestern
In meinem Liebling der Gefährte bot,
Ihr kennt ihn, und herzu zu diesem Feste
Bring ich das beste, was ich hab: *Alceste*.«

Hier unterbrach sie sich einen Augenblick, wandte mit vieler Unbefangenheit das Notenbuch um, so daß der Rückdeckel, auf dem die Schlußstrophe stand, nach oben kam, und fuhr dann fort:

»Sie wünscht euch zu gefallen. Ob's gelinget,
Entscheidet *ihr*; die Huld macht stark und schwach;
Und wenn ihr Wort euch fremd im Ohre klinget,
Dem Fremden eben gönnt ein gastlich Dach.
Empfanget sie, als ob ihr *mich* empfinget,
Ihr Vitzewitze, Drosselstein und Krach,
Mein Sendling ist sie, wollt ihm Beifall spenden,
›Ich habe keinen zweiten zu versenden.‹«

Die Gardine fiel. Lebhafter Beifall wurde laut, am lautesten von seiten Rutzes, der einmal über das andere versicherte, daß er nun völlig klarsehe und Faulstich bewundere, der dies wieder so fein eingefädelt habe. Der einzige, der bei dem kleinen Triumphe Kathinkas in Schweigen verharrte, war Lewin. Die Sicherheit, mit der sie die nur flüchtig gelernten Strophen vorgetragen hatte, hatte ihn inmitten seiner Bewunderung auch wieder bedrückt. »Sie kann alles, was sie will«, sagte er zu sich selbst; »wird sie immer wollen, was sie soll?«

In dem Reichbeanlagten ihrer Natur, in dem Übermut, der ihr daraus erwuchs, empfand er in schmerzlicher Vorausahnung, was sie früher oder später voneinander scheiden würde.

Die Pause war um, die Violinen intonierten leise, nur um anzudeuten, daß die nächste Nummer im Anzuge sei. Aller Blicke richteten sich auf den Zettel: »Scènes prises de Guillaume Tell. Erste Szene: Cléofé, épouse de Tell, s'adressant à son mari.« Im selben Augenblicke öffnete sich die Gardine. Eine Hintergrundsdekoration, die Berg und See darstellte, hatte sich jetzt vor den griechischen Tempel geschoben, das Kuhhorn erklang, und dazwischen läuteten die Glocken einer Herde. So verändert war die Szene; aber veränderter war das Bild, das innerhalb derselben erschien. An die Stelle der jugendlichen Gestalt in Weiß trat eine alte Dame in Schwarz: Mademoiselle *Alceste*, die die Kostümfrage mit äußerster Geringschätzung behandelt und, das schwarze Seidenkleid (ihr eines und alles) beibehaltend, sich damit begnügt hatte, durch einen langen Hirtenstab und einen den Guseschen Gewächshäusern entnommenen Rhododendronstrauß das Schweizerisch-Nationale, durch ein Barett mit blinkender Agraffe aber den Stil der großen Tragödie herzustellen. Das »Ah!« der Bewunderung, das Kathinka empfangen hatte, blieb ihr gegenüber aus, aber sie achtete dessen nicht, aus langer Erfahrung wissend, daß der Ausgang entscheide, und dieses Ausgangs war sie sicher.

Sie sprach nun, jedes falsche Echauffement vermeidend, erst die den Gatten um Mitteilung seines Geheimnisses beschwörenden Worte: »Pourquoi donc affecter avec moi ce mystère?«, dann in rascher Reihenfolge die nur kurzen Sentenzen, die sich abwechselnd an die Geßlerschen Knechte und zuletzt an Geßler selbst richteten. In jedem Worte verriet sich die gute Schule, und bei Schluß dieser dritten Szene durfte sie sich ohne Eitelkeit gestehen, daß sie »ihr Publikum in der Hand habe«.

Aber die vierte Szene: »Cléofé s'adressant à Walther Fürst«, stand noch aus. Tante Amelie, die das Stück in allen seinen Einzelheiten kannte, versprach sich gerade von diesen Zornesalexandrinern einen allerhöchsten Effekt und äußerte sich eben in diesem Sinne gegen Drosselstein, als die Regisseurklingel hinter dem Vorhang den Fortgang des Spieles anzeigte.

Aber wer beschreibt das Staunen aller, zumeist der Gräfin selbst, als jetzt, bei dem Sichwiederöffnen der Gardine, statt Cléofés ein verwandtes und doch wiederum wesentlich verändertes Bild auf sie niederblickte. Was bedeutete diese neue Gestalt? Nur einen Augenblick schwebte die Frage. Der Hirtenstab, der Rhododendronstrauß, das Barett mit der Agraffe waren abgetan, und ein kurzer Rock mit grünem Kragen, der wenigstens die obere Hälfte des schwarzen Seidenkleides verdeckte, ließ keinen Zweifel darüber, daß die trotzig auf dem Felsen stehende Jägergestalt niemand Geringeres sein sollte als Wilhelm Tell selbst. Mit der Spitze seiner Armbrust wies er auf den eben getroffenen Geßler. Und in *deutscher* Sprache, verwunderlich, aber nicht störend akzentuiert, sprach Alceste, die dieser von Faulstich geplanten Überraschung mit großer Bereitwilligkeit zugestimmt hatte, die Schlußworte des Dramas, die, hier und dort über das Schweizerische hinausgehend, als ein allgemeiner Hymnus auf die Befreiung der Völker gedeutet werden konnten:

»Tot der Tyrann! Er schändet uns nicht mehr,
Bedrückte Brüder, Freunde, tretet her,
Von seinem Schlosse, das in Flammen steht,
Der Feuerschein wie eine Fahne weht,
Verkündigend: es fiel die Tyrannei,
Geßler ist tot, und unser Land ist frei.«

Bei diesen Worten stieg Demoiselle Alceste die Felsenstufen hinunter, und dicht an den Rand des Podiums tretend, fuhr sie mit gehobener Stimme fort:

»Und denkt der Feind an einen Rachezug,
Ihn zu vernichten sind wir stark genug;
Er komme nur, Soldaten sind wir all,
Es schirmt uns unsrer Berge hoher Wall,
Und dringt er doch in unsre tiefste Schlucht,
Die keinen Ausgang kennt und keine Flucht,
Dann über ihn mit Fels und Block und Stein,
In der Verwirrung *wir* dann hinterdrein,
Mit Sens' und Sichel und mit Schwert und Speer:
›Ergib dich, Feind, du rettest dich nicht mehr!‹
So fällt sein Helmbusch, seines Stolzes Zier,
Denn stärker war die Freiheit, waren *wir*.«

Ein Beifallssturm, der alle Triumphe Kathinkas verschwinden machte, brach jetzt los, und: »Demoiselle Alceste« klang es, erst gemurmelt, dann immer lauter. Nach Innehaltung der den Applaus steigernden Pause erschien die Gerufene, sich würdevoll verneigend, und da weder für Kränze noch Bouquets gesorgt worden war, trat Tante Amelie selbst an das Podium und reichte ihr zum Zeichen ihres Dankes auf die Bühne hinauf ihre Hand. Gleich darauf intonierte Nippler ein kurzes, von ihm selbst gesetztes Finale, unter dessen Klängen die Gäste sich erhoben, um in den Fronträumen das Souper zu nehmen.

Hier war inzwischen an kleinen Tischen gedeckt worden, an denen nun, nach dem baldigen Erscheinen derer, die

die Mühen des Tages recht eigentlich bestritten hatten, wie Wahl oder Zufall es fügten, Platz genommen wurde. Auch Nippler war geladen worden. Bamme, der eine Vorliebe für Ausnahmegestalten hatte, nahm ihn in besondere Affektion, ihm einmal über das andere versichernd: »Das sei doch einmal eine Musik gewesen. Besonders die Flöte.«

Der Haupttisch, auf dem sechs Couverts gelegt waren, stand in dem Spiegelzimmer. Hier saßen unmittelbar neben der Gräfin Mademoiselle Alceste und Kathinka, den Damen gegenüber aber Drosselstein, Berndt und Baron Pehlemann, der auf dem Gebiete französischer Literatur nicht ganz ohne Ansprüche war und die »Henriade« in Übersetzung, den »Charles Douze« sogar im Original gelesen hatte. Tubal und Lewin, als Anverwandte des Hauses, machten die Honneurs in dem blauen Salon; einige der Herren hatten sich in das Billardzimmer zurückgezogen, unter ihnen Medewitz, dessen etwas fistulierende Stimme von Zeit zu Zeit an dem Tische der Gräfin hörbar wurde.

Es war dies derselbe auf vier runden Säulen ruhende Marmortisch, an dem bei Gelegenheit des Weihnachtsdiners der Kaffee genommen und schließlich in Veranlassung der alten Streitfrage »Roi Frédéric oder Prince Henri« eine ziemlich pikierte Debatte zwischen dem alten Vitzewitz und seiner Schwester, der Gräfin, geführt worden war. Auch heute sollte diesem Tisch eine geschwisterliche Fehde nicht fehlen.

Aber diese Fehde stand noch in weiter Ferne und war nur der Abschluß einer sich lang ausspinnenden Konversation, die zunächst nur das »vollendete Spiel« Mademoiselle Alcestes und erst nach Erschöpfung aller erdenkbaren Verbindlichkeiten auch das Stück selbst zum Gegenstand hatte.

Die Gräfin, die mit vieler Geschicklichkeit diesen Übergang machte, wußte dabei wohl, was sie tat. Sie war die einzige, die die Tragödie gelesen, zugleich auch mit Hilfe einer vorgedruckten Biographie sich über die Lebensumstände Lemierres unterrichtet hatte, so daß sie sich in der angenehmen Lage sah, den in Sachen französischer

Literatur mit ihr rivalisierenden Drosselstein in die zweite Stelle herabdrücken und überhaupt nach allen Seiten hin brillieren zu können. Am meisten vor Demoiselle Alceste selbst, die, als echtes Bühnenkind, sich mit dem Auswendiglernen ihrer Rolle begnügt und nicht die geringste Veranlassung gefühlt hatte, sich in Vor- und Nachwort oder gar in Anmerkungen und literarhistorische Notizen zu vertiefen.

Es war ein anmutiges Lebensbild, das die Gräfin, indem sie Fragen von links und rechts her hervorzulocken wußte, nach und nach vor ihren Zuhörern entrollte, unter denen selbst Berndt, weil es menschlich schöne Züge waren, die zu ihm sprachen, ein ungeheucheltes Interesse zeigte. Lemierre, nach Poetenart, war immer ein halbes Kind geblieben. Anspruchslos, hatte sein Leben nur drei Dingen angehört: der Dichtung, der Entbehrung und der Pietät. Er war schon sechzig, als er zu Ruhm kam, aber auch dieser Ruhm ließ ihn ohne Mittel und Vermögen. Es waren kleine Summen, die die Aufführungen seiner Stücke ihm eintrugen; empfing er sie, so machte er sich auf den Weg nach Villiers le Bel, wo seine beinahe achtzigjährige Mutter lebte. Er teilte mit ihr, plauderte ihr seine Hoffnungen vor und kehrte dann, wie er den Hinweg zu Fuß gemacht hatte, so auch zu Fuß in die Hauptstadt und an seine Arbeit zurück.

Wie so viele Tragödienschreiber war er heiteren Gemütes, und seine Scherze, seine Anekdoten, seine Gelegenheitsverse belebten die Gesellschaft. So arm er war, so gütig war er; selbst neidlos, weckte er keinen Neid. Ein Nervenleiden, das ihn schon monatelang vor seinem Tode befallen hatte, schloß ihm die Sinne. So starb er im Juli 1793, inmitten der Tage der Schreckensherrschaft, die er noch erlebt, aber nicht mehr mit Augen gesehen hatte.

So etwa waren im Zusammenhange die Notizen, die die Gräfin vereinzelt gab. Sie wiegte sich in dem Bewußtsein ihrer Überlegenheit und wurde deshalb wenig angenehm überrascht, als Drosselstein, den Namen Lemierres einige Male wiederholend, wie wenn er sich auf etwas Halbvergessenes besinne, mit einem leisen Anfluge von Sarkasmus sagte: »Ja, es kann nur Lemierre gewesen sein; gnädigste Gräfin entsinnen sich gewiß des Bonmots, das bei Gelegenheit der zweiten Aufführung des ›Guillaume Tell‹ gemacht wurde? Ich fand es in den ›Anecdotes dramatiques‹.«

Die Miene, mit der Tante Amelie die Frage begleitete, ließ keinen Zweifel über die Antwort, so daß Drosselstein, um ihr die Verlegenheit eines »Nein« zu ersparen, ohne jede Pause fortfuhr: »Schon bei dieser zweiten Aufführung, trotzdem das Stück enthusiastisch aufgenommen worden war, war das Theater leer, und nur etwa hundert Schweizer hatten sich aus Patriotismus eingefunden. Einer von den anwesenden Franzosen bemerkte diese seltsame Zusammensetzung des Publikums und flüsterte seinem Nachbar zu: ›Sonst heißt es: kein Geld, keine Schweizer; hier würd es heißen müssen: keine Schweizer, kein Geld.‹«

Die Gräfin war selbst witzig genug, um unter dem Einfluß einer gut pointierten Wendung ihrer Verstimmung Herr zu werden, und bald wieder auf dem Vollklang Lemierrescher Tragödientitel, auf »Idomeneus« und »Artaxerxes«, sich wiegend, steigerte sie sich in ihrem Enthusiasmus bis zu der Behauptung, daß sich die Überlegenheit des französischen Geistes in nichts so sehr ausspräche als in der Tatsache, daß selbst Erscheinungen zweiten Ranges *dem* überlegen seien, was innerhalb der deutschen Literatur als ersten Ranges angesehen würde.

Berndt, der ahnen mochte, auf was die Gräfin hinauswollte, horchte auf und bemerkte ruhig: »Könntest du Beispiele geben?«

»Gewiß; und ich nehme das, das uns am bequemsten liegt, eben diesen ›Guillaume Tell‹, dem wir mit Hilfe unseres verehrten Gastes«, und hierbei machte sie eine verbindliche Handbewegung gegen Mademoiselle Alceste, »eine so schöne Stunde verdanken. Lemierre n'est qu'un auteur de second rang. Aber wie überlegen ist sein ›Guillaume Tell‹ dem ›Wilhelm Tell‹ des Herrn Schiller, ein Stück, in dem mehr Personen auftreten, als die vier Waldstätte Einwohner haben. Und dazu ein beständiger Szenenwechsel; ein Lied wird gesungen, und ein Mondregenbogen spannt sich aus; alles opernhaft. Zuletzt erscheint Geßler zu Pferde ...«

»... und der Souffleur gerät in Gefahr, wie Max Piccolomini unterm Hufschlag zugrunde zu gehen. Nicht wahr, Schwester?«

»Ich akzeptiere deine Worte und überhöre den Spott, der sich nach deiner Art mehr gegen mich als gegen den Dichter richtet. Er kann übrigens meiner Zustimmung entbehren; der Weimaraner Herzog hat ihn nobilitiert.«

»Das hat er. Hast du denn aber je den Schillerschen ›Tell‹ mit Aufmerksamkeit gelesen?«

»Ich hab es wenigstens versucht.«

»Da bist du mir in unserem Streit um einen Pas voraus, denn ich darf mich meinerseits nicht rühmen, auch nur einen Versuch zur Lektüre Lemierres gemacht zu haben. Aber eines ist sicher, er kam und ging. Sie mögen ihm, was ich nicht weiß, einen Sitz in der Akademie gegeben, ihm Kränze geflochten, ihm in irgendeinem Ehrensaal ein Bild oder eine Büste errichtet haben, es bleibt doch bestehen, was ich sagte: er kam und ging. Er hat keine Spur hinterlassen.«

»Und doch folgten wir vor einer Stunde erst eben diesen Spuren und waren hingerissen durch die Schönheit seiner Worte.«

»Seiner Worte, ja; aber nicht durch mehr. Er mag das Herz seiner Nation berührt haben, aber er hat es nicht *getroffen*. Nach solchen Balsam- und Trostesworten, wie sie der Schillersche Tell hat:

> Wenn der Gedrückte nirgends Recht kann finden,
> Greift er getrosten Mutes in den Himmel
> Und holt herunter seine ew'gen Rechte,

wirst du den Tell deines Lemierre, dessen bin ich sicher, vergeblich durchsuchen. Ich wüßte sonst davon. Dieser ›Herr Schiller‹, wie du ihn nennst, ist eben kein Tabulaturdichter, er ist der Dichter seines *Volkes*, doppelt jetzt, wo dies arme niedergetretene Volk nach Erlösung ringt. Aber verzeih, Schwester, du weißt nichts von Volk und Vaterland, du kennst nur Hof und Gesellschaft, und dein Herz, wenn du dich recht befragst, ist bei dem Feinde.«

»Nicht bei dem Feinde, aber bei dem, was er vor uns voraushat.«

»Und das ist in deinen Augen nicht mehr und nicht weniger als alles. Ich sehe seine Vorzüge, wie du sie siehst, aber das ist der Unterschied zwischen dir und mir, daß du von keiner Ausnahme wissen willst und der im ganzen zugestandenen Überlegenheit auch in jedem Einzelfalle zu begegnen glaubst. Erinnere dich, es gibt Fruchtbäume, die nur spärlich tragen; vielleicht ist Deutschland ein solcher. Und wenn denn durchaus gescholten werden soll, so schilt den Baum, aber nicht die einzelne Frucht. Diese pflegt um so schöner zu sein, je seltener sie ist. Und eine solche seltene Frucht ist *unser* ›Tell‹.«

Während dieses Streites hatte sich aus dem Salon und dem Billardzimmer her ein rasch wachsender Kreis von Zuhörern um Vitzewitz gebildet, welcher erst, als er schwieg, das Peinliche der Situation empfand; nicht seiner ihn stets herausfordernden Schwester, wohl aber Mademoiselle Alceste gegenüber. Er trat deshalb auf diese zu, küßte ihr die Hand und sagte: »Pardon, Madame, wenn ich durch eines meiner Worte Sie verletzt haben sollte. Ich fühle, was wir einem fremden Gaste, aber zugleich auch, was wir unserem Vaterlande schuldig sind. Sie sind Französin; ich frage Sie, was Sie an irgendeiner Stelle Frankreichs bei Unterordnung Ihres Corneille unter einen fremden Poeten zweiten Ranges empfunden haben würden! Ich täusche mich nicht in Ihnen, Sie hätten gesprochen nach Ihrem Herzen, nicht nach der Forderung gesellschaftlicher Konvention. Madame, ich rechne auf Ihre Verzeihung.«

Mademoiselle Alceste erhob sich mit einer Würde, als ob ihr mindestens eine Corneilleszene zu spielen auferlegt worden sei, und sagte: »Monsieur le Baron, vous avez raison, et je suis heureuse de faire la connaissance d'un vrai gentilhomme. J'aime beaucoup la France, mais j'aime plus les hommes de bon cœur partout où je les trouve.« Dann, sich respektvoll vor der Gräfin verneigend, fuhr sie, gegen diese gewandt, fort: »Mille pardons, Madame la Comtesse, mais, sans doute, vous vous rappelez la maxime favorite de notre cher prince: la vérité c'est la meilleure politique.«

Die Gräfin reichte der alten Französin die Hand und lächelte gezwungen. Den Blick des Bruders vermied sie. Sie konnte Szenen wie diese vergessen, aber nicht sogleich. Der Augenblick behauptete sein Recht über sie. –

Es war elf Uhr vorüber. Das Gespräch, das schon zu lange literarisch geführt worden war, wandte sich jetzt den alleräußerlichsten Erörterungen zu und drehte sich um die Frage: wann der Wagen oder Schlitten vorfahren, wer aufbrechen oder bleiben solle. Gegen Tubals und Kathinkas Abreise wurde seitens der Gräfin ein entschiedenes Veto eingelegt, dem sich die Geschwister unschwer fügten. Sie willigten ein, zu bleiben, mit ihnen Doktor Faulstich und Mademoiselle Alceste. Kathinka verließ gleich darauf das Zimmer, angeblich, um ihren Koffer- und Etuischlüssel an Eva zu geben, in Wahrheit, um mit dieser zu plaudern. Denn sie war auch darin ganz Dame von Welt, daß ihr Kammermädchengeschwätz sehr viel und Professorenuntersuchung sehr wenig bedeutete.

In immer flüchtiger werdenden Fragen und Antworten setzte sich mittlerweile die Konversation fort, in die selbst einige Bammesche Drastika kein rechtes Leben mehr bringen konnten. Endlich schlug es zwölf; Berndt öffnete eines der Flügelfenster, um das alte Jahr hinaus-, das neue hereinzulassen, und rief, während die frische Luft einströmte:

»Ich grüße dich, neues Jahr; oft hab ich dich kommen sehen, aber nie wie zu dieser Stunde. Es überrieselt mich süß und schmerzlich, und ich weiß nicht, ob es Hoffen ist oder Bangen. Wir haben nicht Wünsche, wir haben nur einen Wunsch: Seien wir frei, wenn du wieder scheidest!«

Die Gläser klangen zusammen, auch das Mademoiselle

Alcestes. Sie teilte ihre patriotischen Empfindungen zwischen ancien régime und Republik; gegen den Kaiser, der ihr ein Fremder, ein Korse war, unterhielt sie einen ehrlichen Haß. So war denn nichts in ihrem Herzen, das dem unglücklichen Lande, in dem sie so viele glückliche Jahre gelebt hatte, die Rückkehr zu Freiheit und Machtstellung hätte mißgönnen können.

Die Aufregung, die der kurze Toast geweckt hatte, dauerte noch fort, als Kathinka wieder in den Saal trat.

»Wir haben Blei gegossen«, sagte sie lachend und legte einen blanken Klumpen, auf dem eine Moosgirlande sichtbar war, vor die Tante nieder. »Eva meint, daß es ein Brautkranz sei.«

Alle waren einig, daß Eva richtig gesehen und sehr wahrscheinlich noch richtiger prophezeit habe. So ging das gegossene Blei von Hand zu Hand. Es kam zuletzt auch an Lewin, auf den es bei seiner Befangenheit in abergläubischen Anschauungen einen Eindruck machte, daß der Kranz nicht geschlossen war.

Die Diener traten ein, um zu melden, daß die Wagen und Schlitten warteten. Berndt empfahl sich zuerst; dann folgten die anderen Gäste, meist paarweise oder mehr. Mit Drosselstein war der lebusische Landrat; sie hatten denselben Weg.

Nur Lewin fuhr allein. Aus den ersten Dörfern scholl ihm noch Musik entgegen; dazwischen Schüsse, die das neue Jahr begrüßten. Dann wurd es still, und nur das Bellen eines Hundes klang von Zeit zu Zeit aus der Ferne her. Sein Schlitten schaufelte, wo die Fahrstraße schlecht war, nach rechts und links hin den Schnee zusammen; er selber aber hing träumerisch den Bildern dieses Tages nach.

Auf dem Polstersitze saß wieder Kathinka; »nun ist es Zeit, Lewin, an unsere Lektion zu denken«, und er beugte sich vor, daß ihre Wangen einander berührten, und begann ihr die Verse vorzusprechen. Dann sah er sie auf der Bühne stehen, ruhig, ihres Erfolges sicher, und es war ihm, als vernähme er den Wohllaut ihrer Stimme. »Wie

Neunzehntes Kapitel

schön sie war!« Ein leidenschaftliches Verlangen ergriff ihn, ihr zu Füßen zu stürzen und ihr seine Liebe, die sie verspottete, weil er nicht den Mut eines Geständnisses hatte, unter tausend Schwüren und Küssen zu bekennen; aber er schüttelte den Kopf, denn er fühlte wohl, daß es umsonst sei und daß er sie nie besitzen werde.

Die Sterne flimmerten immer heller; er sah hinauf, und in seiner Seele klangen plötzlich wieder die Worte jener Bohlsdorfer Grabsteininschrift: »Und kann auf Sternen gehen.«

Da fiel alles Verlangen von ihm ab. Er sah noch das Bild Kathinkas, aber es verdämmerte mehr und mehr, und der Friede des Gemütes kam über ihn, als er jetzt einsam über die breite Schneefläche des Bruches hinflog.

Anhang

Vorbilder, Quellen, Lokalkolorit

Als Fontane »Vor dem Sturm« konzipierte, hatten bereits zwei zeitgenössische deutsche Schriftsteller den gleichen Stoff behandelt: 1854 Willibald Alexis in »Isegrimm« und 1862 George Hesekiel in »Stille vor dem Sturm«.

Hesekiels Buch zeigte Fontane im Dezember 1862 in der »Kreuzzeitung« (Nr. 276) unter der Überschrift »Vor dem Sturm« (!) an. Er lobte die Geschichte Roberts von Rouvroy vor allem wegen der »halb romantischen, halb lokalpatriotischen Stimmung«, die »ein Hauptreiz der Hesekielschen Erzählungen« sei. »Als ich noch die Romane meines Freundes Hesekiel in der Kreuz-Zeitung besprechen mußte«, bemerkte Fontane Jahrzehnte später, am 1. August 1894 in einem Brief an Friedlaender, »habe ich diese Kunst gelernt; man lobt das, was zu loben ist – irgend was der Art läßt sich immer finden –, und geht über das Andre hin. Namentlich geht man über die Hauptfrage hin: ist das *Ganze* gut oder schlecht, sympathisch oder antipathisch.« Was Fontane also über »Stille vor dem Sturm« drucken ließ, ist nicht allzu wörtlich zu nehmen; immerhin verdient eine Bemerkung über Hesekiels Stellung zum Adel Aufmerksamkeit. Fontane schrieb: »Er hat an den Dienst der Adels-*Idee* sein Leben gesetzt und für den Stand als solchen manche Lanze gebrochen; aber eben sich unerschütterlich fest in seiner Überzeugung fühlend, glaubt er sich durch Liebe und Treue auch ein Anrecht erworben zu haben, dem Stande offen zu sagen, wo es ihm fehlt, wo Änderung not tut. Wir haben hierbei jenen Abschnitt im Auge (Band 1, Seite 83–87), wo der Verfasser sich über Edelmanns-Gesinnung und Edelmanns-Bildung ausspricht und in goldnen Worten, mild und gerecht, hervorhebt, wie unerläßlich die letztere geworden sei. Es hängt Leben und Sterben daran.«

Auch im »Isegrimm«, den Fontane für Alexis' »besten Roman« hielt (an Dominik, 12. Dezember 1883), interessierte ihn die Adelsfrage. In seinem Essay über »Willibald Alexis« (1872) schrieb er, daß die vom Autor beabsichtigte »Persiflierung des Adelsgefühls« »nicht gerade das« sei, was er liebe. Gleichwohl anerkannte er ohne Vorbehalt die »Tendenz« des Buches: »in einer Reihe von

Bildern und Charakteren zu zeigen, daß in jenen Jahren der Korruption, des Französierens und Fraternisierens ... der dem Hofe fernstehende Landadel, der Bürger der kleinen Städte und vor allem der Bauer kerngesund geblieben waren«. Besonderes Lob spendete Fontane den Landschaftsschilderungen, die stets dazu dienten, »Stimmungen vorzubereiten oder zu steigern«.

In der Kunst der stimmungsvollen Landschaftsdarstellung übertreffe Alexis sogar Walter Scott, den Fontane als Romancier außerordentlich hochschätzte und den er mehrfach mit großem Gewinn las (vgl. u. a. den Brief an seine Frau vom 20. Mai 1868). Noch 1877, in der Schlußphase der Arbeit an »Vor dem Sturm«, interessierte ihn Scott »wieder aufs höchste«. Er schrieb seiner Frau: »... im Einzelnen ist es angreifbar: breit, vollgestopft mit Notizen von höchst zweifelhaftem Interesse, nicht allzu sorglich in der Ausführung, nicht allzu tief in der psychologischen Behandlung, aber enfin doch ganz einzig, ein reicher, gottbegnadeter Mann, der da spielen durfte, wo andre sich im Schweiße ihres Angesichts quälen. Alles einfach, natürlich, humoristisch und voll so entzückender Oasen, daß man die zwischenliegenden Steppen gern mit in den Kauf nimmt.« Diese Bemerkung, die wie eine Selbstkritik für »Vor dem Sturm« anmutet, steht in unmittelbarem Zusammenhang mit einer Notiz im Tagebuch für den gleichen Zeitraum: »In Thale ... machte ich die Correktur des 3. Bandes und beschränkte mich darauf um 5 Uhr Nachmittags in den ›Waldkater‹ zu gehn und hier ... *W. Scott* zu lesen und zwar den ›Alterthümler‹ ... Als ich das Buch zuklappte, athmete ich auf und sagte mir aus der tiefsten Seelen-Ueberzeugung heraus: ›*so gut machst Du's auch.*‹«

Jahre danach hat sich der Dichter noch einmal resümierend über sein Verhältnis zu Alexis und Scott geäußert. Am 14. August 1893 schrieb er an Theodor Hermann Pantenius:

»Wie mit meinem Lernen auf der Schule, so sieht es auch mit meinem Lesen sehr windig aus, am schlechtesten auf dem Gebiet der Belletristik. Vergleich ich mich mit andern, so muß ich sagen, ich habe gar nichts gelesen. W. Scott las ich als Junge von 13 oder 14 Jahren, dann (1865 in Interlaken) noch mal die ersten Kapitel von ›Waverley‹ mit ungeheurem Entzücken, aber damals war der 1. Band von ›Vor dem Sturm‹ schon geschrieben und der Rest im Entwurf fertig. ... W. Alexis las ich erst Ende der 60er Jahre und schrieb einen langen Essay darüber, den Rodenberg im ›Salon‹ brachte. Beide Schriftsteller sind mir *sehr* ans Herz gewachsen – in vielen Stücken (trotzdem er neben W. Scott nur ein Lederschneider ist) stell ich W. Alexis noch höher –, und beide, trotzdem ich den einen als Junge und den andern erst als Funfziger las, haben meine spätere Schreiberei beeinflußt, aber nur ganz allgemein, in der *Richtung*. Bewußt bin ich mir im einzelnen dieses Einflusses nie gewesen. Am meisten Einfluß auf mich übten historische und biographische Sachen; Memoiren des Generals v. d. *Marwitz* (dies Buch ganz obenan), *Droysen*, Leben Yorcks, *Macaulay* (Geschichte u. Essays), *Holbergs* dänische Geschichte, Büchsels ›Erinnerungen eines Landgeistlichen‹ und allerlei kleine von Pastoren und Dorfschulmeistern geschriebene Chroniken oder Auszüge daraus. Bis diesen Tag lese ich dergleichen am liebsten.«

Ganz in diesem Sinne hatte der Dichter schon am 6. Dezember 1865 an Friedrich Wilhelm Holtze geschrieben: »Ich möchte, wie Sie aus dem Zettel ersehn werden, eine Darstellung des Winters 12 auf 13 versuchen; die Form wird frei sein, der Inhalt soll es aber mit den Tatsachen genau nehmen. Vielleicht nennt mir Ihre Güte noch dies und das, was ich zu meinem Zweck gebrauchen kann. Alles Biographische wäre mir sehr willkommen; doch mache ich mir wenig aus den Biographien der Berühmtheiten und ziehe die Biographien verhältnismäßig kleiner Leute (Biographien, die allerdings sehr rar sind) weit vor. Mit andern Worten, auf Schilderungen des *Kleinlebens* in Dorf und Stadt kommt es mir an; – die großen historischen Momente laß ich ganz beiseite liegen oder berühre sie nur leise. *Briefe, die damals von in Berlin und in der Mark lebenden Leuten* geschrieben wurden, würden mein *bestes* Material sein.«

»Ganz obenan« unter diesen Quellen standen nach dem Brief an Pantenius die Lebenserinnerungen von Friedrich August Ludwig von der Marwitz (1777–1837), die 1851 unter dem Titel »Aus dem Nachlasse F. A. Ludwigs v. d. Marwitz« erschienen waren und die Fontane noch 1889 in einer Umfrage nach den »besten Büchern« als ein »ganz vorzügliches Buch« bezeichnete. Marwitz, das Haupt der junkerlichen Opposition gegen die preußischen Reformer nach der Niederlage von 1806, war schon von Alexis zum historischen Modell für den Herrn von Quarbitz auf Ilitz (Isegrimm) gewählt worden, und Fontane nannte ihn in seinem Alexis-Essay einen »wirklichen Adeligen, der den Schwerpunkt des Lebens, ganz speziell aber den seines Standes, in die *Gesinnung* legt. Edel fühlen, das ist es.« Was hier über die literarische Gestalt gesagt ist, galt Fontane auch für das Urbild, von dem er einige biographische Fakten und zahlreiche Charakterzüge in seinen Berndt von Vitzewitz transponiert hat. In seinem Aufsatz über »Schloß Friedersdorf«, der im August und September 1861 im »Morgenblatt für gebildete Leser« abgedruckt und 1863 in den zweiten Band der »Wanderungen« aufgenommen wurde, hatte Fontane ein warmherziges, verständnisvolles Bild von Marwitz entworfen, und sicher sind die ersten konzeptionellen Überlegungen für »Vor dem Sturm« aus der Arbeit über Friedersdorf und die Marwitze entstanden. So heißt es denn auch in einer frühen Materialsammlung: »... Schloß eines *alten Adligen*. Etwa Friedersdorf und Marwitz. Charakter Marwitz, aber gemäßigter, viel Züge von Knesebeck.« Schon hier deutet sich die Absicht an, Berndt von Vitzewitz nach einem modifizierten Modell Marwitz zu zeichnen. Tatsächlich konzentriert sich Fontane – ganz im Gegensatz zu Alexis – auf eine Zeit, zu der Marwitz keine Rolle mehr spielte, und so konnte sich Berndt von Vitzewitz zu einer eigenständigen Figur auswachsen. Gleichwohl hat der Dichter zahlreiche Details aus der Biographie von Marwitz in seinen Roman übernommen: den frühen Tod der Frau (schon Marwitz hatte auf den Grabstein setzen lassen: »Hier ruht mein Glück«), den Schloßbrand (der nach den Marwitz-Memoiren von einem alten Manne mit dem Stock eingedämmt wurde), das Gespräch mit Hardenberg, die Jugenderinnerungen an den heimkehrenden Friedrich II.

Auch Lewin von Vitzewitz, der lange Zeit als Titelheld vorgesehen war, geht in der ursprünglichen Konzeption auf einen Marwitz zurück, und zwar auf Alexander von der Marwitz, den jüngeren Bruder Ludwigs. Er wird als vielseitig begabte und interessierte Persönlichkeit geschildert, mit mannigfachen künstlerischen Neigungen, von »romantischem Weltschmerz« zerrissen. Mit Rahel Levin war er befreundet, mit Schill kämpfte er in Stralsund, und als leidenschaftlicher Patriot wurde er von den Franzosen wegen angeblicher Auflehnung gegen die Besatzungsgewalt nach Küstrin gebracht, wo er mit knapper Not der Erschießung entging. 1814 fiel er in Frankreich. – Bis auf die Küstrin-Episode haben Alexander von der Marwitz und Lewin von Vitzewitz freilich kaum etwas gemein, und man hat mit Recht darauf hingewiesen, daß Lewin bei der Niederschrift des Romans mehr und mehr Züge des Autors annahm (vgl. Hans-Friedrich Rosenfeld, »Zur Entstehung Fontanescher Romane«, Groningen, Den Haag 1926, S. 9 f.).

Für zahlreiche weitere Gestalten lassen sich ebenfalls historische Vorbilder oder Modelle nachweisen. Tante Amelie ist der Karoline Amalie Gräfin La Roche-Aymon (1771–1859) nachgebildet, über die Fontane in den »Rheinsberg«-Kapiteln des ersten Bandes der »Wanderungen« geschrieben hatte: »Es eigneten ihr all die Schwächen alter Leute, die die Triumphe ihrer Jugend nicht vergessen können; aber was ihr bis zuletzt die Herzen vieler zugetan machte, war das, daß sie, trotz aller Schwächen und Unleidlichkeiten, im Besitz einer wirklichen Vornehmheit war und verblieb. Sie glaubte an sich.« Auch für General Bamme ist das historische Original leicht zu ermitteln: er ist in wesentlichen Zügen dem Sohn des »Husarenvaters« Zieten, Friedrich Christian Ludwig Emil Graf von Zieten (1765–1854), nachgebildet, von dem Fontane in den »Wanderungen« berichtet, daß er die Archäologen zu mystifizieren suchte. Auch das Motto der Bammeschen Genealogie: ein Bamme eine Zieten, ein Zieten eine Bamme, deutet auf das Zieten-Geschlecht, bei dem der Wahlspruch galt: ein Zieten eine Jürgaß, ein Jürgaß eine Zieten. Graf Drosselstein ist nach einem Grafen Finckenstein gezeichnet, dem der Dichter ebenfalls bei seinen Wanderungen begegnet war. Präsident Kracht von Bingenwalde hat sein Urbild in dem Präsidenten von Kleist. Pfarrer Seidentopf gilt als Abbild des Walchower Superintendenten Kirchner, Justizrat Turgany soll den Frankfurter Politiker und Juristen Heinrich Bardeleben (geb. 1775) zum Vorbild haben.

Mehrere Gestalten aus dem Volke führen Namen, die Fontane aus seiner Jugendzeit im Oderbruch in Erinnerung geblieben waren. Sein Vater hatte 1838 in Letschin die Apotheke erworben, und der junge Fontane hatte sich dort häufig aufgehalten. Die Namen der Oderbruchbauern Scharwenka, Kümmritz, Miekley kannte der Dichter aus Letschin. Pachaly, Nachtwächter in »Vor dem Sturm«, war der Lehrer des Dorfes, Pehlemann, Baron im Roman, ein mit Fontanes Vater gut befreundeter Bauer aus Letschin. Dessen Frau Marie war eine geborene Kniehase, Tochter eines Zechiner Bauern namens Christian Kniehase, der während der französischen Besatzungszeit Schulze in einem benachbarten Dorfe war. Auch die Geschichte des »starken Mannes« stammt aus Letschin. Dort war ein wandernder Akrobat gestorben; er hinterließ eine Tochter, die Lehrer Pachaly zu sich nahm und erzog. Vor allem aber gehört die Gestalt Hoppenmariekens in Fontanes Oderbruch-Erinnerungen. Rosenfeld schreibt dazu: »Anna Dorothee Hoppe war, wie mir eine über 90jährige Frau schilderte, die sie in ihrer Jugend noch gekannt hat, die Tochter eines Büdners, zwergenhaft klein, kaum einen Meter groß, das Ziel des Spottes der Dorfjugend, der sie aber durch Hokuspokus zu imponieren suchte. Sie trug ihren Korb an einem kreuzweis über Rücken und Brust gebundenen Bande, ihre ständige Stütze war ein Hakenstock, den sie unterhalb der Krücke anfaßte, weil er größer war als sie selbst. Sie trieb einen kleinen Handel mit Kücken und Eiern und schlief am Herd bei einem Halbbauern am nördlichen Dorfausgang. Sie starb 1842.« Die Rolle der Botin überträgt Fontane auf Hoppenmarieken von der Küstriner Bücherfrau, die er in einem Brief an Wilhelm Wolfsohn vom 10. November 1847 mit folgenden Worten beschreibt: »Der geistige, mithin der bedeutsamere Verkehr wird durch ein altes Weib unterhalten, das nicht unähnlich der Norne im Scottschen ›Piraten‹ allsonnabendlich ein Felleisen in die Apotheke wirft und in Nacht und Grauen gespensterhaft verschwindet. Das alte Weib trägt einen geflickten Rock und Schmierstiefel, ihr ›guten Abend‹ klingt wie das Donnerwetter eines Bootsknechts – ihre Reise geht auch nicht durch die Lüfte, sondern knietief durch dicksten Dreck, dennoch erscheint sie allen Hausbewohnern stets wie ein Engel vom Himmel, reizend wie Schillers Mädchen aus der Fremde. Die stets Erwartete, immer Gesegnete (was ich nicht auf interessante Leibeszustände zu beziehen bitte) ist die Küstriner Bücherfrau, die allwöchentlich im Dienst ergraute Journale wie altbackenen Kuchen aus ihrem Füllhorn auszuschütten pflegt.«

Selbst der »Forstacker«, wo Hoppenmarieken ihr obskures Domizil hat, war ein Teil von Letschin, die Heimstatt der »kleinen Leute«. Auch sonst hat der Dichter manches lokale Detail für Hohen-Vietz von dort übernommen.

Dorf und Schloß Hohen-Vietz haben im übrigen in der Entstehung des Romans ihre eigene Geschichte. Hohen-Vietz liegt – nach mehreren Änderungen – am westlichen Rand des Oderbruchs zwischen Seelow und Reitwein, westlich vom Manschnower Vorwerk. Benachbart ist das Dorf Dolgelin, südöstlich davon befindet sich Göritz. Diese Lage aber hat Friedersdorf, der Stammsitz der Marwitz-Familie. Hohen-Vietz läßt sich jedoch weder mit Friedersdorf noch mit Reitwein identifizieren, hat aber Züge von beiden übernommen. Für die Darstellung des Schlosses der Vitzewitze schwebte Fontane »etwa Friedersdorf« vor. »Das Friedersdorfer Herrenhaus«, so hatte Fontane im zweiten Band der »Wanderungen« geschrieben, »ist so recht das, was unsere Phantasie sich auszumalen liebt, wenn wir von ›alten Schlössern‹ hören. Die Frage nach dem Maß der Schönheit wird gar nicht laut; alles ist charaktervoll und pittoresk, und das genügt.«

Schließlich lassen sich auch für zahlreiche Handlungsdetails die historischen und literarischen Quellen nachweisen. Aufschlußreich ist in diesem Zusammenhang vor allem die Korrespondenz mit Friedrich Wilhelm Holtze, der dem Dichter mehrfach bei der Beschaffung von Büchern behilflich war. »Nach einer ganzen Reihe von Jahren«, schrieb Fontane am 21. Juni 1876, »komme ich wieder mit einer Bücherbitte. Die Kriegsbeschreibung liegt hinter mir, und ich will mich wieder meinem märkischen Roman zuwenden, bei dem ich 1864 unterbrochen wurde. Ich brauche dazu allerlei Material, von dem einiges ganz gewiß in Ihren Händen ist.« In einem Brief vom 19. Oktober heißt es dann: »Ich habe einen Band Riedel [Adolph Friedrich Riedel, »Codex diplomaticus Brandenburgensis«, Berlin 1838 bis 1868], einen Band ›Spenersche Zeitung‹ und das kleine Buch von George [»Erinnerungen eines Preußen aus der Napoleonischen Zeit«, Grimma 1840] noch zurückbehalten, den erstgenannten Band bringe ich aber sehr bald, freilich nur, um eine neue Bitte: das letzte Quartal der ›Spenerschen‹ von 1812, daran zu knüpfen. Die Zeitungen, so kärglich es damals mit ihnen bestellt war, geben doch immer das beste Bild. George, der mir sehr wertvoll ist, darf ich wohl noch ein paar Monate behalten.«

In einem weiteren Brief an Holtze, datiert vom 8. November 1876, erbat Fontane neue Auskünfte: »Ein Kapitel meines Romans, an dem ich jetzt fleißig arbeite, führt mich nach *Göritz*, einem kleinen Nest am rechten Oderufer, das, wie alle märkischen Nester, doch sein bißchen Geschichte hat. Es hatte so etwas wie eine Bischofskirche – ähnlich wie Lebus und Fürstenwalde – und war später vielbesuchter Wallfahrtsort. Kirche und Kapelle wurden zerstört, diese zur Reformationszeit, jene schon früher.«

Noch am 12. Januar 1878 wandte sich Fontane mit folgender

Bitte an Holtze: »Ihrem Kataloge entnehme ich, daß Sie ›*H. Bauers* Denkschrift über die Erschießung des Kämmerers Schulz in Kyritz‹ besitzen [H. Bauer, »Denkschrift über die Hinrichtung des Kämmerers Karl Friedrich Schulze und des Kaufmanns Karl Friedrich Kersten durch die Franzosen in Kyritz am 8. April 1807«, Kyritz 1845]. Sie würden mich Ihnen zu besonderem Dank verpflichten, wenn Sie das Büchelchen noch im Laufe des Vormittags herauslegen wollten, so daß mein Jüngster es vielleicht um 12 schon in Empfang nehmen kann. Verzeihen Sie diese Dringlichkeit, aber ich sitze fest.« Der Dichter übernahm den Bericht von der Hinrichtung (2. Band, Kap. 13) fast wörtlich in den Roman.

Entstehung

Möglicherweise ist die Idee zu »Vor dem Sturm« aus der Absicht des Dichters hervorgegangen, einen Roman um Ferdinand Schill zu schreiben. Wir wissen von diesem Projekt aus dem Briefwechsel mit Theodor Storm vom September 1854. Storm hatte Fontane für den 14. September zu seinem Geburtstage eingeladen und dabei hinzugefügt: »Kommen Sie, so nehmen Sie mit, was von Wolsey oder Schill schon existiert.« Am 12. September antwortete Fontane: »Gearbeitet habe ich einiges, doch steht von Schill und Wolsey noch nichts auf dem Papier. Es werden auch noch vierzehn Tage vergehn.« Die Erzählung um Wolsey ist fragmentarisch überliefert, ob es auch eine Niederschrift über Schill gegeben hat, wissen wir nicht. Immerhin fällt eine gewisse stoffliche und thematische Verwandtschaft des Schill-Plans mit dem späteren Roman auf, und vielleicht ist die Bemerkung des Dichters vom August 1874, daß man »seit 20 Jahren« auf ihn einrede, seinen Roman zu schreiben, doch keine kursorische Floskel, zumal auch ein Brief an Hertz vom 11. August 1866 die Ansätze zu dem Werk in die fünfziger Jahre verlegt.

1862 – 1866

Gleichwohl dürfte der Roman erst nach der Rückkehr aus London, mit den Wanderungen ins Oderland und der intensiven Beschäftigung mit Marwitz festere Konturen erhalten haben. Im heute verschollenen Tagebuch fand sich unter dem 25. Januar

1862 erstmals die Notiz: »Vorarbeiten zum Roman«, und aus dieser Zeit liegen tatsächlich die ältesten Aufzeichnungen vor. Indes scheint Fontane erst zwei Jahre später mit der eigentlichen Niederschrift begonnen zu haben. Am 11. Februar 1896 schrieb er darüber an Ernst Gründler: »Das Buch [das damals gerade in neuer Auflage erschienen war] ist schon aus dem Winter 63/64, und ich schrieb abends und nachts die ersten Kapitel – die, glaube ich, auch die besten geblieben sind –, während die östreichischen Brigaden unter meinem Fenster vorüberfuhren, und wenn zuletzt die Geschütze kamen, zitterte das ganze Haus, und ich lief ans Fenster und sah auf das wunderbare Bild. Die Lowries [offene Güterwagen], die Kanonen, die Leute hingestreckt auf die Lafetten und alles von einem trüben Gaslicht überleuchtet. Ich wohnte nämlich damals in der Hirschelstraße (jetzt Königgrätzer) an der Ecke der Dessauer Straße, die Stadtmauer (von den Jungens schon überall durchlöchert) stand noch, und unmittelbar dahinter liefen die Stadtbahngeleise, die den Verkehr zwischen den Bahnhöfen vermittelten.«

1864/65 hielt die Arbeit am »Schleswig-Holsteinschen Krieg« den Dichter in Atem, und erst nach Abschluß dieses Buches im Herbst 1865 beschäftigte sich Fontane wieder intensiv mit dem Roman. Am 4. November 1865 unterzeichnete er einen Vertrag mit Wilhelm Hertz über den Druck des Romans »Lewin von Vitzewitz«, und am 6. Dezember bat er Friedrich Wilhelm Holtze um Quellen- und Literaturhinweise für seine »Darstellung des Winters 12 auf 13«. Auch über den »vielgenannten kleinen Bronzewagen, der, in der Neumark gefunden, jetzt das Prachtstück des sog. Zieten-Museums in Neuruppin ist«, holte der Dichter bei Holtze Auskünfte ein (am 26. März 1866). Von 1866 an steht zudem für die Entstehungsgeschichte das Tagebuch zur Verfügung, das im Januar 1866 vielfach den Vermerk enthält: »Gearbeitet (Hohen-Vietz).« Zusammenfassend heißt es dann weiter: »Winter und Frühjahr 1866 vergehen in der herkömmlichen Weise. Es ändert sich nichts, Arbeit, Umgang, Verkehr, – alles bleibt beim Alten. Im April und Mai werd' ich krank und laborire wochenlang an meinen alten gastrisch-nervösen Zuständen. – Mein *Roman* beschäftigt mich ausschließlich und ich arbeite fleißig bis in den Juni hinein, wo der drohende Krieg und die immer steigende Aufregung endlich aller Arbeit ein Ende machen.«

Noch im Juni 1866 freilich erörterte Fontane Probleme seines

Romans ausgiebig mit Wilhelm Hertz, der den Dichter vermutlich zum raschen Abschluß des Manuskripts gedrängt hatte, aber offenbar auch auf gestalterische Aspekte eingegangen war. Fontane schrieb ihm am 17. Juni: »Ich bin Ihnen für Ihren heutigen Besuch ganz besonders dankbar. Was Sie mir am Mittwoch vor 8 Tagen sagten, deprimirte mich ein wenig; das schlimmste Urtheil bleibt immer: ›es interessirt mich nicht‹; davon ist gar kein Appell möglich. Heute vor 8 Tagen hoben Sie mich wieder etwas, aber ich wußte aus Ihren sehr wohl gemeinten Rathschlägen nicht recht 'was zu machen; Sie proponirten mir flott zu tanzen, während ich doch fühlte, daß ich einen Klumpfuß und eine schwache Lunge habe. – Heute haben Sie mir einen wirklichen Dienst geleistet und ich konnte Ihnen beinah Punkt für Punkt zustimmen. Die wichtigsten Punkte schienen mir folgende zu sein:

1. man muß die Dinge nicht zu gut machen wollen; das giebt nur Unfreiheit und Peinlichkeit.

2. man muß nicht *alles* sagen wollen, dadurch wird die Phantasie des Lesers in Ruhestand gesetzt und dadurch wieder wird die Langeweile geboren.

3. Man muß Vordergrunds- Mittelgrunds- und Hintergrunds-Figuren haben und es ist ein Fehler wenn man *alles* in das volle Licht des Vordergrundes rückt.

4. Die Personen müssen gleich bei ihrem ersten Auftreten so gezeichnet sein, daß der Leser es weg hat, ob sie Haupt- oder Nebenpersonen sind. Auf das räumliche Maß der Schilderung kommt es dabei nicht an, sondern auf eine gewisse Intensität, die den Fingerzeig giebt. – Alle diese Punkte sind wichtig und das Hervorheben derselben enthält einen begründeten Hinweis auf vorhandene Schwächen. Ob ich es, da das Ganze fertig in mir lebt, hier und da noch ändern kann, ist freilich eine andre Frage. Das Ganze (womit ich mich nicht rechtfertigen will) ist mehr oder weniger auf eine derartige Behandlung hin angelegt.«

Die Debatte setzte sich den Sommer über fort. Am 11. August schrieb Fontane an Hertz: »An ein der Sache Fremdwerden ist gar nicht zu denken. Es ist nun 10 Jahre, daß ich mich mit dem Stoff trage und wenn ich nach abermals 10 Jahren (was Gott verhüten wolle) erst an die Fortsetzung der Arbeit herantreten könnte, so würde das weder meinen Eifer erlahmt, noch die Ausführung alterirt haben.« Zunächst jedoch hatte Fontane die zweibändige Darstellung des »Deutschen Krieges von 1866« zu schreiben, und

»Vor dem Sturm« trat in den Hintergrund. Aber der Dichter verlor das Buch nie aus den Augen, und am 11. Dezember 1868 bekannte er Lepel: »Wenn mir ein Privatmann 1000 Rtl. geben wollte, würd ich sie ohne weiteres nehmen und meinen Roman mit Lust und Liebe fertig schreiben.« Und als sich der Abschluß der Arbeiten am Kriegsbuch absehen ließ, dachte der Dichter sofort an die Weiterführung seines Manuskripts. So bedankte er sich am 3. Januar 1869 bei Mathilde von Rohr, die ihm die Memoiren der Gräfin Schwerin geschickt hatte: »Nun ist es gar keine Frage, daß mir solche Arbeiten, bei denen mir das ›Lebensbild‹ von Wichtigkeit sein wird, nahe bevorstehn (beispielsweise wenn ich mich wieder an meinen Roman mache) und deshalb war mir der Empfang des Buches von hohem Werth ...«

1869/70

Im Frühjahr 1870 konnte der Dichter endlich daran denken, seinen Roman wieder vorzunehmen. Am 26. April 1870 schrieb er an Wilhelm Hertz: »Die Arbeiten für den 3. Band der Wanderungen nahen sich ihrem Ende, ich sehe wenigstens Land, in etwa 8 Wochen hoff' ich mit allem fertig zu sein und möchte dann die Sommer- und Herbstesmonate an eine ernste Förderung meines so lange beiseit geschobenen Romanes setzen. Ich halt' es aber zuvor für anständig bei Ihnen anzufragen, ob Ihnen in den 4½ Jahren, die seit Niederschreibung des Contrakts vergangen sind, die Sache nicht etwa leid geworden ist. Ich glaube der Contract setzt keine Zeitpunkte fest; natürlich war aber nicht auf 5 Jahre und mehr gerechnet und so scheint es mir denn nur in der Ordnung bei Ihnen anzufragen, ob alles noch weitre Geltung haben soll oder nicht?«

Über die Reaktion des Verlegers gibt ein in der Ausgabe der Familienbriefe unterdrückter Passus aus einem Brief an Emilie Fontane vom 11. Mai 1870 Auskunft: »Bliebe noch der Roman. Hertz, in einem durch mich angeregten Briefwechsel, hat sich aufs neue freudig zu den Festsetzungen des Contrakts bekannt. Die Geldangelegenheit wäre dadurch geregelt [es waren 1 200 Rtl. festgesetzt worden], und nur das eine verbliebe noch: *den Roman auch zu schreiben*. Dies unterschätz ich nun keineswegs. Aber Du magst mir glauben: ich werd es leisten. Ein gut Stück ist fertig, und wenn ich vom 1. Juli bis 1. Januar, also in 180 Tagen, auch täglich nur 4 Seiten schreibe, werde ich zu Neujahr im großen und ganzen fertig sein. Wenn dann auch 2 Monat Krankheit kommen, so bleiben immer noch 4 Monat, eh das Jahr um ist. Ich bin also gutes Muts und werd es zwingen. ... Vier Monate lang wirst Du mich immer nur besuchsweise hier haben; ich werde mich in Stille und Einsamkeit verfügen und dort meinen Roman schreiben.«

Genügend »Stille und Einsamkeit« hoffte Fontane im Dobbertiner Stift zu finden, wohin ihn Mathilde von Rohr eingeladen hatte. Doch der Ausbruch des Deutsch-Französischen Krieges am 2. August 1870 machte den Plänen ein jähes Ende, und was Fontane im August 1866 als Möglichkeit formuliert hatte – daß er erst nach abermals zehn Jahren sein Buch fortführen könne –, das traf fast aufs Jahr genau ein. Er schrieb zunächst seine beiden Bücher über Frankreich und war dann bis Ende 1875 mit der Schilderung des Deutsch-Französischen Krieges beschäftigt. »Zum Winter hin will ich dann endlich wieder meinen Roman vornehmen«, schrieb er am 20. April 1875 an Mathilde von Rohr. Im Sommer bemühte er sich dann, den noch längst nicht fertigen Roman zum Vorabdruck anzubieten. Am 14. Juli schrieb er an Hertz: »In einer mit Stadtgerichtsrath Lessing [dem Haupteigentümer der »Vossischen Zeitung«] geführten Correspondenz hat sich dieser schließlich bereit erklärt, den alten Hammel: meinen Roman, der nicht leben und nicht sterben kann, etwa im ersten Halbjahr 1877 in seiner Vossin zum Abdruck zu bringen. Natürlich bedarf es dazu Ihrer Zustimmung, die ich hiermit nachsuche. Den Vor-Abdruck überhaupt haben Sie mir gestattet, wohl aber ist es denkbar, daß Ihnen die Vossin nicht gerade angenehm ist. Ich bitte Sie herzlich, selbst wenn dies der Fall sein sollte, ein Auge zudrücken zu wollen. Sie wissen so gut wie ich, daß es nur vier, fünf Blätter in Deutschland giebt, die Romane bringen, und daß der arme Schriftsteller also heilsfroh sein muß, überhaupt ein Unterkommen gefunden zu haben. Sagen Sie ›nein‹, so bricht die ganze Geschichte zusammen und ich muß meinen ›Vitzliputzli‹, wie Sie ihn, glaub ich, nannten, als Fragment der Nachwelt überliefern.«

Hertz reagierte sofort, so daß sich der Dichter noch am gleichen Tage in einem zweiten Briefe bedanken konnte: »Eben im Besitz Ihrer freundlichen Zeilen, eile ich Ihnen zu danken. Den Rath eines Vor-Abdrucks (Vordruck ist vielleicht besser) haben

Sie mir, in großmütiger Stimmung, vor vier, fünf Jahren selbst gegeben; nur die Vossin machte mir Sorge ... Im Uebrigen ist es meine tiefste persönliche Ueberzeugung, die ich jetzt, wo ich Ihre freundliche Zusage habe, ohne Furcht vor Mißverständnissen aussprechen darf, daß in Folge dieses Vor-Abdrucks auch nicht drei Exemplare weniger verkauft werden. Vielleicht im Gegentheil. Das Beste müssen ja doch die Leihbibliotheken tun. – Ich betrachte die Sache nun als nach beiden Seiten hin (W. Hertz und Lessing) geordnet und könnte aufathmen. Thu es auch. Dennoch ist es ein Athemzug, als hätt ich nur einen halben Lungenflügel. Von all dem Bittren was darin liegt, mit 55 Jahren unter Ach und Krach eine kümmerliche Jahres-Einnahme zusammenzuschreiben, will ich nicht sprechen; aber es bleibt so viel andres noch übrig, das ich bereits greifbar schrecklich vor mir sehe: Brotneid, Collegen-Bosheit, Witzelei und – Druckfehler.«

1876 – 1878

Die Vereinbarung mit der »Vossischen Zeitung« zerschlug sich indes wieder. Immerhin aber scheint die vorläufige Abmachung die Arbeitsfreude des Dichters gefördert zu haben. Nachdem er im September 1875 sein Buch über den Deutsch-Französischen Krieg beendet hatte, beschäftigte er sich wieder mit dem Romanmanuskript, doch kam er erst im Februar 1876 zur eigentlichen Arbeit. »Vor etwa 3 Wochen«, teilte er am 10. März 1876 seinem Verleger mit, »hab' ich meine Roman-Arbeit wieder aufgenommen ... Sind Sie einverstanden damit, daß *vier* Bändchen zu je 15 Bogen werden? Dies entspräche am besten der Eintheilung des Stoffs. Machen wir *zwei* Bände, jeder Band aus zwei Büchern bestehend, so werden die einzelnen Bände ein wenig zu stark. Doch würd' ich dies immer noch besser finden als drei ungleiche Bände, dick und dünn durcheinander.«

Sehr bald jedoch war Fontane wiederum gezwungen, die Arbeit zu unterbrechen: Er wurde für wenige Monate Erster Sekretär der Akademie der Künste in Berlin, und in jenen Monaten, in denen er, wie er dem Tagebuch anvertraute, »die Menschennatur nicht von ihrer glänzendsten Seite kennen lernte«, war an literarische Tätigkeit wenig zu denken; »erst ließ mich meine Bedrücktheit nicht dazu kommen, später, als alles krank oder verreist war, lag die ganze Akademie-Arbeit auf meinen Schultern.

Ein einziger Lichtblick war daß mir die Daheim-Redaktion anbot, meinen Roman unter auch meinerseits annehmbaren Bedingungen abzudrucken.«

Die Verhandlungen über diesen Vorabdruck, der dem Dichter – nicht zuletzt materiell – außerordentlich viel bedeutete, wurden im Juli und August geführt. Fontane teilte am 7. August seiner Frau mit, daß er in einem »längeren Schreibebrief« an Robert Koenig, der gemeinsam mit Theodor Hermann Pantenius das »Daheim« herausgab, die »Romanfrage« geregelt habe. In einem Brief vom 22. August 1876 an Mathilde von Rohr heißt es dann: »Mein Roman, nach einem neuerdings getroffenen Abkommen, wird im ›Daheim‹ zuerst erscheinen, später als Buch bei W. Hertz. Ich erhalte vom Daheim 1000 Thlr, von Hertz dieselbe Summe. Bis zum Juli 77 hoffe ich fertig zu sein.«

»Es war eine sehr schwere Zeit für mich«, bemerkte Fontane später einmal; »das Gedicht, das Lewin schreibt: ›Tröste dich, die Stunden eilen‹, gibt meine Stimmung von damals wieder.« (An Gründler, 11. Februar 1896.) Nach den »Trauermonaten« (Tagebuch) des Jahres 1876, nach den höchst unerquicklichen Zusammenstößen mit den Bürokraten der preußischen Ministerien rettete sich Fontane in die Arbeit an seinem Roman. Schon am 7. September 1876 schrieb er an Rodenberg, er »möchte gern ein gut Stück vorwärtsgekommen sein«, eh er sich wieder unterbreche, und im Tagebuch heißt es: »Am 1. November fing ich an energisch an meinem Roman zu arbeiten, nachdem ich am 1. Oktober wieder als Referent für das K. Theater bei der Vossin eingetreten war.« Auch Theodor Storm unterrichtete er über das Schicksal seines Buches: »Mein Roman wird im ›Daheim‹ erscheinen, aber erst (frühstens) vom 1. Juli ab. Ich arbeite mit großer Lust daran, die selbst dadurch nicht getrübt wird, daß ich schon jetzt im Geiste die tadelnden Kritiken lese, tadelnd *das* was ich selbst als schwach oder tadelnswerth erkenne und doch nicht ändern kann. Schinkel, als ihm in der Schule Blumen und Vögel als Vorlageblätter gegeben wurden, sagte: ›ja, das ist ganz gut, aber Blumen und Vögel sehen doch noch anders aus.‹ Dies Gefühl werd' ich dem Meisten gegenüber, was producirt wird, nicht los, und hab es sehr stark auch im Hinblick auf meine eigenen Pappenheimer.« (14. Januar 1877.)

Trotz mehrfacher Erkrankung in den ersten Monaten des Jahres 1877 vollendete Fontane im März den zweiten Band des Romans. Am 21. März schrieb er an Mathilde von Rohr: »... so eine rechte Freudenbotschaft will doch nicht mehr über unsre Schwelle. Es ist alles wie verhext. Und so gedeiht langsam, langsam, unter Sorgen und Kümmernissen mein Roman. Ich bin nun mit der Hälfte fertig; nach einem halben Jahre wird er beendigt sein, ein wahres Schmerzenskind. Dann wird er gedruckt werden und alles wird sein wie zuvor; ich habe kein Glück mit Büchern und die ungeheure Summe fleißiger Arbeit (von was andrem red' ich nicht) wird mir nicht angerechnet.«

Doch Fontane resignierte vor solchen Erwägungen nicht und richtete »alles Dichten und Trachten auf *ein* Ziel ... Erst wenn der Roman beendigt ist, werde ich wieder Mensch« (an Mathilde von Rohr, 8. Juli 1877). Im Juni und Juli 1877 schloß der Dichter das Brouillon des dritten Bandes ab, »war nun aber so herunter«, daß er »aus Berlin fortmußte. Ich ging in den Harz und verbrachte daselbst drei sehr angenehme Wochen ... In Thale ... machte ich die Correktur des 3. Bandes ...« (Tagebuch.) Die Briefe an Frau Emilie aus Thale spiegeln die unendliche Mühe, die der Dichter für das »Pusseln und Feilen« an der ersten Niederschrift aufwandte, und zeigen, wie diszipliniert Fontane selbst in einer Zeit »totaler Nervenpleite« zu arbeiten pflegte. Gleich nach der Ankunft schrieb er am 10. August: »Morgen Vormittag will ich mich nun an die Arbeit machen; ich hoffe die kürzeren Kapitel in einem Tag, die längeren in zwei zu absolviren. So wie ich mit drei oder fünf Kapiteln fertig bin, schicke ich ein kleines Packet [zur Abschrift].« Am 14. August heißt es: »Trotz meines Schnupfens bin ich mit der Correktur des schwierigen 3. Kapitels doch fast durchgekommen, was mich sehr erfreut; ich werde danach in einer Woche 4 Kapitel leisten können und in drei Wochen zwölf. Das ist alles was ich verlangen kann. Kommen keine Störungen, so bin ich danach bis 12. September mit der Correktur fertig und kann spätestens am 20. alles an Koenig schicken. Leider bin ich nachgerade in meine Berechnungen fast noch mißtrauischer geworden als Du selbst; ich muß jeden gesunden Tag wie ein Geschenk nehmen und nicht als mein Pflichttheil.« So referierte Fontane fast täglich über den Stand der Arbeit. Am 25. August bemerkte er: »... so hoff' ich bis auf 14 Kapitel zu kommen. Ich bin dann über den Berg. Uebernimm *Du* Dich nur nicht beim Abschreiben; unter einem Monat kannst Du es nicht leisten, denn einige Kapitel sind ziemlich eben so lang wie das letzte des

II. Bandes. – Erlaubt es Deine Zeit so wär es mir lieb, Du nähmst in den nächsten Tagen den I. Band vor und schriebst die Blätter ab, die von mir mit *Bleistift* oder auch mit Tinte, aber auf schon *gebrauchte Bogen* geschrieben sind.« Am 29. August notiert er, daß es »bei Corrigirung meines berühmten Borodino-Kapitels, das die späteren Kritiker meines Romans, meine Frau mit eingeschlossen, wohl für überflüssig erklären werden, 4¾ geworden« sei. Am Tag darauf schließlich schreibt der Dichter: »Ich bin diese letzten Tage, wo ich meine Eßstunde auf 3 Uhr verlegt hatte, noch sehr fleißig gewesen. Dennoch bin ich nur bis Kapitel 13 gekommen; es war doch viel mehr Arbeit noch als ich dachte. Aber auch mit diesem Resultat bin ich sehr zufrieden.«

Ende August 1877 kehrte Fontane nach Berlin zurück. Im Tagebuch heißt es: »... nun begann die Abschrift und Ende des Monats konnt' ich 3 Bände an Dr. Koenig (›Daheim‹-Redakteur) schicken. Er ließ mich lange auf Antwort warten, kam dann in Person und sagte mir: der Stoff wäre wundervoll, Gesinnung, Tendenz ebenso und die Sorglichkeit der Behandlung evident, aber alles zu breit, nicht gerade aufs Ziel los, Exkurse, Ueberflüssigkeiten. Ich sagte ihm, daß ich mit den Sensationshelden nicht zu concurriren gedächte, daß ich ein Zeitbild hätte geben wollen und Autodafés, eingemauerte Nonnen und Skalpirungen im Winter 1812 auf 13 in märkischen Dörfern nicht vorgekommen wären. Indeß wir einigten uns zuletzt, indem ich ihm Kürzungen für das Daheim gestattete. Später hat er andre Saiten aufgezogen und mir nur Schmeichelhaftes über meine Arbeit gesagt. ›Die „Gartenlaube" hat mit ihren gepfefferten Geschichten den Geschmack des Publikums verdorben und alle Blätter, die mit der „Gartenlaube" concurriren wollen, sind gezwungen sich diesem Geschmacke einigermaßen zu accomodiren.‹ Ein trauriges Geständniß, am traurigsten von einem Blatte, das aufs ›Christlich-Germanische hin‹ gegründet wurde.«

Im Oktober 1877 reiste Fontane nach Frankfurt an der Oder, um »die nötigen Lokalstudien« für den noch zu schreibenden vierten Band zu machen. »Dann begann ich diesen Schlußband.« (Tagebuch.) Am 21. Dezember war Fontane »bis zu den Schlußkapiteln« vorgerückt, und er bat Hertz um einen erneuten Vorschuß von dreihundert Talern. »Ich hoffe mich dann, mit dem was ich noch vom ›Daheim‹ erhalte, bis Ende Mai durchzuschlagen.« Im Tagebuch resümiert er für die ersten Monate des Jahres

1878: »Ich arbeitete sehr fleißig an dem 4. (Schluß)Band meines Romans, blieb Gott sei Dank leidlich gesund und konnte Anfang April alles nach Leipzig hin abliefern. Dr. Koenig schrieb mir nun einen Liebesbrief: ›wäre alles wie der Schlußband, besonders seine zweite Hälfte, so wär es ein „Durchschläger" geworden.‹ Neues Wort, das ich noch nicht kannte.«

Während Fontane noch am letzten Band seines Romans arbeitete, hatte in der Wochenschrift »Daheim. Ein deutsches Familienblatt mit Illustrationen« (XIV. Jg.) bereits der Vorabdruck begonnen. Die erste Folge erschien am 5. Januar, der Schluß am 21. September 1878.

Nachdem der Text in Leipzig gesetzt worden war, schickte die Redaktion die Handschrift zurück. Fontane schrieb am 10. August 1878 an seine Frau: »Am Mittwoch kam ein mächtiges Packet aus Leipzig ... Jenes enthielt mein Roman-Manuskript; mit eigenthümlichen Empfindungen hab ich es auf den Boden schaffen lassen. So wird man auch selber mal bei Seite geschafft, Müh' und Arbeit liegen zurück, und niemand kümmert sich mehr drum. Auch nur einen Augenblick darüber traurig sein zu wollen, wäre lächerlich.«

Der Termin für die Auslieferung der Buchausgabe war schon im Juni auf den Oktober 1878 festgelegt worden (an Hertz, 11. Juni 1878), und der Verleger scheint sich – im Gegensatz zu manchen späteren Verhandlungen – überaus kulant benommen zu haben. Jedenfalls schrieb Fontane am 12. Juni 1878 an seine Frau: »Die Zeilen von Hertz sind *sehr* freundlich. Zu meinen kleinen, beinah zu meinen großen Glücken zählt es, daß dieser Mann, was sonst auch seine Schwächen sein mögen, in seinen freundlichen Gesinnungen gegen mich und meine Arbeiten so treu aushält. Bei meiner großen Reizbarkeit, die ich beklage aber nun nicht mehr ablegen kann, würd' ich mit einem mäkligen, sich immer nüchtern und ablehnend verhaltenden Buchhändler gar nicht auskommen können.«

Unter dem Titel »Vor dem Sturm. Roman aus dem Winter 1812 auf 13« erschien das Werk in vier Bänden (gebunden in zwei Bänden) Ende Oktober/Anfang November 1878 im Verlag von Wilhelm Hertz (Besserche Buchhandlung); den Druck hatte B. G. Teubner in Leipzig besorgt. Diese Ausgabe liegt unserem Text zugrunde.

Gotthard Erler

AtV

Band 5260

Theodor Fontane
Berliner Frauenromane

Mit einem Kommentar zur Stoff- und Entstehungsgeschichte

7 Bände in Kassette
1345 Seiten
ISBN 3-7466-5260-X
Alle Bände auch einzeln lieferbar.

L'Adultera	**Frau Jenny Treibel**
Cécile	**Effi Briest**
Irrungen, Wirrungen	**Mathilde Möhring**
Stine	

Tiergartenviertel und ländliche Vorstadt, Gründervilla und bescheidene Mietswohnung sind die Orte dieser unterhaltsamen Frauen- und Berlinromane. Wo sie auch leben, die Fontaneschen Frauen und Mädchen, sie alle haben Sehnsucht nach dem Glück. Unverhofft fällt ihnen eine Leidenschaft zu, eine stille Liebe, Verständnis und menschliche Geborgenheit. Doch festhalten können sie die Wochen des Sommerglücks, die Momente der Erfüllung und des wechselseitigen Verständnisses nicht.

A*t*V

Band 5258 **Theodor Fontane
Meine Kinderjahre**
Autobiographischer Roman

216 Seiten
ISBN 3-7466-5258-8

Fontane war 72 Jahre alt, als er 1892 lebensbedrohlich erkrankte und sich monatelang nicht erholen konnte. In dieser Lage ermunterte ihn sein Hausarzt zur Niederschrift seiner Lebenserinnerungen: »Fangen Sie gleich morgen mit der Kinderzeit an!«
Der Rückblick auf fünf glückliche Jahre in dem Ostseestädtchen Swinemünde gerät dem Dichter zum buntbewegten Bild einer Kindheit mit ihren unvergeßlichen Erlebnissen und einer Fülle liebenswerter und skurriler Gestalten.

A*t*V

Band 5268 **Theodor Fontane**
Englischer Sommer
Reisefeuilletons

Auswahl und Nachbemerkung
von Gotthard Erler

230 Seiten
ISBN 3-7466-5268-5

Ob mit dem Steamer »Nixe« unterwegs oder auf seinem Lieblingsplatz hoch oben neben dem Omnibuskutscher, ob als gehetzter Fußgänger oder geruhsamer Wanderer, Fontane war vom Zauber Londons und von der Schönheit seiner idyllischen Umgebung immer wieder in den Bann geschlagen. Der spontane Eindruck verbindet sich mit dem historischen Rückblick, die Würdigung des Großartigen mit der augenzwinkernden Betrachtung so mancher Eigenheiten seiner Reisegefährten.